Herbert Günther

Zeit der großen Worte

DER AUTOR

Herbert Günther wurde 1947 in Göttingen geboren. Zunächst arbeitete er als Buchhändler und Lektor von Kinder- und Jugendbüchern, bevor er 1988 mit dem Schreiben begann. Er hat zahlreiche Bücher für Kinder, Jugendliche und Erwachsene verfasst sowie Drehbücher fürs Fernsehen. Ausgezeichnet wurde er mit dem Daniel-Wunderlich-Preis und dem Friedrich-Bödecker-Preis. Herbert Günther lebt mit seiner Familie bei Göttingen.

Mehr über cbj auf Instagram unter
@hey_reader

Herbert Günther

Zeit der grossen Worte

cbt

Sollte diese Publikation Links auf Webseiten Dritter enthalten, so übernehmen wir für deren Inhalte keine Haftung, da wir uns diese nicht zu eigen machen, sondern lediglich auf deren Stand zum Zeitpunkt der Erstveröffentlichung verweisen.

Unterrichtsmaterialien zu diesem Buch sind erhältlich unter: www.schullektuere.de

MIX
Papier aus verantwortungsvollen Quellen
FSC® C014496

Verlagsgruppe Random House FSC® N001967

1. Auflage
Erstmals als cbt Taschenbuch September 2018

cbj Kinder- und Jugendbuch Verlag
in der Verlagsgruppe Random House GmbH,
Neumarkter Str. 28, 81673 München
Umschlaggestaltung: init | Kommunikationsdesign,
Bad Oeynhausen, unter Verwendung des Originalumschlags von Constanze Spengler, Hamburg
kk · Herstellung: eR
Satz: dtp im Verlag
Druck: GGP Media GmbH, Pößneck
978-3-570-31207-0
Printed in Germany

www.cbj-verlag.de

Müssen wir uns nach diesem Jahrhundert ständiger Kriege nicht fragen, ob der Mensch nicht vielleicht falsch konstruiert ist, da wir immer wieder gewalttätig werden? Und sind wir unserer Aggressionen wegen zum Untergang verurteilt? Wir alle *wollen* ja den Frieden. Gibt es denn da keine Möglichkeit, uns zu ändern, ehe es zu spät ist? Könnten wir es nicht vielleicht lernen, auf Gewalt zu verzichten? Könnten wir nicht versuchen, eine ganz neue Art Mensch zu werden? Wie aber sollte das geschehen und wo sollte man anfangen?

Astrid Lindgren

Der Krieg ist aus. Am 10. November 1918 hat sich der Kaiser über die Grenze nach Holland abgesetzt. In Deutschland soll jetzt Demokratie sein. Der Sattler Friedrich Ebert ist der erste Reichskanzler der Republik. In der Stadt hat ein Soldaten- und Volksrat das Sagen. Wer beim Plündern erwischt wird, steht in der Zeitung, wird erschossen. Wie alles weitergehen soll, ist ungewiss.

Gewiss ist nur, was der Krieg angerichtet hat. Helene hat gesagt, ich soll das aufschreiben. Ich soll aufschreiben, was der Krieg mit unserer Familie gemacht hat.

Für wen denn, habe ich gefragt.

Zuerst für dich selber, hat Helene geantwortet. Alle Geschichten sind zuerst für den, der sie erzählt. Nur wer ehrlich zu sich selber ist, kann anderen zu denken geben.

Aber wieso ich, habe ich sie gefragt. Wer bin ich denn? Paul Hoffmann, achtzehn Jahre, gerade mal Volksschule, ohne Ausbildung, ohne Beruf, mit ungewisser Zukunft.

Die Zeit der großen Worte ist vorbei, hat Helene gesagt. Jetzt bist du an der Reihe, Paul. Du und deinesgleichen. Denkmäler haben wir genug und tote Helden auch. Und wann welche Schlacht stattgefunden hat, kann jeder im Geschichtsbuch nachlesen. Aber wie es sich angefühlt hat hinter all dem Tschingderassa und wie es so weit kommen konnte, das muss jetzt festgehalten werden. Schreib einfach auf, was dir durch Kopf und Bauch gegangen ist. Damit es nicht vergessen wird.

Helene ist eine kluge Frau. Ich verdanke ihr viel. Vielleicht hat sie ja recht und es gibt ein paar Leute – außer mir – denen meine Geschichte von Nutzen sein kann.

Angefangen hat alles ganz harmlos …

Teil 1

In der Stadt

1

»Wer Angst hat, der bleibt da.«

Erich sah von einem zum anderen. Bei mir blieb sein Blick stehen. Vor zwei Jahren vom Dorf gekommen, war ich noch längst keiner von ihnen. Zum ersten Mal war ich bei einer Sache dabei, die nichts mit Schule zu tun hatte. Einer verbotenen Sache. Einer »jugendgefährdenden« Sache.

Ich hielt Erichs Blick stand.

»Angst?«, sagte Gottfried und pustete verächtlich die Luft aus den Backen. »Phh!«

Der kleine Nickel verdrehte die Augen, spuckte aus.

»Dann los«, sagte Erich. Wir gingen über den Hinterhof, eine Steintreppe hinunter. Erich zog den Schlüssel aus der Tasche und öffnete die Kellertür. »Noch was«, sagte er nun flüsternd und hielt die Tür einen Spalt auf. »Wenn einer erwischt wird, ich meine allein, dann kennt er die anderen nicht. Ist das klar?«

»Klar«, sagte Gottfried.

»Habe dich nie gesehen«, murmelte Nickel.

Ich nickte.

Wir folgten Erich durch einen muffigen, finsteren Kellergang zu einer Holztreppe. Von oben drang dämmriges Licht herunter, von weit weg hörten wir Stimmen.

»Ihr bleibt hier«, bestimmte Erich. »Kommt erst, wenn ich euch ein Zeichen gebe.«

Immer zwei Stufen auf einmal stieg Erich die Treppe hinauf. Sein athletischer Körper schwang sich wie schwerelos nach oben, seine Füße berührten die Holzstufen nur kurz, keine quietschte.

Eine Weile standen Gottfried, Nickel und ich am Fuße der Treppe und schwiegen.

»Hast du so was schon mal gesehen?«, flüsterte Gottfried schließlich.

Ich schüttelte den Kopf.

»Wie denn?«, sagte Nickel. »Sein Dorf, das liegt doch hinter dem Mond.«

Ich antwortete nicht.

Oben an der Treppe tauchte jetzt Erich auf und winkte. »Nicht so laut, ihr Affen!«

Wir schlichen uns die Treppe hinauf, ich als Letzter. Jede Stufe knarrte. Gottfried schickte einen entrüsteten Blick über die Schulter, als sei ich allein schuld an dem Knarrkonzert.

Erich presste den Finger auf die Lippen. Irgendwo wurde eine Tür geöffnet. Räuspern, Husten, gedämpfte Stimmen waren zu hören.

Erich sah uns bedeutungsvoll an. »Mir nach«, flüsterte er.

Mit federnden Schritten ging er voran, erst durch einen langen Gang, dann zweimal um Ecken, bis wir schließlich vor einer schmalen Tür standen. Erich sah sich noch einmal nach allen Seiten um, dann drückte er die Klinke hinunter, schob die Tür auf und schlüpfte in das Dunkel dahinter. Wir anderen folgten ihm, und nachdem Gottfried die Tür zugezogen hatte, war es stockfinster.

»Absolute Ruhe jetzt!«, zischte Erich.

Als sich unsere Augen an die Dunkelheit gewöhnt hatten, erkannten wir die schemenhaften Umrisse von Kisten und Regalen, offenbar waren wir in einer Art Abstellraum gelandet. In der

Ecke ganz hinten lauerte ein großes, schlafendes Tier, wahrscheinlich ein Kanapee.

Und dann fiel ein flackernder Lichtstreifen in den Raum.

Wie gebannt starrten wir alle darauf.

Erich, der sich auskannte, hatte eine Klappe in der Wand geöffnet. Durch die Öffnung konnte man direkt auf die Kinoleinwand sehen.

Die anderen hatten die besten Plätze vor dem Lichtspalt schnell besetzt. Ich fand eine Kiste, stellte mich darauf und hatte nun wirklich und wahrhaftig vor Augen, wovon sie mir vorgeschwärmt hatten und was zurzeit in aller Munde war: die bewegten Bilder auf der großen Leinwand, Menschen fast so groß wie im richtigen Leben. Und da, das Mädchen, das auf Knien rutschend die Treppe putzte, das musste sie sein, die berühmte Asta Nielsen. Sie sah aus wie ein Mädchen aus der Nachbarschaft, gar nicht vornehm oder verrucht, wie man sich eine Filmschauspielerin vorstellte. Trotzdem waren die meisten ihrer Filme, auch dieser, für Jugendliche verboten – wegen der Liebesszenen und dem zwielichtigen Milieu. In einem der Filme sollte sogar ihr nacktes Bein bis zum Knie zu sehen sein.

Die Viktoria-Lichtspiele gehörten Erichs Onkel. Seit Wochen hatte Erich damit geprahlt, dass er alle Asta-Nielsen-Filme gesehen habe, die verbotenen sowieso. Gottfried und Nickel hatten das bezweifelt, und jetzt wollte Erich beweisen, dass er die Wahrheit gesagt hatte.

Der Film an diesem Sonntagnachmittag hieß *Die arme Jenny*, und natürlich war Asta Nielsen die Jenny, das Mädchen, das die Treppe putzte.

Ich war vom ersten Blick an von ihr gefesselt. Ihre großen Augen sahen mich an – Treppenputzen war bestimmt nicht das, was sie sich für ihr Leben gewünscht hatte. Aber der Mann, der um sie herumscharwenzelte, der meinte es nicht ehrlich, das brauchte mir niemand zu sagen. Der war ein Städter, ein Filou, ein Lebemann. Fast hätte ich ihr zugerufen: »Glaub ihm nicht, bitte, glaub ihm bloß nicht!«

Aber die Bilder auf der Leinwand und die Schrift dazu liefen unerbittlich weiter. Dramatische Klaviermusik erfüllte den Raum.

Der Filou gab der armen Jenny seine Visitenkarte, auf die er Ort und Zeit für ein Rendezvous geschrieben hatte. Und Jenny, die dumme Jenny, setzte alles daran, um sich mit dem losen Vogel zu treffen. Ihre Schwester Trude half ihr, sich aus dem Haus zu stehlen. Eduard Reinhold, so hieß der Lebemann, machte ihr schöne Augen und falsche Versprechungen.

Zu Hause hatte der Vater längst alles erfahren. Er war ein harter, unerbittlicher Mann. Er verstieß seine Tochter. Jenny musste ihr Elternhaus verlassen, und Eduard Reinhold, der Lackaffe, dachte nicht daran, Jenny zu heiraten. Ratlos, voller Verzweiflung irrte sie durch die Stadt. Dunkle Klaviertöne deuteten an, dass die Sache ein böses Ende nehmen würde.

Dann kicherte eine Frauenstimme, und eine tiefe Männerstimme sang: »Püppchen, du bist mein Augenstern. Püppchen, hab dich zum Fressen gern …«

Ich brauchte einen Moment, um zu begreifen, dass die Stimmen Wirklichkeit waren und dass sie nicht aus dem Kinosaal, sondern vom Gang direkt vor dem Abstellraum kamen.

Erschrocken fuhren wir herum und starrten auf die Tür.

»Psst!«, machte die Männerstimme. »Nicht so laut!« Dann erstickten die Stimmen in Schmatz- und Grunzlauten.

Erich hatte die Hand vor den Mund gepresst. Aus dem Kinosaal hörten wir aufgeregte Klaviertöne.

»Grüne Neune!«, stöhnte Erich. »August. Mein Vetter. Der will hier rein. Das ist sicher.«

»Los, verstecken!«, flüsterte Nickel.

Aber wo? Die Kisten waren viel zu niedrig.

»Hinter dem Kanapee!«, raunte Nickel.

Aber Erich schüttelte den Kopf. »Zwecklos«, sagte er. »Kein Platz für vier.«

Wir standen da und erwarteten das Unheil. Unten im Kinosaal waren alle Köpfe der armen Jenny zugewandt, die immer noch durch die Straßen der Stadt irrte.

Leise wurde die Tür geöffnet. Vom Gang her schob sich ein fahler Lichtschein in den Raum herein, tuschelnde Stimmen näherten sich, ein großer schlanker Mann in der Uniform der Leibhusaren zog ein Mädchen in hellem Kleid und verrutschtem Pfauenfederhut hinter sich her.

»Hier herein, mein süßes Püppchen ...«, säuselte der Husar.

Erich stieß Gottfried und Nickel mit den Ellenbogen in die Rippen. »Jetzt!«, zischte er. »Nichts wie raus!«

Unvermittelt schnellte er nach vorn, sein langer Körper prallte gegen das überraschte Paar, der Husar stolperte über die Füße des Mädchens und Erich rannte an ihm vorbei zur Tür hinaus. Gottfried, Nickel und ich hinter ihm her. Wir rannten den langen Gang hinunter und waren schon um die Ecke, da hörten wir die dröhnende Stimme des Vetters hinter uns: »Erich, du verflixter Bengel! Na warte, das wird ein Nachspiel haben!«

Wir rannten weiter, die knarrende Treppe hinunter, blieben einen Moment mit fliegendem Atem stehen und lauschten. Vetter August war uns nicht gefolgt. Wir grinsten und pusteten erleichtert Luft aus den Backen.

»Der Windhund!«, sagte Erich. »Jetzt weiter. Sonst schnappt er uns doch noch.«

»Erst mal hat der was Besseres zu tun«, lachte Gottfried.

In meinem Kopf drehte sich alles. Stundenlang hätte ich Asta

Nielsen noch zuschauen wollen. Ich war enttäuscht. Jetzt wusste ich nicht, wie die Geschichte ausging. Obwohl … es war vorauszusehen, dass sie traurig enden würde. In einem anderen Film, hatte Erich erzählt, sah man Asta Nielsen am Ende als Leiche in einem Kahn auf dem Wasser treiben.

Über den Hinterhof rannten wir auf die Straße. Gottfried und Nickel stießen mit den Schultern gegeneinander. Die Angst war abgefallen. Das Abenteuer war bestanden.

»Es war einmal ein treuer Husar, der liebt' sein Mädchen ein ganzes Jahr …«, fing Nickel übermütig zu singen an.

»Hör auf!«, sagte Erich drohend. »Hört auf, ihr Affen! Mit Soldatenehre macht man keine blöden Witze!«

Aber Gottfried sang weiter: »Ein ganzes Jahr und noch viel mehr, die Lie-hie-be nahm kein Ende mehr.«

»Ihr Blödmänner!«, schrie Erich, blieb stehen und ballte die Fäuste.

»Hab dich doch nicht so«, versuchte Gottfried ihn zu beruhigen.

Und Nickel sagte: »Ehre hin und Ehre her. August weiß schon, wo der Hase im Pfeffer liegt. Die werden doch alle Soldat, weil ihnen die Mädchen dann nachlaufen.«

Ich war allmählich immer weiter zurückgeblieben. Sie merkten gar nicht, dass ich fehlte. Richtige Freunde waren sie für mich sowieso nicht. Als ich auf dem Schulhof Erich gefragt hatte, ob sie mich bei der Kino-Sache mitnehmen würden, hatte er sich in die Brust geworfen, mich von oben herab gemustert und mit schnarrender Soldatenstimme gesagt: »Haste gedient?« Und ich musste strammstehen und antworten: »Jawoll, Herr General. Dragoner-Regiment ›Prinz Albrecht von Preußen‹. Verletzt in der Schlacht bei Preußisch Eylau.« Erst nachdem ich salutiert hatte, sagte Erich gnädigst: »Brav, brav. Tritt er ins Glied!«

Das war so ihr Ritual, und wer sich dem nicht fügte, gehörte eben nicht dazu.

Der Nachmittag neigte sich dem Ende zu. Immer noch staute sich die Hitze in den engen Gassen der Stadt. Aber, das spürte ich schon bald, in die gewöhnliche Sonntagnachmittags-Schläfrigkeit mischte sich heute eine seltsame Unruhe.

Etwas war anders als sonst. Auf dem Marktplatz standen Leute in Gruppen zusammen und redeten aufgeregt durcheinander. Einige eilten mit schnellem Schritt davon, als hätten sie etwas Wichtiges zu erledigen. Ein Mann schwenkte seinen Hut und rief: »Es lebe unser Kaiser, heil, heil, heil!«

Ich ging näher. Anzusprechen wagte ich keinen. Alle waren von etwas außerordentlich Wichtigem erfüllt, und niemand hätte sich herabgelassen, einen vierzehnjährigen Jungen, dazu noch einen Fremden, daran teilhaben zu lassen. Ein bärtiger Mann mit hochrotem Gesicht sagte mehrmals hintereinander: »Ruhe ist die erste Bürgerpflicht!« Dabei schien er alles andere als ruhig zu sein.

»Ein Schurkenstück!«, rief ein anderer aufgebracht, und ich musste unwillkürlich an Eduard Reinhold denken, den Filou, den gemeinen Lebemann im Film. Aber das war ja nur eine Geschichte. Wegen dem regte sich bestimmt keiner auf.

»Das darf sich der Kaiser nicht gefallen lassen!«, hörte ich.

»Hurra, hurra, hurra!«, rief ein anderer. Es klang spöttisch, als wolle er den Kaiser nachmachen.

»Wöhler«, sagte nun ein Mann mit Monokel, reckte den Kopf gegen den Vorredner und seine Stimme schwoll an. »Wöhler, ich appelliere an Ihr Ehrgefühl!«

»Wir sind jetzt alle Österreicher!«, mischte sich noch ein anderer ein, und der rotgesichtige Mann nickte.

Ich ging weiter. Im Vorbeigehen flog mir immer wieder ein Wort ins Ohr, das ich noch nie gehört hatte, ein Wort mit einem wunderbar weichen Klang, ein Wort wie eine Zauberformel: »Sarajevo.« Es schien der Schlüssel zu sein für die Erregung, die plötzlich über die Stadt gekommen war. »Sarajevo.« Es klang so schön, so einschmeichelnd. Das konnte doch unmöglich etwas Böses bedeuten. Zu Hause würde ich Genaueres erfahren.

Kolonialwaren Wilhelm Steinhoff stand in Stein gehauen über unserer Haustür. Eigentlich müsste Mutters Name jetzt dort stehen, ging es mir durch den Kopf, *Anna Hoffmann.* Nachdem vor zwei Jahren ihre Mutter, Großmutter Alwine, gestorben war, waren wir hierher in die Stadt gezogen. Mutter hatte das Heft in die Hand genommen und den Gemischtwarenladen ihrer Eltern wieder zur Blüte gebracht. Die Anna, sagten die Leute, die weiß, was sie will.

Die dicke Messingklinke war immer noch warm von der Hitze des Tages. Ich drückte sie hinunter und schob die schwere Haustür auf. Schon auf dem Flur hörte ich ihre Stimmen. Sie waren alle in der Küche. Laut und aufgeregt redeten sie durcheinander. Ich blieb stehen und hörte eine Weile zu.

Da war es wieder, dieses Wort: »Sarajevo.« Max sagte es, mein großer Bruder. So wie er es aussprach, klang es nach Abenteuer.

Sie saßen um den Küchentisch, Mutter, Vater, meine siebenjährige Schwester Gertrud, Großvater Wilhelm und Max. Als ich die Küche betrat, sahen sie kurz auf, nickten mir zu und redeten weiter.

»Es wird dazu kommen«, sagte der Vater. »Ganz unvermeidlich.«

»Ein neues Sedan!«, rief Großvater Wilhelm und schwenkte die Hand mit der qualmenden Pfeife. »Wie 1870/71!«

Großvater Wilhelm gehörte zu den Veteranen, die vor mehr als vierzig Jahren in der legendären Schlacht von Sedan die Franzosen besiegt hatten. Jeden 2. September feierten wir das mit langen Reden, Gedichtaufsagen, vaterländischen Liedern, Fahnenschwenken und Theateraufführungen ganz groß in der Schule. Und Großvater Wilhelm ging am Jahrestag der Schlacht, die Brust voll funkelnder Orden, zur Sedanfeier auf dem Rathausplatz. Da genoss er es, umjubelt zu werden, und seine Begeisterung ließ ihn um Jahre jünger erscheinen.

»Noch ist nichts entschieden«, sagte Max. »Aber wenn es denn sein muss, wir sind bereit!«

»Jetzt ist es an euch«, sagte Großvater Wilhelm. »Das Vaterland ruft!«

Mutter schüttelte den Kopf und sah ratlos von einem zum anderen. Aber sie schwieg.

»Kann mir mal einer sagen, was eigentlich los ist?«, wagte ich mich einzumischen.

»Komm her, Paul«, sagte Vater. »Setz dich zu uns.«

Ich drückte mich auf die Eckbank neben meinen Bruder.

»Es ist was passiert«, sagte Max. »Sie haben den österreichischen Thronfolger Franz Ferdinand umgebracht. Und seine Frau. In Sarajevo.«

Nie zuvor hatte ich von einem Franz Ferdinand gehört. Und Sarajevo war also ein Ort. Kein Zauber, kein Märchen. Aber weit weg wahrscheinlich. Was ging uns das an?

»Wer?«, fragte ich.

»Genaues weiß man noch nicht«, sagte Max. »Ein Attentat von serbischen Fanatikern. Einer hat ihn aus nächster Nähe erschossen.«

»Und?«, fragte ich. Etwas schlich sich von weit her an mich heran, immer dichter. Sarajevo. Das schöne Wort war plötzlich blutgetränkt. Etwas Gefährliches lauerte dahinter. »Aus nächster Nähe«, hatte Max gesagt.

»Das wird Folgen haben«, sagte Vater und nickte wie zur Bestätigung vor sich hin.

»Nun macht ihm doch nicht Angst«, sagte die Mutter. »Noch ist gar nichts entschieden.«

»Welche Folgen?«, fragte ich.

»Österreich-Ungarn ist unser Verbündeter«, sagte Max. »Und wir stehen zu unserem Wort.«

»In Treue fest!«, sagte Großvater.

»Das feige Schurkenstück darf nicht ungesühnt bleiben«, sagte Vater. »Das ist eine Frage der Ehre.«

»Nun hört mal auf«, sagte Mutter. »Noch weiß man nicht, was der Kaiser dazu sagt.«

»Dem Kaiser bleibt keine Wahl«, sagte Großvater Wilhelm durch den Qualm seiner Pfeife.

»Die Zeit ist reif«, sagte Vater. »Über vierzig Jahre Frieden haben uns schläfrig gemacht. Schläfrig und bequem.«

Die Mutter schüttelte den Kopf. Obwohl sich unsere Eltern bemühten, es niemals zu zeigen: Über manche Dinge waren sie verschiedener Meinung. Mutter war ein Stadt-, Vater ein Landmensch. Nur widerwillig hatte er vor zwei Jahren dem Umzug in die Stadt zugestimmt. Vater war mit ganzer Seele Bauer. Weil aber sein Bruder Karl den Hof geerbt hatte, war uns nichts übrig geblieben, als die Gelegenheit zu nutzen, Großvaters Kolonialwarenladen zu übernehmen. Mutters Tüchtigkeit hatte den Vater zur Seite gedrängt. Es fiel ihm schwer, damit fertig zu werden, dass nun hauptsächlich seine Frau für den Unterhalt der Familie sorgte.

»Ehre, Vaterland«, sagte Mutter. »Schöne Worte. Große Worte. Schön für Kaisers Geburtstag oder zur Sedanfeier. Aber warum können wir nicht einfach in Frieden leben?«

Vater seufzte. »Anna«, sagte er und legte Mutter die Hand auf den Arm. »Das verstehst du nicht. Das ist Männersache. Wenn es ernst wird, sind wir dazu da, euch zu beschützen. Das war schon immer so. Das wird immer so sein.«

»Wenn es ernst wird«, sagte Max, »stellt sich doch erst heraus, was unser Wort wert ist. Wir werden unsern Mann stehen. Das ist mal sicher. Wir lassen unsere Freunde nicht im Stich.«

Ich zögerte. Dann fragte ich es doch: »Was soll denn ernst werden?«

Max strich sich die schwarze Haartolle aus dem Gesicht. Und in einem Ton, als freue er sich darauf, sagte er:

»Vielleicht gibt es Krieg.«

Unsere Betten standen nebeneinander, zwischen uns der schmale Gang, beide konnten wir durch das Fenster in die ausladende Krone einer großen Buche sehen. Im Dunkeln stellte ich mir manchmal vor, da draußen wäre ein finsterer, wilder Wald, in dem sich alle Geheimnisse der Welt versteckten. Wenn Max beim Erzählen gut in Form war, schien es mir oft, als würde ich den Geheimnissen ein Stück näher rücken, auch wenn ich ahnte, dass er mir längst nicht alles verriet, was ihn bewegte.

»Wenn es Krieg gibt ...«, sagte ich. »Hast du gar keine Angst?«

»Angst ist was Kleines«, sagte Max. »Wir leben in einer großen Zeit. Da müssen die kleinen Dinge schweigen. Wenn das Vaterland ruft, darf man sich nicht hinter dem Ofen verkriechen. Wo kommen wir hin, wenn jeder nur an sich denkt? Das Vaterland, das sind wir alle. Und wenn es bedroht ist, dann müssen wir dafür einstehen, und sei es mit unserem Leben.«

Er hatte dieses Leuchten in den Augen, diese Begeisterung, die ich so sehr an ihm mochte. Sie war mir wie ein Versprechen, dass es im Leben mehr geben musste als das tägliche Einerlei, den grauen, langweiligen Alltag. Zum Kummer der Mutter träumte

Max immer noch davon, eines Tages zur See zu fahren statt wie vorgesehen den Laden zu übernehmen. Auch die Enttäuschung darüber, dass sie ihn bei der Marine wegen zu großen Andrangs nicht genommen hatten, konnte ihn nicht von seinen Träumen abhalten.

Die halbe Nacht über redete Max davon, warum man die Angst in sich bekämpfen müsse und dass jeder, der seine Heimat liebe, nicht nur das Schöne genießen, sondern auch für die Gemeinschaft da sein müsse. Dass Eigensucht feige und verwerflich sei und dass er schon bei den Wandervögeln gelernt habe, Entbehrungen und Anstrengungen auf sich zu nehmen, materiellen Luxus zu verschmähen und statt sich in einem faulen, bequemen Leben einzurichten, sich für das Große und Ganze einzusetzen. Und dass Gehorsam, wie er nun einmal von den Soldaten gefordert werde, die Grundlage aller Ordnung sei, und niemand – absolut niemand – könne ihn davon abhalten, freiwillig seine Ehrenpflicht zu erfüllen. »Fürchten musst du nur Gott, Paule«, sagte Max. »Und sonst niemanden auf der Welt.« Er redete und redete, als wolle er nicht nur mich überzeugen. Als seine Stimme leiser wurde und er schließlich eingeschlafen war, sah ich noch eine Weile hinaus in das schattenhafte Gewirr der großen Buchenkrone, und da fiel mir Erich ein, und ich hörte seine Stimme: *»Wer Angst hat, der bleibt da.«*

Nein, ein Feigling wollte ich nicht sein. Dazugehören wollte ich doch auch.

2

Krieg. Einen Monat lang war alles in der Schwebe. Einen Monat lang mischte sich das Wort in alles und jedes und wurde doch selten ausgesprochen. Es schien, als würde auch mein Vater sich danach sehnen, Soldat zu werden. »Wenn es sein muss«, sagte er, »werden wir redlich unsere Pflicht erfüllen. Einer für alle. Alle für einen.«

Großvater Wilhelm hatte sich nach dem Tod seiner Frau kaum noch aus seinem Zimmer bewegt. Jetzt schlurfte er ab und zu wieder durch den Laden und erzählte den Leuten von der »großen Zeit«, die nun anbrechen werde.

Mutter dagegen suchte jede Gelegenheit, um die Erwartungen der Männer zu dämpfen. Mit Genugtuung in der Stimme las sie aus der Zeitung vor, dass Kaiser Wilhelm wegen »Hexenschuss« nicht zur Beerdigung des ermordeten Thronfolgerpaares nach Wien fahren würde. Wenige Tage später war der kaiserliche Hexenschuss offenbar geheilt und Mutter verkündete triumphierend: »Der Kaiser macht Urlaub! Eine Nordlandreise, von Kiel aus. Hier steht es: ›Ein zahlreiches Publikum begrüßte den Kaiser am Bahnhof und am Quai mit lebhaften Hurrarufen!‹ Dann kann es ja wohl nicht so schlimm sein. Was gehen uns die Österreicher an?«

In der Schule aber waren die letzten Tage vor den Sommerferien anders als sonst. Das unausgesprochene Wort hatte Macht über alles. Es lag in den Andeutungen der Lehrer. »Sechs Wochen sind eine lange Zeit. Wer weiß, wann wir uns wiedersehen ...« Wie Vater und Max rechneten offenbar viele damit, in Kürze in den Krieg zu ziehen.

Erwartung lag auch in der hochfahrenden Stimme von Erich Kessler, als er für den Jungdeutschlandbund warb und jeden dazu aufforderte, endlich Mitglied zu werden. »Mit Gott für König und Vaterland!« Endlich passierte etwas, endlich stand etwas bevor, endlich fieberte man einer Sache entgegen. Die Schläfrigkeit der Kleinstadt war wie von einem frischen Wind fortgeblasen. Abschiedsblicke und Gesten hatten jetzt neue Bedeutung und in alles mischte sich eine seltsame Feierlichkeit. Franz Menke kam auf mich zu, Franz Menke, der Klassenbeste, der »Streber«, mit dem ich bis dahin kaum geredet hatte. Jetzt drückte er mir die Hand, dass es wehtat, sah mir in die Augen und sagte: »Jetzt geht's los, Hoffmann. Halt dich gerade.« Dann drehte er sich um und verließ eilig den Klassenraum.

Ich sah hinter ihm her. Was wusste ich von ihm? So gut wie nichts eigentlich. Beim Religionsunterricht war er nicht dabei, weil mosaischen Glaubens. Einzelkind, hochbegabt, Vater Musiker. Warum er nicht aufs Gymnasium ging, war mir ein Rätsel.

Trommelwirbel und Marschmusik. Am letzten Wochenende im Juli war die Stadt wie verwandelt. Die Häuser mit Tannen-Girlanden und grün belaubten Zweigen geschmückt, Fahnen hingen aus den Fenstern, an Hauswänden, an Flaggenmasten. Die Sonne schien vom wolkenlosen Himmel. Erwartungsfroh drängten sich die Menschen hinter Absperrungen auf den Bürgersteigen, schwenkten Fähnchen, kleine Kinder wurden auf die Schultern von Vätern gehievt, Hälse reckten sich. Mittendrin versuchte auch ich mit Gertrud an der Hand hinter breiten Rücken und hohen Hüten einen Blick zu erhaschen. Kaum war mir das, auf Zehenspitzen balancierend, halbwegs gelungen, zog Gertrud mich weiter.

Vom Bahnhof kommend hatten die auswärtigen Turnerriegen am Anfang der Bahnhofsallee Aufstellung genommen und zogen, Musik und Fahnen voran, durch den eigens aufgestellten, blumengeschmückten Torbogen, die Ehrenpforte, mit der goldfunkelnden Aufschrift: *17. Kreisturnfest.* Die Turner – blaue Jacken, weiße Hosen und schwarze Hüte – marschierten durch das Spalier der wartenden Menschen in die Stadt ein, winkten und schwenkten ihre Hüte. Aus der Menge winkte man zurück, aus manchem offenen Fenster warfen Mädchen Blumen auf die Turner hinunter.

Nach den Turnern kamen die Vereine der Stadt. Auf den vorangetragenen Schildern stand: *Kampfgenossen-Kriegergarde, Landwehr-Kavallerie und Artillerie, Marineverein, Fahrbeamtenverein »Flügelrad«, Arbeiterbildungsverein, Verein Deutscher Lokomotivführer, Neuer Arbeiterverein, Gesangverein »Einigkeit«, Mandolinenclub, Fußballverein Germania, Jungdeutschlandbund, Brauereipersonal.* Beifall erhielten sie alle, Hochrufe und bewundernde Blicke.

Nachdem die Mehrzahl der Vereine vorbeigezogen war, mischte ich mich, Getrud an der Hand, in den Strom der zum Marktplatz strebenden Menge, wo die Turner inzwischen in Reih und Glied Aufstellung genommen hatten. Fahnen wurden geschwenkt, Marschmusik fuhr in alle Glieder, Kommandos tönten über den Platz und aus vielen Kehlen schallte der Turnergruß: »Gut Heil! Gut Heil! Gut Heil!«

Von der Rathaustreppe herab hielt ein Professor eine lange Rede von »vaterländischer Pflicht«, von »deutsch sein, einig sein, komme, was da wolle.«

Wie die meisten Umstehenden nickte auch ich zustimmend.

Man musste jetzt zusammenstehen, das war klar. Und es wird schon auch gut sein, dachte ich, als der Redner sagte: »In stiller, selbstloser, hingebungsvoller Arbeit wirkt die Deutsche Turnerschaft, um des Vaterlandes Wehrkraft zu mehren ...« Alle auf dem Marktplatz waren sich einig. Was der Mann auf der Rathaustreppe auch sagen würde, alle warteten nur darauf, ihm zuzujubeln.

»Und nun, ihr versammelten Turner«, rief der Professor, »entblößt eure Häupter, schwört dem teuren Kreisbanner, unserer Fahne, schwört der Sache unseres Turnkreises unverbrüchliche Treue ...«

Die Turner rissen sich die Hüte von den Köpfen, und selbst die beiden Damen vor mir nahmen ihre Strohhüte ab. Alle standen wie in der Kirche, lauschten andächtig den feierlichen Worten der Zeremonie.

Ich war froh, dabei zu sein. Sarajevo. Krieg. Das Ungewisse verlor den Schrecken, wenn man zusammenrückte, wenn man spürte, wohin man gehörte. Nie zuvor war mir die Stadt so nah wie jetzt in der festlich gestimmten Menschenmenge. So unterschiedlich wir auch waren, wir gehörten doch alle zusammen.

Als der Festzug sich in Richtung Jahnplatz in Bewegung setzte, hörte ich einen weißhaarigen alten Mann rufen: »Einer für alle, alle für einen und alle für uns, für das Vaterland!« Rings um ihn brandete Beifall auf, viele winkten ihm zu, auch ich hob die Hand.

Als ich die Hand fallen ließ, merkte ich, dass Gertrud nicht mehr neben mir war. Ich sah mich nach allen Seiten um. Gertrud war nirgends zu entdecken. Einen Moment überlegte ich, ob ich umkehren, Gertrud suchen oder nach Hause gehen sollte. Wahrscheinlich war sie längst dort, und wenn ich ankam, würde sie mir eine lange Nase machen.

Der Sog der Menschenmenge war stärker als alle Bedenken.

So klein war Gertrud nicht mehr, und dumm war sie auch nicht. Und was sollte schon passieren an einem Tag wie diesem.

»Frisch, fromm, fröhlich, frei!«, riefen die Turner. Fanfarenklänge zerrissen die Luft und in geordneter Fröhlichkeit folgten die Turnerriegen und Vereine den vorausmarschierenden Herolden. Fahnen flatterten im Wind. Nebenher liefen Zivilisten mit, auch ich. Es ging kreuz und quer durch die Straßen der Stadt, bis wir endlich den von alten Bäumen umstandenen Jahnplatz erreichten. Auf dem Freiübungsplatz vor dem Jahnspielhaus nahmen die Formationen Aufstellung, die Musikkapelle stimmte die Nationalhymne an, alle sangen: *Deutschland, Deutschland über alles* …

Ein Schauer lief mir über den Rücken. Dass so viele Menschen mit solcher Inbrunst sangen. Lauter noch und inniger, schien mir, als an Kaisers Geburtstag und am Sedantag. Was konnte uns passieren, wenn alle einig waren!

Vom Balkon des von mächtigen Baumkronen eingerahmten Holzhauses, auf dem die Ehrengäste Platz genommen hatten, verlas der Professor ein Telegramm, das die Turnerschaft hier und heute an den Kaiser Wilhelm, z. Zt. in Norwegen, verschickt hatte. »Eurer Kaiserlichen und Königlichen Majestät bringen die Turner vom 17. Kreisturnfest die ehrerbietigste Huldigung dar und bitten Eure Majestät das Gelöbnis unwandelbarer Treue allergnädigst entgegennehmen zu wollen …«

Allein der Kaiser, hatte Vater gesagt, entscheidet über Krieg und Frieden.

Schließlich begann das Turnfest mit Stab- und Keulenschwingen und dem Einzug der Turner in das vor einem Jahr neu errichtete Stadion. Speerwerfen, Diskuswerfen, Steinstoßen, Schlagball, Fußball, Stabhochsprung, Stafettenlauf. Ich hätte am liebsten mitgemacht. Noch besser als Worte und Lieder, so stellte ich mir vor, würde Bewegung gegen all das Ungewisse helfen.

Auf dem Nachhauseweg drückte mich das schlechte Gewissen. Mutter hatte ich hoch und heilig versprochen, auf Gertrud aufzupassen. Was, wenn doch etwas passiert war?

In Erwartung großen Ärgers schob ich die schwere Haustür auf und legte mir schon die Worte zurecht, mit denen ich mich verteidigen wollte. *Auf einmal war sie weg. Ohne ein Wort zu sagen. Habe sie überall gesucht.*

Aber es kam anders. Gertrud lief mir entgegen, den Zeigefinger auf die Lippen gepresst, und zog mich in den halbdunklen Lagerraum.

»Psst«, machte sie. »Nicht petzen. Ich habe gesagt, du hast mich nach Hause gebracht.«

»Wieso bist du weggelaufen?«

»Sooo langweilig«, sagte Gertrud. »Immer nur Reden und Reden …«

Glückliche Gertrud. Sie hatte also gar nichts gemerkt von der Ungewissheit, die wie ein Schatten über dem festlichen Tag gelauert hatte, nichts von der Spannung, die jeden Moment etwas zum Explodieren bringen konnte. Sollte ich sie beneiden? Sollte ich sie bedauern?

»Sag nichts«, flüsterte Gertrud. »Sie müssen ja nicht alles wissen. Mutti macht sich nur unnötig Sorgen.«

Dass die Ferien hauptsächlich zum Arbeiten da sind, das kannte ich nicht anders. Früher auf dem Dorf war es die Ernte- und Stallarbeit gewesen, die meine Ferientage ausfüllte, jetzt war es die Arbeit im Laden. Kartoffelkisten stapeln, die Schubfächer mit Kaffeebohnen, Reis, Salz und Zucker nachfüllen, welk gewordene Sachen aussortieren, verdorbenes Obst und Gemüse zum Abfall werfen.

Zu meinen Aufgaben gehörte es auch, älteren Menschen, denen das Laufen schwer fiel, die vorbestellten Lebensmittel in die Wohnung zu bringen. So führte mich der erste Botengang an diesem Mittwoch zur Witwe Kubitzki, Bismarckstraße 25, zweite Etage. Auf ihren Stock gestützt öffnete sie die Wohnungstür, begrüßte mich mit ihrer dünnen, heiseren Stimme. Mit schlurfenden Schritten tappte sie von der Tür zu ihrem Fensterplatz am Küchentisch zurück. Wie immer stellte ich die Lebensmittelkiste in die Vorratsnische hinter dem geblümten Vorhang. Ich nahm die leere Kiste vom vorigen Mal auf und ging zurück, um die üblichen zehn Pfennig Botenlohn entgegenzunehmen.

Es roch nach Kohlsuppe und essigsaurer Tonerde. Frau Kubitzki saß über den Küchentisch gebeugt und stocherte mit gichtgekrümmten Fingern in ihrem Geldbeutel nach der passenden Münze. Auf dem Tisch lag die Zeitung. Ich reckte den Hals und las die Schlagzeile: *Österreich erklärt Serbien den Krieg.*

»Na, Jungchen«, krächzte Frau Kubitzki. »Willst du auch zu den Soldaten?«

Ich zog die Schultern hoch.

»Es geht ja nun los«, sagte Frau Kubitzki. »Hier.« Sie warf ein Fünfpfennigstück auf den Tisch. »Mehr ist es heute nicht. Und sag deiner Mutter schönen Dank für den Extra-Salatkopf vom letzten Mal.«

Nachdem ich die Wohnungstür hinter mir zugezogen hatte, blieb ich einen Moment stehen. Das graue Treppenhaus, an dessen Wänden der Putz bröckelte, schien mir von einer Trostlosigkeit wie nie zuvor. Draußen vor dem Haus sah ich zum blauen Himmel hinauf. Ein Schwarm Krähen kreiste über den Baumwipfeln. *Es geht ja nun los. Es geht ja nun los …* krächzten sie. Krähen sind Unglücksvögel, dachte ich und ein dunkles Gefühl von Bedrohung stieg in mir auf.

Aber die Sonne schien. Autos, Kutschen und Fahrräder rollten über die Bismarckstraße, eine Mutter schimpfte mit ihrem Kind, das Glockenspiel am Giebel der Apotheke gegenüber spielte *Üb immer Treu und Redlichkeit.*

Alles war wie immer. Vielleicht würde es ja nicht so schlimm werden. Ein kurzes Abenteuer, und die siegreichen Truppen würden heimkehren. So stand es in der Zeitung. So sagten es Vater und Max. Und Großvater Wilhelm wäre enttäuscht, wenn es keinen Krieg gäbe.

Am nächsten Tag meldete die Zeitung: *Russland mobilisiert!*

Und als ich am Samstag mit meiner Lebensmittelkiste zum Marktplatz kam, war der Platz schwarz von Menschen. Der Bürgermeister verlas von der Rathaustreppe einen Aufruf des Kaisers. Ich kam dazu, als er schon fast am Ende war: » ... Um Sein oder Nichtsein unseres Reiches handelt es sich, dass unsere Väter sich gründeten, um Sein oder Nichtsein deutscher Macht und deutschen Wesens. Wir werden uns wehren bis zum letzten Hauch von Mann und Ross. Wir werden diesen Kampf bestehen, auch gegen eine Welt von Feinden. Noch nie ward Deutschland überwunden, wenn es einig war! Vorwärts mit Gott, der mit uns sein wird, wie er mit unseren Vätern war!«

Ein Jubelsturm brach los.

Kein Zweifel, der Krieg war da.

3

Es war der erste Sonntag im August, der letzte Tag, an dem unsere ganze Familie zusammen war. Vater bestand darauf, dass wir alle, bis auf Großvater Wilhelm, mitfuhren.

»Was das kostet«, klagte Mutter. »Und morgen wird ein strenger Tag. Sie werden uns den Laden einrennen.«

»Morgen ist morgen«, sagte Vater, »und heute ist heute. Und das Geld gebe ich gern aus. Fünfundachtzig Pfennige, dritter Klasse hin und zurück, das können wir uns leisten.«

Am Samstag war die Mobilmachung verkündet worden und Vater und Max rechneten damit, am Montag in den Krieg zu ziehen. Beide hatten sich als Freiwillige gemeldet. Vater wollte sein Heimatdorf noch einmal sehen. Niemand konnte ihm das abschlagen. Auch Mutter nicht.

Zum Glück war die Kleinbahn noch nicht in die Fahrplanänderungen der Mobilmachung einbezogen. Am Abend vorher hatte Vater mit Bürgermeister Hampe telefoniert. Der war der Einzige im Dorf, der ein Telefon besaß. Er hatte versprochen, bei Onkel Karl und Tante Lina unseren Besuch anzukündigen. Trotzdem und für alle Fälle hatten Mutter und Gertrud am Morgen Wurstbrote geschmiert und eine Flasche Milch eingepackt.

Auf dem Bahnsteig gegenüber, von dem die Fernzüge abfuhren, ging es lebhaft zu. Kriegsfreiwillige, vor allem junge Männer im Alter von Max, standen mit Eltern, Freunden und Bekannten um die abgestellten Gepäckstücke herum, lachten und redeten laut und aufgeregt.

Auf großen Anschlagtafeln stand in fetter schwarzer Schrift: *Bekanntmachung. Seine Majestät der Kaiser haben die Mobilmachung der Armee und Marine befohlen.*

Darunter Anordnungen und Befehle: *Alle wehrpflichtigen Soldaten haben sich zu melden. Ab sofort besteht ein Pferdeausfuhr-Verbot. Mit der Einquartierung von Truppen ist zu rechnen. Die Ein- und Ausfuhr von Tauben ist bei Strafe verboten. Alle Ärzte haben sich sofort zu melden. Kraft- und Luftfahrzeuge, Kriegs-, Verpflegungs-, Arznei- und Verbandsmittel und ärztliche Geräte dürfen nicht ausgeführt werden. Zuwiderhandlungen werden mit strengen Strafen geahndet.*

Morgen schon würden auch Max und Vater auf dem Bahnsteig gegenüber stehen. Max winkte seinen zukünftigen Kameraden zu. Sie winkten zurück.

Vater hatte es eilig, in die schon bereitstehende Kleinbahn einzusteigen. An diesem Sonntagmorgen zog es offenbar nur wenige Leute aufs Land. Wir setzten uns in den dritten und letzten Wagen hinter der Lokomotive. Bis auf ein mit sich selbst beschäftigtes Liebespaar am Fenster schräg gegenüber waren wir die einzigen Fahrgäste hier.

Eine Unterhaltung kam nicht in Gang. Seit gestern begannen Vaters Sätze meist mit: »Wenn wir nicht da sind, dann …«, und Mutter antwortete mit: »Was soll nur werden, wenn …« Für ein unbeschwertes Sonntagmorgenausflugsgespräch taugte das nicht. Selbst Gertrud spürte offenbar die gedrückte Stimmung und sah schweigend aus dem Fenster.

Als sich die Lokomotive endlich schnaufend in Bewegung setzte, sagte Max: »Weihnachten sind wir ja wieder zu Hause.«

Mutter schenkte ihm ein Lächeln.

»Das sagen alle«, versuchte Max Mutter zu trösten.

Dubu-dum-dubu-dum-dubu-dum – machten die Räder, wenn sie von einem Schienenstrang zum nächsten holperten. Ein Geräusch wie aus einer anderen Welt. Wir rollten aus der Stadt hinaus, zurück in unsere Vergangenheit. Die Hügel und Wälder, der Bach, die Feldwege, die Kirchtürme und roten Dächer hinter den Baumkronen – all das Vertraute tauchte vor uns auf, überstrahlt von einem fast wolkenlosen Himmel. Vater stand auf, stellte sich zwischen den leeren Holzbänken vor das Fenster, zog es ein Stück herunter und nahm in Kauf, dass ihm in Linkskurven der Qualm der Lokomotive ins Gesicht wehte. Hielt der Zug in den kleinen Dörfern an der Strecke, winkte er den draußen vorbeigehenden Menschen zu. Ich sah nicht, dass jemand zurückwinkte.

Max neben mir schwieg. Mutter schwieg. Gertrud schwieg. Als wäre alles gesagt.

Eine Stunde brauchte die Kleinbahn für die fünfzehn Kilometer bis in unser Dorf. Tante Lina und Onkel Karl standen an der Haltestelle im Schatten des Kohlenschuppens und erwarteten uns.

Die Begrüßung war herzlich. Sogar die Männer umarmten sich kurz. Der Bruderzwist vergangener Jahre war vergessen.

Es war seltsam, wieder durch unser Dorf zu gehen. Seit wir vor zwei Jahren in die Stadt gezogen waren, war ich – anders als Vater – nicht mehr hier gewesen. Die alte Vertrautheit war wieder da, aber alles war ein Stück weiter von mir gerückt, ob ich wollte oder nicht.

Auf dem Hof hatte sich nichts verändert. Hasso, glaube ich, erkannte mich sofort. Er sprang an mir hoch und leckte mir die Hand. Die Hühner scharrten wie immer im Misthaufen, die Katzen, unter ihnen die alte Hedwig, lagen um den Futternapf vor dem Scheunentor herum, fünf Rinder, Onkel Karls ganzer Stolz, standen auf der Weide vor dem Wald, und im Schlamm des

Schweinekobens zwischen Stall und Garten suhlte sich Eberhard mit seinen drei Säuen.

Oma Charlotte saß gichtgeplagt auf der Ofenbank und sah mich aus großen Augen fragend an, als habe sie Mühe, mich zu erkennen.

Gustav, der kleine Hoferbe, lernte gerade Laufen. Gertrud war begeistert von ihm und er von ihr. Sie bewarfen sich gegenseitig mit Bauklötzen, krabbelten über den Teppich und machten Tierstimmen nach.

Zur Feier des Tages aßen wir nicht wie früher in der Küche, sondern im Wohnzimmer am großen ausziehbaren Tisch, auf dem Oma Charlottes Häkeldecke lag. Die Männer tranken Bier, Gertrud und ich Limonade. Im Gespräch der Erwachsenen ging es um alles Mögliche, nur vom Krieg sagte keiner ein Wort.

»Was gibt es Neues im Dorf?«, fragte Vater.

Der Fuhrknecht Isermann war unter seine Langholzfuhre geraten und tödlich verunglückt. Der Postbote Dietrich war versetzt worden, der Telegrafenarbeiter Sonnemann zum Postboten ernannt. Im Nachbardorf hatten sie Tausendjahrfeier. Der Pastor hatte ein Theaterstück verfasst, das aber erst im Herbst oder Winter aufgeführt werden sollte, weil in der Erntezeit keiner seine Rolle einstudieren konnte. Der Tierarzt Küster hatte als Erster im Dorf ein Automobil gekauft und war gegen einen Baum gefahren. Die Heuernte war gut, gerade noch rechtzeitig vor dem großen Gewitter eingefahren. Drei Dörfer weiter hatten sie die Schweinepest.

Zu Mittag gab es Schnitzel mit Erbsen und Möhren, vorweg Nudelsuppe und zum Nachtisch Schokoladenpudding mit Vanillesoße.

»So viel Umstand«, sagte die Mutter. »Das war doch nicht nötig.«

»Wer weiß, wann wir wieder zusammenkommen«, sagte Tante Lina.

Nach dem Essen ging ich meinen Freund Kurt besuchen. Kurt war mein bester Freund im Dorf gewesen, wir hatten von klein auf miteinander gespielt. Hinter Hagemanns Scheune gab es einen herrlich verwilderten, durch ein hohes Brennnesselmeer geschützten Platz, der außer von uns von niemandem betreten wurde. Auf Weidenruten-Pferden waren wir über selbst gebaute Hindernisse gesprungen, und nach Regengüssen hatten wir aus Matsch Würste und Brot geformt. In der Schule haben Kurt und ich immer nebeneinander gesessen, die ersten zwei Jahre beim alten Bode, danach unter der Knute von Lehrer Knoche, der bis heute die Schulkinder des Dorfes in Angst und Schrecken versetzte.

Die rundliche Frau Hagemann empfing mich mit gewohnter Herzlichkeit. »Ja, Paul, dass man dich mal wieder sieht!« Ich konnte mich ihrer Umarmung nicht erwehren, und erst als ich einen Schritt zurücktrat, sah ich, dass sie rot geweinte Augen hatte.

Trotz des schönen Wetters war Kurt in seinem Zimmer. Schulterklopfen natürlich, ein paar freundschaftliche Boxhiebe in die Rippen, und doch war da eine Fremdheit, mit der ich nicht gerechnet hatte.

»Kurti, Mensch!«

»Mensch, Paule. Los, erzähl mal. Was treibst du so in der Stadt?«

Im Laden helfen, Schule, Kino, Erich, Gottfried, Nickel – das war schnell erzählt, aber nichts davon hatte mit Kurt zu tun. Ob wir wollten oder nicht, wir lebten seit zwei Jahren in verschiedenen Welten.

»Morgen fährt Max in den Krieg«, sagte ich schließlich. »Und mein Vater auch.«

Kurt nickte. »Mein Bruder ist heute Morgen schon los«, sagte er. »Russen verkloppen.«

Wir waren nicht nur beste Freunde gewesen, sondern immer auch Konkurrenten. Ich spürte einen leichten Ärger in mir aufsteigen, dass Kurts Bruder Konrad schneller gewesen war als Max und Vater.

Auf dem Fensterbrett hatte Kurt seine Zinnsoldaten aufgebaut. Links die Preußen in roten Uniformen, rechts die napoleonischen Franzosen in blauen. Wir gingen hinüber und blieben vor dem offenen Fenster stehen.

Plötzlich brach es aus Kurt heraus und er schrie: »Jeder Schuss, ein Russ! Jeder Stoß, ein Franzos!« Mit dem Handrücken fegte er die zum Angriff bereite Franzosen-Armee vom Fensterbrett. Die Zinnsoldaten kippten nach hinten über, hinunter in den Hagemann'schen Garten. Die Preußen blieben siegreich stehen.

Kurt lachte haltlos, und ich fiel in das Lachen ein. Aber wohl war mir nicht. Kurt legte mir den Arm um die Schulter. Ich tat es ihm nach. So standen wir dicht beieinander, beugten uns zum Fenster hinaus und lachten und lachten. Die blauen Zinnsoldaten waren im hohen Gras verschwunden, besiegt für immer.

Als wir ausgelacht hatten, besah sich Kurt seinen Handrücken und saugte das Blut ab, das ihm die Zinnsoldaten mit ihren spitzen und scharfen Kanten abgefordert hatten.

»Die haben sich gewehrt, die Schweinehunde«, sagte Kurt.

Natürlich wurde ich an den Hagemann'schen Kaffeetisch gebeten und musste vom selbst gebackenen Streuselkuchen probieren, und natürlich musste ich auf die Frage: »Wie ist es denn so in der Stadt?« mit der ausführlichen Erwachsenen-Version antworten. Gut geht's. Viel Arbeit ist's. Wird schon alles werden.

Es war fünf Uhr geworden, als ich mich von den Hagemanns verabschiedete.

Zu meiner Überraschung begegnete ich auf der Dorfstraße den Eltern, Onkel Karl und Tante Lina. Hier auf dem Dorf ging niemand – wie in der Stadt – einfach so spazieren, wenn er keinen Grund dafür hatte.

»Wir waren beim Schmied Gellert«, erklärte Mutter. »Du kennst doch die Ida? Tante Lina hat uns erzählt, dass Ida eine Stellung in der Stadt sucht. Wir werden jetzt Hilfe brauchen. In drei Tagen fängt Ida bei uns an.«

Ich versuchte, mich an Idas Gesicht zu erinnern. Sommersprossen. Eine Narbe auf der Wange unter dem linken Auge. Rote Haare. Sie war eine Klasse über mir gewesen, musste also in diesem Jahr konfirmiert worden sein. In der Schule hatte sie manchmal gute Einfälle gehabt. Einmal hatte sie den Rohrstock von Lehrer Knoche mit Zwiebelsaft eingerieben. Beim ersten Zuschlagen war er auf dem Hintern von Heinrich Deppe zerbrochen. Ida also sollte zu uns kommen.

Vater zögerte die Rückfahrt bis zur letzten Möglichkeit hinaus. Nach dem Abendbrot ließ es sich dann nicht mehr ändern. Wenn wir den letzten Zug um Viertel nach sieben in die Stadt erreichen wollten, mussten wir aufbrechen.

Aber wo war Max? Ich fand ihn schließlich auf der Bank im Garten hinter den Himbeersträuchern. Mit Rudolf, dem alten Knecht, saß er dort, beide in Zigarettenrauch gehüllt, und Rudolf erzählte von seiner Soldatenzeit und der Schlacht auf den Höhen von Sedan. Max hörte aufmerksam zu.

»Wir müssen los«, sagte ich.

Mein Bruder war in Gedanken schon weit weg. Ich musste ihn an der Schulter rütteln.

Max nickte, warf die Zigarettenkippe auf den Boden und trat sie sorgfältig aus. Dann gab er dem Knecht die Hand, bedankte sich und der alte Rudolf sagte »Kamerad« zu Max.

Beim Abschied am Bahnhof gab es dann doch Tränen bei Mutter und Tante Lina. Die Männer weinten nicht. Karl und Walter, die Brüder, sahen einander mit ernstem Blick in die Augen und klopften sich gegenseitig auf die Schultern. Auch Max hielt an sich. »Ihr werdet sehen«, rief er. »Wenn wir erst mal losmarschiert sind, geht alles ganz schnell!«

Ein Pfiff, der Zug ruckte an, Onkel Karl und Tante Lina winkten, dann wurden sie kleiner und kleiner und als der Zug um die Kurve herum aus dem Dorf hinausrollte, verschwanden sie ganz. Vater stand noch winkend am Fenster, als sie schon längst nicht mehr zu sehen waren. Endlich schob er die Glasscheibe hoch, setzte sich auf die harte Holzbank neben Mutter und drückte ihre Hand.

Auf dem Weg vom Bahnhof nach Hause schlug Vater vor, den kleinen Umweg durch den Park zu nehmen. Das letzte Sonnenlicht stand schräg zwischen den alten Bäumen und spiegelte sich im Wasser des kleinen Teichs.

»Ich wollte, es wäre schon alles vorbei«, seufzte Mutter.

»Anna«, sagte Vater. »Wir tun es doch für euch. Und für das Vaterland.«

Am Abend saßen wir alle – außer Gertrud – mit Großvater Wilhelm am Küchentisch und redeten. Auch ich durfte ausnahmsweise am Wein nippen, den Vater eigenhändig aus dem Keller geholt hatte. Erst gegen zehn Uhr schickten sie mich ins Bett.

Ich konnte lange nicht einschlafen und war noch wach, als gegen Mitternacht Max kam. Ich presste die Augen zu und tat, als ob ich schliefe.

Ich brachte es nicht fertig, ihn zu fragen, wie es sich anfühlte, zum letzten Mal im eigenen Bett zu schlafen.

4

Es blieb wenig Zeit für Abschiedsschmerz und Grübeleien. Als wir am Montag ohne Vater und ohne Max vom Bahnhof zurückgekehrt waren, hatte sich schon eine Traube aufgeregter Menschen vor der Ladentür gebildet. Frauen zumeist und Kinder, auch ein paar ältere Männer. Sie hatten Handwagen dabei, große Körbe und Beutel und murrten. Ich hörte ihr Gerede durch das angelehnte Fenster.

»Da steht man sich die Beine in den Bauch und hat weiß Gott keine Zeit«, klagte Frau Deuerlein.

»Die denkt wohl, sie kann öffnen wann sie will«, schimpfte Frau Wanzleben. »Das müsste verboten werden in diesen Zeiten!«

»Nun, nun«, sagte die weißhaarige Frau Hottenrott beschwichtigend. »Wir werden uns noch auf manche Unbequemlichkeit einrichten müssen. Wenn ich richtig gehört habe, dann sind die beiden Hoffmänner heute Morgen eingerückt.«

»Der Hoffmann muss natürlich bei den Ersten sein«, giftete Frau Wanzleben. »Macht sich aus dem Staub. Überlässt seiner Frau die ganze Arbeit.«

»Hüten Sie Ihre Zunge«, mahnte der alte Herr Hoppe. »Solche Patrioten wie die Hoffmanns hat das Vaterland jetzt bitter nötig.«

»Unsere Männer ziehen auch ins Feld«, sagte Frau Deuerlein. »Ob einen Tag früher oder später, darauf kommt es ja wohl nicht an.«

Mutter, Gertrud und ich standen hinter dem hohen Regal im Laden und hörten zu. Mutter schüttelte den Kopf und biss sich auf die Lippen.

»Deuerlein – nicht stubenrein«, sang Gertrud leise vor sich hin.

»Blöde Kuh!«, sagte ich.

»Pssst«, mahnte Mutter und legte den Zeigefinger auf die Lippen. »Es sind unsere Kunden!« Dann ging sie mit entschlossenen Schritten zu dem kleinen Schaufenster, entfernte das Pappschild mit der Aufschrift:

Kriegsbedingt öffne ich heute erst gegen 10 Uhr 30.

Anna Hoffmann

und schloss die Tür auf.

Die Leute stürmten in den Laden und drängten sich vor der Theke. Die spitzknochige Frau Wanzleben, die natürlich den besten Platz erobert hatte, zückte ihren langen Einkaufszettel.

»Gute Frau Hoffmann«, flötete sie mit falscher Stimme. »Wir haben gehört, Ihre Männer sind die Ersten im Feld, löblich, löblich … zehn Pfund Zucker bitte und zwei Pfund Salz … wenn alle so denken, dann wäre der Krieg schnell vorbei … zehn Pfund Mehl und Kaffee, die Usambara-Mischung aus unserer Kolonie … aber nun haben Sie ja Glück im Unglück, ein Geschäft wie noch nie … ach und Zichorien-Kaffeemehl und drei Pfund Tafel-Margarine, na ich hoffe, Sie halten sich trotzdem an die festgesetzten Höchstpreise … und Dosengemüse, Erbsen, Bohnen, Karotten und einen Zentner Kartoffeln, der Handwagen steht draußen, der Junge trägt die Sachen mal raus …«

Während ich Handwagen belud, Waren aus dem Lagerraum in den Laden räumte, Taschen und Säcke füllte und den älteren Leuten beim Nachhausebringen ihrer Beute behilflich war, musste ich daran denken, was Vater oft zu mir gesagt hatte: »Junge, werd du bloß mal keine Krämerseele. Buckeln ist unsere Sache nicht.« Mutter dagegen sagte: »Man muss auch mal was tun können, was einem nicht gefällt. Das Leben ist kein Zuckerschlecken. Und gewöhnen kann man sich an alles, wenn man nur will.« Vater hatte sich nicht an das Kaufmannsleben gewöhnen wollen und war freiwillig in den Krieg gezogen.

Vor Mittag schon waren alle Salatköpfe, Gurken, Kohlrabi und Möhren verkauft, und Mutter schickte mich mit dem großen Handwagen zur Gärtnerei Kühn, um Nachschub zu holen.

Um ein paar Minuten länger für mich allein zu haben, nahm ich den weiteren Weg über den Marktplatz, vielleicht konnte ich dort etwas Neues erfahren. Der Handwagen rumpelte über die Pflastersteine. Ganz unpassend strahlte die Sonne vom Augusthimmel, als gebe es Grund zu Heiterkeit und Ferienfreude. Auf der breiten Bismarckstraße begegneten sich zwei Automobile. Die Fahrer, trotz Hitze in Lederhaube und Handschuhen, hupten zum Gruß und winkten sich zu. Vor dem Ratskeller wuchtete ein Bierfahrer ein Fass vom Wagen und rollte es vor den Eingang. Die beiden schweren Gäule vor dem Bierwagen wehrten mit ihren langen Schwänzen die Fliegen ab.

Anders als sonst drängten sich um die Litfaßsäule am Marktplatz und die Anschlagtafel am Rathaus die Leute vor den Bekanntmachungen. Ich stellte mich auf Zehenspitzen und linste über die Schultern der vor mir Stehenden.

Mehrere Aufrufe warben für den Dienst zur freiwilligen Krankenpflege. Also wurden Verwundete erwartet. Auf dem höchsten Kirchturm der Stadt sollten sechs Wächter mit guten Augen und Ferngläsern Wache halten. Also wurden Feinde erwartet. Die Schüler der Kaiser-Wilhelm-Oberrealschule sollten für die Einbringung der Ernte vom Unterricht befreit werden. Die Katholiken der Stadt luden zu einer feierlichen Bittandacht ein. Das

Königliche Gymnasium gab bekannt, dass es von nun an eine vorgezogene »Außerordentliche Reifeprüfung« geben werde, um den Schülern den schnellen Eintritt in die Armee zu ermöglichen. Mit Einquartierung von Soldaten war jederzeit zu rechnen. Den Gastwirten wurde verboten, nach neun Uhr alkoholische Getränke auszuschenken. Bis auf Weiteres wurde der Preis für eine Flasche Selters auf höchstens fünfzehn Pfennig und für eine Flasche Limonade auf höchstens zwanzig Pfennig festgesetzt.

Während ich so die Bekanntmachungen zu entziffern versuchte, hatte ich das Gefühl, beobachtet zu werden. Ich drehte mich um.

Die meisten Leute gingen eilig über den Marktplatz, viele zielstrebig und entschlossen, als wäre jede Minute wichtig, um sich auf das große Ungewisse vorzubereiten. Niemand trödelte. Der einzige Mensch, der untätig herumstand, war ein schwarzhaariges Mädchen in einem gepunkteten Sommerkleid. Sie lehnte am Rand des Brunnens, und als ich zu ihr hinsah, wandte sie den Kopf ab und sah scheinbar gleichgültig über den Platz.

»Dem kann man nur zustimmen«, sagte ein kleiner alter Mann vor mir. Er hatte ein faltenreiches Gesicht, tippte mit seinem Stock auf eine bestimmte Stelle im Aushang und las mit hoher Stimme vor: »Ich verfüge hiermit, dass alle Geschäfte, die Wucherpreise für Lebensmittel nehmen oder die Annahme gesetzlicher Zahlungsmittel, insbesondere von Reichsbanknoten, verweigern, geschlossen werden … Der kommandierende General.«

Mit Nachdruck stieß der Mann seinen Stock auf die Pflastersteine, wandte sich ab und ging ununterbrochen nickend davon. Als er an mir vorbeiging, sah er mir mit einem herausfordernden Blick in die Augen, als habe er mich in Verdacht, für Wucherpreise verantwortlich zu sein. Dabei achtete Mutter peinlich darauf, die festgesetzten Höchstpreise nicht zu überschreiten. Die Kunden sollten zufrieden sein und wiederkommen, das war ihr Leitspruch. Was konnte Mutter dafür, dass die Leute jetzt kauften, als wäre morgen nichts mehr zu haben?

Ich zog weiter. Der Handwagen polterte hinter mir her. Wo Max jetzt war? Und Vater? Von den anderen Kriegsfreiwilligen waren sie schulterklopfend und johlend im Zug begrüßt worden. Eine ausgelassene Jubelstimmung hatte geherrscht. Männer mit aufgekrempelten Ärmeln hatten Mützen und Hüte geschwenkt und den Frauen und Kindern auf dem Bahnsteig aufmunternde Worte zugerufen. »Bleib heiter, Muttchen!«, hatte einer gerufen. »Weihnachten sind wir wieder zu Hause!« Mit weißer Kreide hatte man Namen, Jahreszahlen und Parolen außen an die Waggonwände geschrieben, wie: *Immer feste druff* und: *Wir fahren nach Paris!* Eine Musikkapelle hatte *Die Wacht am Rhein* gespielt. Blumen überall. Astern, Rosen und Levkojen in den Gewehrläufen. Max und Vater waren in eine Stimmung aus aufgedrehter Heiterkeit eingetaucht und schließlich mit dem abfahrenden Zug verschwunden.

In der engen Sailergasse musste ich einer entgegenkommenden Kutsche Platz machen. Ich drückte mich an die Hauswand und sah dem Gefährt einen Moment lang hinterher. Da war mir, als würde jemand hinter dem Erker am Anfang der Sailergasse vor meinen Blicken in Deckung gehen. Jemand mit gepunktetem Sommerkleid und schwarzen Haaren.

Ich wischte mir den Schweiß von der Stirn und schüttelte den Kopf. Lag es an der Aufregung des Tages, dass ich schon Dinge sah, die gar nicht da waren? Ich war doch keiner, dem die Mädchen nachliefen.

Mein Weg führte mich ein Stück über den mit hohen alten Kastanien gesäumten Stadtwall, dann durch die Schrebergärten und am Fluss entlang. Neben dem Jahnplatz lag die Gärtnerei

Kühn. Schon von Weitem sah ich eine Menschenschlange mit Körben, Kisten und Handwagen vor dem Eingang.

Lass dich nicht abwimmeln, hatte Mutter mir aufgetragen. Wir gehören schließlich zu seinen besten Kunden. Aber heute war alles anders. Die Leute hatten den weiten Weg zur Gärtnerei hinaus nicht gescheut, und der Gärtner selbst verkaufte, was noch da war.

»Tut mir leid, Junge«, sagte Gärtner Kühn, als ich schließlich vor ihm stand. »Du siehst ja, was hier los ist. Wir haben selbst kaum noch was. Und so schnell wächst nichts nach. Sag deiner Mutter einen schönen Gruß. Wenn diese hektischen Tage vorbei sind, seid ihr die Ersten, die wir wieder beliefern.«

Unverrichteter Dinge zog ich also mit meinem polternden Handwagen wieder ab. Trotz des schönen Wetters verdüsterten sich meine Gedanken. Es war schwer genug, immer die richtige Menge an frischen Sachen am Lager zu haben. Nun mussten wir die nächsten Tage ohne Salat und Gemüse überstehen. Die Kunden würden maulen, allen voran die Wanzleben und die Deuerlein. Sie würden uns die Schuld geben. Alle rafften zusammen, was sie nur kriegen konnten. Wie sollte man da vernünftig kalkulieren?

Die Sonne schien durch die Blätter der hohen Kastanien am Stadtwall und warf tanzende Schatten auf den Weg. Von St. Johannis und St. Nikolai tönte das Mittagsläuten herüber. Durch all das Lichtgeflirr kam mir jemand entgegen. Sie kam direkt auf mich zu und blieb vor mir stehen.

»Paul?«

Ich starrte sie an.

»Ich bin Louise«, sagte das Mädchen im gepunkteten Sommerkleid mit den schwarzen Haaren.

»Louise?« Der Name gehörte zu den Geheimnissen, zu den

Andeutungen, über die Max mich im Vagen gelassen hatte, für die ich seiner Meinung nach noch zu jung sei. Louise. So viel aber hatte ich immerhin aus ihm herausgebracht. Louise war aus besserem Hause, der Vater Professor und Studienrat am Kaiser-Wilhelm-Gymnasium. Ihr Bruder Hermann Führer der Wandervogelbewegung für den ganzen Gau. Beim Wandern hatten sich Max und Louise kennengelernt. Mehr wollte Max mir über Louise nicht sagen. Eine Zeit lang hatte die Freundin des großen Bruders meine Fantasie beflügelt. Aus besserem Hause. Vielleicht hatte Max sie sich nur ausgedacht, um mir zu imponieren?

Aber nun stand sie plötzlich vor mir, leibhaftig, hübsch, lebendig, dass es mir die Sprache verschlug.

»Ich habe euch gesehen«, sagte Louise. »Auf dem Bahnhof.«

Wahrscheinlich war ich knallrot geworden, wahrscheinlich zitterte meine Stimme vor Verlegenheit. »Und warum … Ich meine …«

»Wir haben uns gestritten, Max und ich«, sagte Louise. »Er wollte nicht, dass ich zum Bahnhof komme.«

Es entstand eine peinliche Pause, und ich wusste nicht, was ich sagen sollte. Auch sie schien zu überlegen. Als sei das Gespräch mit mir für sie wichtig.

»Komm«, sagte Louise schließlich. »Setzen wir uns einen Moment auf die Bank, ja? Ich muss mit dir reden.«

Noch nie hatte ich so nah neben einem Mädchen wie Louise gesessen. Wie redet man mit jemandem aus besserem Haus? Sie musste mir doch ansehen, dass ich von all ihrer Klugheit keine Ahnung hatte, dass ich nicht zu ihresgleichen gehörte, die über solche wie mich, solche vom Dorf, höchstens lachten.

»Ich wollte das nicht, verstehst du?«, sagte Louise. »Ich wollte nicht, dass es zu Ende ist mit Max und mir. Wirklich nicht. Aber er war so begeistert, so voller Tatendrang. Wenn das Vaterland ruft, muss alles andere schweigen, sagt er. Bist du auch so ein begeisterter Soldat?«

»Ich weiß nicht«, sagte ich.

»Wir hatten so viele Pläne«, sagte Louise. »Max und ich, weißt du … Wenn wir uns nur gut sind, habe ich gedacht, dann kann kommen was will. Und nun …«

Sie schniefte und wischte sich über die Augen.

»Dieser Krieg«, sagte Louise, »macht alles kaputt.«

Außer Mutter kannte ich bisher niemanden, der nicht vom Krieg begeistert war. Ich wusste nicht, was ich denken sollte. Da war dieser Schatten über allem, diese dunkle Angst, die vielleicht Feigheit war. Als Mann durfte man doch nicht zugeben, dass man Angst haben könnte.

»Max hat seinen Dickkopf«, sagte ich. »Das ist manchmal ganz schlimm.«

Sie sah mir in die Augen, lächelte schwach – und dann legte sie mir die Hand auf den Arm.

»Vielleicht ist ja schon bald alles vorbei«, sagte ich. »Und dann gibt es eine große Siegesfeier.«

»Vielleicht«, sagte Louise. »Vielleicht aber auch nicht. Versprichst du mir was?«

Ich nickte.

»Versprichst du mir, dass du mir immer erzählst, was ihr von Max hört? Und gibst du mir seine Adresse? Dass ich ihm schreiben kann?«

»Ja«, sagte ich. »Mach ich. Wir wissen selber noch nicht, wo er sein wird. Aber ich geb dir seine Adresse, sobald wir was hören. Soll ich zu euch kommen?«

»Nein. Bloß nicht. Meine Eltern, weißt du, die müssen das nicht erfahren.« Sie überlegte einen Moment. Dann sagte sie: »Komm in die Buchhandlung. Kaiser-Wilhelm-Straße 33, Buchhandlung Großkopf. Da arbeite ich. Jeden Tag bis abends um sechs. Am besten du fragst Frau Linde unten an der Kasse nach mir. Frau Helene Linde. Und wenn es was Neues gibt von Max, dann treffen wir uns. Hier, auf dieser Bank, Paul, ja?«

»Abgemacht«, sagte ich.

Sie lächelte, dann beugte sie sich herüber, und ehe ich mich versah, hatte sie mich auf die Wange geküsst, war aufgestanden und davongelaufen.

Ich sah ihr nach. Es sah aus, als schwebe sie durch die Schattenmuster. Einmal drehte sie sich noch um und winkte mir zu, dann war sie Richtung Stadtpark verschwunden.

Ich kam mir vor, als wäre ich auf der Bank festgewachsen vor Benommenheit. Mensch Max, dachte ich, was bist du für ein Hammel. Mit so einem Mädchen streitet man doch nicht. Niemals.

5

Ein Feldpostbrief

Liebe Anna, Paul und Gertrud,

heute sollt Ihr mehr von mir hören, als auf eine Postkarte passt. Es geht mir gut, und wir kommen voran. Ich kann nun sagen, ich bin dabei gewesen bei der großen Schlacht bei Allenstein, die einst ruhmreich in die Geschichte eingehen wird. Seit Mitte August, seit die beiden alten Haudegen Hindenburg und Ludendorff das Kommando übernommen haben, weht hier ein frischer Wind, und wir haben den Russen gezeigt, was es heißt, sich mit deutschem Kampfgeist anzulegen. Wir haben die Ritter des Deutschen Ordens für die Schmach der verlorenen Schlacht bei Tannenberg gerächt und einen ehrenvollen Sieg errungen. Bald werden wir auch den letzten Russen von deutschem Boden vertrieben haben.

Dieses Land, dieses Ostpreußen, solltet Ihr sehen. In den ersten drei Wochen hatten wir so gut wie keine Feindberührung. Mit allen Sinnen hat meine ländliche Seele alles hier in sich aufgenommen. Der Himmel so weit, die Wälder, die Seen, die großen Felder – alles atmet Freiheit und Stille. Hier in Friedenszeiten das Land bewirtschaften – das steht mir immer wieder vor Augen. Die Menschen sind wie das Land: Von großer innerer Ruhe, als könnte sie nichts aus der Bahn werfen, nicht mal der Krieg.

Natürlich ist der Krieg kein Zuckerschlecken und auch kein Sonntagsausflug. Das haben wir ja gewusst. Auf den langen Verfolgungsmärschen in den ersten Wochen waren die größten Sorgen die Blasen, die wir jeden Abend an den Füßen hatten. Wir waren alle ungeduldig, endlich den Feind zu sehen. Die Verpflegung ist gut. Zu Mittag gibt es gebratene Hühner und Tauben und Gulasch und Kartoffelsuppe und nie zu knapp. Seit dem ersten Tag haben wir die beste Kameradschaft. Bis auf ein paar Drückeberger, die es ja überall gibt, sind alle eigentlich ganz prächtige Kerle. Drei Berliner Jungen, im Alter von Max, haben es schon zur Tapferkeitsmedaille gebracht. Das war aber auch ein mutiges Soldatenstückchen, was sie fertiggebracht haben. Auf einem Patrouillengang haben sie sich weit von der Truppe entfernt und in einer Scheune sage und schreibe fünfzehn russische Soldaten überrumpelt und gefangen genommen. Die wussten gar nicht, wie ihnen geschah. Wir haben das Husarenstück am Abend entsprechend begossen. Kriegsgefangene haben wir in der großen Schlacht ja viele gemacht, das geht bestimmt in die Tausende.

Was wir dann beim Vormarsch gesehen haben, ist kaum zu beschreiben. Verlassene Dörfer, verkohlte Mauern, Tierkadaver, geplünderte Häuser – ein einziges Bild sinnloser Zerstörung. Soll man da keine Wut kriegen auf die Russen! Der Kaiser hat doch lange und geduldig auf den Zaren eingeredet, aber die Triple Entente wollte ja unbedingt den Krieg. Jetzt sollen sie mal sehen.

Es gab noch einen Hoffmann in der Kompanie. Drei Jahre älter als ich, Familienvater, ein Schriftsetzer aus Hamburg. Hilfsbereit und freundlich. Guter Skatspieler. Er war Hoffmann I und ich war Hoffmann II. Vor drei Tagen hat es ihn erwischt. Wir haben ihn noch zum Verbandsplatz geschleppt, aber umsonst. Unterwegs ist er gestorben.

Mir sind zwei Kugeln durch den Tornister gezischt. Dem Kameraden neben mir hat es das Kochgeschirr durchsiebt. Wenn das

Leben auf des Messers Schneide steht, zeigt sich erst, was im Menschen wirklich steckt. Das ist der Moment der Bewährung. Befehl und Gehorsam – so ist das Soldatenleben. Anders geht es nicht. Alles fürs Vaterland. Zu tief darf man erst gar nicht nachgrübeln, das führt zu nichts.

Aber macht Euch keine Sorgen, ich passe schon auf. Die Nächte sind so still, und da geht einem doch so manches durch den Kopf. Danke für Euern Brief. Gibt es was Neues von Max? In Belgien soll es ja nun auch vorangehen. Dass Ida Euch eine gute Hilfe ist, beruhigt mich. Dann war es also richtig. Eine vom Dorf kann eben doch besser zupacken als eine Stadtpomeranze. Ich denke so oft an Euch und wie Ihr zu Hause zurechtkommt. Wenn das hier vorbei ist und alles wieder seine Ordnung hat, dann reden wir mal in Ruhe über alles, liebe Anna. Ich wünsche mir so sehr einen Neuanfang. Vielleicht gibt es ja nach dem Krieg einen kleinen Bauernhof hier in Ostpreußen, auf dem wir unser Glück finden könnten. Und Du, meine liebe Anna, gründest einen Dorfladen, ganz von der Pike auf. Man braucht ja gar nicht viel. Hauptsache, wir haben unser Auskommen und können in Frieden leben. Na ja, ich weiß: Wolkenkuckucksheime!

Gott behüte Euch alle. Ich umarme Euch im Geist, und in Gedanken bin ich immer bei Euch. Seid herzlich gegrüßt.

Dein Dich liebender Mann Walter
und Euer treusorgender Vater.

6

Überall fehlten die Männer. Im Herbst wurde auch unsere Schulklasse zum Ernteeinsatz aufs Land geschickt. Frühmorgens, der Nebel lag noch über dem Flusstal, schaukelten wir auf einem Leiterwagen von Ochsen gezogen zum Dorf hinaus auf den Kartoffelacker der Bäuerin Harms.

Lehrer Zapfe teilte uns ein, und es ergab sich, dass ich neben Franz Menke, dem Klassenbesten, dem Musterschüler, auf den Knien hinter der Bäuerin her rutschte, um die von ihr ausgegrabenen Kartoffeln in den Weidenkorb zu werfen. Nach den Sommerferien hatte Franz Menke immer wieder mal meine Nähe gesucht. Ich glaube, er suchte jemanden, mit dem er über etwas anderes reden konnte als über den Krieg und die ganz alltäglichen Sachen. Ich kam mir klein vor, weil ich spürte, dass ich seinen Erwartungen nicht entsprach.

»Was ist deine Lieblingsmusik?«, fragte Franz Menke während wir kleine und große Kartoffeln aus ihrem Erdmantel pulten und in den Weidenkorb warfen.

Ich zog die Schultern hoch. Mit Musik kannte ich mich nicht aus. In meiner Familie spielte sie keine Rolle. Höchstens Blasmusik beim Schützenfest oder bei der Kirmes. Aber das meinte Franz Menke sicher nicht. Sein Vater war Pianist im Symphonieorchester der Stadt.

»Gestern war ich bei einer Probe dabei«, sagte Franz Menke.

»Felix Mendelssohn Bartholdy, *Lieder ohne Worte*. Ich glaube, das könnte ich immer wieder hören.«

Das Gefühl, nicht mitreden zu können, trieb mir die Röte unter die Haarwurzeln. Die Bäuerin drehte sich um, und ich sah ihr Hilfe suchend in das runde, gutmütige Gesicht. Sie hatte Franz Menke reden hören, und ihr mild ironisches Lächeln sagte mir, dass sie musikalisch ganz auf meiner Seite stand. Mit Nachdruck stieß sie die Grabegabel in die Erde, setzte den Fuß darauf und hob unter dem vertrockneten Strunk die nächste Traube Kartoffeln aus. Während die Erdklumpen von der Gabel rieselten, sahen wir in dem neu entstandenen Loch eine Anzahl kleiner nackter Mäuse quiekend durcheinanderwuseln.

Die Bäuerin warf die Gabel zur Seite und ließ sich auf die Knie fallen. »Ja, wen haben wir denn da!«, rief sie. Dann nahm sie ein Mäusekind nach dem anderen und drehte jedem einzeln den Hals um, dass es knackte.

Franz Menke wurde kreidebleich und wandte sich um.

Auch mir wurde einen Moment lang flau im Magen. Aber dann sah und hörte ich die Bäuerin schallend lachen. Als einem vom Dorf war mir nicht fremd, dass man so derb sein konnte und trotzdem gutherzig und freundlich. Meine Oma Charlotte fiel mir ein. Sie hatte die jungen Katzen in den Sack gesteckt und gnadenlos im Bach ertränkt. Und trotzdem habe ich als Kind meine Oma Charlotte über alles geliebt.

Plötzlich hatte ich dem Musterschüler etwas voraus. Ich legte Franz Menke die Hand auf die Schulter. Es war ein gutes Gefühl, sich auf einmal überlegen zu fühlen. »Das ist hier so auf dem Land«, sagte ich. »Rau aber herzlich.«

»Iigitt, iiigitt«, sagte Franz und schüttelte sich.

Auf einmal standen Erich, Gottfried und Nickel vor uns. »Mach dich nicht voll«, sagte Gottfried. »Ist doch nur Ungeziefer.«

»Ein deutscher Junge verzieht bei so was keine Miene«, sagte Erich, lachte und schnippte mit dem Fuß eine kleine nackte Mäuseleiche aus dem Erdloch.

»Kinderchen«, sagte die Bäuerin. »Nun macht mal kein Theater wegen nichts. Der Herr Feingeist wird es schon überleben.«

Franz schwieg, blickte über die Felder zum Horizont, und ich konnte ihm ansehen, dass er sich jetzt sehr weit weg wünschte.

Lehrer Zapfe hatte den Mäusemord offenbar mitbekommen und erlöste den sensiblen Franz. »Menke, du hilfst Heinrich und Adolf, das Kartoffelkraut zu häufeln. Kessler, du gehst in der Reihe mit Hoffmann. Und ihr anderen: An die Arbeit! Wir sind nicht hier, um Maulaffen feilzuhalten.«

Ich sah Franz nach, der wortlos davonging, und meine eben noch empfundene Überlegenheit wich einem seltsamen Schamgefühl. Was hatte ich ihm denn voraus? Franz Menke hatte seine Musik. Und ich? Was hatte ich?

Statt Franz Menke warf nun Erich Kessler neben mir Kartoffeln in den Weidenkorb. Und wie nicht anders zu erwarten, begann er schon bald mit der alten Leier.

»Hoffmann, du gehörst zu uns, glaub mir das«, sagte Erich mit beschwörender Stimme. »Dein Vater und dein Bruder stehen im Feld. Freiwillig. Sie sind mit bei den ersten. Aufrechte Deutsche. Ein Beispiel für alle. Auf was wartest du noch? Du gehörst zu uns, zum Jungdeutschlandbund. Das bist du deinem Vater und deinem Bruder schuldig.«

»Ich weiß nicht«, sagte ich.

»Da gibt es nichts zu wissen«, sagte Erich. »Das muss man fühlen. Wir sind die kommende Generation. Wir müssen bereit sein. Das sind wir den Helden schuldig, die vor uns ihr Leben dem Vaterland opfern.«

»Ich bin vierzehn«, sagte ich. »Noch nicht mal konfirmiert.«

»Na und?«, sagte Erich. »Es ist nie zu früh, Heldenluft zu schnuppern. Das kannst du bei uns. Im Jungdeutschlandbund. Und mit sechzehn gehst du zur Militär-Vorbereitungsanstalt, so wie ich nächstes Jahr. Und mit siebzehn bist du dann richtiger Soldat.«

»Erst mal muss ich meiner Mutter im Laden helfen«, sagte ich. »Jetzt, wo Vater und Max nicht da sind, gibt es eine Menge zu tun.«

Erich sah mich an und plötzlich veränderte sich etwas in seinem Gesicht. »Ihr habt doch jetzt Hilfe«, sagte er breit grinsend. »Rothaarige Hilfe.«

»Ida meinst du?«

»Ach, Ida heißt sie«, sagte Erich. »Na dann, bestell eurer Ida mal einen schönen Gruß. Ich hätte eine Freikarte fürs Kino für sie.«

Auf einmal kam ich mir wieder klein und dumm vor. Ich hatte Ida versprochen, dass ich ihr die Stadt zeigen würde, und sie hatte gesagt, dass sie sich darauf freue. Aber immer wieder traf sie sich an ihren freien Sonntagnachmittagen mit einer Freundin. Und jetzt drängte sich Erich dazwischen.

»Ida hat viel zu tun«, sagte ich.

Erich lachte. »Ja klar«, sagte er. »Aber am Sonntag wird sie ja mal Ausgang haben.«

Wie versehentlich warf ich die nächste Kartoffel über den Rand des Korbes hinaus. Sie prallte Erich gegen die Hand. Er grinste.

Franz Menke und drei andere Klassenkameraden hatten das trockene Kartoffelkraut zu einem Haufen zusammengeharkt. Am Nachmittag nach getaner Arbeit versammelten wir uns darum und Lehrer Zapfe zündete den Haufen an. Der Wind trieb mir den ersten Qualm ins Gesicht, aber ich wich ihm nicht aus. Kartoffelfeuer hatte ich immer gern gehabt. Beim letzten Mal in unserem Dorf – das fast in Sichtweite hinter dem lang gestreckten Bergrücken lag – hatte Vater das Feuer entzündet. Da war noch kein Gedanke gewesen ans Wegziehen in die Stadt, kein Gedanke an Krieg. Alles hatte sich angefühlt, als solle es immer so bleiben.

»Jeder eine«, sagte die Bäuerin. Sie und der Altknecht Leo gingen mit Körben herum, und jeder der Erntehelfer nahm sich eine Kartoffel. Als der Qualm abgezogen war, warfen wir sie in die Glut. Jetzt hieß es warten und den Erdapfel drehen und wenden, bis er ganz durchgebacken war. Nicht jeder hatte ein Taschenmesser wie ich. Viele hatten sich am nahen Waldrand kleine Stöcke von den Zweigen gebrochen.

Wir saßen um das Feuer herum, und Lehrer Zapfe schlug einen feierlichen Ton an. »In dieser Stunde frohen Zusammenseins wollen wir an die Väter und Brüder denken, an den Bauern Harms, auf dessen Feld wir hier sind, und an all die anderen, die in diesem Augenblick fern von uns im Felde stehen, um das Vaterland zu verteidigen. Lasst uns eine Minute innehalten und unsere Gedanken zu ihnen schicken. Das mag sie stärken, draußen im Feindesland.«

Alle starrten von tiefem Ernst ergriffen in die Feuerglut, und auch ich war von der Weihe des Moments gefangen. Was Max jetzt gerade machte? In seinem ersten Feldpostbrief, der schon eine Woche nach seinem Weggehen gekommen war, hatte er begeistert über seinen Leutnant Jung geschrieben, den er bewunderte. *Der Krieg ist ein männliches Abenteuer,* hatte Leutnant Jung verkündet, *von dem ihr ein Leben lang zehren werdet.* Danach hatten wir nichts mehr von Max gehört. »Das ist im Krieg nun mal so«, hatte Herr Hoppe die Mutter getröstet. »Machen Sie sich nur keine Sorgen.« Aber Mutter beunruhigte es, dass wir noch immer keine Adresse von Max hatten und wir ihm nicht schreiben konnten. Konnte man der Zeitung glauben, dass die deutschen

Soldaten überall große Siege errangen? Seit Wochen standen in der Zeitung immer öfter solche Todesanzeigen: *Den Heldentod fürs Vaterland starb ...* Jeden Morgen beim Aufstehen dachte ich als Erstes an Max und an Vater. Aber richtig vorstellen konnte ich mir nicht, wie es sein mochte, im Krieg zu kämpfen. Vielleicht war das viele Denken auch gar nicht gut. Frau Wanzleben hatte gestern Nachmittag im Laden von einer Frau erzählt, die mitten in der Nacht aufgewacht war und immerzu an ihren Mann im Feld denken musste. Ein paar Tage später hatte sie Nachricht bekommen, dass ihr Mann genau in dieser Stunde erschossen worden war. Und jetzt machte sich die Frau Vorwürfe, dass sie mit ihrer Angst das Unglück heraufbeschworen hätte. Die Wanzleben bauschte alles gern auf. Aber wer weiß, vielleicht gab es solche Ahnungen. Vielleicht führten die bösen Ahnungen tatsächlich dazu, dass etwas Schlimmes passierte? Alles liegt in Gottes Hand, sagte Mutter oft. Aber was Gott sich so dachte, das wusste keiner.

Lehrer Zapfe hatte seine Klampfe dabei und stimmte an. Zuerst sangen wir Volkslieder von Abschied, Tod und Trauer, wie der Lehrer sie liebte. Dann hatten Erich und die drei anderen Jungen vom Jungdeutschlandbund ihren großen Auftritt, und wir sangen *Die Wacht am Rhein*. Wie jedes Mal, wenn ich es hörte, bekam ich eine Gänsehaut: *Es braust ein Ruf wie Donnerhall ...*

Erich brachte uns noch ein neues Lied bei, wir sangen es und Lehrer Zapfe begleitete uns auf der Gitarre:

Zum Sturm geht es nach Ost und West
gen Hass und Neid und Lüge
heraus mein Schwert, so blank und fest
wir schlagen deutsche Hiebe.
Weg Russenknut, weg welscher Schein
mit Englands Tück' im Bunde.

Wir Deutschen fürchten Gott allein
sonst nichts im Erdenrunde.

Schließlich waren die Kartoffeln gar. Wir angelten sie aus der Glut, spießten sie auf kleine Stöcke und auf Taschenmesserklingen, zogen unter Pusten die schwarzgekohlte Pelle ab und jeder war darauf bedacht, dass seine Kartoffel nicht zerfiel. Nicht allen gelang es. Aber keiner scheute sich, die heruntergefallenen Brocken auch mit etwas Erde daran in den Mund zu stecken. Jeder Krümel war kostbar.

Allmählich wurde es kühler. Es war gut, am Feuer zu sitzen. Es war gut, dazuzugehören. Wir hatten gemeinsam gearbeitet. Einen Tag lang hatten wir unseren Teil dazu beigetragen, dass trotz Krieg das Leben weitergehen konnte. Wir gehörten zusammen, so unterschiedlich wir auch waren.

Als wir bei beginnender Dämmerung dicht gedrängt auf dem Leiterwagen dem Dorf entgegenschaukelten, hockte ich zwischen Gottfried und Erich, und Gottfried sagte: »Hör mal, Hoffmann. Dein Vater und dein Bruder sind im Feld. Du gehörst doch zu uns. Warum steckst du eigentlich immer mit dem Juden zusammen?« Er blinzelte zu Franz Menke hinüber, der am anderen Ende des Leiterwagens saß.

Bevor ich antworten konnte, griff Erich ein. »Was redest du für einen Blödsinn, Gottfried!«, fuhr er ihn an. »Menkes Vater steht genauso im Feld wie Hoffmanns Vater. Seinen Kopf hält er hin wie jeder anständige Deutsche. Überhaupt, die Juden sind gute Soldaten. Habe ich erst gestern in der Zeitung gelesen. Jeder sollte sich schämen, der anders redet. Und der Kaiser hat gesagt, er kennt keine Parteien, keine Religionen und nichts. Nur noch Deutsche! Merk dir das, Gottfried!«

Erich erntete Zustimmung, und auch Lehrer Zapfe sagte:

»Kessler hat recht. In der Stunde der Not sind wir ein einig Volk von Brüdern. Was gestern war, ist vergessen. Was morgen sein wird … wer kann das wissen?«

Als wir über das Kopfsteinpflaster holpernd die ersten Häuser des Dorfes erreichten, sangen wir aus voller Brust *Der Mond ist aufgegangen,* alle sieben Strophen. Aus manchen Häusern kamen die Leute aus der Tür und winkten uns zu.

Zu Hause fand ich Mutter am Küchentisch sitzen. Das Briefpapier vor ihr war zur Hälfte mit ihren runden, gut lesbaren Buchstaben beschrieben, daneben lag Vaters Brief mit der steilen, eckigen Schrift, und auf dem Brief lag eine Feldpostkarte. Mich durchfuhr ein freudiger Schreck.

»Max?«

Die Mutter nickte. »Endlich. Er hat geschrieben.«

Sie reichte mir die Karte. Aber sie seufzte dabei, und in ihren Augen lagen Müdigkeit und Enttäuschung.

Ich starrte die Karte an. Ja, das war die Schrift meines Bruders. Aber da standen nur zwei kurze Sätze und sein Name. Weiter nichts. *Ich lebe noch,* stand da. Und: *Demnächst mehr. Max.*

Ich drehte die Karte um. Aber vorn standen nur die Anschrift und seine Adresse. Kein Wort von Leutnant Jung. Kein Wort von einem Abenteuer.

»Sein erster Brief war noch aus der Kaserne«, sagte Mutter. »Immerhin haben wir nun eine Adresse und können ihm was schicken.«

»Vielleicht kommt morgen ein richtig langer Brief«, sagte ich.

»Vielleicht. Willst du was essen?«

Ich schüttelte den Kopf. »Hab schon. Jeder hat eine Kartoffel gekriegt.« Ich setzte mich neben Mutter an den Küchentisch und strich mit der Hand über Vaters Briefbögen.

»War's schön da draußen?«, fragte Mutter.

Ich nickte.

Lächelnd sah sie mich an und strich mir über die Haare. »Du bist wie dein Vater«, sagte sie. »Ein Landmensch mit Leib und Seele.«

Ich zog die Schultern hoch. »Schreibst du an Max?«

»Erst mal an Vater«, sagte sie. »Und an Max? Wir wissen ja gar nicht, was los ist. Wir schicken an beide ein Päckchen.«

»Kann ich an Max schreiben?«

Mutter zog mich an sich und drückte mir einen Kuss auf die Stirn. »Natürlich«, sagte sie. »Das wird ihn freuen.«

Als ich aufstand und aus der Küche gehen wollte, sagte sie: »Paul, mein Lieber. Ich bin so froh, dass ich dich habe.«

Einen Moment blieb ich in der Küchentür stehen, nickte ihr zu und wusste nicht, was ich ihr antworten sollte.

Oben auf dem dunklen Flur ging ich an Idas Kammertür vorbei. Erichs breites Grinsen stand mir wieder vor Augen. *Ihr habt doch jetzt Hilfe. Rothaarige Hilfe. Ich hätte eine Freikarte fürs Kino für sie.*

Schon wenige Tage nachdem Ida da war, war es, als hätte sie schon immer zu uns gehört. Sie wusste schnell, was zu tun war, war für Gertrud wie eine große Schwester und Mutter war froh, dass sie sich um vieles im Haushalt nicht mehr kümmern musste. Auch zu mir, dachte ich zuerst, ist sie wie eine Schwester, aber das stimmte nicht ganz. Da war noch etwas anderes, und dass Ida sich mit Erich treffen würde, das wollte mir einfach nicht in den Kopf.

Ich knipste das elektrische Licht in meinem, in unserem Zimmer an, riss ein Blatt aus meinem Schulheft, schraubte das Tintenfass auf und nahm die Feder in die Hand. Eine Weile sah ich auf das leere Bett meines Bruders, dann tauchte ich die Feder ein und schrieb:

Lieber Max,

heute ist Deine Karte gekommen. Wir haben so darauf gewartet. Vater hat schon zwei Karten und einen langen Brief geschickt. Es geht ihm gut. Ostpreußen gefällt ihm. Am liebsten würde er dort Bauer werden.

Hier ist alles in Ordnung. Mutter und Ida verstehen sich gut. Mutter sagt, Ida arbeitet für zwei. Manchmal hilft sogar Opa Wilhelm mit, wenn ich in der Schule bin. Auch Gertrud packt mit an und ist stolz, wenn sie einen Tag lang nichts zerbrochen hat. Die Leute kaufen immer noch wie verrückt ein. Manche Sachen gibt es schon nicht mehr.

Richtig Unterricht ist nur noch selten. Viele Lehrer sind im Feld. Heute waren wir mit der ganzen Klasse zum Ernteeinsatz und haben ein schönes Kartoffelfeuer gemacht. Erich Kessler fragt mich dauernd, ob ich in seinen Jungdeutschlandbund eintreten will. Dann könnte ich schneller Soldat werden. Würdest Du das machen?

Wir müssen jetzt alle zusammenhalten, das ist klar. Ich denke so oft an Dich, das kannst Du Dir gar nicht vorstellen. Und noch jemand denkt an Dich, das ahnst Du vielleicht gar nicht. Ich soll ja erst mal nichts sagen. Es ist ein Geheimnis. Aber an Deiner Stelle würde ich mich sehr freuen. Wundere dich also nicht, wenn du demnächst Post bekommst, nicht nur von zu Hause.

Lass Dir alles gut schmecken, was in dem Paket ist. Vielleicht ist der Krieg ja Weihnachten zu Ende und du bist wieder hier. Dann könnte man sich auf Weihnachten richtig freuen. Und schreib schnell, nicht erst demnächst. Und mehr als nur so ein paar Worte. Wir wollen doch alle wissen, wie es Dir geht.

Herzliche Grüße, Dein Bruder Paul.

7

Als die Schule endlich aus war, ging ich zur Kaiser-Wilhelm-Straße 33. Noch nie war ich in einer Buchhandlung gewesen. Eine unerklärliche Furcht stieg in mir auf, den Raum zu betreten. Aber die Ladentür hatte geklingelt. Vielleicht hatte man mich längst bemerkt. Ich nahm allen Mut zusammen, zog die Tür hinter mir zu und trat über die Schwelle.

Die Dielen knarrten unter meinen Füßen. Ich sah mich nach allen Seiten um. Regale bis an die Decke. Voll mit Büchern, Rücken an Rücken, Bücher in schweren Eichenschränken hinter Glas, Bücherstapel auf Tischen und Regalvorsprüngen. In einer Nische stand ein Sofa, ein Tisch und Stühle darum herum, in einer anderen ein Lesepult.

Und kein Mensch weit und breit. Nur Bücher. Eine feierliche Stille nahm mich gefangen. Nach dem Lärm auf der Straße war ich auf einmal in einer anderen Welt.

»Hallo?«, sagte ich leise. Bestimmt war hier alles Laute verboten.

Es kam keine Antwort. Langsam ging ich ein paar Schritte in den Raum hinein. Vor einem Bücherschrank blieb ich stehen. Vor Aufregung gelang es mir erst nicht, die goldgeprägte Schrift auf einem der Buchrücken zu entziffern. *Irrungen, Wirrungen,* las ich schließlich. Das schien mir seltsam passend für die Situation, in die ich hineingeraten war. Mit offenem Mund staunte ich die

Wand der tausend Buchrücken an. Die ganze Klugheit der Welt, dachte ich, steht mir hier gegenüber.

»Kann ich dir helfen?« Die freundliche Stimme kam von dicht hinter mir.

Ich fuhr herum. Eine kleine, dunkel gekleidete Frau mit grauem, in der Mitte gescheiteltem Haar sah mich über ihre Brille hinweg an.

»Ich? … Also, ich wollte nur …« Ich spürte, wie mir vor Verlegenheit das Blut in den Kopf stieg.

»Suchst du etwas Bestimmtes?«, fragte die Frau.

»Was Bestimmtes? Nein … Ich wollte …«, stotterte ich. Etwas im Blick der alten Frau ließ mich einen Funken Zutrauen gewinnen, und ohne groß zu überlegen, fragte ich: »Haben Sie das alles gelesen?«

Ihr Gesicht löste sich zu einem Lächeln. »Nicht alles«, sagte sie. »Aber manches. Bücher, weißt du, die sind geduldig. Sie warten auf uns, bis wir Zeit haben, sie zu entdecken.«

»Aber …« Ich sah unsicher zwischen der Frau und den Büchern hin und her. »Aber man muss viel wissen und klug sein, wenn man das verstehen will?«

Die Frau sah aus, als ob ihr sogar meine sicher sehr dumme Frage gefallen würde. Geduldig und ganz ohne Spott sagte sie: »Man muss nur verstehen wollen. Das wäre ja langweilig, wenn man alles schon vorher wüsste.«

Sie lächelte, ich lächelte zurück. Mehr als alle Worte war es dieses Lächeln, das mich neugierig machte. Diese Frau, spürte ich, gehörte mit Haut und Haar in diese stille, geduldige Bücherwelt. Irgendetwas war an ihr, eine Ruhe, ein Geheimnis. Gern hätte ich ihr viel länger zugehört. Aber so viel Mut hatte ich nicht, um weiter über Bücher und über Klugheit zu reden. Mutter wartete auf mich, und ich war ja nicht wegen der Bücher hier.

»Sind Sie Frau Linde?«, fragte ich. »Ich wollte zu Louise Reinecke.«

Die Frau strahlte mich an. »Ach«, sagte sie und reichte mir die Hand. »Dann bist du Paul Hoffmann? Das freut mich. Ja, ich bin Helene Linde.« Flüsternd fuhr sie fort: »Louise macht sich solche Sorgen. Habt ihr etwas von Max gehört?«

»Ja«, sagte ich. »Nur eine Karte. Aber jetzt können wir ihm schreiben. Das wollte ich Louise sagen.«

»Warte«, sagte Frau Linde in einem fast verschwörerischen Ton. »Ich will sehen, ob Louise schnell mal runterkommen kann.«

Sie verschwand zwischen den Regalen.

Wieder war ich allein inmitten der Bücher. Was sollte ich sagen, wenn jetzt plötzlich die Tür aufginge, ein Kunde käme – vielleicht ein strenger Gelehrter mit Vatermörder und Monokel – und sich ein Buch empfehlen lassen wollte? *Nehmen Sie ›Irrungen, Wirrungen‹, mein Herr, sehr lesenswert …*

Diese Stille. In Mutters Kolonialwarenladen war das anders. Immer schwatzten zwei, drei Frauen miteinander, immer drangen durch die offene Ladentür die Geräusche der Straße herein, Fahrradklingeln, Handwagengepolter, Kutschen, Automobile, Kindergeschrei. Hier war kein Laut zu hören. Doch in den Regalen, hinter tausend und mehr Buchdeckeln, warteten tausend und mehr Stimmen. Aber sie hielten sich vornehm zurück.

Im Laufschritt und ein wenig außer Atem tauchte Louise zwischen den Bücherregalen auf. Sie trug ein grünes Seidenkleid mit langem Rock und weiten Ärmeln, ein Reformkleid ohne Korsett darunter.

»Paul«, sagte sie und legte mir die Hand auf die Schulter. »Endlich. Habt ihr Nachricht?«

Ich zog die inzwischen verknitterte Karte aus der Hosentasche und gab sie ihr.

Louise starrte darauf. *Ich lebe noch. Später mehr. Max.* Sie schüttelte den Kopf. Dann schloss sie die Augen.

Schließlich gab sie mir die Karte zurück. »Da ist was passiert, Paul«, flüsterte sie. »Das spüre ich.«

Ich nickte.

Aber bevor ich etwas sagen und Louise sich Max' Adresse aufschreiben konnte, ertönte plötzlich eine laute Stimme zwischen den Regalen.

»Fräulein Louise! Wo stecken Sie denn?«

Louise erschrak. »Sofort Herr Großkopf, sofort!«, rief sie. Und sagte flüsternd zu mir: »Heute Abend auf der Bank, ja? Um halb sieben.«

»Ist gut«, sagte ich. »Halb sieben.«

Ein großer, glatzköpfiger Mann mit Vollbart und Monokel kam mit energischen Schritten auf uns zu, blieb stehen und musterte mich von oben bis unten.

»Wie oft muss ich das noch sagen, Fräulein Louise?«, rief er ungehalten. »Keine privaten Kontakte während der Geschäftszeit! Oder ist der junge Bursche etwa ein Kunde?«

Schuldbewusst blickte Louise zu Boden. Aber da war die Stimme von Frau Linde, nun nicht freundlich, sondern ärgerlich und streng. »Langsam, langsam, Oskar!«, sagte sie. »Der junge Mann wird ja vielleicht einmal ein Kunde, falls du ihn nicht vorher vergraulst. Und außerdem: Es ist Krieg. Da sind die privaten Dinge eben mal wichtiger als das Geschäft.«

Der Vollbärtige blies die Luft aus den Backen. Das Blut stieg ihm bis in die Glatze. Aber er nahm die Zurechtweisung wortlos hin, stieß mit der rechten Hand in seine Hosentasche, zog eine goldene Uhr hervor, heftete den Blick darauf, als könne allein die Uhr seine Reputation wieder herstellen, und sagte: »In zwei Minuten erwarte ich Sie auf Ihrem Platz in der Bestellabteilung,

Fräulein Louise! In zwei Minuten!« Er tippte mit der Zeigefingerkuppe auf das Zifferblatt. Ruckartig versenkte er die Uhr in der Hosentasche und stapfte davon.

»Danke«, hauchte Louise der alten Buchhändlerin zu und wandte sich dann mir zu: »Halb sieben, Paul!« Sie verschwand zwischen Büchertischen und Regalen.

»Unser Herr Großkopf ist so übel nicht«, sagte Frau Linde nun wieder mit ihrer freundlichen Stimme. »Nur immer besorgt, dass das Geschäft reibungslos läuft.«

Ich sah sie voller Bewunderung an. Dass sie keine Angst hatte. Dass sie so energisch sein konnte. Als hätte sie einen Drachen zur Strecke gebracht.

Sie lachte. »Ach weißt du«, sagte sie. »Ich glaube, er ist ganz froh, wenn ihm einer von Zeit zu Zeit sagt, dass es Wichtigeres gibt als das Geschäft. Und wer sollte das tun, wenn nicht ich. Ich habe schon für seinen Vater gearbeitet. Und als der große Oskar klein war, habe ich ihm die Windeln angezogen.«

Ich konnte mir das Lachen nicht verkneifen.

»Klein und dumm waren wir alle mal«, sagte Frau Linde. »Schade nur, dass wir das so schnell vergessen.«

Ich nickte. Noch nie hatte ich einen Erwachsenen getroffen, zu dem ich so schnell Vertrauen gefasst hatte.

»Ich muss jetzt gehen«, sagte ich und reichte der alten Frau die Hand. »Zu Hause brauchen sie mich.«

Frau Linde hatte einen überraschend kräftigen Händedruck. »Komm bald wieder, Paul«, sagte sie. »Und vergiss nicht: Bücher sind geduldig! Sie warten ...«

Die Ladentür klingelte. Während ich sie von außen zuzog, winkte ich der kleinen Frau noch einmal zu.

Sie winkte zurück.

Ich kam zu spät. Mutter, Gertrud und Ida hatten längst gegessen, und Mutter stand schon wieder im Laden. »Da bist du ja endlich«, sagte sie nur. Wo ich so lange gewesen war, wollte sie nicht wissen. Sie hatte andere Sorgen. »Beeil dich. Ida soll dir die Suppe noch mal warm machen. Und guck, dass Gertrud ordentlich schreibt. Frau Kubitzki wartet auf ihre Sachen. Und Frau Krause. Bei Schneiders am Paradeplatz musst du dich zusammennehmen. Der Sohn ist gefallen ...«

Gertrud saß am Küchentisch und kämpfte mit den Buchstaben auf ihrer Schiefertafel. Der Griffel quietschte. Zwei Reihen i, zwei Reihen o, zwei Reihen e, zwei Reihen ei. Immer wieder befeuchtete sie mit der Zunge ihre Fingerkuppen und wischte mit zornigem Eifer die verunglückten Gebilde aus.

Ida, den Kopf zwischen die Hände gestützt, hatte die Zeitung vor sich ausgebreitet und las. Als ich in die Küche kam, sah sie auf und ihr sommersprossiges Gesicht verzog sich zu einem spöttischen Grinsen. »Lässt der Herr sich auch schon blicken?«

Dankbar für die Unterbrechung, warf Gertrud ihren Griffel auf den Tisch und krähte: »Paul hat wieder nachgesessen!«

Ich hielt es für unter meiner Würde, auf das eine wie auf das andere zu antworten, und schob meinen Schulranzen in die Lücke hinter der Eckbank. »Mutter sagt, es ist noch Suppe da.«

Ida war längst aufgestanden, öffnete die Klappe am Küchenherd, legte ein Holzscheit nach und zog den Suppentopf auf die heiße Platte.

»Kartoffelsuppe mit Würstchen«, sagte Ida. »Ich wette, der Kaiser würde sich alle fünf Finger ablecken.«

»Der Kaiser leckt doch nicht an seinen Fingern!«, protestierte Gertrud.

»Der Kaiser geht auch aufs Klo«, sagte Ida.

»Gar nicht«, sagte Gertrud. »Soll ich dir sagen, was wir gerade gelernt haben? ›Der Kaiser ist ein lieber Mann, er wohnet in Berlin. Und wär das nicht so weit von hier, so lief ich heut noch hin.‹«

»Dann lauf mal«, sagte Ida.

»Der Kaiser braucht seine Finger jetzt bestimmt zu was anderem«, sagte ich. »Und in Berlin ist er sowieso nicht. Erich sagt, er ist jeden Tag an der Front.«

»Und passt auf, dass Papa und Max nichts passiert«, sagte Gertrud.

»Wer's glaubt, wird selig«, sagte Ida, stellte den Suppenteller für mich auf den Tisch und holte den Topf vom Herd.

Ich setzte mich, schöpfte mir den Teller voll Suppe und aß. Ida las weiter in der Zeitung, und Gertrud ritzte weiter quietschend Buchstaben auf die Schiefertafel, dass man denken konnte, es müsste jedem Buchstaben wehtun, von ihrer Hand geboren zu werden.

Während mir die warme Suppe wohlig den Bauch füllte, beobachtete ich Ida, die mir gegenübersaß. Sie strengte sich beim Zeitunglesen nicht weniger an als Gertrud beim Schreiben. Mal runzelte sie die Stirn, mal hielt sie sich die Zeitung dicht vor die Augen, dann legte sie sie raschelnd wieder auf den Tisch, strich sie glatt, beugte sich von Neuem darüber. Auf einmal fing sie zu kichern an, und ihr schmaler Körper bebte, dass ihr eine Haarsträhne in die Stirn fiel.

»Was gibt's denn?«, fragte ich.

Ida presste sich die Hand auf den Mund, ihr Gesicht war jetzt fast so rot wie ihre Haare. Nach einigem Zieren las sie vor: »Nur über einem tadellos sitzenden Korsett kommt die Garderobe ganz zur Geltung. Kaufen Sie das wichtigste Kleidungsstück, das Korsett, bei Emma Mirbach … »

So witzig fand ich die Anzeige auch wieder nicht. Sie stand

jeden zweiten Tag in der Zeitung. Ida hatte sie anscheinend zum ersten Mal gelesen. Aber ihr Kichern war ansteckend.

»Das wichtigste Kleidungsstück …«, prustete sie. »Das Korsett!«

»Warte, bis du auch eins brauchst«, sagte ich grinsend.

»Ich? Nie!«, sagte Ida. »Das ist nur was für vornehme Damen.«

Zu den Vornehmen gehörte Ida nicht, das war sicher. Ganz anders als Louise. Aber immerhin, das hatten sie gemeinsam: In ein Korsett zwängten sich beide nicht.

Ich stellte Teller und Topf ins Spülbecken, Ida wusch und ich trocknete ab. Als wir fertig waren, ließ ich mir Gertruds Schiefertafel mit den Buchstabenreihen zeigen und musterte sie.

»Deine Os haben die Schwindsucht«, sagte ich streng. »Richtige Os haben dicke Bäuche.«

»Gar nicht!«, protestierte Gertrud.

Und Ida sagte: »Die Zeiten werden schlechter. Da geht es auch den Os nicht mehr so gut.«

Unter den hohen Bäumen auf dem Stadtwall wurde es allmählich dämmrig. Meine Ausrede, ich müsse wegen der Hausaufgaben noch etwas von einem Schulkameraden erfragen, kam mir nun selber ziemlich kläglich vor. Warum eigentlich sollte ich verheimlichen, dass es Louise gab? Und Frau Linde? Die Bücher? Weil Mutter keine Zeit hatte zum Zuhören? Vielleicht. Vielleicht aber auch, weil das zu einer Welt gehörte, die mir fremd war. Die Brücke zwischen beiden Welten war Max. Und Max war nicht da.

Trotz des Dämmerlichts sah ich sie schon von Weitem. Louise saß mit hochgeschlagenem Mantelkragen aufrecht auf der Bank und sah in die andere Richtung. Erst als ich vor ihr stand, drehte sie den Kopf und sah mich an. Sie hatte geweint.

Ich setzte mich neben sie. »Ach Paul«, sagte Louise. »Es ist alles so entsetzlich …«

Ich erschrak und sah zu ihr hoch.

»Heute ist ein Brief gekommen«, sagte Louise.

»Von Max?«

Louise schüttelte den Kopf. »Von Hermann, meinem Bruder. Er ist im selben Regiment wie Max. Max hat sich verändert, schreibt Hermann. Alle haben sich verändert. Es ist alles ganz schlimm. In Belgien sind sie nicht nur von den anderen Soldaten beschossen worden. Auch von einfachen Leuten von Hausdächern und aus Fenstern … Jeden Tag Tote und Verletzte …«

»Aber in der Zeitung steht …«, sagte ich.

»Ja, ja, in der Zeitung stehen die großen Siege. Lüttich eingenommen, Brüssel, dann Antwerpen. Jetzt stehen sie längst in Frankreich. Hurra, hurra! Helene sagt, es ist Unrecht, dass wir in Belgien einmarschiert sind. Belgien ist doch neutral.«

Recht oder Unrecht – das interessierte mich in diesem Augenblick wenig. »Was weiß dein Bruder von Max?«

»Hermann ist jetzt an einem anderen Frontabschnitt. Vor drei Tagen, schreibt er, hat er Max kurz gesehen«, sagte Louise. »Man weiß nie, ob es nicht das letzte Mal sein wird.«

Ich schloss die Augen. Eine dunkle Angst stieg in meiner Brust auf und zog sich als Knoten in der Kehle zusammen. Als das Schweigen unerträglich wurde, flüsterte ich: »Schreibst du ihm trotzdem?«

Louise nickte heftig. »Ja natürlich«, sagte sie. »Jetzt erst recht. Heute Abend noch.«

Ich kramte den Zettel aus meiner Hosentasche, auf dem ich fein säuberlich Max' Adresse von der Karte abgeschrieben hatte, wozu Louise in der Buchhandlung nicht mehr gekommen war. Sie nahm den Zettel und drehte ihn zwischen den Fingern.

»Und dein Bruder?«, fragte ich. »Hat der sich auch verändert?«

Louise zuckte mit den Schultern. »Wir müssen jetzt stark sein, sagt mein Vater. Der Krieg verändert alle. Auch uns.«

Sie schob den Zettel in ihre breite Manteltasche und plötzlich huschte ein kleines Lächeln über ihr Gesicht.

»Ach ja«, sagte Louise. »Das hätte ich beinahe vergessen.« Sie zog ein viereckiges Päckchen, eingewickelt in Zeitungspapier, aus ihrer Tasche und hielt es mir hin. »Das soll ich dir geben. Von Helene.«

»Mir?«, staunte ich. »Von Frau Linde? Wieso …?«

»Sie sagt, das Buch könnte dir gefallen.«

»Ein Buch?« Ich suchte nach Worten. »Aber das kostet doch was … Also, ich meine … Und ich habe noch nie …«

»Es ist ein Geschenk«, sagte Louise. »Du kannst es ruhig annehmen. Helene mag dich. Und sie möchte, dass alle Welt liest.«

Kopfschüttelnd nahm ich das eingewickelte Buch in die Hand.

»Und du sollst sie mal wieder besuchen«, sagte Louise.

8

Erst abends im Bett zog ich das Buch unter meinem Kopfkissen hervor, wickelte es aus dem Zeitungspapier und las, was in Goldschrift auf dem Buchdeckel stand.

Robert Louis Stevenson

Die Schatzinsel

Ich schlug es auf. Hinter dem Deckblatt war auf der linken Seite eine Zeichnung. Eine Insel. Ein Segelschiff. Ein Kompass. Und rechts stand in gestochen schöner Handschrift:

> *Lieber Paul,*
> *zur Erinnerung an Deinen mutigen Schritt in die Welt der Bücher.*
> *Mit vielen guten Wünschen*
> *Helene Linde* *30. Oktober 1914*

Ich musste lächeln. Für einen Moment sah ich die kleine, schmale Frau mit den grauen Haaren wieder vor mir, hatte ihre freundliche Stimme im Ohr.

Ich blätterte das Buch durch. Über dreihundert Seiten. Ein richtig dickes Buch wie dieses hatte ich noch nie gelesen. Außer der Bibel und Mutters drei Kochbüchern gab es keine Bücher in unserem Haus.

Robert Louis Stevenson – das war ein Engländer. Die Engländer waren unsere Feinde im Krieg. Erich erzählte, es wimmele überall von englischen Agenten, die die deutsche Verteidigungsbereitschaft schwächen wollten. Die kleine, sanfte Frau Linde, eine englische Agentin? Ach wo.

Anfangen konnte ich ja mal. Ich beugte mich über das Buch, hielt es in den kleinen Lichtkreis der Nachttischlampe.

Ein Junge, so alt wie ich, erzählte die Geschichte. Seine Eltern hatten zwar keinen Kolonialwarenladen, aber eine Gaststätte mit dem Namen Admiral Benbow irgendwo an der Küste von England. Wie auch in meiner Familie, kümmerte sich die Mutter um alles. Der Vater war krank und starb. Das Abenteuer begann mit einem alten, geheimnisvollen Seebären, der sich eines Tages im Admiral Benbow einquartierte, sich unflätig aufführte und das friedliche Leben dort gründlich durcheinanderbrachte …

Je länger ich las, umso mehr stellte ich mir vor, ich wäre dieser Junge, dieser Jim Hawkins. Die Geschichte war gar nicht schwer zu verstehen, und nicht lange, da war es, als stecke ich mittendrin. Von Seite zu Seite stieg die Spannung und meine Lust zu erfahren, wie es weiterging.

Erst lange nach Mitternacht spürte ich die Müdigkeit. Ich blinzelte, gähnte und tauchte auf wie aus einer anderen Welt. Den ganzen ersten Teil des Buches hatte ich gelesen, über siebzig Seiten. Dass mir so etwas passieren konnte …

Schließlich ließ ich den Kopf auf das Kissen fallen und sah hinüber zum leeren Bett meines Bruders. Im Dunkeln konnte ich denken, Max läge dort wie immer und alles wäre ganz normal. Ich würde ihm jetzt von Jim Hawkins erzählen, vielleicht auch von Frau Linde – und morgen ginge das Leben weiter, friedlich, langweilig. Und die Abenteuer spielten sich nur im Kopf ab, im Kino, in den Büchern. Was Max jetzt erlebte, konnte man das Abenteuer nennen?

Im November kam endlich ein richtiger Brief von Max. Das heißt, »richtig« war eigentlich nicht das richtige Wort. Vom Krieg stand so gut wie nichts auf den drei Seiten. Der Brief enthielt hauptsächlich wirre, oft nur angefangene Sätze, viele hatte er wieder durchgestrichen. Seltsame Sätze waren das, die gar nicht zu Max passten, zum Beispiel: *Wenn Gott mich tatsächlich ausgeguckt haben sollte, dass ich das hier überlebe, dann …* Oder: *Warum hat uns keiner gesagt, wie das ist, wenn …* Und: *Dass man jeden Augenblick totgeschossen werden kann, ist nicht das Schlimmste, sondern …* Er hatte versucht, die durchgestrichenen Sätze unkenntlich zu machen, aber manches konnte ich doch entziffern. Max hatte mit den Buchstaben und Wörtern gekämpft wie Gertrud. Schließlich hatte er es aufgegeben. *Vielleicht später mal alles mündlich,* stand da und danach nur noch Harmloses, Nebensächliches. Dass sie oft Skat spielten, sich Witze erzählten und dass er sich über das Päckchen und die Briefe von zu Hause gefreut hatte. *Ja, warme Socken wären gut. Und warmes Unterzeug. Es wird ja nun Winter.*

Aber auf der letzten der drei Seiten stand noch ein Absatz nur für mich, eine Antwort auf meinen Brief. Ich bekam rote Ohren, als ich es las:

> *Lieber Paul, Du kannst Dir gar nicht vorstellen, wie sehr ich mich über Deinen Brief gefreut habe. Ich danke Dir, lieber Bruder, dass Du mit L. gesprochen hast. Sie hat mir geschrieben, dass Du ein ganz feiner Kerl bist. Hoffentlich muss ich nicht eifersüchtig werden. Erich Kessler ist ein Windhund, und wenn Du mich fragst, mach nicht, was er von Dir will.*

»L ist Louise?«, fragte Mutter. »Ich dachte, sie hätten sich gestritten?«

»Vielleicht jetzt nicht mehr«, sagte ich.

Sie lächelte, schüttelte den Kopf – und war mit ihren Gedanken schon wieder woanders.

»Wo steht er denn nun?«, fragte Großvater Wilhelm, nachdem er den Brief gelesen hatte. »Noch immer in Lüttich? Vor Paris? Vor Verdun?«

»Darüber dürfen sie doch nichts schreiben«, sagte ich. »Von wegen Geheimhaltung.«

»Geheimhaltung, Geheimhaltung«, murmelte der Großvater in seinen Bart. »Sie sollen sich mal beeilen, wenn sie Weihnachten wieder zu Hause sein wollen.«

Am kommenden Sonntagnachmittag wartete ich schon eine Viertelstunde vor der verabredeten Zeit auf der Bank am Stadtwall auf Louise. Ich freute mich auf eine neue Begegnung mit ihr und war aufgeregt. Wie es schien, hatten sich Max und Louise ausgesöhnt. Irgendwie war das auch mein Verdienst. Es gefiel mir sehr, für Louise *ein feiner Kerl* zu sein.

Um drei Uhr, hatten wir gesagt. Trotz November war es ein sonniger, wolkenloser Tag. Ein leichter Wind bewegte die letzten Blätter der alten Bäume, und selbst die kleinen altersschwachen Häuser hinter dem Wall sahen aus, als sei es eine Freude, unter ihren schiefen roten Dächern zu leben. Tiefer Friede lag über der Stadt. Ich konnte mir nur schwer vorstellen, dass anderswo Krieg war.

Sonntagsspaziergänger schlenderten, familienweise zumeist, an mir vorbei, nickten sich grüßend zu, Männer lupften ihre Zylinderhüte. Die Kinder, viele in Matrosenanzügen und Matrosenkleidern, trabten artig neben ihren Eltern her, manche warfen mir auf meiner Bank einen verstohlenen, neidischen Blick zu.

Zehn nach drei und von Louise immer noch keine Spur. Enttäuschung stieg in mir auf. Vielleicht brauchte sie mich jetzt nicht mehr, nachdem Max ihr ja wahrscheinlich geschrieben hatte. Feiner Kerl – das war leicht dahingesagt. Oder war sie am Bahnhof? Seit vierzehn Tagen, hatte sie mir erzählt, half sie dort in jeder freien Minute bei der Versorgung der Soldaten in den Lazarettzügen. »Stell dir vor«, hatte sie gesagt, »mit einem der Züge käme Max. Dann wäre er doch froh, wenn jemand für ihn sorgt.«

Mir hatte diese Vorstellung nicht gefallen. Wenn Max mit einem der Züge käme, hieße das ja, dass er verwundet wäre.

Ich wollte schon von der Bank aufstehen und gehen, da sah ich Louise auf den Wall einbiegen. Aber sie war nicht allein. Links und rechts eingehakt gingen ihre Eltern. Ja, das mussten ihre Eltern sein. Die Mutter, großer, breitkrempiger Hut mit Pfauenfeder, pelzbesetzter dunkler Mantel, der fast bis zur Erde reichte, und der Vater, Zylinder, Monokel, buschiger Oberlippenbart und quer über Kinn und rechter Wange eine tiefe Narbe. Sehr aufrecht gingen sie, die Blicke nach vorn gerichtet. Louise in der Mitte kam mir vor wie eine Gefangene. Schon von Weitem suchte sie meinen Blick, und als sie ungefähr zehn Meter von meiner Bank entfernt waren, legte sie wie zufällig ihren linken Zeigefinger auf die Lippen, und ihre Augen sagten: Bleib wo du bist und lass dir nichts anmerken.

Ich verstand. Ohne mich zu rühren, ließ ich das Dreiergespann vorüberziehen, schielte nur unauffällig zu ihnen hin. Fast unmerklich nickte mir Louise über die Schulter zu und zwinkerte verschwörerisch. Die beiden Elterntürme neben ihr spazierten weiter und schienen nichts bemerkt zu haben. Ich sah ihnen nach. Plötzlich erschien Louises Hand über ihrer Schulter, ein zusammengeknülltes Stück Papier fiel hinter ihr zur Erde.

Am liebsten wäre ich sofort aufgesprungen, doch ich wartete, bis die drei außer Sichtweite waren. Voll Ungeduld entfaltete ich den Zettel.

Komm morgen, halb sieben.
Alles ist gut! Danke!!!
Louise

Und neben ihren Namen, das war das Schönste, hatte sie ein rotes Herz gemalt. Also waren sie wieder ein Paar, Max und Louise, ein Liebespaar. Und ein bisschen hatte ich geholfen, alles einzufädeln.

Ich lehnte mich auf der Bank zurück, sah in den blauen Himmel und lachte in mich hinein. Ein wunderbares Gefühl von Leichtigkeit durchfuhr mich von oben bis unten. Es gab etwas, das mich mit Louise verband. Und mit Max, obwohl er nicht da war. Etwas, das größer war, wichtiger als der Krieg, als alle Sorgen, alle Ungewissheit.

Plötzlich verspürte ich, wie schon lange nicht mehr, eine große Lust, etwas zu erleben. Etwas Neues, ein Abenteuer wie Jim Hawkins … Einen Hafen gab es nicht in unserer Stadt, keine Piratenschiffe, keine Seeräuber. Aber es gab die Viktoria-Lichtspiele. Vielleicht lief dort ein Film wie *Die arme Jenny*. Und dieses Mal würde ich ihn bis zu Ende sehen. Geld hatte ich genug, aufgespartes Trinkgeld von meinen Botengängen. Die nächste Vorstellung begann um vier Uhr, in einer halben Stunde.

Auf dem Weg durch die Stadt kamen mir Zweifel. Als Vierzehnjähriger allein ins Kino gehen? Meine Eltern waren noch nie in einem Kino gewesen. Und die Filme mit Asta Nielsen waren für Jugendliche verboten. Vielleicht würden sie mich gar nicht reinlassen.

Trotz des schönen Wetters zog es viele Menschen zum Eingang der Viktoria-Lichtspiele. Ich nahm allen Mut zusammen und mischte mich unter sie.

Im Raum vor der Kasse hingen Bilder hinter Glas und in einem Wandkasten war das Programm ausgestellt. Ich wurde nicht schlau daraus, welcher Film heute gezeigt werden sollte. Untereinander standen da sieben Filmtitel:

Des Lebens ungewisse Freude – Drama

Bunnys Geburtstagsfeier – Humor

Schwarze Perlen – Drama

Eine Liebesheirat – Komisch

Die weiße Feder – Drama

Der Fastnachtskönig – Humor

An der Silberküste – Naturaufnahmen

Es war mir egal, welcher Film laufen würde, ich war in der Stimmung, mich überraschen zu lassen. Ein streng aussehender älterer Mann saß an der Kasse, aber statt mich nach meinem Alter zu fragen oder wegzuschicken, nickte er mir zu und sagte mit einem Anflug von Lächeln: »Dann pass gut auf, dass du was lernst.« Also gab es wahrscheinlich die Naturaufnahmen von der Silberküste. Das klang immerhin geheimnisvoll.

Ganz offiziell, sogar mit dem Wohlwollen eines Erwachsenen, ging ich mit den anderen Besuchern in den dunklen Kinosaal. Das Licht einer Taschenlampe geisterte auf mich zu, und eine Frau zeigte mir den Platz, auf den ich mich setzen sollte. Es war ziemlich weit hinten.

Punkt vier Uhr ertönte ein tiefer Gong und zwei Männer schoben den Vorhang zur Seite. Rechts neben der Leinwand stand ein Klavier. Der Mann auf dem Hocker davor verbeugte sich kurz in Richtung Publikum. Den Klavierspieler hatte ich damals aus der Rumpelkammer über dem Kinosaal gar nicht gesehen. Als der Lichtstrahl aus dem Filmprojektor auf die Leinwand fiel, griff der Pianist in die Tasten. Eine Schrift erschien:

Szenen vor und aus Lüttich sowie die Zurschaustellung der eroberten französischen, belgischen und russischen Geschütze in Berlin unter großem Jubel am Sedantage.

Was? Keine Geschichte? Stattdessen Bilder vom Krieg. Aus Lüttich. In Lüttich war Max gewesen. Ich richtete mich auf und starrte mit offenem Mund auf die Leinwand.

Nein. Die Aufnahmen waren aus zu großer Entfernung gemacht, die Soldaten nur eine einzige graue Masse. In der Ferne erkannte man die Silhouette einer Stadt. Der graue Zug setzte sich in Bewegung auf die Stadt zu. Einer der dunklen Punkte in der grauen Masse war vielleicht Max.

Zwischen den laufenden Bildern wurden Texte eingeblendet, die erklären sollten, was man im Film sah. Vor Aufregung erhaschte ich immer nur einzelne Wörter: *Die Festung Lüttich … Uneinnehmbar … Erich Ludendorff … General von Emmich … Eiserne Entschlossenheit … Hinterhältige Heckenschützen … Trotz starker Gegenwehr … Die Dicke Bertha …*

Erst am Ende brachte ich es fertig, zwei vollständige Sätze zu lesen: *Am Morgen des 16. August hissen auch die letzten zwei der zwölf Forts die weiße Flagge … Der Weg über die Maas ist frei …*

Auf der Leinwand waren jetzt lautlose Explosionen zu sehen, Mauern, die stumm in sich zusammenfielen – die Klaviermusik bäumte sich auf, wurde laut und wild. Dann brach sie ab und ein letzter Blick glitt über eine Trümmerwüste, das Skelett einer Kirche, aufgerissene Häuser, Straßenbahnschienen, die unter Geröll verschwanden.

Dem Feind zuvorkommen, verkündete der Zwischentext. *Unsere heldenmütigen Jungen ziehen weiter.*

Nein, von Max war nichts zu sehen, auch nicht am Ende, als man die Soldaten mit hochgereckten Gewehren jubeln sah. *Alle sind Helden,* sagte der Text.

Der zweite Teil der Filmvorführung war weniger aufregend. Kinder spielten auf den erbeuteten, ausgestellten Kanonen. Keine davon, stand zu lesen, war auch nur annähernd so wirksam wie unsere Dicke Bertha, die Wunderwaffe von Krupp. Die Klaviermusik plätscherte munter drauflos.

Wenn der Krieg nach Deutschland käme, dachte ich, dann würde es vielleicht bald auch in unserer Stadt aussehen wie in dem zerstörten Lüttich. So also war der Krieg. Man musste dem Feind zuvorkommen.

Als das Licht anging und der Vorhang wieder zugezogen wurde, hörte ich auf einmal eine bekannte Stimme. In der ersten Reihe vor der Leinwand stand Erich Kessler und führte das große Wort. Um ihn herum Gottfried, Nickel und Helmut Berg und … leicht zu erkennen an ihren roten Haaren, Ida, die mit einem anderen Mädchen zusammenstand. Gestikulierend und ins Gespräch vertieft kamen sie den Gang neben den Sitzen herauf, die vier Jungen voran, die beiden Mädchen dahinter.

»Habt ihr gehört?«, sagte Erich. »Ludendorff. Erich Ludendorff!«

»Herr General!«, sagte der kleine Nickel, schlug die Hacken zusammen und legte die Hand an die nicht vorhandene Mütze.

»Chef des Generalstabs, bitte!«, sagte Erich, sah nicht nach links und nicht nach rechts und stolzierte mit stolz geschwellter Brust an mir vorbei.

Ida dagegen erkannte mich. Eine Sekunde lang schien sie überrascht. Ihre Wangen färbten sich, dann hob sie lächelnd die

Hand und winkte mir zu. Sie flüsterte dem Mädchen neben ihr etwas ins Ohr. Dann gingen sie kichernd weiter.

Ich blieb sitzen bis alle den Kinosaal verlassen hatten. Weder Erich noch Ida wollte ich jetzt sehen. Als ich wieder draußen im Freien vor den Viktoria-Lichtspielen stand, wunderte ich mich, dass immer noch die Sonne schien und die Stadt nicht in Trümmern lag.

9

Unsere Hoffnungen waren vergeblich. Weder der Vater noch Max konnten an Weihnachten zu Hause sein. Und an ein Ende des Krieges war überhaupt nicht zu denken. *Durchhalten!* stand in der Zeitung, und trotz ständiger Siegesmeldungen in Ost und West war von Frieden keine Rede. Dafür häuften sich die Todesanzeigen. Eine hatte Mutter fast aus der Bahn geworfen. Sie war in Tränen ausgebrochen, hatte die Zeitung von sich gestoßen und war den ganzen Tag über kaum ansprechbar gewesen. Wir kannten die Leute nicht und trotzdem hatte Mutter alles wie eine böse Vorahnung gelesen:

> *Nachdem unser lieber einziger Sohn und Bruder vor vier Wochen den Heldentod im Feindesland gestorben ist, folgte ihm heute mein innigstgeliebter Gatte, unser treusorgender Vater …*
> *In tiefstem Schmerze …*

Wie im Vorjahr war die Nikolaikirche an Heiligabend bis auf den letzten Platz gefüllt. Die Glocken dröhnten vom Turm, die Kerzen am großen Christbaum neben dem Altar brannten, und doch war in diesem Jahr alles anders. In den ersten Reihen saßen die Verwundeten mit Krücken, Armschienen und Kopfverbänden, dahinter viele Soldaten in Uniform mit ernsten, andächtigen Gesichtern. Junge und alte Frauen mit verheulten Augen saßen in sich gekehrt auf den Bänken, und auch Mutter neben mir war in Gedanken weit weg. Selbst Gertrud, die die spärliche Bescherung tapfer hingenommen hatte, saß nun still neben Mutter, hielt ihre Hand und lehnte den Kopf an ihre Schulter. Pastor Müller, ein kahlköpfiger, rundlicher Mann von eigentlich fröhlichem Gemüt, bei dem ich zum Konfirmandenunterricht ging, mühte sich, um mit fester Stimme predigen zu können: *Frieden auf Erden und den Menschen ein Wohlgefallen …* Als er davon sprach, dass in diesem Jahr *unser Denken und Fühlen bei unseren tapferen Helden in den Schützengräben ist,* wollte das Schluchzen und Schniefen ringsum kein Ende nehmen.

Als wir durch die dunkle Nacht nach Hause gingen, sagte ich: »Immerhin regnet und schneit es nicht mehr. Und der Wind hat sich gelegt. Erich sagt, vielleicht gibt es an Weihnachten im Westen einen Waffenstillstand.«

Mutter antwortete nicht, aber sie legte Gertrud und mir die Arme um die Schultern. Als wir vor unserer Haustür standen, drehten wir uns noch einmal um und sahen schweigend zum Himmel hinauf, an dem der Mond durch die Wolkenlücken geisterte.

Einschlafen konnte ich lange nicht. Immer wieder blickte ich zum leeren Bett meines Bruders hinüber und in Gedanken sprach ich mit ihm. *Hoffentlich könnt ihr ein bisschen feiern, irgendwie. Und hoffentlich hast du unser Paket rechtzeitig gekriegt. Die Wurst war die letzte, die wir noch hatten. Vielleicht wollen die Franzosen zu Weihnachten ja auch ihre Ruhe haben. Ich bin froh, dass du dich wieder mit Louise verträgst. Sie freut sich jedes Mal über deine Briefe und wird ganz übermütig, und dann drückt sie mir einen Kuss auf die Backe und sagt: »Der ist für Max.« Du musst also nicht eifersüchtig werden. Ich bin gespannt, wie das morgen wird. Louises Bruder Hermann ist auf Weihnachtsurlaub und will mir einen Brief von dir geben. Einen Brief von dir nur für mich. Louise hat gesagt, sie schickt Hermann morgen Nachmittag schnell mal rüber zu Frau Linde. Sie wohnt nur zwei Häuser weiter von Reineckes. Beethovenstraße 46. Mutter habe ich nichts gesagt. Sie regt sich über jede Kleinigkeit immer so auf. Erst muss ich wissen, was Hermann erzählt. Und was in deinem Brief steht. Aber das mit Louise und dir erzähle ich ihr vielleicht doch bald genauer, ich glaube, das würde sie sogar freuen. Denk nicht noch mal, dass Louise dich nicht versteht. Sie macht das alles heimlich, weil sie zu dir hält. Mensch, Max, eine bessere Frau als Louise kannst du dir doch gar nicht wünschen. Und eine schönere auch nicht.*

Max sagte nicht Ja und nicht Nein, und unter dem dicken Bettenberg mit dem gehäkelten Überwurf, der noch von Großmutter Alwine stammte, regte sich nichts. Trotzdem hatte ich das Gefühl, als ob mein Bruder nah bei mir wäre. Wir hatten ja nun ein Geheimnis miteinander. Louise.

Meine Heiligabendträume waren wirr. Irgendetwas hatten sie mit dem Krieg zu tun. Wir standen auf unserem Schulhof, über uns kam ein unheimliches Surren immer näher, ein Schatten, eine riesige Banane, ein Zeppelin, schwebte über unseren Köpfen, Bomben fielen herunter, es krachte, splitterte, polterte, dann rieselten Steine gegen eine Glasscheibe, und jemand rief meinen Namen.

»Paul! Paule!«

Ich drehte mich auf den Rücken, riss die Augen auf und schüttelte den Kopf, um den Traum zu vertreiben.

Kleine Steine rieselten gegen eine Scheibe. Gegen meine Fensterscheibe. Und die Stimme war immer noch da. »Paul! Ich bin's! Mach auf!«

Ich sprang aus dem Bett und öffnete das Fenster. Eine Weile brauchte ich, bis ich in der Dunkelheit etwas erkennen konnte. Für den Bruchteil einer Sekunde hatte mich die verrückte Hoffnung durchfahren, Max stände da unten vor unserem Zimmerfenster. Aber dann erkannte ich die Gestalt draußen im Dunkel. Vor dem Fliederstrauch im Garten unter meinem Fenster stand Ida und sah zu mir herauf.

»Gott sei Dank«, sagte sie mit gepresster Stimme. »Ich dachte schon, du hörst mich nicht.«

»Ida?«, flüsterte ich. »Warte, ich lass dich rein.«

Vor zwei Tagen war Ida mit der Kleinbahn nach Hause gefahren. Es war ausgemacht, dass sie erst nach Silvester zurückkommen sollte.

Hastig zog ich meine Hose über das Nachthemd, warf mir die Strickjacke über die Schulter, tappte aus meinem Zimmer, die Treppe hinunter und schloss die Haustür auf.

Mit vor Kälte hochgezogenen Schultern und klappernden Zähnen stand Ida vor der Tür, hielt sich den mit Bindfäden zusammengezurrten Karton, ihren Koffer, vor den Bauch, als wäre er ein warmes Kissen. »Endlich«, hauchte sie.

»Ida?«, sagte ich. »Wo kommst du denn her?«

»Von wo wohl?«, sagte sie mit matter Stimme und schlüpfte in den Flur.

»Zu Fuß? Den ganzen Weg?«

Sie nickte.

»Puh«, sagte ich. »Du musst ja todmüde sein.«

»Müde nicht«, sagte Ida. »Aber schlapp.«

Wir standen im dunklen Flur voreinander, verlegen alle beide. Schließlich sagte ich: »Du brauchst was Warmes. Komm, wir gehen in die Küche und machen Feuer im Herd. Dann kochen wir Kaffee. Oder Kakao.«

Die Küche war der vertraute Raum, in dem wir oft zusammen waren. Gut, dass Ida wieder da war. Vielleicht würde Weihnachten doch nicht ganz so traurig werden, wie es angefangen hatte.

Ida setzte sich auf ihren Platz auf der Eckbank, stützte den Kopf zwischen die Hände und sah vor sich hin auf die Tischplatte. »Endlich sitzen«, sagte sie.

Ich nahm Holz aus dem Kasten und machte Feuer im Herd. Es qualmte ein bisschen aus der Ofenklappe.

Ida beobachtete mich aus den Augenwinkeln, und als ich einen Topf zum Wasserkochen suchte, sagte sie: »Nimm den kleinen silbernen. Unten links.«

Mit dem Messbecher schöpfte ich Wasser aus dem Eimer auf der Bank und goss es in den kleinen silbernen Topf.

Die Uhr auf der Vitrine zeigte halb sechs – die Zeit, zu der wir uns sonst immer alle in der Küche trafen. Heute war Weihnachten. Bis acht Uhr schlafen wir mindestens, hatte Mutter gesagt.

Bis das Wasser kochte, würde es eine Weile dauern. Ich setzte mich Ida gegenüber an den Tisch. Obwohl ich die Antwort schon ahnte, fragte ich nun doch: »Warum bist du zurück?«

Ida blinzelte und schwieg. Und als ich schon dachte, sie würde darüber nicht reden wollen, sah sie mich an, fuhr mit dem Zeigefinger an ihrer Wange entlang, legte ihn an die kleine Narbe unter ihrem Auge und sagte: »Meinst du, ich will noch so'ne Kerbe?«

»Dein Vater?«

Ida nickte. »Der Saufkopp«, sagte sie. »Ich wollte, sie hätten ihn zu den Soldaten.«

»Und deine Mutter?«, fragte ich. »Und deine Geschwister?«

Ida zog die Schultern hoch. »Mutter hat gesagt, ich soll gehen. Sie kommt schon zurecht. Hildchen ist zwölf und hilft schon ganz gut.«

»Aber es ist Weihnachten«, sagte ich.

»Da ist nur Geschrei«, sagte Ida. »Weihnachten am meisten.« Und nach einer Pause: »Bei euch ist es schöner.«

»Weiß nicht«, sagte ich, stand auf, räumte den Brotkorb, Butter,

Bretter und Messer auf den Tisch und zählte vier Messlöffel Kaffeepulver in den Filter über der Kanne.

»Hättest Kakao nehmen sollen«, sagte Ida. »Kaffee ist zu teuer.«

»Heute ist Weihnachten«, sagte ich. »Und wir sind doch auch keine Babys mehr. Oder?«

Ida lachte. Allmählich wurde es warm in der Küche. Sie stand auf, zog ihren Mantel aus und legte ihn über die Stuhllehne. »Setz du dich mal hin jetzt«, sagte sie. »Ich mach das schon.« Geduldig wartete sie, bis der Kaffee durchgelaufen war, dann stellte sie die Kanne auf den Tisch.

Schließlich saßen wir nebeneinander auf der Eckbank, jeder einen Becher dampfenden Kaffee vor sich und ein Butterbrot. Im Herd knisterte das Feuer. Ich hob den Becher und sagte: »Fröhliche Weihnachten dann!«

»Fröhliche Weihnachten!«, sagte Ida. Sie war jetzt wieder fast ganz aufgetaut und ihre Augen funkelten. Wir stießen mit den dicken Steingutbechern an und nahmen jeder einen großen Schluck. Der Kaffee wärmte von innen und weckte unsere Lebensgeister.

»Mensch Paul«, sagte Ida. »Soll ich dir mal was sagen?«

Ich sah sie an, und zum ersten Mal sah ich, dass Idas Gesicht, trotz der Kerbe, eigentlich hübsch war. Ihre Sommersprossen, ihre roten Haare, das alles konnte ich mir anders gar nicht denken. Ihre Augen sprühten vor Lebenslust.

»Ja los, sag.« Ich spürte, wie mir die Hitze in den Kopf stieg. Bisher hatte Ida mit mir meistens in einem Ton geredet, aus dem zu hören war, dass sie ein Jahr älter war als ich. Jetzt war es auf einmal anders.

»Also … ich sage dir …« Sie sah verschämt zur Seite, dann gab sie sich einen Ruck und sagte: »Du bist der beste Paul, den ich kenne!«

»Ha«, sagte ich. Und ohne groß zu überlegen, kam es aus mir heraus: »Aber da gibt es dann noch den besten Erich!«

»Ach wo!«, lachte Ida. »Doch nicht Erich! Der ist doch ein Großkotz. Mit Erich ist nichts, das musst du nicht denken.«

»Aber ins Kino gehst du mit Erich.«

»Ach Kino«, sagte Ida. »Da war ich doch mit Maria. Und den anderen. Und außerdem …«

»Was außerdem?«

Aus übermütigen, schelmischen Augen sah sie mich an. »Außerdem«, sagte Ida, »hast du mich noch nie gefragt. Wegen Kino und so.«

In meinem Kopf ging plötzlich vieles durcheinander. Offenbar hatte sie mein Angebot, ihr die Stadt zu zeigen, ganz vergessen. Oder gar nicht ernst genommen. Ich wusste nicht gleich, was ich ihr antworten sollte. In meine Verwirrung hinein fragte Ida: »Was machst du denn heute Nachmittag?«

Ihre Frage trieb meine Verlegenheit auf die Spitze. »Ich …«, stotterte ich. »Heute Nachmittag? Also … ich gehe zu Frau Linde, weil nämlich Louise …«

»He, he, Paule!«, sagte Ida und ihre Stimme hatte wieder den alten spöttischen Ton. »Frau Linde? Louise?«

»Nicht, was du denkst«, sagte ich und seufzte. Eigentlich hatte ich niemandem davon erzählen wollen. Jetzt hatte ich mich verplappert. Ich brauchte eine Weile, um meine Gedanken zu sortieren. Dann erzählte ich Ida von Max und Louise, von Frau Linde, der Buchhandlung, der *Schatzinsel* und dass Louises Bruder Hermann mir heute Nachmittag einen Brief von Max übergeben wollte.

Ida hörte aufmerksam zu. Ein paar Mal sah sie aus, als müsse sie überprüfen, ob ich immer noch der war, den sie kannte.

»Das ist nichts für mich«, sagte sie schließlich. »Louise, Frau

Linde, Hermann, lauter vornehme Leute. Bücherschlucker, Studierte …«

»Aber erzähl bloß nichts meiner Mutter«, sagte ich. »Die soll das noch nicht wissen. Die regt sich nur auf.«

»Weiß ich doch«, sagte Ida. »Vielleicht hast du ja übermorgen Zeit. Du hast gesagt, du willst mir die Stadt zeigen.«

»Ja, mach ich. Ich dachte schon, du hast das vergessen«, sagte ich. »Aber diese Leute, du, Louise und Frau Linde jedenfalls, die sind schon in Ordnung. Das denkt man gar nicht.«

Ida zog die Schultern hoch und blinzelte unsicher.

Die Kaffeebecher waren leer, die Butterbrote gegessen, aber weder Ida noch ich dachten daran, unseren gemütlichen Weihnachtsmorgen schon zu beenden.

»Weißt du was«, sagte Ida. »Wir machen uns noch einen Kakao.«

»Und jeder kriegt ein Stück Stollen. Ausnahmsweise.«

Dann redeten wir über unsere gemeinsamen Bekannten und Freunde im Dorf, über Kurt, über die Schule, Lehrer Knoche und Lehrer Bode, über Onkel Karl, Tante Lina, über Oma Charlotte, über Ziegenlämmer, Kühe und Pferde, über Schützenfest und Kirmes. Wir sprachen über alles Mögliche, und im Eifer des Erzählens landete Idas Hand plötzlich auf meiner. Ich zog sie nicht weg. Sie zog sie nicht zurück. So nah war ich einem Mädchen noch nie gekommen. Mit Louise, das war etwas anderes. Voll Verwirrung spürte ich einen Moment lang, dass da etwas war, stärker als mein Verstand. Ida lächelte, und für eine Sekunde stand auch in ihren Augen etwas Unerklärliches, Geheimnisvolles.

Dann war der Moment vorbei. Ida zog die Hand langsam von meiner und im alten Ton sagte sie: »Lass man, Paul. Es bleibt doch alles wie es ist. Ich bin Dienstmagd, und du machst das mit deinen Büchern. Ist schon in Ordnung so.«

Als Ausredenerfinder fühlte ich mich nicht glücklich. Es hatte mich Überwindung gekostet, Mutter vorzuflunkern, mein neuer Freund Franz Menke habe mich am Nachmittag des ersten Weihnachtstages zu sich nach Hause eingeladen. Ich könne deshalb nicht mit in den Gemeindesaal der Nikolaikirche gehen, wo eine Weihnachtsfeier für die Familien der im Feld stehenden Soldaten stattfand.

»Wer ist denn Franz Menke?«, fragte Mutter.

»Der Beste in der Klasse«, sagte ich. »Und sehr musikalisch.« Das wenigstens war nicht geflunkert. Weil die Aussicht bestand, dass ich etwas lernen könnte, gab Mutter schließlich ihre Erlaubnis.

Um halb drei gingen Gertrud und Mutter aus dem Haus, Großvater Wilhelm hielt seinen Mittagsschlaf, und auch Ida – die von Mutter freudig und von Gertrud überschwänglich begrüßt worden war – hatte sich hingelegt, um den fehlenden Schlaf nachzuholen. Mir blieb noch Zeit und ich setzte mich im Wohnzimmer auf das Sofa. Ganz allein im Weihnachtszimmer – das war seltsam. Mit den Geschenken war es nicht viel gewesen. Warme Socken, eine Laubsäge und auf dem Bunten Teller zwei Apfelsinen, Nüsse, Honigkuchen und eine Tafel Schokolade. Auch Gertrud war heimlich enttäuscht, weil sie statt der erwarteten neuen Puppe ein Matrosenkleid und zwei Schürzen unter dem Weihnachtsbaum gefunden hatte. Dem Kastanienpferd, das ich für sie gebastelt hatte, fehlte schon seit gestern Abend der Kopf. Und der Weihnachtsbaum mit dem lang herunterhängenden Lametta kam mir in diesem Jahr vor wie eine Trauerweide. In Gedanken waren wir an Heiligabend mehr bei Vater und Max gewesen. Vielleicht schneite oder regnete es dort, wo sie waren. Vielleicht waren sie sogar an Weihnachten in Kampfhandlungen verwickelt.

Ich nahm eine Nuss von meinem Teller und legte sie in den

Nussknacker. Bevor ich die Schale krachen ließ, reckte ich den Kopf und spitzte die Ohren. Jemand kam leichten Schritts die Treppe herunter. Ida erschien im Türrahmen. Sie hatte ihr bestes Kleid an, das hochgeschlossene braune Wollkleid mit dem weißen Kragen, das die kleinen Hügel ihrer Brüste erahnen ließ und ihr fast bis an die Knöchel reichte. Als sie auf mich zukam, wehte mir ein Hauch von Parfüm entgegen.

Ich starrte sie an wie eine Erscheinung.

»Bist ja noch da?«, sagte Ida.

»Ja«, sagte ich. »Bisschen Zeit ist noch.«

Sie sah mich an, prüfend irgendwie, tänzelte vor Verlegenheit von einem Bein auf das andere, und mit allem Mut, zu dem sie fähig war, sagte sie: »Und wenn ich nun doch mitkomme?«

Ihre Frage traf mich ganz unvorbereitet. Was würde Frau Linde sagen, wenn ich mit Ida käme? Und was würde Ida sagen, wenn ich ohne sie ginge? Ich war in der Zwickmühle.

»Na ja«, sagte ich. »Wenn du willst.«

»Nur wenn du willst«, sagte Ida.

»Klar will ich«, sagte ich. »Dann gehen wir also zusammen.«

Ida lächelte zaghaft. Aber trotzig sagte sie: »Möchte nur mal wissen, wie die aussieht, deine neunmalkluge Bücherfrau.«

»Die beißt nicht«, sagte ich. Aber in meinem Kopf ging alles durcheinander. Stadt und Land, das waren doch ganz verschiedene Welten.

Um halb vier brachen wir auf. Schneeregen fiel aus den dunklen Wolken und ich stemmte den großen Stockschirm meines Vaters gegen die Windböen. Ida hängte sich bei mir ein, um nicht nass zu werden, und die Leute, die uns von Weitem sahen, konnten denken, wir seien ein Paar.

»Beethovenstraße?«, sagte Ida. »Ist das da, wo die besseren Leute wohnen?«

»Ostviertel«, sagte ich. »Professoren, Ärzte, Rechtsanwälte.«

»Um Gottes willen«, sagte Ida.

»Einen Kunden haben wir da«, sagte ich. »Herr Schlotthammer. Alter Uhrmacher. Freund von Großvater Wilhelm. Netter Mann. Dreißig Pfennig Trinkgeld meistens.«

Aber das konnte Idas wachsende Unruhe nicht mindern. Je näher wir der Beethovenstraße kamen, umso nervöser wurde sie.

»Was muss man denn sagen? Am Anfang, meine ich. Knicks machen oder die Hand geben? Muss man nicht was schenken, wenn man zu Besuch kommt? Und wenn es Kuchen gibt oder Gebäck, kann man das einfach so in die Hand nehmen? Und wenn die Dame des Hauses aufhört, muss man dann auch aufhören mit essen?«

»Frau Linde ist nicht etepetete. Du kannst alles machen wie immer.«

»Glaube ich nicht«, sagte Ida. »Und wieso macht die das eigentlich? Die Sache mit dem Brief, meine ich. Diese Louise ist doch gar nicht verwandt mit ihr, oder?«

»Frau Linde ist Louises Kollegin in der Buchhandlung. Und ihre beste Freundin, sagt sie. Sie weiß über alles Bescheid. Die Eltern von Louise, das sind Knarrköpfe. Die wollen nicht, dass Louise einen heiratet, der nicht studiert hat.«

»Siehste«, sagte Ida. »So sind die.« Sie klammerte sich noch fester an meinen Arm, als wolle sie mich zurückhalten.

Wir kamen in das Viertel, in dem die Straßen nach Komponisten benannt waren. Mozartstraße, Händelstraße, Beethovenstraße. Hinter alten Bäumen in gepflegten, weitläufigen Gärten standen zwei- und dreistöckige Villen, viele mit Erkern und Türmchen wie kleine Schlösser. Kieswege führten zum Eingangsbereich, der oftmals durch großzügig gebaute Vorhäuser gegen Regen, Schnee und Wind geschützt war.

Beethovenstraße 46. Das schmiedeeiserne Gartentor quietschte, der Kies knirschte unter unseren Füßen. Ida sagte keinen Ton. Auch ich spürte ein Kneifen im Bauch. Ich hielt den Schirm so, dass wir gegen eventuelle Blicke aus dem Haus geschützt waren. Auf der Treppe vor dem Eingang zog ich den Schirm zu und schüttelte ihn aus.

Nummer 46 war nicht die größte und nicht die vornehmste der alten Villen, aber es gab auch hier einen Vorbau, den man über eine Steintreppe erreichte. Kleine Glasfenster umgaben den Raum vor der Haustür, ein runder Tisch stand darin mit einem prächtigen roten Weihnachtsstern darauf und daneben zwei Korbsessel mit geblümten Polsterkissen.

Erster Stock, hatte Louise gesagt. Geh einfach die Treppe hinauf, und an der Wohnungstür klingelst du. Ich schob die schwere, mit kunstvollem Schnitzwerk verzierte Haustür auf.

»Nee!«, sagte Ida laut und entschieden.

Ich drehte mich um und sah sie fragend an.

»Geh du man«, sagte Ida. »Ich bleibe hier.«

Ich schüttelte den Kopf. »Aber das kann dauern, Ida.«

»Macht nichts. Ich warte.«

»Aber wieso? Du wolltest doch …«

»Ist mir zu viel für heute, verstehst du?«

»Hm.« Wenn ich ehrlich war, musste ich zugeben, dass mir Idas Entschluss so ungelegen nicht kam. So brauchte ich Frau Linde nichts zu erklären.

»Aber hier ist es kalt«, sagte ich.

»Ach wo«, sagte Ida. »Heute Nacht war's viel kälter. Du kannst mir ja deinen Schirm geben. Wenn ich's nicht mehr aushalte, gehe ich schon mal vor.«

»Hm. Aber du brauchst wirklich keine Angst zu haben. Frau Linde ist …«

»Ist gut, Paul«, sagte Ida. Sie legte mir die Hand auf den Arm und schob mich zur Tür. »Geh man. Ist besser so.«

Enttäuscht und doch auch irgendwie erleichtert betrat ich den dunklen, hohen Hausflur und stieg die breite Treppe hinauf. Ida hatte mich durchschaut. Zwischen meinen Worten hatte sie auch das herausgehört, was ich nur gefühlt und nicht gesagt hatte. Dumm war Ida nicht. Auch wenn sie vor den klugen Leuten solche Angst hatte.

Auf dem ersten Treppenabsatz gab es drei Wohnungstüren. Die mittlere war die von Frau Linde. Braun gebeiztes Holz, das Türfenster von innen mit einer Gardine bespannt, der Name in geschwungenen Buchstaben auf einem ovalen Messingschild, eine Klingel zum Drehen.

»Ach Paul«, sagte Frau Linde. »Du bist es. Komm rein. Frohe Weihnachten, mein Lieber. Hermann ist noch nicht da gewesen.«

Die milde Freundlichkeit der kleinen Frau umfing mich wieder wie ein Zauber. Aber hier war sie eine ganz andere Frau als in der Buchhandlung, wo all die Klugheit um sie herum war. Sie hatte eine weiße Schürze um, darunter eine Rüschenbluse mit hohem Kragen und sah aus wie früher meine Oma Charlotte an Feiertagen. Die in der Mitte gescheitelten grauen Haare waren am Hinterkopf zu einem kleinen Dutt zusammengesteckt. Kaffeeduft kam mir entgegen.

Die Wohnung war viel kleiner, als ich erwartet hatte. Bücher, natürlich, Bücher gab es auch hier. Selbst im Flur stand ein Bücherregal, das bis zur Decke reichte. Aber sonst machte die Wohnung auf den ersten Blick nicht den Eindruck von großem Reichtum. Vielleicht hatte Ida doch recht. Ich hätte etwas mitbringen sollen. Eine kleine Blume. Oder irgendetwas aus dem Laden. Jetzt war es zu spät.

Frau Linde überlegte einen Moment. »Ach«, sagte sie schließlich. »Am besten, du kommst gleich in die Küche. Ich habe mir gerade einen Kaffee gemacht.«

In der schmalen Küche stand ein kleiner Tisch vor dem Fenster, ein Stuhl davor, auf dem Tisch eine dampfende Tasse Kaffee, daneben ein aufgeschlagenes Buch und ein Schälchen mit Weihnachtsgebäck. Von irgendwoher angelte sie einen Hocker. »Na, dann setz dich erst mal. Und greif zu.« Sie schob mir das Schälchen hin.

»Danke«, sagte ich und rutschte vorsichtig auf die Kante des Hockers.

»War es traurig, an eurem Heiligen Abend?«, fragte Frau Linde.

Ja, sehr, wollte ich schon sagen. Aber da fiel mir der Weihnachtsmorgen mit Ida in der Küche ein, und ich zog die Schultern hoch.

»Und die *Schatzinsel*?«, fragte Frau Linde. »Hast du mal reingeschaut?«

»Ich bin schon ganz durch«, sagte ich stolz.

Ihre Augen leuchteten. »Und? Hat es dir gefallen?«

»Ja, sehr«, sagte ich. »Danke dafür. Ich glaube, ich lese es noch mal.«

»Wunderbar«, sagte Frau Linde. »So ein Buch kann man immer wieder lesen. Und jedes Mal entdeckt man mehr.« Sie erzählte, dass sie manche Bücher drei- oder viermal gelesen habe. »Und weißt du«, sagte sie voller Begeisterung. »Immer habe ich das Gefühl, dass ich etwas gewonnen habe, etwas Unbezahlbares.«

Um halb fünf endlich klingelte es.

»Das wird er sein«, sagte Frau Linde. »Hermann. Ich bin gespannt, was er erzählt.« Sie ging zur Wohnungstür, ich folgte ihr.

Schon am Schatten hinter der Glasscheibe erkannte ich, dass es anders kommen würde, als ich erwartet hatte. Vor der Wohnungstür stand Louise. Sie war außer Atem und aufgeregt.

»Ich muss gleich wieder fort«, stieß sie hervor. »Habe mich nur mal kurz weggeschlichen. Es ist alles so schrecklich, Helene!«

»Komm erst mal rein«, sagte Frau Linde. »Du bist ja ganz durcheinander, Mädchen. Was ist denn los?«

»Hermann redet nicht«, sagte Louise im Flur. Wie nebenbei gab sie mir die Hand. »Mit keinem will er reden. Er sitzt immer nur da und starrt die Wand an. Es ist nicht zum Aushalten. So ein Weihnachten! Mutter heult sich die Augen aus. Und Vater hält Vorträge, die alles nur schlimmer machen.« Sie griff in die Innenseite ihres Mantels und zog einen zerknitterten grauen Briefumschlag heraus.

»Hier Paul. Dein Brief ... Hermann sagt, es gibt nichts Neues von Max ...« Sie stockte, schlug plötzlich die Hände vors Gesicht und schluchzte auf. »Was soll ich nur machen, Helene?«

Frau Linde nahm sie in die Arme und streichelte ihr den Rücken. »Es kommen auch wieder bessere Zeiten, Mädchen. Du bist jung. Das Leben liegt vor dir. Du weißt doch ...« Sie flüsterte Louise ins Ohr.

Ich stand neben den beiden Freundinnen, drehte den Brief in den Händen und kam mir sehr hilflos vor.

Endlich löste sich Louise aus der Umarmung, schluckte und hatte sich offenbar entschlossen, Haltung zu bewahren. Sie legte mir die Hand auf die Schulter und sagte: »Tut mir leid, Paul, dass Hermann nicht kommt. Aber es steht wohl alles in dem Brief.«

Trotz der Eile drängte Frau Linde Louise und mich, wenigstens noch ihren Weihnachtsbaum zu bewundern. Der stand in der Ecke ihres kleinen Wohnzimmers, ein Weihnachtsbaum, wie ich ihn noch nie gesehen hatte – ganz ohne Lametta. Von den Zweigen hingen stattdessen kleine bunte Figuren, Engel, bärtige Nussknacker, Weihnachtsmänner, Schaukelpferde, Äpfel, Nüsse und hauchdünne Glaskugeln und Sterne.

Der Brief in meiner Hand brannte wie Feuer. Auch Louise hatte keine Ruhe.

Im Flur nahm Frau Linde ein in Geschenkpapier eingewickeltes Päckchen von der Kommode. »Für dich, Paul«, sagte sie. »Weihnachten ohne Bücher, das darf doch nicht sein.«

Die richtigen Dankesworte fielen mir nicht ein, und Louise trieb zur Eile. Viel zu schnell verabschiedeten wir uns. Neben Louise trabte ich die Treppe hinunter. Frau Linde stand auf dem Treppenabsatz und winkte hinter uns her. Ich winkte zurück. Aber schon im Umdrehen hatte ich ganz andere Sorgen.

Im Vorhaus sprang Ida aus dem Korbsessel auf und sah uns fragend entgegen.

»Das ist Ida«, sagte ich. »Wir sind zusammen gekommen.«

Louise streckte Ida die Hand hin.

Ida nahm sie und machte einen verunglückten Knicks.

»Ida?«, sagte Louise und drehte sich nach mir um. »Ach, ich weiß. Ida arbeitet bei euch.«

»Ja, gnädiges Fräulein«, sagte Ida.

»Nicht doch, nicht gnädig …«, sagte Louise. Und dann: »Es tut mir leid, dass ich jetzt gar keine Zeit habe. Vielleicht das nächste Mal … Ich muss … Auf Wiedersehen, Ida. Auf Wiedersehen, Paul.«

Sie drehte sich um und ging eilig davon.

Ida und ich sahen hinter ihr her, bis sie in der Wand aus Regen und Schnee verschwunden war.

»So schön«, sagte Ida. »Und die Freundin von Max …«

Erst nach einer Weile wandte sie sich mir zu. »Wie war's?«

Ich zeigte ihr den Briefumschlag. »Für mich«, sagte ich. »Von Max. Nur für mich.«

»Und?«, fragte Ida. »Was steht drin?«

»Ich lese ihn zu Hause«, sagte ich.

»Könnte ich nicht«, sagte Ida. »So lange warten. Und das da? «

»Ein Buch«, sagte ich. »Von Frau Linde. Ein Geschenk. Weihnachten ohne Bücher, sagte sie, das geht nicht.«

»Und das liest du jetzt?«

»Warum nicht?«, fragte ich.

Ida schüttelte den Kopf, sagte aber nichts weiter.

Wir machten uns auf den Heimweg. Der Wind trieb seinen Übermut mit dem Schirm, ich mühte mich, dagegen anzukämpfen. Ida hatte sich wieder bei mir eingehängt, was den Schirmkampf nicht erleichterte.

Zwei Häuser weiter blieb ich vor einem schmiedeeisernen Gartentor stehen. Wie Nummer 46 lag auch das Haus Nummer 42 ein Stück zurück in einem Garten mit Bäumen und Büschen. Fast alle Fenster waren erleuchtet.

»Da wohnen sie«, sagte ich.

»Die Knarrköppe?«, fragte Ida.

Ich nickte. »Und Louise und Hermann.«

»Wollte nicht eigentlich der Soldat kommen?«, fragte Ida.

»Er will nicht reden, sagt Louise.«

»Wer weiß, was sie mit ihm gemacht haben«, sagte Ida.

Schweigend gingen wir weiter. Zwischen den enger stehenden Häusern der Innenstadt ließ der Wind nach.

»Der Krieg ist ein Blödsinn«, sagte Ida. »Eine ausgemachte Schweinerei.«

Ich schüttelte den Kopf. »Das darfst du aber nicht laut sagen.«

»Und ob ich das sage! Auch zu Erich habe ich das gesagt. Da wollte er nichts mehr von mir wissen. Und ehrlich, du: Das war nur gut so!«

Sie sah mich lächelnd von der Seite her an, und ich überlegte, ob es sein könnte, dass sie mir gerade so was wie eine Liebeserklärung gemacht hatte.

Mutter und Gertrud waren zum Glück noch nicht vom Gemeindenachmittag zurück. Nur Großvater Wilhelm saß in seinem Dämmerstuhl im Wohnzimmer und fragte nichts.

Ich rannte die Treppe hinauf, stürmte in mein Zimmer und knipste das Licht an. *An meinen Bruder Paul,* stand auf dem Briefumschlag. Ich riss ihn auf, strich das Papier auf dem Tisch glatt und las:

Lieber Paul,

Hermann ist bei mir im Graben und sagt, dass er sich Weihnachten mit Dir und Louise treffen wird. Da kann ich ihm diesen Brief mitgeben und sicher sein, dass er von niemandem sonst gelesen wird.

Paul, mein lieber Bruder, es kann sein, dass wir uns in diesem Leben nicht mehr wiedersehen. Jeden Tag kann es mich treffen, jeden von uns hier. Ich möchte aber, dass Du etwas weißt. Du hast ja mitgekriegt, dass ich es immer richtig gefunden habe, für das Vaterland in den Krieg zu ziehen. Sogar mit Louise hatte ich mich deshalb zerstritten. Ich danke Dir, dass Du mit dazu beigetragen hast, dass wir uns jetzt wieder gut sind. Ich war dumm.

Der Krieg ist fürchterlich und vollkommen sinnlos. Glaub niemandem, der Dir etwas anderes erzählt. Das war meine erste Begegnung mit dem Krieg: Wir sind in Lüttich einmarschiert. Die halbe Stadt war schon zerschossen. Trümmer überall. Nicht nur die belgischen Soldaten haben gegen uns gekämpft, auch die Zivilbevölkerung hat auf uns geschossen. Aus Fenstern, von Dächern, hinter Hausmauern. Auf einmal standen wir mitten im Kugelhagel und konnten gerade noch hinter einer Trümmerecke in Deckung gehen. Die meisten Schüsse kamen von einem flachen Hausdach. Der Schütze war gut zu sehen. »Los, schieß ihn ab«, hat Leutnant Jung neben mir gesagt. »Schieß ihn ab, sonst schießt er dich tot!« Ich habe nicht lange überlegt und geschossen. Der Schütze ist vom Dach gestürzt. Den Schrei werde ich mein ganzes Leben lang hören. Wir sind dann weiter, und ich musste an der Leiche vorbei. Ich habe sein Gesicht gesehen. Der Schreck geht mir nicht aus den Knochen. Es war ein Junge, Paul, und er hat ausgesehen wie Du. Ich habe wirklich gedacht, ich hätte Dich erschossen.

Das ist der Krieg, Paul, dieser eine einzige Moment: Du oder ich. Totschießen oder totgeschossen werden. Alles andere sind große Worte, verlogenes Zeug, an das ich nicht mehr glaube. Ich will, dass Du das weißt. Das Schlimmste am Krieg ist vielleicht gar nicht, dass man totgeschossen werden kann, das Schlimmste ist, dass man totschießen muss. Inzwischen war ich viele Male in dieser Situation, du oder ich. Bisher war ich immer schneller. Ich weiß nicht, wie viele Menschen ich erschossen habe, aber ich weiß, die französischen, belgischen und englischen Soldaten sind genauso arme Schweine wie wir. Es ist ein Verbrechen, dass wir aufeinander schießen müssen.

Ich weiß, das alles darf man nicht laut sagen. Vaterlandsverräter werden aufgehängt. Aber was ist das für ein Vaterland, für das man zum Mörder werden muss? Für mich ist es nun zu spät und ich kann nicht mehr anders, als so weiterzumachen wie alle. Ich weiß nicht, was werden soll. Wenn ich falle, sei nicht traurig, denk nur daran, dass ich alles ganz anders gemacht hätte, wenn ich gewusst hätte, was ich heute weiß. Versteck diesen Brief gut, oder besser, verbrenn ihn gleich. Zeig ihn nicht unserer Mutter. Sie macht sich schon zu viele Sorgen. Ich habe Dir das geschrieben, damit Du die Wahrheit weißt. Und damit Du es besser machen kannst als ich.

Ich umarme dich. Dein Bruder Max.

10

Als Mutter den Konfirmationsanzug von Max, den sie für mich herrichten wollte, von Motten zerfressen fand, brach sie in Tränen aus. Alles hatte für sie eine Vorbedeutung.

»Nun lassen Sie sich mal nicht Bange machen, Frau Hoffmann«, sagte Ida. »Die Viecher verstehen nichts von höherer Bedeutung. Die sind reineweg dämlich.«

Es musste also doch ein neuer Anzug gekauft werden.

»Von mir aus muss es überhaupt kein Anzug sein«, sagte ich. »Die Sonntagshose und die Jacke für gut, das reicht doch.«

Die Mutter schüttelte den Kopf. »Kommt nicht infrage. Was sollen denn die Leute denken? Dein Vater würde das auch nicht wollen.«

Anfang Februar lag hoher Schnee. An einem Donnerstagnachmittag überließ die Mutter – nicht zum ersten Mal – Ida und Gertrud den Laden und ging mit mir in die Stadt. Ida kannte sich längst mit allem aus, und viele Kunden würden ohnehin nicht kommen. Die Zeit der Hamsterkäufe war vorbei, die Zeit des Mangels war angebrochen. Selbst die nötigsten Dinge, Salz, Zucker, Mehl fehlten jetzt oft in den Regalen. »Die Engländer sind schuld«, hieß es in der Schule. »Die wollen uns aushungern mit ihrer Handelsblockade. Aber das wird ihnen nicht gelingen.«

Dass Mutter sich allein nur um mich kümmerte, war ganz neu. Überhaupt hatte Mutter sich verändert. Früher hatte ich immer das Gefühl gehabt, dass es nichts gab, was unsere Mutter aus der Bahn werfen könnte und dass alles, was sie anfasste, gut würde. Aber seit Vater und Max fort waren, schien es mir, als hätte sie viel von ihrer Tatkraft und Zuversicht verloren. Als würde sie immer mit dem Schlimmsten rechnen. Manchmal strich sie mir wortlos über die Haare oder sie sah mich unschlüssig an, und dann fragte ich mich, ob es möglich war, dass auch Mutter nicht weiterwusste.

Den Werbeanzeigen nach gab es bei Eichenberg & Stern die billigsten Konfirmationsanzüge. Der Verkäufer, ein hagerer Mann um die fünfzig, fand es lustig, mich als »Herr Major in spe« zu begrüßen. Als ich im schwarzen Anzug aus der Umkleidekabine kam, rief er: »Brust raus, Herr Major! Stellen Sie sich die Orden vor, die da vorn klimpern!«

Er lachte als Einziger schallend über seinen Witz.

Mutter war mit dem Anzug nicht zufrieden. Erst der dritte, ein dunkelblauer, war ihr gut genug.

»Kammgarn-Cheviot«, verkündete der Verkäufer. »Das Feinste vom Feinen. Damit kann der Herr Major sich sehen lassen!«

Ein weißes Hemd, Kragen, Krawatte und Hut kauften wir dann lieber bei Homburg und Co. Zwölf Mark neunzig kosteten auch hier die Konfirmationsanzüge, das sahen wir jetzt. Eichenberg & Stern hatten nur die auffälligsten Anzeigen in der Zeitung gehabt.

Mit Paketen beladen steuerten wir das Café National an, das größte Kaffeehaus der Stadt. Nur zu ganz besonderen Anlässen hatten unsere Eltern ein Café besucht. Ich war zum ersten Mal hier. Die teppichausgelegten Räume, die goldgerahmten Bilder an den Wänden, das hauchdünne Porzellangeschirr, die gedämpften Stimmen – nach dem kalten Wind und dem Schneematsch draußen auf der Straße schien es mir, als beträte ich auf einmal eine Insel der Leichtigkeit. Die Menschen hier gehörten der

Sonntagswelt an, und mit der Wärme und dem Stimmengewirr fielen die Alltagssorgen von mir ab.

Im ersten Stock war reichlich Platz. Wir setzten uns an einen kleinen runden Tisch in einer Nische. Über uns an der Wand hing ein Porträt des ehemaligen Reichskanzlers Bismarck. Die goldglänzende Pickelhaube auf dem Kopf, sah er mit verschleiertem Blick auf uns herab.

Ich wunderte mich. Mutter, die sonst nicht sparsam genug sein konnte, bestellte zwei Stück von der teuren Sahnetorte und für jeden ein Kännchen Bohnenkaffee. Als sie meinen ungläubigen Blick sah, legte sie mir lächelnd die Hand auf die Schulter. »Du bist doch jetzt mein Großer«, sagte sie. »Und mein Einziger dazu.« Sie seufzte tief.

Ich schüttelte den Kopf. »Wenn Vater erst wieder da ist«, sagte ich, »und Max …«

Aber ich brach ab. Mutters resigniert lächelnde Augen wussten es besser. Oder war es der Blick des Eisernen Kanzlers aus dem Bild über uns, der mir die Trostworte in der Brust stecken bleiben ließ?

»Weißt du was?«, sagte ich. »Max und Louise haben sich wieder vertragen.«

Mutter nickte.

»Sie schreiben sich Briefe«, sagte ich.

Mutter lächelte. »Und Ostern wollen sie sich verloben«, sagte sie.

Ich sah sie mit offenem Mund an. »Woher weißt du …?«

»Louise war da«, sagte Mutter. »Sie hat mir alles erzählt, die Gute … Auch, dass du ihr geholfen hast, du Heimlichtuer. Ach Paul, alles könnte so schön sein …«

»Warte nur«, sagte ich. »Der Krieg ist bald zu Ende. Und dann sollst du mal sehen …«

Die Kellnerin kam, stellte zwei Teller mit Sahnetorte, zwei silberne Kaffeekännchen und zwei dünne Porzellantassen mit Jagdmotiven vor uns auf den Marmortisch. Nach einem Blick auf die abgestellten Einkaufstaschen musterte sie mich und sagte: »Neu eingekleidet? Will denn der junge Mann auch schon das Vaterland verteidigen?«

»Konfirmation«, sagte die Mutter.

»So, so«, sagte die Kellnerin. »Konfirmation. Der erste Schritt ins Leben.«

Ich schüttelte den Kopf. Das mit dem »Schritt ins Leben« bekam ich jetzt dauernd zu hören. Was sich die Leute so dachten. Als hätte ich bisher nicht gelebt.

»Wenn der Krieg zu Ende ist«, nahm ich den Faden wieder auf, als die Kellnerin weg war, »dann heiraten Max und Louise und du wirst Großmutter, wirst sehen, und die Leute kaufen wieder ordentlich, und ich mache vielleicht eine Lehre in der … na ja, mal sehen, und dann … dann wird Gertrud konfirmiert und Vater … Vater …«

Mit feuchten Augen lächelte die Mutter mich an. »Und Vater hat einen Bauernhof in Ostpreußen«, sagte sie. »Und wir besuchen ihn jeden Sonntag … Ach Paul, Junge. Schön wär's, wenn immer alles so käme, wie man es sich wünscht. Aber so ist das Leben nicht. Ich habe alles falsch gemacht …«

»Das stimmt nicht«, sagte ich.

»Vater wollte nicht in die Stadt ziehen«, sagte Mutter. »Er war immer unglücklich hier. Deshalb hat er sich so schnell freiwillig zu den Soldaten gemeldet. Zu Hause in seinem Dorf hätte er sich wahrscheinlich zurückstellen lassen wie sein Bruder Karl. Dann hätten wir uns nur um Max Sorgen machen müssen.«

»Aber daran bist du doch nicht schuld!«

»Manchmal ist das Leben wie ein Labyrinth«, sagte Mutter.

»Man geht einmal um die falsche Ecke, und schon findet man nicht mehr heraus.«

So ernsthaft hatte die Mutter noch nie mit mir geredet. Dass sie sich vorwarf, etwas falsch gemacht zu haben, und dass sie offenbar selber nicht wusste, was richtig und was falsch war, das hatte ich noch nie erlebt. Es war ein seltsames Gefühl. Es machte mich unsicher und froh zugleich. Wahrscheinlich fühlt es sich so ähnlich an, dachte ich, das Erwachsensein.

Wir aßen die Sahnetorte und tranken den sündhaft teuren Bohnenkaffee. Länger als eine Stunde saßen wir einfach so da, redeten und redeten über die Konfirmation, über den Laden, über die geplante Verlobung, und als wir gingen, half ich Mutter in den Mantel, als sei ich ihr Kavalier. Auch Mutter schien unser Gespräch gutgetan zu haben. Sie lächelte und ging mit leichtem Schritt vor mir her.

Nur der Eiserne Kanzler auf dem Bild blickte so griesgrämig wie zuvor. Ihm hatte es offenbar nicht gefallen, was ihm da zu Ohren gekommen war.

Selbst bei der Schneeballschlacht auf dem Schulhof musste Krieg gespielt werden. Weil aber keiner ein »Franzmann«, Engländer oder Russe sein wollte, bombardierten sich am Ende die Hindenburgs, Ludendorffs, Moltkes und Bismarcks gegenseitig, aber außer einem blauen Fleck, den der kleine Nickel am Oberschenkel abbekam, gab es keine Verletzungen.

Auf dem Rückweg zum Klassenzimmer versetzte mir Erich einen herzhaften Schlag auf den Rücken.

»Hoffmann!«, sagte er. »Samstag kommst du mit zur Jugendwehr. Wir treffen uns um drei Uhr, Schulhof Zentralschule. Major a.D. von Zirndorf kommandiert uns. Schwer in Ordnung, der Mann. Wir marschieren raus nach Erlenrode. Zwölf Kilometer. Es gibt einen vaterländischen Abend im Gasthof zur Linde. Übernachtung auf dem Saal. Sonntag dann Geländekampf mit der dortigen Jugendwehr. Rückmarsch am Nachmittag. Wir rechnen mit dir!«

»Geht nicht«, sagte ich. »Ich muss zu Hause helfen.«

Gottfried, wie immer neben Erich, lachte keckernd. »Ida braucht ihn«, sagte Gottfried. »Maria sagt, sie ist in ihn verschossen.«

Ich spürte, wie mir das Blut in den Kopf stieg. Konnte das sein, dass Ida so etwas zu Gottfrieds Schwester Maria gesagt hatte? Der Gedanke verwirrte mich.

»Quatsch mit Soße«, sagte ich.

Erich interessierte sich nicht mehr für Mädchengeschichten. »Hör mal, Hoffmann«, sagte er. »Es wird Zeit, dass du auch was für das Vaterland tust. Menke macht auch mit.«

»Menke? Franz Menke?«

»Ja klar«, sagte Erich. »Der weiß, was die Stunde geschlagen hat.«

Noch gut zwei Monate, dann war unsere Schulzeit zu Ende. Die jüngeren Lehrer standen längst als Soldaten in Frankreich, Russland oder auf dem Balkan. Der Unterricht wurde von älteren, eigentlich schon pensionierten Lehrern bestritten. Für Erich und seine Freunde war es ein Leichtes, die alten Herren vom Lehrplan abzubringen und das Gespräch auf den Krieg zu lenken. Nur zu gern ließen die Senioren sich überreden, von ihren Heldentaten aus dem Krieg 1870/71 zu berichten. Dann war an normalen Unterricht nicht mehr zu denken.

Nicht so bei Gustav Hackethal. Der hagere Mann mit dem blonden Bart, dem Glasauge und der Hakennase ließ sich durch nichts ablenken. Sein Leitspruch war: Dumm wird man geboren, aber dumm zu sterben, ist eine Sünde. Obwohl gemunkelt wurde, dass er sein Auge auf den Höhen von Sedan verloren habe, war er für Kriegsgeschichten nicht zu haben.

Auch heute versuchte der alte Lehrer unbeirrt, uns die physikalischen Gesetze des freien Falls beizubringen. Vier Schüler hielten einen Bogen Papier straff gespannt zwischen sich und Franz Menke, der Primus, stellte sich davor und ließ eine Bleikugel auf das Papier fallen. Dann stieg er auf einen Stuhl und zuletzt, Schuhe aus, auf die Fensterbank. Erst aus dieser Höhe schlug die Bleikugel durch das Papier.

Ich beobachtete Franz Menke und konnte mir nur schwer vorstellen, dass er neben Erich und Gottfried in den Reihen der Jugendwehr marschierte. Franz Menke mit seiner Liebe zur Musik. Franz Menke, der sich vor kleinen nackten Mäusen ekelte. Sollte er sich geändert haben? Wir hatten lange nicht mehr miteinander gesprochen.

Ob Ida wirklich der Maria erzählt hatte, dass sie …?

Meine Gedanken schweiften ab. *Du bist der beste Paul, den ich kenne.* Für eine Weile ließ ich mich von den wildesten Fantasien davontragen. Doch die Stimme des Lehrers holte mich zurück: »Man hat herausgefunden, dass ein Körper im luftleeren Raum in einer Sekunde etwa fünf Meter tief fällt, in der zweiten Sekunde aber nicht etwa wieder fünf Meter, sondern dreimal fünf gleich fünfzehn Meter, in der dritten Sekunde fünf mal fünf gleich fünfundzwanzig Meter und so weiter. Wie lang ist demnach die Strecke, die ein Körper in vier, fünf, in sechs Sekunden fällt?«

In der nächsten Pause ging ich auf Franz Menke zu. »Stimmt das?«, fragte ich. »Du gehst zur Jugendwehr?«

Franz Menke sah an mir vorbei auf die Fußabdrücke im Schnee. Schließlich nickte er. »Komm doch auch mit«, sagte er.

Ich schüttelte den Kopf. »Keine Zeit«, sagte ich. »Muss zu Hause helfen. Und dann … Ich weiß nicht, ob ich das will.«

»Wir dürfen jetzt nicht egoistisch sein«, sagte Franz Menke. »Der Einzelne muss der Gemeinschaft dienen. Wir müssen den Krieg gewinnen. Sonst ist alles perdu. Es geht um den Geist, Hoffmann, den deutschen Geist. Das musst du begreifen. Goethe und Schiller. Bach und Mozart und alles. Die anderen sind neidisch, die Engländer und die Franzosen. Und die Russen, das sind doch Barbaren ...«

Franz Menke, der lange, schlaksige Franz Menke mit den strubbligen braunen Haaren, der vielleicht mein Freund sein könnte, hatte sich in Eifer geredet. Ich dachte an Max und seinen Brief. *Der Krieg ist fürchterlich und vollkommen sinnlos. Glaub niemandem, der dir etwas anderes erzählt ... Totschießen oder totgeschossen werden. Alles andere sind große Worte, verlogenes Zeug, an das ich nicht mehr glaube ...*

Franz Menke sah, dass er mich nicht überzeugt hatte. Er seufzte. Nach einer Weile sagte er: »Mein Vater hat das Eiserne Kreuz Erster Klasse verliehen bekommen. Wegen besonderer Tapferkeit. Jetzt kann keiner mehr sagen, wir seien keine guten Deutschen. Nur weil wir Juden sind.«

»Na, gratuliere«, sagte ich.

»Ich weiß, du hast das nicht gedacht von mir«, sagte Franz Menke. »Aber das ist ganz neu für uns, dass wir mal dazugehören. Mein Vater sagt auch, ich soll mitmachen bei der Jugendwehr. Wir sind doch sowieso die Soldaten von morgen. Wer weiß, wie lange der Krieg noch dauert. In zwei, drei Jahren sind wir dran. Freiwillig oder nicht.«

In der folgenden Rechenstunde ging es, statt um Gleichungen mit einer oder zwei Unbekannten, um die bevorstehende Feier zum hundertsten Geburtstag Bismarcks. »Einen wie den Eisernen Kanzler, den bräuchten wir jetzt«, sagte Erich und Lehrer Hampe, ein glühender Bismarck-Verehrer, nahm den Faden dankbar auf und verlor sich in Anekdoten über den leider nun toten Alten auf seinem Gut Friedrichsruh. Zeit also für mich, gefahrlos meinen eigenen Gedanken nachzugehen.

War vielleicht doch etwas an dem, was Franz Menke sagte? *Wir dürfen jetzt nicht egoistisch sein. Der Einzelne muss der Gemeinschaft dienen.* Musste man nicht sein Land verteidigen, wenn es von Feinden angegriffen wurde? Aber wir wurden doch gar nicht angegriffen. Die deutschen Soldaten standen in Frankreich, in Belgien, in Russland …

Immer nur an den Krieg denken wollte ich nicht. Man wurde ganz trübe im Kopf davon. Etwas anderes beschäftigte mich noch mehr. Wie im Rausch hatte ich in nur drei Nächten das Buch ausgelesen, dass Frau Linde mir zu Weihnachten geschenkt hatte. *Der Schatz im Silbersee* von Karl May. Irgendwann in einer der langen Lesenächte hatte sich die Vorstellung in meinem Kopf eingenistet, dass die Bücher und das Lesen meine Welt werden könnten, eine friedliche und doch höchst aufregende Welt. Im Januar hatte ich an zwei Sonntagen Frau Linde besucht. Beim zweiten Mal hatte ich zu fragen gewagt: »Könnte einer wie ich vielleicht auch Buchhändler werden?« Ich hatte gewusst, dass sie mich nicht auslachen würde. »Im Prinzip kann jeder Buchhändler werden«, hatte sie gesagt. Auch Louise hatte mir Mut gemacht. Inzwischen hatte ich fünf Bücher im Regal über meinem Bett.

Aber der Krieg machte alles unsicher, auch meine Bücherträume. Solange Max und Vater nicht da waren, musste ich nach Ostern, wenn die Schule nach der Konfirmation für mich zu Ende war, auf jeden Fall Mutter im Laden helfen. Und wenn der Krieg noch Jahre dauerte? War es egoistisch, nicht an den Krieg denken zu wollen? War es egoistisch, wenn ich nicht mit zur Jugendwehr ging? Ich nahm mir vor, mit Max darüber zu reden, wenn er wie angekündigt zu meiner Konfirmation am Sonntag vor Ostern endlich auf Heimaturlaub kommen würde. Auch Vater hatte versprochen, an meiner Konfirmation dabei zu sein, aber dann war einmal mehr alles anders gekommen, und auf einer Feldpostkarte hatte er mitgeteilt, dass er seinen so lange ersehnten Urlaub vom Krieg um eine Woche verschieben müsse und es ihm so leid tue, an meinem Ehrentag nicht dabei sein zu können.

> *Einer trage des anderen Last, so werdet ihr das Gesetz Christi erfüllen.*

Ich hätte nicht sagen können, warum ich mir gerade diesen Satz als Konfirmationsspruch ausgesucht hatte. Irgendwie klang er mir unter den vielen Sprüchen richtiger als viele andere, die Pastor Müller zur Auswahl gestellt hatte.

Der Tag der Konfirmation war da. Es kam der feierliche Moment der Einsegnung, der Bekräftigung des Glaubens, der Aufnahme in die Gemeinde. Einzeln mussten wir vor dem Altar knien. Vor mir war Erich Kessler an der Reihe. Sein Konfirmationsspruch war: *Wachet, stehet im Glauben, seid männlich und seid stark!*

Angespannt beobachtete ich die Zeremonie mit Erich, damit ich dann alles genauso machen konnte. Meine Gedanken flatterten vor Ungeduld. Für alle Feierlichkeit fehlte mir die Andacht. Meine Gedanken schweiften ab.

Gestern hatte ich den ganzen Tag mit Louise am Bahnhof verbracht. Louise hatte mit den anderen Helferinnen des »Vaterländischen Kriegshilfsdienstes« den Verwundeten in den haltenden Zügen Kaffee und Erfrischungen gebracht, hatte jungen Männern auf Krücken beim Aus- und Einsteigen geholfen, und einmal hatte sie eine Bahre mitgetragen, auf der ein Schwerverwundeter mit einem blutdurchtränkten Verband um den Kopf lag.

Es war eine beklemmende Stimmung auf dem Bahnhof gewesen, ganz anders als im August vorigen Jahres, als die Soldaten laut singend und voller Übermut in den Krieg gezogen waren. Jetzt sang niemand mehr, und selbst in den Gesichtern der Fronturlauber war von Übermut keine Spur zu finden.

Und Max war nicht gekommen. Mit jedem einfahrenden Zug hatten wir von Neuem gehofft. Und jedes Mal hatte sich von Neuem die Enttäuschung mit beißendem Schmerz in uns eingefressen. Bis zum späten Abend hatten wir ausgeharrt. Zu Hause hatte ich fast die ganze Nacht wach gelegen und darauf gewartet, dass Max vielleicht Steinchen gegen die Fensterscheibe unseres Zimmers werfen würde. Am Morgen meines Ehrentages war ich fahrig und unausgeschlafen.

Pastor Müller legte Erich die Hand auf den Kopf und verlas alle seine Patennamen. Erich hatte sieben Paten, darunter drei Tanten namens Amanda, Hildberta und Radegunde. Erich grinste, als er die Namen hörte, und ich sah, dass der Pastor ihn zur Strafe an den Haaren zog.

Meine Familie saß in den Kirchenbänken ziemlich weit hinten. Die Mutter, Gertrud, Großvater Wilhelm, Ida, Onkel Karl und Tante Lina, der kleine Gustav und selbst Oma Charlotte war trotz ihrer Gicht und der geistigen Verwirrung, die immer schlimmer wurde, zu meinem Ehrentag gekommen. Zu Hause hatten wir bis zum letzten Moment auf Max gewartet, deshalb wären wir beinahe zu spät in die Kirche gekommen.

Erich erhob sich, immer noch leicht grinsend, und stellte sich rechts vom Altar in die Gruppe der schon eingesegneten Konfirmanden.

»Paul Hoffmann!« Pastor Müller rief mich auf.

Ich machte zwei Schritte auf den Altar zu. In die Stille hinein knarrte plötzlich die schwere Kirchentür. Ich fuhr herum. Licht fiel durch den offenen Spalt in den dämmrigen hinteren Kirchenraum.

Herein kamen Louise und Max. Sie hielten sich an den Händen, standen auf einmal am Ende des Mittelgangs und alle Kirchenbesucher drehten sich nach ihnen um.

»Max!«, schrie ich. Es gab kein Halten für mich. Ich vergaß alle Feierlichkeit und rannte den langen Gang hinunter auf meinen großen Bruder zu.

Max kam mir entgegen. Wir fielen einander in die Arme und um uns herum versank alles in einer Welle besinnungsloser Freude. Max' Uniformknöpfe drückten auf meiner Brust und die Tränen stürzten mir über die Wangen.

Endlich hörte ich das Stimmengemurmel der Leute in der Kirche. Es war wie ein Aufwachen aus einem kurzen, glücklichen Traum.

Dann war Mutter da, schluchzend umarmte sie Max. Gertrud kam, Onkel Karl, Tante Lina. Es war ein Durcheinander, ein Tumult, ein Chaos, wie es in der Kirche St. Nikolai selten gesehen wurde. Aber das Gewirr der Stimmen klang wohlwollend, fast beifällig. Der überraschte Pastor stand am Altar und schien einen Moment zu überlegen, was er nun machen sollte. Dann hob er die Arme, segnete die Unordnung und lächelte geduldig.

Max weinte nicht. Er umarmte seine Verwandten, einen nach dem anderen, nickte ihnen zu, aber mit den Händen versuchte er die Aufregung zu dämpfen und jede Aufmerksamkeit von sich zu halten.

Allmählich legte sich der Tumult und alle erinnerten sich, dass sie in einer Kirche waren. Ich versetzte meinem großen Bruder einen Stups in die Rippen und sagte: »Ich werde gerade konfirmiert.«

Ein paar Leute, die in der Nähe saßen, lachten. Max nickte mir zu, angelte nach Louises Hand und zog sie hinter sich her in die Kirchenbank auf den Platz neben Mutter und Gertrud.

Langsam, mich immer wieder umsehend, ging ich zum Altar zurück. Pastor Müller empfing mich mit einem freundlichen Klaps auf die Schulter.

11

Großvater Wilhelm konnte hartnäckig sein.

»Nun erzähl doch, Junge«, sagte er immer wieder. »Warum seid ihr noch nicht fertig mit eurem Krieg? Ihr haut den Franzmännern ein ums andere Mal aufs Haupt, wie man in der Zeitung liest, aber nichts geht voran. Sind denn die Engländer wirklich so schlimm? Der Hindenburg macht's besser. Die Russen sind schon fast am Ende. Aus Ostpreußen haben wir sie schon rausgejagt.«

Max sagte kein Wort über den Krieg, nur: »Was da draußen passiert, das könnt ihr euch alle nicht vorstellen.«

Das ließ der Großvater nicht gelten. Mit blank geputzten Orden am Jackett, die er 1870 in der legendären Schlacht von Sedan erworben hatte, saß er am von Ida mit grünen und gelb blühenden Zweigen festlich geschmückten Mittagstisch Max gegenüber und schüttelte den Kopf. »Wie man hört, soll Hindenburg ja nun auch im Westen aufräumen. Habt ihr schon Order?«

Max antwortete nicht. Er hatte die Augen geschlossen, und ich sah, dass er die Hände auf seinem Schoß zu Fäusten geballt hatte. Louise legte ihm die Hand auf den Arm.

»Nun lass ihn doch erst mal zur Ruhe kommen, Vater«, sagte Mutter. »Wir sind so froh, dass er da ist. Und heute feiern wir Pauls Konfirmation.«

Unzufrieden murmelte der Großvater vor sich hin: »Keinen

Schneid mehr die Jugend! Da waren wir anders. Wir Deutschen fürchten unsern Gott, sonst aber niemand auf der Erde!«

»Halts Maul«, flüsterte Max.

Ich erschrak. Auch Louise und Mutter zuckten zusammen.

»Was sagst du?« Der Großvater reckte den Hals. Offenbar hatte er es nicht verstanden.

Max schwieg.

Onkel Karl rettete die Situation. Er stand auf, ließ zwei leere Weingläser gegeneinander klirren und hielt eine Rede.

Ich bekam rote Ohren bei den Worten meines Patenonkels. Natürlich handelte die Rede zuerst von den schweren Zeiten, in denen sich alle bewähren müssten, aber danach handelte sie doch hauptsächlich von mir. Von klein auf, sagte Onkel Karl, habe er mich ins Herz geschlossen. Er lobte meine Tierliebe, erzählte, wie ich als Siebenjähriger vier verwaiste Kätzchen mit der Babyflasche groß gezogen hatte. »Und wenn die Sau geferkelt oder eine Kuh gekalbt hat, war der Paul immer dabei und hat sich geschickt angestellt. Unser Paul ist ein Träumer, ja, aber wenn es darauf ankommt, packt er auch an.« Er könne nur hoffen, sagte Onkel Karl, dass seine Söhne, der kleine Gustav und der noch kleinere Heinrich, einmal so viel Liebe zur Natur aufbringen würden wie ich.

Die Mutter runzelte die Stirn. Onkel Karl sah es und schwenkte in seiner Rede um. Ja natürlich, hier in der Stadt sei nun anderes gefragt, und wie ihm die Anna verraten habe, sei ich ja neuerdings unter die Bücherleser gegangen. »Und wer weiß, wenn der Krieg nun endlich zu Ende ist, und wenn Walter und Max wieder sind, wo sie hingehören, wer weiß, vielleicht wird am Ende aus unserem Paul noch ein gelehrter Mensch.«

Alle klatschten, als Onkel Karls Rede zu Ende war, am heftigsten Ida, die in weißer Schürze im Türrahmen des Wohnzimmers stand und darauf wartete, die Suppe aufzutragen. Den ganzen Tag schon hatte sie mir in meinem neuen Konfirmationsanzug mit dem Myrtenzweig am Revers bewundernde Blicke zugeworfen, und als wir uns in der Küche einen Augenblick allein gegenüberstanden, hatte sie mir mit vielsagendem Lächeln zugeflüstert: »Nun biste erwachsen, Paule! Herzlichen Glückwunsch!« Und ehe ich mich versah, hatte sie mir einen Kuss auf die Wange gedrückt und war im Eiltempo aus der Küche verschwunden.

In meinem Kopf ging so viel durcheinander. Das mit dem Erwachsenwerden war das Wenigste. An diesem Tag passierte so viel auf einmal. Im Mittelpunkt zu stehen, war anstrengend genug. Verwirrend war, dass es einen zweiten Mittelpunkt gab, den alle nur aus den Augenwinkeln beobachteten. Auf alle Fragen antwortete Max knapp und fast abweisend und schon bald war jedem klar, dass er nichts gefragt werden wollte. Auch Großvater Wilhelm gab es schließlich auf. Nur Louise flüsterte ihm von Zeit zu Zeit etwas ins Ohr und dann nickte Max oder schüttelte den Kopf. Unter dem Tisch hielten sie sich an den Händen.

Als ich nach meinem anstrengenden Ehrentag kurz vor Mitternacht unser gemeinsames Schlafzimmer betrat, lag Max schon in seinem Bett. Er hatte die Hände hinter dem Kopf verschränkt und sah in das schwarzdunkle Gewirr der struppigen Buchenkrone vor unserem Fenster.

»Max?«, flüsterte ich.

Er antwortete nicht.

Ich setzte mich auf den Schemel neben Max' Bett und erschrak. Aus seinen weit offenen Augen rannen die Tränen die Wangen hinunter. Sie suchten sich ihren Weg an den Mundwinkeln vorbei hinunter zum Hals und verschwanden zwischen Nacken und Kopfkissen.

Ich war ratlos. Seinen Brief konnte ich inzwischen so gut wie auswendig. Aber jetzt sah ich es. Etwas Riesiges, Fürchterliches, ganz und gar Unbegreifliches staute sich da hinter der Stirn und in der Brust meines Bruders und versetzte ihn in eine Starre, die alles Lebendige in ihm in ihren Krallen hatte. Max war wie taub, kein Wort schien ihn zu erreichen.

Ich streckte die Hand aus und berührte vorsichtig seinen Arm, der auf der Bettdecke lag.

Max ließ es geschehen. Nach einer Weile schwenkte er den linken Arm herüber, griff nach meiner Hand und drückte sie fest. Ich weiß nicht, wie lange wir so saßen. Er weinte nicht mehr, starrte an die Decke, sah etwas, was nur er sehen konnte.

Irgendwann ließ Max meine Hand los und fing an, laut zu stöhnen. »Wo, wo …?«, kam es aus ihm heraus. Er drehte seinen Kopf, sein Blick irrte im Zimmer umher.

»Du bist zu Hause, Max«, versuchte ich ihn zu beruhigen. »In deinem Bett.«

»Zu Hause?« Ein böses Lachen löste sich aus seiner Brust. »Zu Hause? Die Welt ist ein Schlachthaus, Bruder. Ein Menschenschlachthaus. Am besten haben es die, die schon tot sind. Für die ist es vorbei.«

Mit solcher Heftigkeit brach das aus Max heraus, dass ich zusammenfuhr. Was konnte ich darauf sagen? Ich wollte, wir könnten reden wie früher.

»Danke, dass du mir geschrieben hast«, sagte ich schließlich.

Max stierte vor sich hin, als müsse er lange nachdenken, um sich zu erinnern, dass er mir einen Brief geschrieben hatte.

»Lüttich war schlimm«, sagte er endlich. »Aber das war nur der Anfang …« Sein Gesicht verzerrte sich. Wieder sah er etwas, das nur er sehen konnte. Aber Wörter dafür fand er nicht.

»Ich will, dass alles wieder gut wird«, sagte ich. »Alle wollen das. Mutter, Louise, Gertrud, Ida …«

Ein Hauch von einem Lächeln zog durch sein Gesicht. »Schon gut, Kleiner«, sagte Max. »Geh jetzt schlafen.« Seine Stimme klang wie ein Befehl. Sie tat mir weh.

Ich zog mich aus, streifte das Nachthemd über und legte mich in mein Bett. Immer wieder schielte ich zu Max hinüber.

Jeder wusste, dass der andere wach war, aber keiner sagte ein Wort. Je länger wir so lagen, desto mehr schien es mir, als läge da in Max' Bett ein Fremder, der aus einer so schrecklichen Welt gekommen war, von der ich mir nicht einmal in meiner schwärzesten Fantasie ein Bild machen konnte. *Was da draußen passiert, das könnt ihr euch alle nicht vorstellen.*

Die Welt ist ein Schlachthaus. Ein Menschenschlachthaus. Wenn das stimmte, hatte es dann überhaupt Sinn, erwachsen zu werden?

Lange starrte ich zur Decke hinauf. Irgendwann rutschten meine unruhigen Gedanken hinüber in einen unruhigen Traum.

»Sie kommen! Sie kommen!« Ein entsetzlicher Schrei einer fremden Stimme riss mich aus dem Schlaf.

Im Bett meines Bruders erhob sich ein dunkles, unförmiges, schreiendes Tier, schwankte, kippte über die Bettkante und schlug hart auf dem Boden auf. Max wälzte sich aus der Bettdecke, robbte quer durch das Zimmer auf mein Bett zu und schrie: »In Deckung! Sie kommen! Weg da, Schumann! Was machst du, Schumann?!«

Er trat die Bettdecke weg, schob sich auf den Ellbogen näher heran und verschwand mit dem Kopf unter meinem Bett.

»Sie kommen! Bajonette klar! Nahkampf! Schumann, bist du wahnsinnig?! Was machst du da? Neeeiiin!«

Ich sprang aus dem Bett. »Max!«, schrie ich. »Max, wach auf!«

Er hörte nicht. Ich beugte mich über ihn, umklammerte ihn so fest ich konnte. Max zitterte am ganzen Körper.

Er wälzte sich herum, trat mit den Beinen, schlug um sich, versuchte, den vermeintlichen Feind abzuschütteln. Mit dem Ellbogen traf er mich hart ins Gesicht.

Ich wich zurück, bedeckte mein Gesicht mit den Händen. Meine Nase blutete, ich spürte es feucht an den Fingern.

»Keine Gnade! Keine Gnade!«, schrie Max und rollte unter dem Bett hervor. Mit den Füßen verhedderte er sich in seinem Federbett und trat es wieder von sich.

»Max! Max!«, rief ich. »Ich bin es! Paul. Dein Bruder.«

Max richtete sich halb auf, stützte sich auf die Hände und lauschte wie von fern auf meine Stimme. Dann schüttelte er den Kopf.

»Paul?«, flüsterte er ungläubig. »Bleib weg, Paul. Du sollst nicht ... Du darfst nicht ... Ich will nicht ...«

»Max, du bist zu Hause. Du hast Urlaub. Du bist in unserem Zimmer.«

Max fasste mit der linken Hand seinen Kopf. Sein Brustkorb hob und senkte sich. Sein Blick hetzte nach allen Seiten in die Dunkelheit, als könne jeden Moment der todbringende Feind von überall hervorbrechen.

Ich klemmte meine blutende Nase in die Armbeuge meines Nachthemds. Allmählich spürte ich den Schmerz, der sich zur Stirn hin zog. Dann angelte ich mein Taschentuch unter dem Kopfkissen hervor und drückte es gegen die Nase.

Als Max endlich wieder bei sich war, schien er sich zu schämen. Er wich meinem Blick aus, raffte seine Bettdecke zusammen und warf sie auf die Matratze seines Bettes. Dann kletterte er hinterher, zog sich das Federbett über den Kopf, trat es mit den Füßen unten breit und drehte sich auf die Seite, mit dem Rücken zu mir. Max keuchte immer noch, als würde er vor etwas davonlaufen.

Ich setzte mich wieder auf den Schemel. Der Schreck war mir tief in die Glieder gefahren. Ratlos sah ich auf den Bettenhügel, unter dem sich mein Bruder verbarg.

»Max«, bettelte ich. »Sag doch was. Bitte sag doch was …«

Max antwortete nicht. Aber er schlief auch nicht.

Ich blieb sitzen und wartete. Eine Viertelstunde, eine halbe Stunde. Nichts geschah. Max rührte sich nicht, schlief nicht, redete nicht.

Vor dem Fenster dämmerte der Morgen. Im Gestrüpp der Buchenkrone wurden einzelne Zweige sichtbar. Der wilde Wald. Konnte es sein, dass auf dem Grund aller Geheimnisse nackte Grausamkeit lauerte? Ich fror. Dann stand ich auf, tappte in mein Bett zurück, kroch unter die Decke. Das blutgetränkte Taschentuch schob ich wieder unter mein Kopfkissen zurück.

Erst nach acht Uhr wachte ich auf, gut zwei Stunden später als gewöhnlich. Mutter hatte mich nicht geweckt. Dabei gab es doch nach dem Feiersonntag viel im Laden zu tun. Die Regale mussten nachgefüllt werden, ich musste zur Gärtnerei Kühn, dann die fußlahmen Kunden beliefern, und in der Karwoche, hatte Mutter gesagt, kaufen die Leute bestimmt wieder mehr.

Ich schwang die Beine aus dem Bett, und sofort war da wieder die Erinnerung an den nächtlichen Kampf. Vom Bett gegenüber kamen jetzt regelmäßige Atemzüge. Max lag auf dem Rücken und war nun endlich doch eingeschlafen. Auch im Schlaf sah sein Gesicht abweisend aus, ganz anders, als es mir vertraut war.

Leise zog ich mich an und schlich aus dem Zimmer. Unten in der Küche kam mir Gertrud entgegen. Plötzlich blieb sie stehen, riss Mund und Augen auf und zeigte mit ausgestrecktem Zeigefinger auf mich. »Iiiih!«, rief Gertrud, drehte sich auf der Stelle um und lief zu Mutter in den Laden.

Auch Ida sah mich entgeistert an. »Was hast du denn gemacht?«

Ich verstand nicht. Aber im Spiegel über der Spüle sah ich dann das angeklebte, verkrustete Blut, das sich in breiter Spur von der Nase über den Mund bis zum Hals hinunter zog.

»Nasenbluten«, sagte ich. »Habe ich gar nicht so gemerkt.« Ich schöpfte Wasser aus dem Eimer, goss es in die Spüle und wusch mir das Blut ab. Die Schmerzen in der Nase waren kaum noch zu spüren. Als die aufgeregte Gertrud mit Mutter im Schlepptau in die Küche kam, lief das blutige Wasser im Ausguss ab und Gertrud war enttäuscht, dass sie Mutter nicht mehr bieten konnte als mein blank gewaschenes Gesicht.

»Junge«, sagte Mutter. »Was war denn?«

»Nur ein bisschen Nasenbluten«, sagte ich. »Kein Grund zur Aufregung.«

»Ich meine, was war mit Max?«, sagte Mutter. »Mir war, als hätte ich da was gehört. Mitten in der Nacht.«

»Nichts war«, sagte ich. »Max schläft tief und fest.«

Zweifelnd sah Mutter mir in die Augen und seufzte. »Am besten, wir lassen ihn schlafen. Er braucht jetzt seine Ruhe. Und du, Paul, kannst dir Zeit lassen. Ida war schon bei Kühns. Und die Sachen müssen nicht vor elf raus.«

Die Ladenglocke klingelte, Frau Deuerlein rief: »Ist denn hier niemand?«

Mutter verzog das Gesicht. Seit viele Warenlieferungen ausblieben und sie ihre Kundinnen und Kunden immer öfter auf die hoffentlich bald wieder besseren Zeiten vertrösten musste, war ihre Freude am Laden merklich gedämpft. Nicht mehr allein ihre Tüchtigkeit entschied über Wohl und Wehe, immer mehr war sie abhängig von Dingen, über die sie nicht entscheiden konnte. Der Krieg, der englische Boykott, die Teuerung – nichts davon hatte meine Mutter sich gewünscht. Nichts davon konnte sie beeinflussen. Aber eine wie Frau Deuerlein mit ihrer Ungeduld schien sie für all das verantwortlich zu machen.

Ich stippte eine Scheibe Brot in die warme Milch, goss einen Schuss Malzkaffee dazu, rührte einen halben Teelöffel Zucker hinein und spannte die Hände um den warmen Becher.

Als die Mutter und Gertrud wieder im Laden waren, setzte sich Ida auf den Stuhl neben mich, sah mir streng in die Augen und sagte: »Nun mal raus mit der Sprache. Wer ist Schumann? Was war los?«

»Du hast gelauscht?« Ich sah Ida an. Vielleicht war sie die Einzige, mit der ich darüber reden konnte.

»War ja nicht zu überhören, der Lärm«, sagte Ida. »Ich war drauf und dran, zu euch reinzukommen.«

Ich legte Ida die Hand auf den Arm und flüsterte: »Max hat schlimm geträumt. Hat gedacht, er ist im Krieg und die Franzosen kommen. Er war vollkommen weg.«

»Und hat dir eine gewischt?«

»Nicht mit Absicht«, sagte ich. »Ich wollte ihn aufwecken, und da hat er um sich geschlagen.«

»Und Schumann?«

»Weiß nicht. Er sagt ja nichts.«

Ida schüttelte den Kopf und murmelte: »Dieser verdammte Krieg macht noch alle verrückt.«

»Sag meiner Mutter nichts, ja?«

»Ist doch klar«, sagte Ida. »Kann man gar nicht verstehen, warum sie alle so wild waren auf den Krieg.«

»Ich glaube, Max würde sich heute nicht mehr freiwillig melden«, sagte ich.

»Nun ist es zu spät«, sagte Ida. »Mitgefangen, mitgehangen. Jetzt soll er sich erst mal ausschlafen.«

Die Tür, die auf den Gang zum Laden hinausging, war nur angelehnt. Man hörte die laute Stimme von Frau Deuerlein, kurz darauf die noch lautere von Frau Wanzleben. Schließlich bemühte sich auch die sanfte Frau Hottenrott, zu Wort zu kommen. Alle beklagten die schlechten Zeiten, redeten über den Krieg natürlich, darüber, wer hier im Viertel einen Gefallenen zu betrauern hatte und dass nach der Brotkarte demnächst auch eine Seifenkarte eingeführt werden sollte. Zum Kummer der Mutter war der Laden inzwischen mehr ein Treffpunkt zum Austausch von Neuigkeiten als einer, in dem viel gekauft wurde.

Die Türglocke klingelte und schlagartig brachen alle Gespräche ab.

»Louise!«, hörten wir die erstaunte Stimme meiner Mutter. Dann ein Tuscheln und Murmeln, von dem in der Küche kein Wort zu verstehen war.

Ida, die an der Spüle stand und abtrocknete, wäre vor Überraschung beinahe die Tasse aus der Hand gefallen. »Das gnädige Fräulein!«, flüsterte sie.

Wenig später kam Louise mit Gertrud im Gefolge in die Küche. Verlegen lächelnd gab sie erst mir, dann Ida die Hand. Ida machte einen Knicks.

»Deine Mutter sagt, Max schläft noch«, sagte Louise. Sie sah auf ihre kleine goldene Armbanduhr. »Gleich neun«, sagte sie. »Eigentlich sind wir verabredet. Wir wollten ... Wir wollten mit meinen Eltern reden. Aber vielleicht ist es besser ...« Sie sah mich Hilfe suchend an. »Hat er dir was erzählt?«

Ich schüttelte den Kopf. »Er sagt ja nichts. Geträumt hat er. Er wäre im Krieg.«

Louise seufzte. »Besser wir lassen ihn schlafen, oder?«

Ich zog die Schultern hoch.

»Vielleicht, wenn das gnädige Fräulein mal mit ihm redet?«,

sagte Ida. »Vielleicht ist das gnädige Fräulein die Einzige, auf die er hört.«

Überrascht drehte sich Louise zu Ida um. Eine leichte Röte huschte über ihr Gesicht. Nachdenklich lächelnd blickte sie von Ida zu mir.

»Ja«, sagte ich. »Das wäre gut.«

»Ihr meint«, sagte Louise, »ich soll einfach zu ihm gehen? Jetzt?«

Ida nickte.

»Das wäre gut«, sagte ich noch einmal. »Ganz bestimmt.«

Louise sah vor sich hin auf die gebohnerten Fußbodendielen.

»Komm, ich zeig dir sein Zimmer«, sagte Gertrud und zupfte Louise an den Rockfalten.

Louise strich Gertrud über die Haare. »Na gut«, sagte sie entschlossen.

Gertrud wollte vorausgehen, doch Ida hielt sie zurück. »Du bleib mal hier«, sagte sie bestimmt.

Gertrud maulte, aber ich zog sie zurück. Schließlich blieb sie doch bei Ida in der Küche, während ich vor Louise her die Treppe hinaufstieg. Die Stufen knarrten. Vorsichtig und leise zog ich die Tür zu unserem gemeinsamen Zimmer auf.

Max war wach. Er lag auf dem Rücken, die Hände hinter dem Kopf verschränkt, und sah zum Fenster hinaus. Als er die Tür knarren hörte, drehte er den Kopf, und als er Louise entdeckte, riss er vor Überraschung Mund und Augen auf.

Louise legte mir die Hand auf die Schulter. »Danke«, sagte sie, nickte mir zu, huschte ins Zimmer und zog die Tür hinter sich ins Schloss.

Ich blieb eine Weile vor der Zimmertür stehen und überlegte, ob ich der Versuchung nachgeben sollte, zu horchen. Doch dann drehte ich mich um und rannte die Treppe hinunter.

Gertrud war inzwischen wieder bei der Mutter im Laden, und ich war mit Ida in der Küche allein. Wir sahen uns an und lächelten. Keiner brauchte es zu sagen, wir fühlten es beide: Na, wie haben wir das gemacht?

Noch als ich zu meinen Botengängen aufbrach, fühlte ich mich leicht, und der Schrecken der Nacht war nur noch ein Schatten, der bald verblassen würde. Erst als ich mit meiner kleinen Lebensmittelkiste die Stufen im schäbigen Treppenhaus Bismarckstraße 25 zur Wohnung von Frau Kubitzki hinaufstieg, meldeten sich die Alltagssorgen zurück.

»Petroleum«, sagte Frau Kubitzki, als sie die Sachen in der Kiste sichtete. »Ich hatte Petroleum bestellt. Und Butter, gute Butter ... auch nicht dabei. Und Seife ... Wieder keine Seife ...«

»Tut mir leid, Frau Kubitzki«, sagte ich. »Petroleum gibt es schon lange nicht mehr. Und statt Butter ist Margarine in der Kiste. Die ist gesünder, sagt Mutter. Seife gibt es vielleicht wieder nächste Woche.«

»Vielleicht, vielleicht«, murmelte die alte Frau, stemmte sich ächzend an der Tischkante vom Stuhl hoch, suchte in der Schublade nach einem Geldstück, fand aber keins.

»Schon gut, Frau Kubitzki«, sagte ich. »Es geht auch mal ohne Bringelohn.«

Frau Kubitzki sah mich über die Brille hin an. »So weit kommt es noch, Junge«, sagte sie. »Jede Arbeit ist ihren Lohn wert. Und du kannst schließlich nichts dafür, dass die Hälfte fehlt. Warte hier.« Auf ihren Stock gestützt schlurfte sie aus der Küche und schimpfte vor sich hin: »Die Engländer ... denen gehört mal ordentlich eins aufs Dach ...«

Wie gewöhnlich lag die Zeitung auf dem Küchentisch und solange ich allein war, las ich auf der ersten Seite:

Westlicher Kriegsschauplatz:

Der Tag verlief an der ganzen Westfront ziemlich ruhig. Nur im Argonner Wald und in Lothringen fanden kleine, für uns erfolgreiche Gefechte statt. Generaloberst von Kluck wurde bei der Besichtigung der vordersten Stellung seiner Armee durch einen Schrapnellschuss leicht verwundet. Sein Befinden ist zufriedenstellend.

Östlicher Kriegsschauplatz:

Tauroggen wurde von unseren Truppen im Sturm genommen. Dreihundert Russen gefangen genommen …

Frau Kubitzki kam zurück, drückte mir ein Fünfpfennigstück in die Hand und sagte wie immer: »Mehr ist es heute nicht.«

Ich bedankte mich und ging. Auf halber Treppe hörte ich von unten im Flur die wohlbekannte Stimme von Frau Wanzleben, die offenbar eine hochbrisante Neuigkeit zu verkünden hatte. Ich setzte mich auf die nächste Stufe und hörte zu.

»Fragen Sie die Deuerlein«, sagte Frau Wanzleben. »Die war auch dabei. Die Kleine von Oberstudienrat Reinecke, ja doch. Geht da offenbar ein und aus. Ich sage Ihnen, die hat was mit dem Soldaten. Wenn das mal gut geht. Aber ich habe mir das gleich gedacht: Die Hoffmann, die will höher hinaus, das merkt man ihr doch an. Aber wer weiß, wie lange sie das nun noch macht …«

»Wie meinen Sie das?«, fragte eine andere Stimme.

»Na, das pfeifen doch die Spatzen von den Dächern«, sagte Frau Wanzleben. »Lange geht das mit dem Laden nicht mehr. Was hat sie denn noch zu verkaufen? Und ohne den Mann … wie soll das weitergehen?«

»Keiner hat es leicht«, sagte die andere Stimme – es war die alte Frau Hottenrott. »Und ich kann über die Hoffmanns nur Gutes sagen. Das sind fleißige Leute.«

»Fleißig ja«, sagte Frau Wanzleben. »Ziehen uns fleißig das Geld aus der Tasche …«

»Nun hören Sie aber auf«, sagte Frau Hottenrott. »Leben muss schließlich jeder. Und in Hoffmanns Laden ist es nicht teurer als anderswo.«

»Haben Sie mal die Preise verglichen?«, ereiferte sich Frau Wanzleben. »In diesen Zeiten muss man die Preise vergleichen …«

Ich stand auf, trat betont geräuschvoll von einer Stufe auf die andere, ging unten im Flur dicht an den beiden Frauen vorbei und grüßte laut und deutlich. Ich sah noch, wie Frau Wanzleben zusammenzuckte, und ich hörte, wie Frau Hottenrott zu lachen anfing. Dann zog ich die schwere Haustür auf und stand auf der Straße.

Wolkenfetzen flogen über den Himmel, frische, feuchte Luft wehte mir entgegen. Es hatte viel geregnet in den letzten Tagen, in den Auen vor der Stadt stand das Wasser. So war das also. Die Spatzen pfiffen es von den Dächern. Längst hätte ich es wissen können. Ich hatte doch gesehen, wie die Mutter bis weit in die Nacht über den vielen Papieren und dem großen Geschäftsbuch saß. Einmal hatte sie es mir gezeigt. Die täglichen Einnahmen waren so gering, dass Mutter kaum noch die immer weniger werdenden Warenlieferungen bezahlen konnte. Der Krieg, die Sorge um Max und den Vater, die Konfirmation … Ich hatte einfach nicht mehr an das Geschäftsbuch gedacht. Was sollte werden, wenn kein Geld mehr da war? Den Konfirmationsanzug konnten wir von mir aus gleich wieder verkaufen.

»Was ist dir denn über die Leber gelaufen?«, fragte Ida, als ich in die Küche kam.

Statt zu antworten, fragte ich: »Sind sie … sind sie immer noch …?«

Ida lächelte verschwörerisch und schüttelte den Kopf. »Vor zehn Minuten sind sie gegangen.«

»Gegangen? Wohin?«

»Zu ihren Eltern. In die Höhle des Löwen.«

Ungläubig sah ich Ida an.

»Sie wollen reinen Tisch machen«, erklärte sie. »Max sagt, er hat schließlich Schlimmeres erlebt.«

»Max hat was gesagt?«

Ida nickte. »Ich sage ja: Fräulein Louise tut ihm gut.«

Den ganzen Nachmittag über arbeitete ich ohne aufzusehen, räumte die letzten Vorräte aus dem Keller in den Laden, damit wenigstens nach außen hin der Eindruck entstand, wir hätten noch viel zu verkaufen. Ich stand unten im Keller, fand zu meiner Überraschung in einem Regal noch eine ganze Schachtel mit Palmin, feinste Pflanzenbutter. Gerade wollte ich sie herausnehmen, da spürte ich, wie sich zwei Hände auf meine Schultern legten. Ich fuhr herum, die Pflanzenbutter fiel Stück für Stück aus dem Karton auf die Erde.

»Max!«, rief ich und starrte ihn an.

Trotz des schummrigen Kellerlichts sah ich es sofort – Max lachte und breitete die Arme aus.

Ich ließ mich hineinfallen und wie in der Kirche umschlangen wir uns und standen lange einfach so da, ohne ein Wort zu sagen.

»Paule«, sagte Max endlich. »Was freue ich mich, dass ich hier bin.«

»Und ich erst!«, sagte ich und kämpfte gegen den Kloß in meinem Hals.

Er boxte mir sanft in die Rippen.

»Und?«, fragte ich.

Max' Gesicht löste sich zu einem breiten Lächeln. »Ostersonntag ist Verlobung«, sagte er. »Mit allem Drum und Dran. In der Villa bei Reineckes.«

12

In der zweiten Nacht saßen wir uns gegenüber, jeder auf seiner Bettkante, und Max redete. Alles, was vorher hinter seiner Stirn wie festgeklemmt gewesen war, ergoss sich nun in einer Flut von Wörtern:

»Der Krieg, weißt du, meistens ist das nur Rumsitzen, Warten und Zeit totschlagen. Gewehr auseinandernehmen, reinigen, zusammensetzen, Karten spielen, Essen fassen, Witze reißen, sich den größten Blödsinn anhören, und wenn du Glück hast, findest du einen, der dein Freund sein könnte. Einen, mit dem du richtig und über alles reden kannst. Dreimal habe ich so einen gekannt. Und dreimal ... In den Unterständen und in den Gräben, da hocken sich alle dicht auf der Pelle, und wenn es dann losgeht, dann ist jeder auf jeden angewiesen, alle sitzen in einem Boot, die größten Arschlöcher und die besten Freunde, mitgefangen, mitgehangen, und ohne die Kameradschaft, sage ich dir, ohne die Kameradschaft würde man das gar nicht aushalten, die Langeweile nicht und schon gar nicht die ganze Barbarei, das sinnlose Erschießen und Erschossenwerden. Schon in Lüttich habe ich gedacht, ich halte das nicht aus. Der Junge, Paul, von dem ich dir geschrieben habe, der Junge, das hättest du sein können. Was für ein Wahnsinn. Aber dann erzählen sie dir wieder, es ist fürs Vaterland, und die bösen Feinde wollen dir alles wegnehmen, was dir lieb und teuer ist. Und Leutnant Jung schwadroniert, dass man gefälligst ein Mann sein soll. Am Anfang habe ich das alles geglaubt, und ein Feigling und Verräter will man ja nicht sein, und alle machen ja irgendwie mit, ob zähneknirschend oder mit Hurra. Aber wenn du das dann ein paarmal durchgestanden hast, vorn an der Front, im ersten Graben, Sturmangriff, Nahkampf, wenn du mit dem Bajonett einem den Bauch aufgeschlitzt hast, wenn du erlebt hast, wie der Freund, mit dem du die letzten Tage und Nächte so gut geredet hast, wie der auf einmal neben dir liegt und sein Gesicht ist nur noch ein Brei aus blutigem Fleisch und er bittet dich, dass du ihm die Kugel gibst und du bringst es nicht über dich, wirfst ihn über die Schulter, schleppst ihn zum Verbandsplatz, und er schreit dir die Ohren voll und dann ist er plötzlich still und du kannst nur noch denken, er hat es geschafft, er ist besser dran als du, weil du in den Irrsinn zurückmusst und wenn du danebenstehst, wenn sie einem das Bein absägen ohne Betäubung, wenn du über Berge von Leichen musst und du entdeckst mittendrin Gesichter von Kameraden, mit denen du gestern noch geredet und gelacht hast, und wenn du weißt, jeden Moment kann es dich treffen und wenn du dann so weit bist, dass du denkst, am besten hörst du mit dem Denken auf und mit dem Fühlen auch, wenn du denkst, am besten, du gewöhnst dich an alles – Mensch Paule, dann bist du auf einmal ein anderer, einer, der du nie sein wolltest, ein automatischer Schießapparat, ein Held, wie er gebraucht wird, einer, dem sie das Eiserne Kreuz an die Brust heften dafür, dass er sich selber vergisst. So ist das nämlich, Paul, du musst dich selber vergessen, damit du da durchkommst. Am Ende gibt es nur zwei Möglichkeiten: erschießen oder erschossen werden, und wenn Louise nicht wäre und du und Mutter und Gertrud, wirklich, Paul, vielleicht hätte ich es gemacht wie Schumann, der sich selbst die Kugel gegeben hat vor dem letzten Sturmangriff ...«

Atemlos und mit offenem Mund hatte ich zugehört, wie sich all das Unbegreifliche aus der Brust meines Bruders gelöst hatte. Ich starrte ihn an. Alles in mir war wie gelähmt. Tränen liefen mir über die Wangen, aber ich schämte mich nicht.

»Weihnachten, Paul«, sagte Max, »das hättest du erleben sollen. Weihnachten im Schützengraben. Unser Hauptmann hatte einen kleinen Tannenbaum besorgt. Heiligabend haben wir Weihnachtslieder gesungen. Und auf einmal hörten wir, wie hundert Meter weiter die Franzosen in ihren Schützengräben Beifall klatschten. Und dann sind sie rausgekommen, und wir auch, zwischen den Stacheldrahtsperren und den Bombenlöchern haben wir uns getroffen, Hände geschüttelt, geredet, auch ohne Worte, wer nicht Deutsch oder Französisch konnte. Dann haben sie uns eingeladen und wir sie. Bis zum Morgen war ich im französischen Graben, wir haben Wein getrunken, geredet, gelacht, gesungen, es gab Verbrüderungen, Schulterklopfen, Umarmungen – für eine Nacht, Paul, und dann ist der Irrsinn weitergegangen. Aber ich sage dir, da war keiner von den Franzosen, der mir irgendwas wegnehmen will, keiner, der mir was Böses wünscht, die sind genauso arme Schweine wie wir …«

Max redete bis weit nach Mitternacht. Wir hatten uns wiedergefunden, auch wenn ich mir das meiste von dem, was mein Bruder erzählte, nicht vorstellen konnte. Wir sahen uns in die Augen, und es war gut, einfach zusammen zu sein. Am Ende sagte Max etwas, das mich lange nicht schlafen ließ.

»Wenn ich falle, Paul«, sagte Max, »sei nicht zu lange traurig. Ich habe über alles nachgedacht. Hatte ja ausführlich Gelegenheit dazu. Eigentlich war vieles ganz gut in meinem Leben. Ich hatte eine gute Familie, einen wunderbaren Bruder. Und Louise. Ein Mensch wie Louise, Paul, das ist das größte Geschenk auf Erden. Das hättest du hören sollen, Paul, wie Louise ihrem Alten ins Gesicht gesagt hat: ›Wenn du Nein sagst, verloben wir uns trotzdem‹. Er hat gepoltert und gedroht, er würde sie enterben, aber Louise ist fest geblieben, und da ist er auf einmal umgeschwenkt und hat gesagt: ›Dann aber richtig‹, und jetzt wird groß gefeiert in der Villa, mit Freunden und Verwandten. So groß, das wollten wir eigentlich gar nicht, aber das machen wir jetzt einfach, Paule, was …?«

13

Am Dienstag der Karwoche, einen Tag früher als erwartet, wir hatten uns gerade zum Mittagessen an den Küchentisch gesetzt, stand plötzlich Vater in der Tür. Gertrud war die Erste, die vom Tisch aufsprang und auf ihn zuflog – aber plötzlich, wie von einer unsichtbaren Mauer gestoppt, blieb sie mit ausgebreiteten Armen stehen und sah zu ihm hoch.

Vater trug den rechten Arm in einer Schlinge, sein hageres Gesicht verzog sich zu einem Lächeln, das aussah, als würde es ihm Schmerzen bereiten. Sein grauer Mantel war zerknittert und hatte viele dunkle Flecken.

Wir umringten ihn, und Mutter fasste ihn vor Freude schluchzend an beiden Schultern, als müsse sie prüfen, ob er es wirklich sei, dann schloss sie die Augen und zog seinen Kopf zu sich herunter. So standen sie eng umschlungen in der Küche, Mutter flüsterte Vater etwas ins Ohr, und als er nickte, küsste sie ihn auf die Stirn.

Vater zog den Mantel aus. Darunter war er in Uniform. Max trug, seit er zu Hause war, seine Alltagssachen. Die beiden Soldaten begrüßten sich mit einem kräftigen Händedruck, aber in den Blicken, die sie wechselten, war nichts mehr von der großen Gemeinsamkeit und der Begeisterung, mit der sie in den Krieg gezogen waren.

Ich räumte den Platz an der Stirnseite des Tisches, und als ein

Teller mit dampfender Kohlsuppe vor Vater stand, antwortete er endlich auf die Fragen nach seiner Verwundung.

»Harmloser Streifschuss«, sagte er. »Nichts Schlimmes, hat der Sani gesagt. Muss nur ein, zwei Wochen den Napoleon machen.«

Er sah sich in der Küche um, als sähe er sie zum ersten Mal. Kaum hatte er, mühevoll mit der linken Hand, seinen Teller leer gegessen, stand er auf, ging zum Klo und kam lange nicht wieder. Als Mutter nach ihm suchte, fand sie ihn im ersten Stock im Schlafzimmer, am Fenster stehend.

Sie kamen die Treppe herunter, aber Vater setzte sich nicht wieder auf seinen Platz in der Küche, sondern setzte seine Hausbesichtigung mit einem Gang in den Laden fort. Als er zurückkam, blieb er vor mir stehen, fuhr mir mit der linken Hand durch die Haare und sagte: »Paul, mein Junge. Nun bist du also ein Erwachsener geworden, ohne dass ich dabei war. Herzlichen Glückwunsch, mein Junge, zur Konfirmation! Und Gertrud, was bist du gewachsen! Und Ida … Ida ist fleißig und eine große Hilfe, höre ich. Recht so.«

Ida nickte verlegen.

»Wie gut, wieder hier zu sein«, sagte Vater. »Und Ostern fahren wir raus aufs Land.«

»Ostern ist Verlobung«, sagte ich.

»Verlobung?« Vater sah mich erstaunt an.

»Max und Louise«, sagte ich. »Verlobung in der Villa. Bei Reineckes.«

»Reineckes? Wer sind Reineckes?«

»Denk dir nur, Walter«, sagte Mutter. »Die Tochter von Oberstudienrat Reinecke. Die Louise. Du weißt doch. Die Max beim Wandern …«

»Ich denke, das ist aus?«, sagte Vater. »Und wieso erfahre ich davon nichts?«

»Alles ist so schnell gegangen«, sagte die Mutter. »Wir wissen es auch erst seit gestern.«

Vater schüttelte den Kopf, sah Max an, erwartete offenbar eine Erklärung.

Aber Max schwieg.

»Oberstudienrat?«, sagte der Vater. »Das geht doch nicht gut.«

»Nun lass uns nicht unken«, sagte die Mutter. »Louise ist so ein nettes Mädchen ...«

»Nett hin, nett her«, murmelte Vater. »Schuster, bleib bei deinem Leisten. So eine ist doch was anderes gewöhnt als unsereins. Keine Kohlsuppe.«

Unter die Freude, dass Vater und Max nach neun Monaten Krieg zum ersten Mal wieder zu Hause waren, mischte sich in den Tagen vor dem Osterfest eine eigenartige Spannung. Etwas stimmte nicht mehr zwischen den beiden, aber sie sprachen nicht darüber. Max hatte den Glauben an den Sinn des Krieges verloren, und Vater wollte sich den Glauben nicht nehmen lassen. Max wich ihm aus und nutzte jede Minute, um mit Louise zusammen zu sein. Morgens schlief Vater lange, und am Mittwoch, als Mutter später als sonst in die Küche kam, machte sie ein sorgenvolles Gesicht. »Von wegen harmloser Streifschuss«, sagte sie. »Das sieht ganz anders aus.«

Nur mit Großvater Wilhelm redete Vater über den Krieg. Eingehüllt in Zigarrenqualm saßen die beiden Männer im Wohnzimmer. Manchmal hörte ich ihnen zu.

»Der Hindenburg wird es schon richten«, sagte Großvater.

»Die Russen machen es nicht mehr lange«, sagte Vater. »Wenn sie nur im Westen besser vorankämen.«

»Moderne Weichlichkeit«, sagte Großvater. »Da fehlt der Schneid.«

»Wenn wir Fürst Bismarck noch hätten«, sagte Vater. »Vorige

Woche wäre er hundert geworden. Den hätte der Kaiser nicht wegschicken sollen.«

»Jawoll!«, trompetete Großvater Wilhelm. »Wir Deutschen fürchten Gott, aber sonst nichts auf der Welt!«

Große Worte flogen hin und her. Aber wie er zu seiner Verwundung gekommen war, davon erzählte Vater nichts. Kein Wort von verbrannten Häusern, wie es doch noch in seinen Briefen gestanden hatte, kein Wort von all den Grausamkeiten, die Max aus der Bahn geworfen hatten. War Vaters Krieg ein anderer?

Am Karfreitag nach dem Kirchgang kam Louise mit zum Essen zu uns. Vater musterte sie von oben bis unten, dann gab er ihr die linke Hand und lächelte gezwungen. »Und Ihr Herr Vater hat nichts dagegen?«, sagte er.

Louise lächelte zurück, heiter und unwiderstehlich. »Am Ende wollen doch alle Väter nur das Beste für ihre Kinder.«

»So«, brummte Vater. »Das Beste? Und Sie wissen, was das Beste ist?«

»Ja«, lachte Louise. »Das Beste für mich ist Max!«

Sie legte Max den Arm um die Schulter und küsste ihn auf die Wange.

Das Eis war gebrochen, Vaters Zweifel waren scheinbar entkräftet, und obwohl der Karfreitag kein fröhlicher Feiertag war, verlief das gemeinsame Mittagessen am festlich gedeckten großen Tisch im Wohnzimmer alles andere als traurig. Alle, selbst Großvater Wilhelm, schickten heimlich bewundernde Blicke zur hübschen Louise, und Max neben ihr wurde von Minute zu Minute ein bisschen mehr der Alte. Nein, nicht der alte, vielmehr wurde er ein neuer Max, in dem aber doch der alte steckte. Ein großer Bruder jedenfalls, der mir wieder näher gerückt war.

Vater sah nachdenklich hinter ihnen her, als Max und Louise Arm in Arm das Haus verließen. »Wenn das nur gut geht«, sagte er. »Die ist ihm doch über in allem.« Dann stampfte er mit schweren Schritten die Treppe hinauf, um sich zum Mittagsschlaf hinzulegen.

Am Ostermorgen, noch vor dem Kirchgang, versteckte ich mit Ida drei bunte Eier und eine Tafel Schokolade für Gertrud im kleinen Garten hinter dem Haus. Ida war ungewohnt still. Etwas ging ihr im Kopf herum. Endlich kam sie raus mit der Sprache.

»Besser, ich bleibe da heute Nachmittag«, sagte sie. »In die Villa zu den vornehmen Leuten, nee, da passe ich nicht hin.«

»Quatsch«, sagte ich. »Natürlich kommst du mit. Du gehörst doch zur Familie.«

Idas Augen leuchteten, aber sie schüttelte heftig den Kopf und boxte mich in die Seite. »Das sagst du, weil du so ein ... so ein Gutkerl bist. Aber die Knarrköppe, die gucken doch scheel, wenn ich da auch noch mit anmarschiert komme.«

»Lass sie doch gucken«, sagte ich. »Wir sind eingeladen. Frau Linde kommt auch.«

»Du und deine Frau Linde«, sagte Ida und es klang fast, als wäre sie eifersüchtig.

»Ich bin jedenfalls neugierig«, sagte ich. »Möchte schon mal wissen, was das für Leute sind, Louises Familie. Vor Louise jedenfalls braucht keiner Angst zu haben.«

Ida nickte. Sie bückte sich, um das letzte Ei unter dem Fliederbusch zu verstecken. Tief in Gedanken sagte sie: »Meinst du, Paule, dass es so was gibt?«

»Was?«

»Dass zwei heiraten, obwohl sie aus so verschiedenen Familien kommen? Und dass eine nur macht, was sie wirklich will ... also, ich meine, auch wenn die Eltern und alle dagegen sind?«

Ich antwortete nicht gleich. Ida bewunderte Louise, das hatte ich gemerkt. Ida war Ida, ganz anders als Louise. Und doch gab es etwas Wichtiges, in dem sie sich ganz ähnlich waren.

»Ja, so was gibt es«, sagte ich. »Vielleicht viel öfter als man denkt.«

»Ach«, sagte Frau Oberstudienrat Reinecke, Louises Mutter, als sie uns die Tür öffnete, »Sie haben Ihr Mädchen mitgebracht. Wie praktisch. Da werden sich Emma und Lotte freuen, wenn sie Unterstützung in der Küche bekommen. Ich bitte, näher zu treten.«

Ida warf mir einen spöttischen Blick zu. Siehste, hieß das. Aber ohne Widerworte ließ sie sich in Richtung Küche dirigieren.

Die Begrüßung war höflich, aber ich spürte, dass sich hinter dem künstlichen Lächeln des Ehepaars Reinecke Unbehagen verbarg. Eine Familie von Gemischtwarenhändlern, das war kein Umgang für die Familie eines Oberstudienrats.

»Unsere Kinder haben sich nun einmal füreinander entschieden«, verkündete die Frau Oberstudienrat tapfer die Formel für das eigentlich nicht Vorgesehene. »Da wollen wir ihnen nicht im Wege stehen.«

»Wir freuen uns«, sagte die Mutter dagegen. »Louise ist eine so bezaubernde Person. Wir haben sie alle gleich ins Herz geschlossen.«

Das schien die Frau Oberstudienrätin beinahe zu erschrecken, und der Oberstudienrat nahm sein Monokel vom Auge, zog die buschigen Augenbrauen hoch und sah Mutter an, als habe sie etwas Ungehöriges gesagt.

»Nun«, sagte Vater in beschwichtigendem Ton. »In diesen ernsten Zeiten klopft so manches an die Tür, was auf unserer Lebensbahn nicht vorgesehen war.«

Der Oberstudienrat nickte zustimmend, wohl auch überrascht, dass Vater sich so gewählt auszudrücken verstand, und nach ein paar Höflichkeiten hin und her bestand immerhin Einvernehmen auf der männlichen Ebene. Der Studienrat bewunderte sogar Vaters Uniform und sagte, er habe allerhöchsten Respekt vor dessen tapferem Einsatz auf dem Feld der Ehre, und auch seine Verwundung brachte Vater gute Noten in den Augen des Schulmannes.

Die Villa war kleiner und dunkler, als ich erwartet hatte. Der verwinkelte Flur führte zu mehreren Türen. Im Wohnzimmer standen zwei schwere Eichenschränke, in dem einen Bücher hinter Glas, in dem anderen feines Porzellangeschirr. In Nischen und Ecken, wie auf kleinen Altären, lauerten Gipsköpfe berühmter Männer, die, fand ich, über den ungebührlichen Besuch die Nase rümpften. Goldgerahmte Gemälde hingen an den Wänden, Landschaften mit und ohne Schlachtengetümmel. Ich konnte mir nicht helfen, in diesen Räumen spürte ich, wie mir das altbekannte, beklemmende Gefühl meiner gerade beendeten Schulzeit, die Angst vor der Allmacht und Willkür der Lehrer wieder im Nacken saß. Die Bedrohlichkeit ging vom Oberstudienrat aus. Er brauchte kein Wort zu sagen, seine Gesten und Blicke waren deutlich genug: Wer aufmuckt, hat mit meinem Zorn zu rechnen.

Unter einem schweren Kronleuchter war die lange Kaffeetafel gedeckt. Louise und Max erhoben sich von ihrem Platz oben an der Tafel und kamen auf uns zu, um uns zu begrüßen. Louise stellte uns den anderen Gästen vor. Bruder Hermann, eine Cousine, eine Tante, zwei Onkel, drei Freundinnen von den Wandervögeln mit ihren Soldaten-Verlobten, Großmutter Augusta und Frau Linde. Ich war froh, als ich entdeckte, dass die Tischkarte mit meinem Namen an dem noch freien Platz neben ihr stand.

Die rundliche Emma, die hagere Lotte und die rothaarige Ida, jede mit weißer Schürze, trugen drei Sahnetorten auf, und Platten mit Schmand- und Zuckerkuchen, als wären wir in tiefsten Friedenszeiten. Die Mädchen gossen Kaffee in die mit Rosenblüten und Goldrand verzierten Sammeltassen, und als Ida mir einschenkte, konnte sie sich nicht verkneifen, mir ins Ohr zu flüstern: »Wohl bekomm's, der Herr! Er gehört ja zur Familie!«

Nach dem Kaffeetrinken steckten sich Max und Louise, einer dem anderen, feierlich die Verlobungsringe an die Finger und küssten sich. Die Wandervogelfreunde applaudierten, auch Frau Linde und alle aus unserer Familie, sodass am Ende auch Oberstudienrats nicht anders konnten, als zwei-, dreimal in die Hände zu klatschen. Gertrud überreichte den Verlobten einen Blumenstrauß, stellte sich auf Zehenspitzen und gab erst Louise, dann Max einen Kuss, was noch einmal beklatscht wurde.

Dann erhob sich der Oberstudienrat. Während er darauf wartete, dass Stille eintrat, blickte er lange und nachdenklich auf das frisch verlobte Paar und besonders nachdenklich, so schien es mir, musterte er Max. Mit Zeigefinger und Daumen strich er sich über Kinn und Wange, fuhr dabei auch über seine tiefe Narbe aus Studentenzeiten, räusperte sich und begann schließlich mit seiner Rede.

Eine Verlobung, sagte er, sei ein Versprechen. Es müsse sich zeigen, ob es dem Sturm der Zeit standhalten werde. »Und inmitten dieses mächtigen Sturmes«, rief er aus, »gilt es standzuhalten, nicht irre zu werden, sich auf die ewigen Werte zu besinnen, die uns jenseits allen Parteienhaders doch alle durchdringen. Die große Zeit fordert den ganzen Mann.«

Ich sah in den Kronleuchter hinauf. Ein Wunderwerk aus Glas. Ein Gehänge aus tausend Glasstücken um ein paar elektrische Glühbirnen. Ich stellte mir vor, der schwere Leuchter würde von der Decke stürzen, scheppernd und splitternd auf den Tisch krachen und die Rede des Oberstudienrats schlagartig beenden. Aber der Kronleuchter fiel nicht.

»Und wenn dem Mann nun ein sogar über seinen Stand reichendes häusliches Glück winkt«, sagte der Oberstudienrat und sah unmissverständlich auf Max, »so muss er umso mehr seine Kraft zusammennehmen, um die Voraussetzung für dieses mögliche Glück zu schaffen.« Mit doppeltem Eifer müsse er nun seiner vaterländischen Pflicht genügen, dem Ansturm der Feinde, dem Ansturm von Neid und Niedertracht, dem Ansturm der Barbarei trotzen, um den deutschen Geist und die deutsche Seele in der Welt in ihr Recht zu setzen.

Ich sah, wie Louise ihre Hand auf Max' Hand legte, und Max nickte ihr zu. Lass ihn reden, hieß das, mit dir werde ich das aushalten.

»Erinnern wir uns«, sagte der Oberstudienrat und sah bedeutungsschwer in die Runde. »Erinnern wir uns an die Anfechtungen und Verwirrungen, die das aufrechte, mannhafte Deutschtum in den Jahren vor dem Krieg zu ertragen hatte: Es ging uns allen so gut wie nie. Aber was haben wir daraus gemacht? Die großen Errungenschaften von Wirtschaft und Technik haben nur Verwirrung in den Köpfen gestiftet. Elektrizität, Automobile, Telegrafie – alles geht so rasend schnell, dass keiner mehr mitkommt. Purer Übermut hat an den Grundfesten unserer Welt gerüttelt. Revolutionäre Stimmen riefen immer frecher nach der Herrschaft des Pöbels, Kommunismus, Demokratie, Anarchie und was weiß ich noch alles. In Kunst und Kultur herrschte Ratlosigkeit, allenthalben Hysterie und Neurasthenie. Flintenweiber nach englischem Vorbild forderten das Frauenwahlrecht, zersetzten die Wehrkraft. Chaos und Konfusion, wohin man nur blickte.«

Frau Reinecke, die neben ihrem Mann saß, nickte zustimmend. Die Wandervogelmädchen blickten einander fragend an, ihre Kavaliere dagegen schienen dem Oberstudienrat recht zu geben. Auch Vater, sah ich, stimmte ihm zu. In Mutters Gesicht standen andere Sorgen.

»Erst der Krieg«, sagte der Oberstudienrat, »so viele Opfer er uns auch abfordert, hat die notwendige Erneuerung gebracht, die Besinnung auf das, was uns im Innersten ausmacht, was uns verbindet. Erst der Krieg zeigt uns einen Ausweg aus der Wirrnis, der Krieg ist – ich sage es mit Bedacht – wie eine Auferstehung. Ich schließe meine bescheidene Rede mit den Worten des Dichters Karl Gerok, die ich in der gestrigen Zeitung fand. Wie geschaffen zum diesjährigen Osterfest, wie geschaffen aber auch zur Ermutigung aller Mutlosen, drücken sie auf poetische Weise aus, was ich mit meinen bescheidenen Worten nicht zu sagen vermag:

Ostern, Ostern, Frühlingssonne,
säuselt leis durch Wald und Flur,
tausend Leben weckt die Sonne
in der schlummernden Natur;
aber solch ein Frühlingswehen
hat noch nie die Flur durchbebt,
aber solch ein Auferstehen
hat noch nie ein Volk erlebt.
Nimmer noch in deutschen Landen
kam ein Ostern diesem gleich:
Auferstanden, auferstanden
ist das deutsche Volk und Reich.«

Alle klatschten, am heftigsten die Frau Oberstudienrat, und der glatzköpfige, wohlbeleibte Onkel rief sogar Bravo. Nur Louises Bruder Hermann, der mir gegenübersaß, rührte keine Hand und blickte, wie während der ganzen Rede, kopfschüttelnd zu Boden.

Als der Beifall abgeebbt war, sprang er auf, zog seinen Uniformrock gerade und in seinen Augen funkelte es wütend und trotzig.

»Hermann!« In der Stimme des Oberstudienrats lag eine scharfe Warnung.

Hermann Reinecke zuckte zusammen. Er schluckte. »Ich wollte nur …«, begann er mit zitternder Stimme, »… ich wollte nur dem Verlobungspaar gratulieren.« Sein Blick irrte unsicher im Raum umher. »Ich freue mich, dass meine Schwester Louise und mein Freund Max sich gefunden haben. Ich bin stolz auf Max, das wollte ich nur sagen, und ich bin stolz, dass er nun zu unserer Familie gehört.«

Hermann Reinecke ließ sich auf seinen Stuhl fallen, als wäre er unter der Last ungesagter Wörter zusammengeklappt. Ich spürte, dass er mit sich selbst unzufrieden war.

»Nun gut«, sagte der Oberstudienrat erleichtert. »Ich glaube, nach mir wollte Schwager Friedrich das Wort. Also bitte.«

Schwager Friedrich, der dicke, glatzköpfige Onkel, erhob sich und sagte mit anderen, weniger poetischen Worten, was der Oberstudienrat auch gesagt hatte. Ich hörte nicht mehr zu. Ich sah zu Hermann hinüber, beobachtete, wie er die Augen rollte, den Kopf schüttelte und fortwährend mit sich kämpfte. Irgendwann trafen sich unsere Blicke. Hermann grinste. Ich grinste zurück.

Nach Onkel Friedrich hielt auch noch Onkel Ludwig eine Rede. Auch die handelte mehr von Soldatenehre, Kampf und Bewährung als von der Verlobung.

»Was ist das nur für eine Zeit«, sagte Frau Linde, als der Onkel endlich zu Ende war und alle durcheinanderredeten.

»Eine Kriegszeit«, sagte Hermann Reinecke und sah sie spöttisch lächelnd an. »Krieg bis in die Familien, Helene. Wussten Sie das nicht?«

»Ach Hermann«, sagte Frau Linde. »Du warst der Einzige, der mir aus dem Herzen gesprochen hat.«

»Aber Helene«, sagte Hermann Reinecke. »Sie sind doch eine kluge Frau. Sie wissen doch, was die Zeit von uns verlangt: Das Herz hat zu schweigen. Das Herz hat zu bluten.«

»Hermann, Hermann. Sei nicht so fürchterlich schwarzseherisch. Sieh dir unser Paar an. Sind sie nicht glücklich?«

»Glücklich ja«, sagte Hermann. »Für diese Minuten, für diese Stunden, diese paar Tage. In einer Woche sind wir wieder auf dem Feld der Ehre, schießen tot und lassen uns totschießen. Und der Alte Herr kann neue große Reden schwingen.«

Frau Linde schwieg. Schließlich flüsterte sie über den Tisch hinweg: »Halt aus Junge. Halt durch. Es kommt eine Zeit, die wird wieder ganz anders sein. Und dann braucht es Menschen wie dich, wie Louise, wie Max …« Sie drehte sich mir zu und legte mir die Hand auf den Arm und sagte: » … und wie unseren Paul.«

Ich nickte. Zum ersten Mal spürte ich deutlich, dass ich zu ihnen gehörte. Einfach würde das nicht sein. Wenn in der Schule jemand vom »Durchhalten« sprach, meinte er etwas ganz anderes. Ob ich den Mut hätte, gegen die Kriegsbegeisterung meines Vaters etwas zu sagen, das wusste ich nicht. Aber ich wusste, dass es richtig war und mich stolz machte, zu Louise und Max, zu Hermann Reinecke und zu Frau Linde zu gehören.

»Ihr Büchermenschen«, sagte Hermann. »Gott segne euch. Aber wer da draußen war, Helene, der glaubt an nichts mehr, an gar nichts. Und du Paul, bist ein prächtiger Bruder, Max hat es mir erzählt. Wenn du deinem Vaterland dienen willst, dann sorg dafür, dass es nie wieder Krieg gibt, nie wieder, hörst du?«

»Ja«, sagte ich und nickte wieder. Aber wie ich das anstellen sollte, wusste ich nicht.

So redeten wir in gedämpftem Ton hin und her, Frau Linde, Hermann und ich, und ich spürte, wie der Oberstudienrat misstrauische Blicke auf uns warf.

Zum Abendessen gab es Fisch mit Butterkartoffeln, dazu Rheinwein, und Emma, Lotte und Ida hatten mit dem Auf- und Abtragen der Platten, mit Nachschenken und schließlich mit dem Abwasch gut zu tun.

Nach dem Essen wurden die jungen Leute aktiv und brachten dem frisch verlobten Paar ein Ständchen. Charlotte, Louises beste Freundin, holte ihre Klampfe hervor, und Hermann und die anderen Wandervogelfreunde sangen dazu.

Louise schlug vor, den oberen Tisch wegzurücken, und eine – wenn auch noch so kleine – Tanzfläche freizuräumen.

Der Oberstudienrat runzelte die Stirn und sah zur Uhr. Aber als Louise ihn umarmte und ihm einen Kuss auf die Wange drückte, erteilte er gnädigst seine Erlaubnis. »Aber nur eine halbe Stunde! Die Zeiten sind zu ernst.«

Louise und ihre Freundinnen holten das Grammophon, stellten es auf den Beistelltisch, legten eine Platte auf und dann ertönte, etwas kratzig, aber unüberhörbar die freudefunkelnde Stimme des unvergleichlichen Enrico Caruso, *La Donna è Mobile,* und vertrieb mit einem Schlag alle düsteren Gedanken.

Erst tanzten nur Max und Louise. Sie hielten sich an den Schultern, drehten sich, schwebten über dem Teppich und jeder, dachte ich, auch der Oberstudienrat, musste doch nun sehen, wie glücklich sie waren.

Es folgte der Walzer *An der schönen blauen Donau* und nun wagten sich auch Louises Freundinnen mit ihren Soldaten auf die Tanzfläche. Onkel Friedrich, inzwischen ein bisschen angeheitert, klatschte in die Hände, ließ es aber bleiben, als ihn der strenge Blick seines Schwagers traf.

Auf einmal stand Gertrud hinter mir, zupfte an meinem Ärmel und rief gegen die Musik an: »Komm, tanzen!«

Ich wollte schon den Kopf schütteln, da sagte Frau Linde lachend: »So eine Aufforderung darf man nicht ablehnen!«

Also stand ich auf und ließ mich von Gertrud zur Tanzfläche ziehen. Es war eng auf der notdürftig freigeräumten Fläche. Wir fassten uns an den Händen und drehten uns so gut wir konnten im Takt der Musik. Ich spürte, wie die Blicke der Festgesellschaft auf uns gerichtet waren, und aus den Augenwinkeln sah ich auch den missmutigen Blick des Oberstudienrats, dem der Ausbruch der Freude in dieser ernsten Zeit sichtlich zuwider war. Umso heftiger schwenkte ich Gertruds Hände und drehte mich mit ihr im Kreis.

Dann hatte Gertrud genug und rannte zu unseren Eltern zurück.

Auch ich wollte zurück auf meinen Platz gehen. Ich musste um den Tisch herum. In der Tür zum Flur standen Emma, Lotte und Ida und sahen mit großen Augen den Tanzenden im Wohnzimmer zu.

Da packte mich der Übermut, und ohne nachzudenken, ging ich auf Ida zu, fasste ihre Hand und sagte: »Komm, tanzen!«

In Idas erschrockenem Gesicht stand freudiges Entsetzen. »Paule, Paul«, brachte sie heraus. »Du bist nicht gescheit!«

»Doch«, sagte ich. »Komm. Wir tanzen!«

Emma und Lotte kicherten. Hastig streifte Ida ihre Schürze ab und gab sie Lotte. Sie ließ sich von mir mitziehen, protestierte aber: »Paule, Mensch! Ich kann doch nicht … ich will doch nicht … Wir dürfen doch nicht …«

Ich war mir sicher: Nichts wünschte sich Ida mehr als das, was sie nicht konnte, was man nicht machte, was man nicht durfte … Einmal sich nicht zurückhalten lassen, einmal die Freude nicht unterdrücken … Und der Oberstudienrat sollte Augen machen.

Auf der Tanzfläche fasste ich sie mit beiden Händen an der Schulter und setzte vorsichtig zwei Schritte zur Seite.

»Ich kann doch gar nicht tanzen«, flüsterte Ida in heller Aufregung. »Ich habe noch nie …«

»Ich auch nicht«, sagte ich.

Ida sah auf ihre Füße hinunter und setzte sie vorsichtig in die Richtung, die ich vorgegeben hatte. Aber schon den nächsten Schritt machte ich in die entgegengesetzte Richtung und trat Ida auf den Fuß.

»Huch!«, sagte Ida. »Siehste.«

»Nicht hingucken«, flüsterte ich. »Rechtsherum. Immer im Kreis. Dann geht es am besten.«

Ida sah auf und ihre Augen leuchteten vor Eifer und Verschwörungslust. Auch sie legte nun ihre Hände auf meine Schultern, und dann drehten wir uns im Kreis. Ein paarmal berührten sich unsere Füße, aber wir achteten nicht mehr darauf. Je länger wir tanzten, desto mehr löste sich die Anspannung, und auch ohne jede Tanzregel gingen die Schritte fast wie von selbst. Max und Louise winkten uns aufmunternd zu, und auch Charlotte und ihr Soldat sagten nur freundlich »Hoppla«, als wir gegen sie stießen.

Mitten im schönsten Schwung brach die Musik plötzlich ab. Der Oberstudienrat hatte das Grammophon zum Schweigen gebracht.

»Die halbe Stunde ist vorbei«, verkündete er. »Es wird Zeit, den Abend zu beschließen. Auch für den Teppich ist das besser.« Er lächelte vielsagend in die Runde. »Und auf dem wollen wir doch alle bleiben«, sagte er.

Die Wandervogelmädchen verbargen ihre Enttäuschung nicht

und riefen: »Oh!«, und: »Wie schade!« Schließlich handelten sie dem Hausherrn noch ein letztes Lied ab, Louises Lieblingslied, das Charlotte zur Klampfe sang.

Beim Abschied im Flur fiel es mir schwer, Gedanken und Gefühle zu sortieren. Hermann Reinecke drückte mir die Hand und sagte: »Schön, dass wir uns nun kennen, Paul. Vielleicht sehen wir uns nie wieder.«

»Es war eine Freude, euch beide tanzen zu sehen!«, sagte Frau Linde zu Ida und mir.

Der Oberstudienrat dagegen übersah mich, mit Absicht, glaube ich, und gab mir nicht die Hand. Auch seine Frau schüttelte nur den Kopf und würdigte mich keines Blickes.

Auf dem Heimweg durch die Stadt sagte Vater: »Das ist ein kluger Mann, der Oberstudienrat. Weiß vieles, wovon unsereins keine Ahnung hat. Aber im Feld war er nicht.«

Mutter schwieg, nahm Vaters gesunde Hand in ihre und lehnte sich an seine Schulter.

Auch in Ida arbeitete es, das sah ich ihr an. Wenn Gertrud nicht ständig um sie herumgewuselt wäre, sie auf dieses Schaufenster, jenes Denkmal und auf den schief stehenden Mond aufmerksam gemacht hätte, dann hätten wir jetzt bestimmt über unser Tanzabenteuer geredet. So blieb es bei vielsagenden Blicken. Vielleicht war das aber ganz gut so. Ich war noch lange nicht fertig mit all dem, was an diesem Tag auf mich eingestürmt war.

Im Bett versuchte ich, noch einmal über alles nachzudenken. Das Lied ging mir nicht aus dem Kopf, Louises Lieblingslied, das Charlotte gesungen hatte:

Die Gedanken sind frei,
wer kann sie erraten,

sie fliehen vorbei
wie nächtliche Schatten.
Kein Mensch kann sie wissen,
kein Jäger erschießen,
es bleibet dabei:
Die Gedanken sind frei.

Warum ging mir das nicht aus dem Kopf? Immer wieder hörte ich Charlottes Stimme, leise, als wäre sie tief in mir. Da konnte der Oberstudienrat Reden halten, laut und fordernd, diese Stimme würde er nicht übertönen.

Max schlief in dieser Nacht nicht in seinem Bett.

14

Am Abend des Tages, an dem Max wieder zurück in den Krieg gefahren war, saßen Ida und ich in der Küche. Gertrud war im Bett, meine Eltern ausgegangen. Auch meine Eltern waren in den Tagen nach Ostern jede Minute, die möglich war, zusammen. Von ihrem alten Streit Stadt oder Land war jetzt keine Rede. Sie hätten viel zu besprechen, ernste Dinge, sagte Mutter. Ich ahnte, was es sein könnte, aber sie sagten mir nichts.

»Liest du heute Nacht wieder Bücher?«, fragte Ida.

Wir saßen uns am Küchentisch gegenüber. Ida strickte, ich blätterte die abgegriffenen Patience-Karten meiner Mutter vor mich hin.

»Kann schon sein«, sagte ich.

»Deine Frau Linde«, sagte Ida. »Das ist eine kluge.«

»Sie hat mindestens tausend Bücher gelesen«, sagte ich. »Oder noch mehr.«

»Das kann man doch gar nicht alles im Kopf behalten«, sagte Ida.

»Nee«, sagte ich. »Das kann man nicht. Muss man auch gar nicht. Aber jedes Mal, wenn ich mir was Neues vorstelle, was ich vorher noch nicht gewusst hab, dann werde ich ganz kribbelig. Und das Verrückte ist, jedes Mal, wenn ich denke, ich habe was begriffen, kommen wieder ganz neue Fragen und alles fängt wieder von vorne an.«

»Da wirst du doch wirr im Koppe.«

Ich überlegte. »Eigentlich nicht«, sagte ich. »Eigentlich ist sogar das das Tolle. Du denkst für dich selber, auch wenn ganz kluge Leute das alles schon hundert Mal vor dir gedacht haben. Wenn du es selber denkst, gehört es zu dir.«

Ida ließ ihre Stricknadeln sinken und sah mich an. »Sagt das deine Frau Linde?«, fragte sie.

»Nee«, sagte ich. »Das habe ich mir selber ausgedacht.«

Ida nahm das Strickzeug wieder auf und arbeitete weiter. Nach einer Weile sagte sie: »Paule? Würdest du … also … könntest du mir mal so ein Buch ausleihen?«

Überrascht sah ich ihr in die Augen. Sie hielt meinem Blick stand. »Ja«, sagte ich. »Natürlich. Kann ich. Warte. Ich geh gleich mal hoch.«

Ich stand auf und rannte die Treppe hinauf. Als ich das Licht in unserem Zimmer anknipste, sprang mir als Erstes die rote Überdecke in die Augen, die wieder über Max' Bett lag. Ich spürte einen Stich in der Brust. Wo Max jetzt wohl war?

Fünf Bücher standen auf dem kleinen Regal über meinem Bett. Welches könnte Ida wohl gefallen? *Die Schatzinsel?* Vielleicht. *Der Schatz im Silbersee?* Eher nicht. Auch das dicke Balladenbuch, mit dem ich mich schwer getan hatte, war bestimmt nicht geeignet. Aber hier, das neue, *Andersens Märchen* – ich war selber damit noch nicht ganz durch –, die würden Ida bestimmt gefallen.

Als ich mit dem Buch in die Küche kam, legte Ida das Strickzeug beiseite und blätterte. »So dick«, sagte sie.

»Es sind Geschichten«, sagte ich. »Märchen. Du musst sie nicht alle hintereinanderweg lesen.«

Ida sah das Inhaltsverzeichnis durch und murmelte die Märchentitel vor sich hin. »›Das Feuerzeug‹ … ›Die Blumen der kleinen Ida‹, hihi … ›Die Galoschen des Glücks‹, komisch, Galoschen, ha, ›Das hässliche Entlein‹, das bin ich …«

»Quatsch«, sagte ich. »Du bist doch nicht hässlich …«

Ida sah auf. Sie war rot geworden, nur die kleine Narbe unter ihrem linken Auge veränderte ihre helle Farbe nicht. »Meinste?«

Ich nickte.

Ida blätterte weiter. »Und hier«, sagte sie. »›Die Brautleute‹, das ist für Max und Louise. Und hier: ›Der unartige Knabe‹, das handelt bestimmt von dir.«

Eine Weile alberten wir noch herum, neckten uns mit den Märchentiteln, dann war Zeit zum Schlafengehen. Nebeneinander gingen wir die Treppe hinauf. Vor Idas Kammertür blieben wir stehen. Wir schwiegen uns an und sahen auf unsere Fußspitzen hinunter. Dann, fast gleichzeitig, legten wir unsere Hände wie beim Tanzen auf die Schultern des anderen und sahen uns in die Augen. Wie von selber bewegten sich unsere Gesichter aufeinander zu, bis sich unsere Lippen berührten, vorsichtig erst und wie zur Probe, dann heftig und lange. Wir küssten uns, bis wir außer Atem waren. Dann lachten wir wie erlöst. Als hätten wir uns gerade nach einer gefahrvollen Reise wiedergefunden.

Ida hielt das Buch in der Hand. Beim Küssen hatte sie mich damit am rechten Ohr gekratzt. Das Buch war im Wege. Aber Ida hielt es fest. Sie schob mich mit einer Hand sanft von sich und hielt mit der anderen das Buch hoch. »Ich muss jetzt lesen!«, flüsterte sie und verschwand in ihrer Kammer.

Eine Weile blieb ich stehen, wo ich war. Ida hatte die Tür zugedrückt, aber nicht verriegelt. Vielleicht wartete sie darauf, dass ich … Wer weiß und vielleicht. Langsam ging ich die wenigen Schritte in mein Zimmer hinüber. Ich fühlte mich leicht, so wunderbar leicht. Ida, dachte ich. Ida, Ida, Ida …

Die Kirschbäume blühten und auch schon der eine oder andere Apfelbaum. In den Wäldern schimmerte das erste frische Grün in den Baumkronen und das alte Laub schmückte sich weiß und blau mit Buschwindröschen und Leberblümchen. Vom fast wolkenlosen Himmel schien die Sonne. An einem Frühlingstag, wie er schöner kaum sein konnte, fuhr Vater mit mir hinaus aufs Land, in unser Dorf.

Wir waren mit dem Frühzug gekommen, stiegen als Einzige am kleinen Dorfbahnhof aus und gingen den Schotterweg hinter dem Dorf und den Gärten entlang. Tau glitzerte auf den Gräsern und Büschen und die Luft war so rein und klar, als würde an diesem Morgen alles von vorn anfangen.

An der Brücke über den Bahndamm blieb Vater auf einmal stehen und nickte in Richtung des Feldweges, der hinter der Brücke schnurgerade zwischen den Feldern den Hügel hinaufführte.

»Komm, Paul«, sagte er.

Ohne weitere Erklärung stiegen wir nebeneinander bergan. Vater war in melancholischer Stimmung. Ich wusste, dass ich ihn darin nicht stören durfte.

So vieles war hier passiert. Oben auf dem Höhenzug, den wir jetzt hinaufstiegen, stand in jedem Jahr das Osterfeuer. Zweimal hatten Max und die Großen mich zum Holzsammeln mitgenommen. Oft hatte es dabei Streit gegeben zwischen den Bauernsöhnen und den Söhnen der kleinen Leute. Selbst in der Schule waren wir uns selten einig gewesen, nicht einmal gegen die Tyrannei von Lehrer Knoche. Und trotzdem, ich war mir immer sicher gewesen, hierher zu gehören. Mit dem Umzug in die Stadt hatte ich mich lange nicht abgefunden.

Vater ging jetzt schneller, als könne er den Blick von oben auf das Dorf im Tal nicht abwarten. Plötzlich blieb er wie angewurzelt stehen und blickte erschrocken auf den großen schwarzen Fleck im taufrischen Gras. Als ich heran war, sah ich, dass Vater am ganzen Körper zitterte. Sein Atem ging schwer. Wie gebannt starrte er auf den schwarzen Fleck, in dem ein paar dicke Baumstämme lagen, auf denen sich immer noch weiße Asche hielt.

»Da war doch nur das Osterfeuer«, sagte ich.

Vater nickte und stützte sich mit der gesunden Hand auf meine Schulter. »Gleich«, sagte er. »Gleich ist es vorbei.« Er wandte sein Gesicht ab und schloss für eine Weile die Augen.

Allmählich ließ das Zittern nach und sein Atem beruhigte sich. Er schüttelte den Kopf. Vor seinen Kindern Schwäche zu zeigen, das war nicht die Art unseres Vaters. Er richtete sich auf, rückte den Arm in der Binde zurecht und sagte, sich selbst tadelnd: »Schlappschwanz, elender.«

Ohne ein weiteres Wort gingen wir an der Brandstelle vorbei, weiter auf dem Kammweg entlang. Nach zehn Metern setzten wir uns auf den Rand der Böschung und sahen ins Tal hinunter.

Die roten Dächer der Häuser blitzten durch das frische Grün und das Weiß der blühenden Kirschbäume. Mittendrin der spitze Kirchturm. Die Mühle, der Bach, das Spritzenhaus, die Schule, der Gasthof zur Linde, Hagemanns Bauernhof und der Hof, auf dem wir einmal zu Hause waren. Ein Hahn krähte. Hunde bellten. Über dem Feld sang eine Lerche. Es war ein Bild tiefsten Friedens.

»Wenn du wissen willst«, begann Vater, »wofür wir uns totschießen lassen, dann schau da runter.«

Ich nickte.

»Der Mensch braucht einen Ort, an dem er zu Hause sein kann, Paul«, sagte Vater. »Und wenn der Krieg nach Deutschland kommt, dann könnte es dort unten genauso aussehen wie in den vielen Dörfern in Ostpreußen und Russland, die ich gesehen habe. Wie da.« Er nickte zur Brandstelle hin. »Schutt und Asche.«

»Max sagt, die französischen Soldaten wollen auch nichts anderes als wir«, sagte ich. »Sie haben sogar zusammen Weihnachten gefeiert.«

Vater sah mich von der Seite an und schwieg. Nach einer Weile sagte er, was er auch schon in einem seiner Briefe geschrieben hatte: »Max hat den Glauben verloren. Das ist das Schlimmste.«

»Ich kann Max verstehen«, sagte ich.

Der Vater überging es. »Die einfachen Soldaten, Paul«, sagte er. »Das kann sein, dass die keinen Hass haben. Die Russen nicht, nicht die Franzosen und nicht die Deutschen. Aber die einfachen Soldaten, die müssen gehorchen. Die müssen ihre Pflicht tun überall auf der Welt. Wo kämen wir hin, wenn jeder tut was er will?«

»Vielleicht gäbe es dann keinen Krieg«, sagte ich.

Vater lachte hart und bitter. »Junge!«, rief er. »So ist es nicht auf der Welt! Weiberkram! Deine Bücherfrau, die erzählt dir solche Märchen, ja? Ich will dir was sagen, Paul. Du bist jetzt fast fünfzehn. Wenn sich der Krieg wider Erwarten hinzieht, dann musst du in zwei Jahren einrücken. Dann darfst du so etwas nicht einmal denken!«

Ich sah ins Tal hinunter, über die Dächer des Dorfes hinweg bis weit über die Felder und Wälder zum blauen Horizont, und spürte eine große Traurigkeit in mir. Mehr Mut als Hermann Reinecke hatte ich auch nicht. Nicht einmal Frau Linde hatte ich gegen Vaters Vorwurf in Schutz genommen. Ich konnte meinem Vater einfach nicht wehtun. Er war anders als der Oberstudienrat. Ich mochte ihn doch. Vielleicht war es deshalb noch schwerer, ihm alles zu sagen, was ich dachte.

Vater stand auf. »Komm«, sagte er. »Onkel Karl und Tante Lina werden warten.«

Über den Kammweg gingen wir an den drei blühenden Wildkirschenbäumen vorbei und dann den Weg am Waldrand zum Dorf hinunter.

Niemand jubelte mehr, wenn die Soldaten in den Zug stiegen, um in den Krieg zu fahren. »Passt auf euch auf«, hatte Louise zu Max und Hermann gesagt, als sie vor zwei Tagen zusammen nach Frankreich gefahren waren.

»Pass auf dich auf, Walter«, hatte Mutter heute zu Vater gesagt.

Alle drei, Max, Hermann und der Vater, hatten nur stumm genickt. Keiner hatte wie früher gesagt: »Macht euch keine Sorgen.«

Neben den Sorgen um die Männer stiegen mit jedem Tag die Sorgen zu Hause. Die Einnahmen im Laden wurden immer geringer. So sparsam wir auch waren, bald hatten wir selbst kaum noch das Nötigste. Gemüse aus der Gärtnerei Kühn war nur noch selten zu haben. Einmal in der Woche kam Onkel Karl mit einer Kiste Gemüse aus seinem großen Garten im Dorf. Aber das war im Nu verkauft und dann musste Mutter ihre Kunden wieder enttäuschen.

Was ihr an Brot spart, gebt ihr dem Vaterland, war als Mahnspruch immer wieder in der Zeitung zu lesen. Und: *Auch das Brot ist unser Rüstzeug. Geht sparsam damit um.* Ida mischte inzwischen den Brotteig selber zusammen – sie rührte eine Menge Kartoffelzusatz hinein – und ließ es beim Bäcker Hunold backen. Es schmeckte fad und klebte wie Kleister im Mund.

Als die Schule wieder anfing, war Gertrud viele Nachmittage unterwegs, um mit ihren Klassenkameradinnen Gummi zu sammeln, das für Militärfahrzeuge gebraucht wurde. Für einen Zentner Gummi winkte ein Tag schulfrei.

Vater schrieb, dass er wegen seines Armes noch eine Zeit lang im Lazarett bleiben müsse, aber ungeduldig darauf warte, wieder zu seinen Kameraden an die Front zu kommen. Von Max kamen nur kurze Karten, denen hauptsächlich zu entnehmen war, dass er sich auf den nächsten Heimaturlaub freue. Ab und zu kam Louise nach Feierabend vorbei und erzählte, was Max in den Briefen an sie geschrieben hatte. Mutter blühte jedes Mal auf, wenn Louise da war.

»Mein gutes Mädchen«, sagte sie.

»Mutter Anna«, sagte Louise.

Jeden Sonntag zwischen drei und vier Uhr ging ich zu Frau Linde. Wir redeten aber nicht nur über Bücher, sie erzählte auch von sich. Als sie drei Jahre alt war, war ihre Mutter bei der Geburt des zweiten Kindes gestorben. Der Vater, ein strenger preußischer Beamter, hatte bald wieder geheiratet und die Kinderschar war schnell auf fünf angewachsen. Nein, eine böse Stiefmutter habe sie nicht gehabt, der Vater sei es gewesen, der mit militärischem Drill seine Frauen und seine Kinder tyrannisiert habe. So schnell wie möglich habe sie sich davongemacht und in der Familie des Buchhändlers Großkopf ein neues Zuhause gefunden. Der jetzige Inhaber sei sozusagen wie ihr kleiner Bruder gewesen, nun aber doch der Chef und mehr ein Geld- als ein Büchermensch. Natürlich hätte sie gern eine eigene Familie gehabt, sagte sie, aber das habe sich nun mal nicht ergeben. So sei sie halt mit den Büchern verheiratet. »Allein zu leben ist nicht immer einfach«, sagte sie. »Aber auf die Freiheit, die ich habe, auf die möchte ich nicht verzichten. Umso mehr freue ich mich, wenn ich junge Menschen finde wie Louise, wie dich.«

Manchmal gab mir Mutter etwas mit, wenn ich zu Frau Linde ging, ein Glas Schweineschmalz oder frisches Gemüse aus Onkel Karls Garten, aber schon bald hatten wir nichts mehr zu verschenken. Fast alles, was wir im Laden noch zu verkaufen hatten, gab es nur noch auf Lebensmittelkarten. Jede Woche mussten die abgegebenen Karten auf das Rathaus gebracht werden. Vieles, worauf die Behörden Höchstpreise festgesetzt hatten, Frischfleisch, Öl, Petroleum, war bald nur noch auf dem Schwarzmarkt zu bekommen. Da hatten die Läden das Nachsehen.

Vor dem Schlachthof stauten sich Menschenschlangen, weil die Leute versuchten, Dauerfleischwaren, Schmalz oder Speck zu ergattern. Ein von einem Pferd gezogener Speisewagen rollte durch die Straßen der Stadt, und die Städtische Speisehalle in der Bismarckstraße fand immer mehr Zulauf.

An einem Abend im August saß Mutter am Küchentisch, das dicke Geschäftsbuch vor sich, und seufzte. »Es geht nicht, es geht nicht«, murmelte sie vor sich hin. Entschlossen schlug sie das Buch zu und sagte zu Ida und mir: »Ich muss mit euch reden. Setzt euch.«

Ida stand am Herd und rührte in der Brotsuppe. »Moment, Frau Hoffmann«, sagte sie. »Sie brennt mir sonst an.«

»Stell den Topf beiseite«, sagte die Mutter. »Um dich geht es.«

Erschrocken drehte Ida sich um. Nicht Gutes ahnend, nahm sie den Topf vom Herd, stellte ihn auf den Spültisch und setzte sich langsam auf den Stuhl, Mutter gegenüber.

Ich sah Mutter fragend an, und selbst Gertrud auf der Eckbank schien zu spüren, dass Unheil drohte.

»Ida«, begann Mutter. »Es fällt mir so schwer, dir das sagen zu müssen. Du weißt, ich bin mehr als zufrieden mit deiner Arbeit, und wir haben dich alle gern. Aber wir können uns beim besten Willen kein Dienstmädchen mehr leisten.«

Ida starrte Mutter fassungslos an, dann brach sie in Tränen aus. »Nein! Frau Hoffmann, das … das können Sie doch nicht machen! Ich will nicht zurück! Der Alte schlägt mich tot!«

»So schlimm wird es schon nicht werden«, versuchte Mutter sie zu beschwichtigen.

Ida schluchzte. »Ich will auch gar keinen Lohn!«, brachte sie heraus. »Nichts. Keinen Pfennig. Wenn ich nur hierbleiben kann!« Hilfe suchend starrte sie mich an.

»Mutter«, sagte ich und legte meine Hand auf ihren Arm. »Es wird schon irgendwie gehen. Ich brauche auch kein Taschengeld mehr. Und vielleicht kann ich anderswo was verdienen.«

»Und ich sammle Gummi«, sagte Gertrud. »Für Geld.«

»Wir schaffen das, Mutter«, sagte ich. »Hauptsache ist, wir halten zusammen.«

Auch Mutter hatte Tränen in den Augen. »Also gut, Kinder. Dann versuchen wir es. Aber ich weiß nicht, wie lange es noch gehen wird.«

Frau Linde und Louise wussten Rat. Zweimal in der Woche konnte ich nun als Aushilfspacker und Laufbursche in der Buchhandlung Großkopf arbeiten. Am Anfang war es nicht leicht. Packer Klawutke, dem drei Finger an der rechten Hand fehlten, war ein mürrischer, jähzorniger Mann, der von morgens bis abends vor sich hin fluchte. Um ein Haar wäre meine Laufbahn als Aushilfspacker schon in der ersten Woche beendet gewesen – durch ein Missverständnis. Es war meine Aufgabe, die neu angekommenen Bücher auszupacken, in den kleinen Aufzug zu stapeln und sie so ein Stockwerk höher zu Louise in die Bestellabteilung zu befördern. Natürlich konnte ich nicht widerstehen, immer wieder ein Buch in die Hand zu nehmen und darin zu blättern.

»Hier wird nicht gelesen, hier wird gearbeitet!«, raunzte Klawutke mich an.

Neben den auszupackenden Büchern stand ein zweiter, kleinerer Stapel mit Büchern, die der Packer gerade eingepackt hatte, damit sie mit der Post verschickt oder am Nachmittag von mir ausgetragen wurden. An meinem ersten Tag war ich so eifrig mit

Auspacken beschäftigt, dass ich ein Paket vom falschen Stapel nahm, und als Klawutke sah, dass ich die von ihm mühsam eingepackten Bücher wieder ausgepackt hatte, explodierte er, rannte zum Chef und beklagte sich über »den blöden Hammel vom Dorf«.

Bestellte Bücher austragen, das machte ich dagegen von Anfang an gern. Die Leser wohnten fast ausnahmslos im Ostviertel.

Ein Bücherpaket war adressiert an: *Elisabeth Menke, Händelstraße 17.* Menke? Und tatsächlich. Als die Tür geöffnet wurde, stand, ganz in Schwarz, mein früherer Schulkamerad Franz Menke vor mir.

»Hoffmann, du?«, sagte er erstaunt. »Komm rein.«

Franz führte mich durch den Flur in eine Art Wintergarten mit Palmen und Kakteen. Aus dem Nebenraum kam Klaviermusik.

»Ich bringe nur die Bücher«, sagte ich. »Für deine Mutter, nehme ich an.«

Franz nickte beiläufig, nahm mir das Bücherpaket aus der Hand und legte es auf einen runden Korbtisch. »Du arbeitest jetzt in der Buchhandlung?«, fragte er.

»Nur zur Aushilfe«, sagte ich. »Und du? Was machst du?«

Franz antwortete nicht gleich. Aus matten, traurigen Augen sah er mich an. »Ich soll zur Militär-Vorbereitungsanstalt. In vier Wochen. Soldat werden.«

»Wie das denn?« Franz Menkes Begeisterung für das Soldatische hatte ich schon damals nicht glauben können. Aber er war ein folgsamer Sohn.

»Es war sein Letzter Wille«, sagte er leise und nickte zur Kommode, auf der, wie auf einem Altar, zwischen Kerzen und Blumen das gerahmte Foto eines Soldaten stand – ein schwarzes Band über der rechten oberen Ecke.

»Dein Vater?«

Franz nickte.

»Oh … das tut mir leid«, stotterte ich.

Ich gab ihm die Hand. Er erwiderte den Druck nur leicht.

»Schon gut«, sagte Franz.

Im Nebenraum setzte die Klaviermusik aus und eine weibliche Stimme rief: »Ist er da, Franz? Ist dein Vater gekommen?«

Franz schickte einen gequälten Blick zur Decke. »Nein!«, rief er zurück. »Es ist nur der Bücherbote!«

»So«, sagte die Stimme. »Dann gib ihm ein Trinkgeld. Aber nicht zu viel, hörst du?«

»Schon gut«, rief Franz. Und leise zu mir: »Meine Mutter. Sie begreift es nicht. Jedes Mal, wenn es klingelt, denkt sie, Vater kommt.«

»Mensch Franz.«

»Was soll ich machen?«, sagte er. »Ich kann nur hoffen, dass sie keine Juden wollen. Dann kann ich vielleicht doch noch zum Gymnasium und später studieren.«

»Ich drück dir die Daumen«, sagte ich.

Etwas von der gedämpften Stimmung im Haus blieb in mir, als ich die Steintreppe hinunter und über den Kiesweg ging. An der Gartenpforte drehte ich mich um. Da stand, sehr klein, der lange Franz Menke im Türrahmen des Vorbaus über der Treppe und sah aus, als würde er mich beneiden.

»Ein schöner Tod«, sagte Pastor Müller in der Kapelle des Stadtfriedhofs bei der Beerdigung. Aber in seiner Predigt wurde aus dem friedlich in seinem Lehnstuhl eingeschlafenen Großvater Wilhelm noch einmal ein heldenhafter Krieger. Von »echtem Schrot und Korn« sei er gewesen, ein »aufrechter Deutscher«, ein »Soldat vom Scheitel bis zur Sohle«. In den großen Schlachten von Königsgrätz und Sedan habe er unerschrocken an der Seite unseres großen Feldherrn Paul von Hindenburg gestanden, mit Stolz habe er des Kaisers Rock getragen und das Eiserne Kreuz nehme er nun wohlverdient mit ins Grab. Ein Vorbild sei er, wie es sich die Jugend in diesen schweren Zeiten nicht besser wünschen könne.

Großvater Wilhelm hätten all diese großen Worte gefreut, und mit seinem Tod brachte er Pastor Müller und alle anderen dazu, noch einmal so über ihn zu reden, wie er es selber gern getan hatte.

Nach der Beerdigung fand im Gasthof Zum Ochsen der Leichenschmaus statt. Es gab Malzkaffee und Kartoffelbrot mit Schweineschmalz. Oberstudienrat Reinecke und seine Frau, die mit auf dem Friedhof waren, dankten für die Einladung, sagten aber, dass sie sich wegen dringender Termine leider schon verabschieden müssten. Louise hatte sich den Tag freigenommen und blieb.

Zwei alte Kriegskameraden von Großvater Wilhelm waren zur Beerdigung gekommen und viele alte Kunden der Kolonialwarenhandlung. Frau Deuerlein und Frau Wanzleben, mit schwarzen Schleiern vor den Gesichtern, säuselten von »tiefem Mitgefühl« und redeten davon, dass Großvater Wilhelm doch die Seele des ganzen Viertels gewesen sei. Dabei hatten sie sich seit Jahren nicht mehr nach ihm erkundigt. Und einer der beiden Kriegskameraden sagte, mit Wilhelm Hoffmanns Tod gehe eine Epoche zu Ende, die »gute alte Zeit«. Und der andere erinnerte an Pastor Müllers Predigt. »Unser Wilhelm. Seite an Seite mit Hindenburg!«

Ein paar Tage später kam Besuch. Zwei Herren in Frack und Melone und kaltem Lächeln. Die Mutter ging mit ihnen ins Wohnzimmer und schloss die Tür.

»Was wollen die denn?«, fragte Ida. »Beerdigung ist doch vorbei.«

Ich zog die Schultern hoch.

Seit dem Abend vor Idas Kammertür war eine seltsame Scheu zwischen uns. Wir taten, als sei alles wie immer, aber jeder wartete darauf, dass der andere den nächsten Schritt tat. Ich glaube, wir fürchteten uns beide davor, genauso wie wir ihn ersehnten. Besser, es blieb erst einmal alles, wie es war.

»Vielleicht ist es was mit dem Testament?«, sagte Ida.

»Glaube ich nicht«, sagte ich. »Außer dem Haus hat Großvater Wilhelm nicht viel besessen.«

»Wer weiß«, sagte Ida.

Nach einer halben Stunde ging die Wohnzimmertür auf und Mutter führte die beiden Frackmänner durch das Haus. Vom Keller über den Laden schauten sie in jedes Zimmer und kletterten sogar auf den Dachboden.

»Mir schwant was«, sagte Ida, als sich die Wohnzimmertür zu einer erneuten Besprechung schloss.

Wir hörten, wie von einer Männerstimme etwas vorgelesen wurde, wie Mutter den Mann ein paarmal unterbrach und wie er dann schnell und ungeduldig etwas erklärte.

Endlich ging die Tür auf. Die beiden Männer, die aussahen wie die Sargträger auf dem Friedhof, gingen sehr aufrecht und mit unbewegten Mienen durch die Küche, über den Flur und zur Haustür hinaus. Ida und mich hatten sie keines Blickes gewürdigt.

Mutter setzte sich zu uns an den Küchentisch und sah bedeutungsschwer von einem zum anderen. »Ich habe alles mit Vater besprochen«, sagte sie schließlich. »Das waren Herr Wolter und Herr Rademacher von der Bank. Sie helfen uns. Wir haben eine Hypothek auf das Haus aufgenommen.«

»Eine was?«, fragte ich.

»Eine Hypothek«, sagte Mutter. »Das bedeutet, dass wir Geld geliehen bekommen und damit unsere Schulden und das Notwendigste bezahlen können ...«

»Dann geht es uns jetzt wieder gut?«, fragte Ida.

»Erst mal«, sagte Mutter. »Aber wir müssen das geliehene Geld natürlich zurückzahlen. Jeden Monat eine große Summe. Hoffen wir, dass der Krieg bald zu Ende ist. Und dass es mit dem Laden wieder aufwärtsgeht.«

Ida strahlte, und ich sagte: »Das habt ihr aber gut gemacht.«

»Das wird sich zeigen«, sagte Mutter. »Wohl ist mir nicht. Großvater würde sich im Grabe umdrehen, wenn er es wüsste. Sein Leben lang hat er gesagt, macht bloß keine Schulden. Schulden sind der Anfang vom Ende. Kaum ist er unter der Erde, machen wir es doch.«

Aber Ida war glücklich. »Soll man doch nicht denken«, sagte sie. »Wozu solch vornehme Pinguine gut sein können.«

Der September kam, brachte ein paar sonnig trockene Herbsttage, und ich mochte mir nicht vorstellen, dass es irgendwo auf der Welt Menschen in Schützengräben gab, die sich gegenüberlagen, einander belauerten und aufeinander schossen. Es wäre doch ein Leichtes, dem Krieg ein Ende zu machen, es bräuchte nur ein bisschen guten Willen ...

An einem Donnerstagmorgen, Ida und ich alberten in der Küche herum und hatten gerade beschlossen, gegen Abend einen Stadtbummel zu machen, da hörten wir plötzlich laute Stimmen im Laden. Ida schrak zusammen.

»Halt!«, rief Mutter. »Wo wollen Sie hin?«

Mit einem Fußtritt wurde die Tür aufgestoßen und wie eine Erscheinung aus einer anderen Welt stand plötzlich Idas Vater, der Schmied Gellert, in der Küche, Mutter händeringend neben ihm.

Der Schmied roch nach Branntwein und schien unsicher auf den Beinen. Als er Ida entdeckte, die hinter mir in Deckung gegangen war, schrie er: »Pack deine Sachen! Du kommst mit!«

»Nein!«, rief Ida.

»Hören Sie mal, Herr Gellert«, redete Mutter auf ihn ein. »Nun nehmen Sie doch Vernunft an!«

Der Schmied war ein breitschultriger, kräftiger Mann mit flackernden Augen, in denen der Jähzorn lauerte. Er achtete weder auf die Mutter noch auf mich. »Auf der Stelle!«, rief er. »Deine Mutter liegt im Sterben und du treibst dich bei fremden Leuten rum! Sofort kommst du jetzt mit nach Hause, wo du hingehörst!«

»Aber Herr Gellert«, sagte Mutter. »Sie haben doch selber ...«

»Nichts da!«, rief der Schmied. »Die Zeiten haben sich geändert! Wer soll sich denn um die kleinen Gören kümmern, wenn die Alte es nicht mehr kann?!«

Idas Blick hastete von Mutter zu mir und zu Mutter zurück. Panik stand in ihren Augen.

»Pack deine Sachen, sag ich!«, schrie der Schmied wieder. »In zwei Minuten bist du hier!«

»Nein!«, schluchzte Ida und duckte sich hinter meinen Rücken.

Da machte der Schmied einen Schritt nach vorn, fasste mit eisernem Griff meinen Arm und zog mich zur Seite, als wäre ich eine Pappfigur. Ich stolperte gegen den Herd.

»Heda!«, rief Mutter. »Erlauben Sie mal!«

Den Schmied kümmerte es nicht. Mit dem gleichen Schraubstock-Griff packte er Idas Arm, zog sie zu sich und stieß sie in Richtung Tür. »Zwei Minuten, habe ich gesagt! Hol deine Sachen!«

Ida rannte die Treppe hinauf, ich hinter ihr her.

Unter lautem Schluchzen warf Ida in ihrer Kammer ihre Sachen in den Pappkoffer, und ich stand ratlos daneben und wusste nicht, was ich tun oder sagen sollte.

»Ich komme wieder, Paule!«, brachte Ida hervor. »Sollst du sehen, ich komme wieder!«

»Ich warte auf dich, Ida«, sagte ich. »Was auch passiert, ich warte auf dich!«

Ida hörte nicht zu weinen auf. Aber vor der Kammertür drehte sie sich im Laufen zu mir um, umarmte mich heftig und küsste mich auf den Mund. Dann rannte sie die Treppe hinunter.

Als ich in die Küche kam, stellte sich Mutter vor Ida und versperrte dem Schmied den Weg. Doch der schob sie beiseite, wie er es mit mir getan hatte. Mutter schrie ihn an, drohte mit der Polizei, den Schmied aber rührte das nicht. Für Worte war er nicht zugänglich. Allein rohe Gewalt hätte ihn abhalten können. Hilflos mussten wir zusehen, wie er Ida ergriff und hinter sich her zur Tür hinauszog.

15

»Gemeinheit!«, empörte sich Gertrud. »Das ist eine Gemeinheit!«

Gertrud, stolz, dass sie inzwischen Zeitung lesen konnte, schob mir die Anzeigenseite über den Tisch und tippte mit dem Zeigefinger auf ein fett gedrucktes Wort, das als Schlagzeile diente:

> **Hundebesitzer**
> *Erfüllt eine wichtige vaterländische Pflicht! Tötet wertlose Hunde, auch wenn sie euch lieb sind. Erwerbt von Kriegsteilnehmern wertvolle Rassehunde oder nehmt solche unentgeltlich oder gegen kleine Entschädigung in Pflege. So sparen wir Nahrungsmittel …*

»Das muss der Kaiser verbieten!«, sagte Gertrud. »Das darf man doch nicht machen!«

»Der Kaiser hat andere Sorgen«, sagte ich.

»Alle haben wir andere Sorgen«, sagte Mutter.

»Aber Hunde töten ist gemein«, beharrte Gertrud. »Und außerdem: Der Kaiser könnte doch die ganzen Sorgen mit einem Schlag abschaffen, wenn er endlich mal mit dem Krieg aufhört!«

Die Mutter lächelte und strich Gertrud über den Kopf. »Wie du dir das denkst.«

Seit Ida nicht mehr da war, stand Gertrud jeden Morgen eine Stunde früher auf und half der Mutter in der Küche und beim

Einräumen des Ladens. Viel war da nicht mehr zu tun, und so blieb jeden Morgen Zeit für ein gemeinsames Frühstück.

Mutters Sorgen waren mit dem geliehenen Geld nicht kleiner geworden. Die monatlich abzuzahlende Summe war höher als erwartet. Dies und jenes käme noch dazu, hatten die Bankleute im Nachhinein erklärt. Anfang September war ganz in der Nähe ein neues Lebensmittel- und Kolonialwarengeschäft eröffnet worden. *Gute Ware zu mäßigen Preisen* bot sich das neue Geschäft von August Klaproth an und der neue Händler warb damit, dass er trotz der heutigen enormen Schwierigkeiten eines regelmäßigen Warenbezugs beste Verbindungen zu den leistungsstarken Handelshäusern habe. Frau Wanzleben und Frau Deuerlein und auch einige andere Stammkunden hatten sich schon seit Wochen nicht mehr in unserem Laden sehen lassen.

»Vielleicht hätte ich doch auf Vater hören sollen«, sagte Mutter, als Gertrud sich auf den Weg zur Schule gemacht hatte. »Vielleicht wäre es besser gewesen, wir wären im Dorf geblieben. Da gibt es den großen Garten. Da kann man sich auch in Notzeiten selber ernähren. Wir sind von so vielen Menschen abhängig. Nun auch noch von den Bankleuten.«

Ohne Ida kam mir das Haus leer vor. Jedes Mal, wenn ich an ihrer Kammertür vorbeiging, spürte ich einen Stich in der Brust, und jedes Mal war ich kurz davor, die Tür zu öffnen und in die Kammer zu gehen. Aber jedes Mal ging ich wieder vorbei.

Eines Morgens stand die Kammertür offen, und von drinnen kamen Geräusche. Langsam und vorsichtig schob ich die Tür ganz auf.

Mutter zog das Bett ab, in dem Ida geschlafen hatte, und warf die Bettbezüge in einen Wäschekorb. Als sie mich sah, winkte sie mich herein.

»Ida hat ihr Kleid vergessen«, sagte die Mutter und nickte in Richtung Schrank, in dem Idas braunes Wollkleid hing, das sie an dem Weihnachtstag angehabt hatte, als wir zu Frau Linde gegangen waren.

»Sie hat gesagt, sie kommt wieder«, sagte ich.

Mutter hielt einen Moment in der Arbeit inne und sah mich prüfend an. »Du hast sie gern gehabt, nicht?«

Ich zog die Schultern hoch. Ich spürte, wie mir die Röte ins Gesicht stieg, und drehte mich weg. »Wie kommst du darauf?«

»Schau mal«, sagte Mutter. »Hier ist noch was. Das lag unter der Matratze. Ich nehme an, das hat sie von dir.«

Sie nahm Andersens Märchenbuch vom Stuhl und gab es mir.

»Hm. Danke.«

»Märchen«, sagte Mutter. »Dafür ist die Zeit nun wirklich nicht.«

»Sie wollte mal was lesen«, sagte ich.

»Du und deine Bücher«, sagte Mutter. »Ich weiß gar nicht, ob das gut ist. Wer soll denn mal den Laden übernehmen?«

»Ich denke, Max«, sagte ich. »Ich würde gern Buchhändler werden. Frau Linde sagt, ich wäre geeignet.«

»Ach Junge«, seufzte Mutter. »Es kommt alles anders, als ich es mir gedacht habe. Max und Louise. Die werden sich nicht mit dem Laden abgeben. Und wer weiß, wie alles wird. Sicher ist gar nichts.«

Während ich über den Flur in mein Zimmer ging, um Andersens Märchen auf mein Regal zurückzustellen, ließ ich den Daumen über die Buchseiten gleiten und entdeckte, dass mit Bleistift Bilder neben den Text gezeichnet waren. Ich setzte mich auf mein Bett und blätterte das Buch Seite für Seite durch.

Fast auf jeder Seite fand ich Idas Figuren. Nicht alle waren gleich zu erkennen, aber viele schon: Ein Storch, ein Tannenbaum, ein dicker nackter Kaiser, eine Ente, ein Schornsteinfeger, ein Engel, ein kleiner Vogel und immer wieder: Prinzen und Prinzessinnen, die sich an den Händen hielten. Und ganz am Ende, in den freien Raum unter dem letzten Märchen, hatte sie mit ihrer windschiefen Schrift geschrieben: *Und sie lebten glücklich und zufrieden. Paul und Ida auch.*

Weil wir, wie Mutter sagte, jeden Pfennig brauchen konnten, hatte sie nichts dagegen, dass ich auch weiterhin zweimal in der Woche in der Buchhandlung Pack- und Botendienste leistete. Auch an der Buchhandlung Großkopf waren die Sorgen nicht vorbeigegangen. Inzwischen wurden viele Bücher im Auftrag der Kunden direkt zu den Soldaten an der Front geschickt, vor allem Reclam-Hefte und andere leichte Bücher, die gut in den Feldtornister passten.

Es hatte sich so eingespielt, dass ich in diesen Tagen zwischen ein und zwei Uhr zu Louise in die Bestellabteilung ging, wo ich mit ihr und Frau Linde die Mittagspause verbrachte und mein mitgebrachtes Schmalzbrot aß. Manchmal kamen auch die zwei anderen Buchhändlerinnen dazu, dann wurde oft über den Chef geredet und seine seit Wochen über allen schwebende Drohung: Sollte sich die Geschäftslage weiter verschlechtern, wem würde dann die Entlassung drohen?

»Wer hätte das gedacht«, sagte Frau Linde. »Vor fünf Jahren konnte er gar nicht genug Leute einstellen.«

»Vor fünf Jahren«, sagte eine der Buchhändlerinnen, »da haben wir alle gedacht, es geht immer bergauf und wir landen noch im Schlaraffenland.«

Das Telefon klingelte und Louise nahm den Hörer ab. »Buchhandlung Groß …«, meldete sie sich, brach mitten im Wort ab, riss Augen und Mund weit auf und wurde kreidebleich im Gesicht.

»Nein!«, rief Louise. »Nein! Nein! Nein!«

Ich erschrak. Augenblicklich wusste ich, dass etwas Schreckliches passiert war. Max?

»O Gott!«, rief Louise in den Hörer. »Wann …? Weiß man …? Warum, warum …?«

Auch am anderen Ende der Leitung sprach jemand in Halbsätzen, unterbrochen von Schluchzen und Klagen. Louises Mutter, so viel konnte ich hören.

Alle starrten Louise an. Allen stand das blanke Entsetzen im Gesicht. Ich spürte, wie sich meine Kehle zusammenzog und sich die Ungewissheit wie ein Felsbrocken auf meine Brust schob.

Louise legte den Hörer nicht auf die Gabel des Telefons, sondern ließ ihn achtlos auf den Tisch fallen. Es tutete immer weiter aus dem Hörer, sinnlose Signale aus einer anderen Welt.

»Hermann«, rief Louise und schlug die Hände vors Gesicht. »Hermann ist gefallen.«

Alle standen auf und umarmten die weinende Louise. Auch ich. Aber ich schämte mich für die Erleichterung, die über mich gekommen war, weil es Hermann getroffen hatte, nicht Max.

Vier Wochen später fuhr ich an einem Sonntag zum ersten Mal allein mit der Eisenbahn. Ich sah die vertraute Landschaft vorbeifliegen, den Herbstwald, die abgeernteten Felder, die Hügel, die Dörfer, den blauen Himmel. Alles fühlte sich anders an ohne die Eltern, ohne dass einer dabei war, der mir sagte, was ich zu tun und zu lassen habe.

Wie sollte ich es anstellen, mit Ida zu reden? Und was würde ich ihr sagen? Ich wusste es nicht. Nichts hatte ich von ihr gehört. Ich wollte Ida zeigen, dass ich an sie dachte, dass ich sie nicht vergessen hatte. Aber einfach zum Schmied Gellert ins Haus gehen, das war unmöglich. Der würde mich zerquetschen.

Nein, zu Onkel Karl und Tante Lina wollte ich auch nicht gehen. Ich würde es ihnen nicht erklären können, warum ich an einem Sonntag ganz allein ins Dorf gekommen war, um mit Ida zu reden. Kurt musste mir helfen. Hoffentlich war er zu Hause.

Je näher die Kleinbahn dem Dorf kam, desto unsicherer wurde ich. Wenn ich jetzt zu Fuß unterwegs wäre, vielleicht wäre ich umgekehrt. Aber die Lokomotive rollte unerbittlich weiter und hielt schließlich quietschend und schnaubend am Bahnhof mit dem kleinen Lagerschuppen. Ich stieg aus und ging den Weg hinter dem Dorf entlang, wie im Frühjahr mit meinem Vater. Damals hatte ich mir keine Gedanken machen müssen, wohin und zu wem.

Kurt war zu Hause, aber auf Hagemanns Bauernhof hatte sich viel verändert. Kurts Mutter, früher immer freundlich und lebensfroh, sah mir fast gleichgültig entgegen, als könne sie sich kaum noch an mich erinnern. Kurts Vater nickte mir flüchtig zu, dann verschwand er mit schlurfenden Schritten irgendwo im großen Haus. Ich ahnte, was passiert war.

»Heute ist es genau einen Monat her«, sagte Kurt. »Mein Bruder. Westfront. Auf Patrouille. Kopfschuss. Konrad war sofort tot.«

»Das tut mir leid«, sagte ich. »Habe ich nicht gewusst.«

»Besser so als schlimm verletzt«, sagte Kurt. »Hast du gehört von Hankes Ortwin? Dem haben sie den halben Kopf weggeschossen. Aber er lebt. Und ist blöd für immer.«

»Wird höchste Zeit, dass der Krieg aufhört«, sagte ich.

Kurt schüttelte den Kopf und sah mich aus flackernden Augen an. »Falsch«, zischte er. »Ich will dir was sagen. Wenn wir dran sind, dann räche ich das! Dann sollen sie einpacken, die Franzmänner ...«

»Ich weiß nicht«, sagte ich.

»Was macht Max?«

Ich zog die Schultern hoch. »Hat gerade seinen Freund verloren«, sagte ich. »Seinen Schwager.«

»Wenn ich in der Stadt wäre«, sagte Kurt, »dann ginge ich zur Jugendwehr. Hier wollen wir jetzt auch eine gründen ... Warum bist du eigentlich gekommen?«

Ich erzählte von Ida – so sachlich und unverfänglich wie möglich –, vom Schmied Gellert und dass ich wegen einiger vergessener Sachen mit Ida reden müsse.

Kurt grinste, als habe er mich durchschaut. »Ida«, sagte er gedehnt. »Rote Haare, krauser Sinn, steckt der Düwel mittendrin.«

»Könntest du ihr nicht sagen, dass sie mal rauskommen soll? Irgendwohin, wo der Alte uns nicht sieht.«

»Der macht mich tot«, sagte Kurt. »Mit dem redet keiner im Dorf mehr. Aber über ihn reden sie alle. Der hat was mit der scharfen Hertha aus der Mühle. Wartet nur darauf, dass seine Frau stirbt. Solange muss Ida ihm den Haushalt machen.«

»Könntest du ...«, versuchte ich es noch einmal.

»Nee du«, sagte Kurt. »Der macht mich zu Mus.«

Also nicht. Ich mochte ihn nicht weiter drängen, schließlich hatte auch Kurt andere Sorgen. Wir redeten noch eine Weile über dies und das, und als ich wie gewohnt in die Küche gehen und mich von Kurts Mutter verabschieden wollte, sagte Kurt: »Lass man. Das bringt sie nur auf.«

Es war einer jener schönen sonnigen Spätherbsttage Ende Oktober. Auf dem Weg am Waldrand ließ ich die Füße durch das hohe Laub schleifen. Das Wohnhaus der Gellerts stand an der Dorfstraße neben anderen kleinen Fachwerkhäusern. Dahinter lagen die Gärten, die an den Bach und die Wiesen dahinter grenzten. Vom Waldrand aus hatte man einen guten Blick in die kleinen Gärten mit ihren Bretterverschlägen, hinter denen viele ihre Kaninchen- und Ziegenställe hatten. In Gellerts Garten hing Wäsche auf der Leine. Wenn ich lange genug warten würde, dachte ich, würde Ida vielleicht die Wäsche abnehmen. Dann würde ich mich bemerkbar machen, und Ida würde durch das hintere Gartentor und über den Steg zu mir zum Waldrand kommen.

Ich setzte mich auf einen Baumstumpf. Nichts rührte sich, nicht einmal die Wäsche auf der Leine. Vielleicht sollte ich doch einfach hinübergehen. Mich anschleichen. Im Zweifelsfall wäre ich schneller als der vierschrötige Schmied. Vielleicht war er ja gar nicht zu Hause? Trieb sich rum bei dieser anderen Frau?

»Sehe ich recht?«, sagte auf einmal eine Stimme hinter mir. »Ist das nicht der Paul Hoffmann?«

Ich fuhr herum. Auf dem Waldweg, auf seinen Stock gestützt, stand der alte Lehrer Bode und blinzelte gegen die Sonne.

Ich erhob mich und gab ihm die Hand.

»So eine Überraschung«, sagte Lehrer Bode und fuhr sich mit der freien Hand durch seine immer noch vollen weißgrauen Haare. »Paul. Wie geht es dir? Wie geht es der Mutter, dem Vater? Was macht Max? Und die kleine Gertrud?«

Ich erzählte, was zu erzählen war, und der alte Mann hörte zu, nickte, fragte nach und wollte immer noch mehr wissen, sodass ich ihm schließlich auch von Ida erzählte und dass der Schmied Gellert sie zurückgeholt hatte, dass Ida ihr Kleid vergessen hatte und dass ich sie dringend sprechen müsse …

»Und jetzt wagst du dich nicht hin?«, sagte Lehrer Bode und lächelte.

Ich nickte.

»Ja, ja«, sagte der alte Lehrer. »Mit dem Schmied ist nicht gut Kirschen essen. Besonders jetzt, wo alle über ihn reden.«

Ich überlegte, ob ich meinen alten Lehrer bitten sollte, mit mir zu gehen. Vielleicht würde er es tun. Aber wie sollte ich mit Ida reden, wenn der Lehrer als Schutzpatron neben uns stand? Nein, das war eine Sache, die nur Ida und mich anging. Aber vielleicht konnte Lehrer Bode …?

»Wenn ich Ida nur irgendwie eine Nachricht zukommen lassen könnte«, sagte ich. »Würden Sie ihr vielleicht sagen, dass ich hier war und … und das mit dem Kleid?«

Lehrer Bode musterte mich von oben bis unten, dass mir das Blut in den Kopf stieg. »Weißt du was?«, sagte er dann verschwörerisch lächelnd. »Schreib der Ida doch einfach einen kleinen Brief. Den kleben wir zu, dass kein Unbefugter ihn liest, und ich gebe ihn Ida und passe gut auf, dass Schmied Gellert nichts merkt.«

»Aber ich habe doch nichts zu schreiben dabei«, sagte ich.

»Komm mit«, sagte Lehrer Bode. »Das können wir ändern.«

Nach seiner Pensionierung war der Lehrer in das frei gewordene Austraghaus von Bauer Vollbrecht gezogen. Von außen war es unscheinbar wie die anderen kleinen Fachwerkhäuser, die am Waldrand standen. Ich erinnerte mich, wie die Leute halb ehrfürchtig, halb spöttisch über die Unordnung in Lehrer Bodes Häuschen geredet hatten. Im Dorf galt er als Sonderling. Einer, über den man verwundert den Kopf schüttelte. Altmodisch, verschroben, ein Gutmütiger, der sich leicht ausnutzen ließ. Sein Nachfolger, Lehrer Knoche, führte ein anderes Regime. Weil aber die meisten Leute gute Erinnerungen an Bodes Lehrerzeit hatten, gehörte er im Dorf dazu, war einer, um den man sich sorgte. So hatte sich Bürgermeister Hampe nach dem Tod der Lehrersfrau dafür eingesetzt, dass die Zeitungsfrau Frieda Möllenkamp nun den Lehrer bekochte und in seinem Haus sauber machte.

Lehrer Bode schien sich über meinen unverhofften Besuch zu freuen. Er räumte den Schreibtisch in seinem Arbeitszimmer frei, kramte Papier, Umschlag und Federhalter hervor und rückte seinen Lehnstuhl für mich zurecht. »So«, sagte er. »Nun kannst du schreiben. Lass dir Zeit. Ich koche uns inzwischen einen Tee. Und wenn mich nicht alles täuscht, habe ich auch noch was zum Knabbern.« Er verschwand, und ich hörte ihn in der Küche hantieren.

Allein an dem großen Eichenschreibtisch, vor mir ein weißes Blatt Papier, überlegte ich, was ich schreiben sollte. Ich sah mich im Zimmer um. Eine Pendeluhr in einem kunstvoll gedrechselten Holzgehäuse. Alte Stiche von berühmten Männern auf der blauen Tapete. Ein vollgestopftes Bücherregal, auf der Kommode ein Bild seiner verstorbenen Frau, das er selbst gemalt hatte.

Liebe Ida. Die Feder kratzte und das Papier riss ein. Ich durfte nicht so fest aufdrücken. *Eigentlich wollte ich Dich heute besuchen.* War »besuchen« das richtige Wort? Jetzt stand es da. Also weiter. *Aber dann habe ich Herrn Bode getroffen. Er will Dir den Brief bringen. Du hast Dein Kleid vergessen. Aber das macht nichts, wir heben es für Dich auf, bis Du wiederkommst.* Ich sah zum Fenster hinaus, drehte den Federhalter in der Hand. Tinte kleckste auf das Papier und zerlief. Mit der Fingerkuppe versuchte ich, den Klecks wegzuwischen, aber er verschmierte nur und wurde noch größer. *Hermann Reinecke ist gefallen. Erst dachte ich, es ist Max. Louise ist sehr traurig. Auch Konrad Hagemann ist tot. Und Ortwin Hanke …* Aber das wusste Ida wahrscheinlich schon längst. Also strich ich *Ortwin Hanke* wieder durch. Eigentlich hatte ich gar nichts vom Krieg und von den Toten schreiben wollen. Ich wollte ihr doch etwas ganz anderes sagen. *Ich denke oft an Dich,* schrieb ich. *Meine Mutter hat das Märchenbuch unter Deiner Matratze gefunden. Keine Angst, sie hat nicht reingeguckt. Nur ich. Ich wusste gar nicht, dass du so gut zeichnen kannst. Und was Du geschrieben hast, Du weißt schon, zum Schluss, das wünsche ich mir auch.*

Mach's gut. Bestimmt kommen bald bessere Zeiten. Dann tanzen wir wieder. Das kann uns keiner verbieten.

Lehrer Bode steckte den Kopf zur Tür herein. »Na Paul. Der Tee wird kalt. Wie weit ist denn dein Brief?«

»Fertig«, rief ich. »Nur noch zukleben.« Als Letztes schrieb ich schnell noch *Herzliche Grüße, Dein Paul.* Dann faltete ich den Brief zusammen, steckte ihn ins Kuvert, klebte es zu und schrieb *An Ida Gellert* darauf.

Es überkam mich ein seltsam kribbelndes Gefühl, als ich zu meinem alten Lehrer in die Küche ging und ihm den Brief reichte.

Lehrer Bode lächelte und nickte mir zu. »Gut so, Paul«, sagte er. »So ein Brief ist wichtig. Gerade wenn alle Welt sich totschießt. Auch wenn ich nicht weiß, was darin steht: Ich gebe dir die beste Note.«

16

Die Winternächte waren dunkel, kalt und lang. Oft lag ich schlaflos, starrte durch die Dunkelheit zum leeren Bett meines Bruders hinüber und redete in Gedanken mit ihm. *Halt durch*, sagte ich zu ihm. *Bitte. Das mit Hermann ist schlimm. Ich habe ihn vom ersten Augenblick an gemocht. Er hat Angst gehabt vor seinem Vater. Aber mutig war er doch. Er hat Louise geholfen, dass der Oberstudienrat eurer Verlobung nicht länger im Wege stand. Hermann hat noch so viel vorgehabt, sagt Louise. Zusammen mit euch und den anderen. Eure Wandervogelfreunde sind jetzt alle Soldaten. Zwei schon gefallen. Und Hermann. Aber du musst durchhalten, Max. Wir brauchen dich. Denk an Louise …*

Natürlich antwortete Max nicht. Ich sah in die kahle Baumkrone vor dem Fenster und meine Gedanken verwirrten sich. Bilder und Geräusche von all dem, was Max erzählt hatte drängten sich mir auf, Bilder und Geräusche, die in mir aufstiegen, ob ich wollte oder nicht: Blutüberströmte Gesichter, gellende Schreie, Schlamm und Dreck und Blut, abgetrennte Arme und Beine, hervorquellende Gedärme, und mittendrin mein Bruder in schlecht abgestützten Unterständen und schmalen Laufgräben, hilflos ausgeliefert den Granaten, Kugeln, Gasangriffen.

Ich stand auf, lief mit nackten Füßen auf den kalten Dielen hin und her, um die Bilder und Schreie loszuwerden, und zwang mich, an etwas anderes zu denken.

Ida. Sie hatte mir einen Brief geschrieben. *Der Lehrer Bode ist ein Guter. Das mit dem Kleid war Absicht. Ich denke so viel an Dich. So viel, dass es manchmal nicht zum Aushalten ist. Aber die Kleinen brauchen mich jetzt. Und meine Mutter.*

Wir konnten nichts machen, als aneinander zu denken. Ich vermisste sie. Wie allein ich ohne Ida war, spürte ich immer mehr.

Es war mitten in der Nacht, da hörte ich ein Poltern und Klirren unten im Haus. Ich sprang aus dem Bett, öffnete meine Zimmertür und horchte. Mutters Stimme. Undeutlich fluchend.

Ich fuhr in meine Schlappen. Im Nachthemd rannte ich die Treppe hinunter.

In der Küche saß Mutter mit starrem Blick auf ihrem Platz am Tisch. Vor ihr lag ein umgefallenes Wasserglas, davor die Pfütze einer Flüssigkeit, die über die zerkratzte Holzplatte lief und über die Tischkante tropfte. Auf dem rotbraunen Steinfußboden vor dem Tisch lag in tausend Scherben eine zerbrochene Schnapsflasche in einem großen dunklen Fleck. Scharfer Fuselgeruch lag in der Luft.

»Mutter!« Ich rannte zu ihr, setzte mich neben sie und schlang den Arm um ihren Rücken.

Eine Weile schien Mutter mich gar nicht wahrzunehmen. Sie starrte vor sich hin, als sei es wichtig, den Weg des Fusels über die Tischplatte zu verfolgen. Dann drehte sie langsam den Kopf und schien mich zu erkennen. »Paul?«, flüsterte sie mit unsicherer Stimme. »Mein Paul.« Und plötzlich, fast überfallartig, griff sie nach mir und drückte mich fest an sich.

»Paul«, sagte sie nun mit lauter, aber verschwommener Stimme dicht an meinem Ohr. »Dich gebe ich nicht her!«

»Mutter«, sagte ich. »Der Vater lebt. Und Max auch.«

Die Mutter schüttelte den Kopf. »Ich spür's doch«, sagte sie. »Seit über einem Monat kein Brief mehr vom Vater. Diese Ungewissheit. Ich halte das nicht aus.«

»Die Feldpost geht manchmal sehr langsam«, sagte ich. »Das weiß man doch. Und in Russland, da ist jetzt Eis und Schnee.«

Mutter lehnte sich an mich und schwieg.

»Du darfst das nicht, Mutter«, sagte ich leise. »Das ist nicht gut.« Mutter nickte, löste sich aus der Umarmung, stemmte die Ellbogen auf den Tisch und stützte ihren Kopf in die Hände.

Nach einer Weile sagte sie schleppend: »Alles dahin. Das Haus verschuldet. Der Laden am Ende. Wenn es so weitergeht, haben wir in einem halben Jahr keinen Pfennig Geld mehr. Dann werfen sie uns aus unserem eigenen Haus ...«

»Dann gehen wir eben wieder zurück«, sagte ich. Vor zwei Jahren war das noch mein sehnlichster Wunsch gewesen. Jetzt war ich nicht sicher, ob ich es wirklich wollte.

»Und dann?«, sagte Mutter.

Darauf wusste ich auch keine Antwort. Immerhin wäre ich dann wieder in Idas Nähe.

»Was macht ihr denn da? Und wie riecht das hier?« In der Küchentür stand Gertrud im weißen Nachthemd und sah mit offenem Mund zu uns her.

»Gertrud«, sagte ich. »Nichts ist. Geh wieder hoch.«

»Ich will wissen, was los ist!«, beharrte Gertrud. »Ist Vater ...?«

»Es ist nur eine Flasche zerbrochen«, sagte ich. »Und Mutter ist ein bisschen übel. Aber es geht schon wieder. Sie kommt gleich zu dir rauf.«

Gertrud kam vorsichtig näher, blieb vor den Glasscherben stehen und sah Mutter misstrauisch ins Gesicht. »Stimmt das?«

»Gertrud, Schätzchen«, sagte Mutter. »Tu was dein großer Bruder dir sagt.«

Zögernd drehte Gertrud sich um und schlurfte davon. Ich sah ihr nach. Nur eine Flasche zerbrochen? Gertrud war zu klug, um das zu glauben.

Beim Aufstehen stützte sich die Mutter auf mich. Ich fasste sie unter den Arm und dirigierte sie die Treppe hinauf.

Angezogen ließ sich die Mutter auf ihr Bett sinken, streckte sich aus und schloss die Augen. Im Dunkeln stand ich ratlos vor ihrem Bett. Sollte ich meine Mutter ausziehen? Nein, aber zudecken wenigstens.

Gertrud hob den Kopf. Sie zerrte das Deckbett unter Mutter hervor und deckte sie zu.

»Du kannst jetzt gehen«, flüsterte Gertrud mir zu. »Ich mach das schon.«

In der Küche kehrte ich die Scherben zusammen und wischte mit dem scharfen Scheuermittel Tischplatte und Fußboden ab, um den Schnapsgeruch zu vertreiben. Morgen früh sollte nichts mehr daran erinnern.

Wieder in meinem Zimmer, saß ich noch lange auf der Kante meines Bettes, und heftig wie nie zuvor spürte ich eine dunkle Angst in mir aufsteigen. Waren wir denn noch eine Familie? Max fehlte, Vater fehlte.

Wenn Ida da wäre, dachte ich. Ida wüsste jetzt viel besser, wie man Mutter wieder auf die Beine kriegt.

Drei Tage später kam ein Feldpostbrief vom Vater. Geschrieben vor mehr als sechs Wochen.

»Siehst du«, sagte ich zu Mutter. »Es liegt an der Feldpost. Lange Verzögerungen sind jetzt ganz normal. Das sagen alle.«

Sie hätten Herbststürme, schrieb der Vater. Regen, Graupel und eiskalten Wind. Aber die gute Kameradschaft wiege so vieles auf. Wenn nur die Heimat weiter unbeirrt an sie glaube. Es wäre ja auch schon viel geschafft in diesem zweiten Kriegswinter und einmal käme ja doch bestimmt der Frühling und der Friede. Und dann: *Liebe Anna, wenn Du den Laden nicht mehr halten kannst, dann geh zu Karl. Mein Bruder ist kein Unmensch, und ein Weg wird sich schon finden.*

Mutter nickte. Der Brief hatte ihr wieder neuen Mut gegeben und sie sagte: »So schnell geben wir nicht auf, was Paul?«

Ich stimmte ihr zu, weil ich wusste, dass ihr jeder noch so kleine Hoffnungsfunke guttat und sie aus der Lähmung riss, von der sie jetzt immer öfter befallen wurde. Manchmal ließ sie mich ganze Vormittage im Laden allein, um auf dem Stadtfriedhof das Grab ihrer Eltern zu besuchen. Wenn sie zurückkam, brauchte sie lange, um sich wieder in die Arbeit einzufinden. Auch Louise, der es selber merklich schwerer fiel als sonst, ihre Fröhlichkeit zu bewahren, konnte die Mutter nicht wirklich aufheitern. Aber jedes Mal, wenn Louise da gewesen war, ging es Mutter für ein paar Stunden besser. Dann machte sie Pläne, an die sie selbst nicht glaubte.

Jeden Tag zwischen zehn und elf Uhr, wenn der Postbote zu erwarten war, erreichten Mutters Nervosität und Reizbarkeit den Höhepunkt. Stundenlanges Grübeln und Schweigen folgten, wenn, wie meistens, kein Brief vom Vater oder von Max dabei war. Kam ein Feldpostbrief, konnte sie in kurze Jubellaute ausbrechen. Dann saß sie lange am Küchentisch und las, und wenn sich in dieser Zeit doch einmal ein Kunde in den Laden verlief, konnte es sein, dass er lange warten musste, bis Mutter ihn bemerkte.

Kurz vor Weihnachten kam Herr Wolter von der Bank und sagte, dass sie sich wegen der schlechten Zeiten leider gezwungen sähen, den Zinssatz zu erhöhen. Dadurch erhöhe sich die monatliche Tilgungssumme unwesentlich. Hier wäre zu unterschreiben und da.

Mutters Blicke flogen über das Papier. Herr Wolter tippte mit dem Zeigefinger auf eine bestimmte Stelle.

»Achtundvierzig Mark mehr?«, rief Mutter. »Wissen Sie, was

das für uns bedeutet? Das nennen Sie unwesentlich?« Die Mutter sah ihn mit weit aufgerissenen Augen an.

»Die Zeiten, liebe Frau«, sagte der Bankmensch schulterzuckend. »Die Zeiten werden nicht besser.«

Mutter resignierte und unterschrieb.

»Ich empfehle mich«, sagte Herr Wolter, lupfte seine Melone und marschierte zur Ladentür hinaus.

Mutter sah mich fassungslos an. Aber ihre Resignation verwandelte sich in Wut. Sie ballte die Faust und drohte hinter Herrn Wolter her. »So ein Schuft!«, rief sie. »Der legt es nur darauf an, uns aus unserem Haus zu ekeln!«

Alles ging erst einmal irgendwie weiter, aber hinter allem stand die Ungewissheit wie ein dunkles Tor, hinter dem das Unglück lauerte. Weihnachten und Neujahr wurden so traurig wie nie zuvor. Der Schnee wich Regen und Matsch. Weder der Vater noch Max hatten in ihren Briefen etwas von Heimaturlaub geschrieben. Einen Tag vor Heiligabend kamen Onkel Karl und Tante Lina vorbei. Tante Lina erzählte, dass Idas Mutter im Sterben liege. Onkel Karl lud uns ein, Weihnachten mit ihnen zu verbringen, aber die Mutter schüttelte den Kopf. Insgeheim hoffte sie, dass Vater oder Max überraschend doch kommen würden.

Gertrud behängte die kleine verwachsene Fichte, die wir beide für zwanzig Pfennig auf dem Weihnachtsmarkt erstanden hatten, mit viel Lametta, damit man ihre Jämmerlichkeit nicht so sah. Statt Gänsebraten wie früher gab es Leipziger Kriegswurst, ein fade schmeckendes Gemisch aus Rinderblut und in Bouillon getunkten Kartoffelwürfeln mit Majoran, Pfeffer und Gelatine. Das teuerste Geschenk, das ich bekam, war von Frau Linde. Ein Buch natürlich. *Buddenbrooks. Verfall einer Familie.* Ich legte es zur Seite und hatte keine Lust, es zu lesen.

Weder der Vater noch Max kamen, und auch Silvester brachte keine Wunder, nur die vage Hoffnung, von der die Leute sprachen: dass 1916 den Sieg und den Frieden bringen würde.

Weil es im Laden kaum noch etwas zu tun gab, stromerte ich oft ziellos durch die Stadt. Aus dem Haus kam ich sonst nur noch selten, nachdem die Buchhandlung Großkopf aus Einsparungsgründen auf meine Dienste verzichtet hatte. Ohne es besonders zu planen, strandete ich auf meinen Gängen oft am Bahnhof. Dann sah ich zu, wie junge Soldaten, drei, vier Jahre älter als ich, in Zügen an die Front befördert wurden, ohne Musik, ohne Blumen, ohne Jubel. Ich sah die Lazarettzüge, die von der Front kamen und lange hielten. Rot-Kreuz-Helferinnen, meist junge Mädchen und Frauen wie Louise, brachten kleine Fässer mit dampfender Suppe und Tabletts mit Bergen von Schmalzbroten zu den Verwundeten in die Zugabteile. Soweit die Soldaten dazu in der Lage waren, kamen sie zum Luftschnappen auf den Bahnsteig, Männer mit Krücken und blutigen Verbänden. Auf dem Bahnsteig ging es laut zu. Manche Männer fluchten ungehemmt, manche scherzten mit den Helferinnen, manche versetzten den Mädchen ungeniert einen Klaps aufs Hinterteil. Louise verbrachte an den Sonntagen weiterhin viel Zeit als Helferin auf dem Bahnhof. Bei ihrem Aussehen konnte ich mir gut vorstellen, dass sie wahrscheinlich oft den Zudringlichkeiten der Soldaten ausgesetzt war. Ich spürte so etwas wie Eifersucht, wenn ich daran dachte.

Oft spielte ich mit dem Gedanken, ins Dorf zu fahren, um Ida zu besuchen. Aber abgesehen von der Angst vor dem jähzornigen Schmied, hielt mich auch die Sorge um Mutter davon ab – ich durfte sie nicht so lange allein lassen, schon gar nicht in der Zeit, in der Gertrud in der Schule war. Es tat weh, wenn ich mir vorstellte, dass Ida unter der Macht ihres jähzornigen und unberechenbaren Vaters zu leiden hatte.

Alles hatte sich verändert. Der Krieg, der doch nur eine kurze Episode und eine Befreiung sein sollte, war zum Alltag geworden. Ich konnte mir kaum noch vorstellen, dass es einmal anders gewesen war. Längst waren die Hoffnungen dahin, dass durch den Krieg irgendetwas besser werden könnte. Die meisten Menschen sehnten sich nur noch nach Frieden. Aber laut sagten das nur wenige.

Einmal sah ich auf dem Rückweg vom Bahnhof durch den Stadtpark eine Gruppe von fünf Männern, die unter Aufsicht von drei Soldaten Schnee von den Wegen fegten. Französische Kriegsgefangene. Ich blieb stehen und beobachtete sie eine Weile. Vier waren kleine, schwarzhaarige Männer, nur einer war blond, lang und schlaksig. Sie trugen graue Jacken und schlottrige Hosen und redeten und lachten miteinander und schienen sich auch vor den Aufsichtssoldaten nicht zu fürchten. Vielleicht, dachte ich, waren es die Franzosen, mit denen Max damals Weihnachten im Schützengraben gefeiert hatte. Vielleicht waren sie froh, nicht mehr an der Front sein zu müssen. Schnee fegen war immerhin besser, als sich erschießen zu lassen. Der lange Blonde schien im Unterschied zu den anderen weniger redselig. Vielleicht war er gar kein Franzose.

Mir fiel die Geschichte ein, die Lehrer Bode mir damals beim Tee erzählt hatte. Sie war mir immer wieder durch den Kopf gegangen und bis jetzt wusste ich nicht, was ich davon halten sollte. Wir hatten über Vater und Max geredet, und Lehrer Bode war des Lobes voll gewesen, dass sich die beiden als Freiwillige gemeldet hatten. »Sie haben es doch für uns alle getan«, hatte er gesagt. Und dann hatte er eine Geschichte erzählt, ein Märchen oder eine Fabel aus einer fernen, vergangenen Zeit. Ein Mann sollte eine Gruppe von sieben Sklaven durch die Stadt zu seinem Herrscher führen. Dabei gelang es einem der Sklaven, auszureißen. Damit die Anzahl wieder stimmte, griff sich der Sklavenführer einfach einen zufällig vorbeigehenden Mann, kettete ihn an und machte ihn zum Sklaven. Und dieser Mann, der Lückenbüßer, war nun an der Stelle des anderen, der seine Freiheit hatte. Klaglos hat er alles erlitten, was für den anderen vorgesehen war.

»Und siehst du«, hatte Lehrer Bode gesagt. »So war das auch mit unserem Herrn Jesus. Er hat die Schuld und alles Leid der Welt auf sich genommen, damit wir in Freiheit leben können. Und sieh dich um, nichts auf der Welt würde funktionieren, gäbe es nicht die Lückenbüßer – Menschen, die nicht zuerst an sich denken, die alles auf sich nehmen, damit andere die Freiheit haben.«

Ich hatte lange über diese Geschichte nachgedacht. Der Lehrer Bode meinte es ehrlich, da war ich mir sicher. Aber irgendetwas stimmte nicht an seiner Geschichte. Ich hatte mir vorgenommen, mit Max darüber zu reden.

Vom Vater war seit zwei Monaten kein Brief mehr gekommen, von Max nur zwei Karten mit angefangenen, schwer entzifferbaren Sätzen. Von Louise, die nachts oft lange Briefe an ihn schrieb und der er oft in langen Briefen antwortete, wusste ich, dass Max litt. Alles sagte sie mir auch nicht, das ahnte ich, und mit Mutter sprachen weder Louise noch ich über Max. »Es ist eine große Unruhe in ihm«, sagte Louise zu mir. »Unvorstellbar, was er erlebt. Wir können nur beten, dass er es aushält.«

Mitte März, der Schnee war längst getaut, erhielten wir Einquartierung. In Idas Kammer wohnte nun Leutnant Keller, ein schneidiger, junger Mann, der mich an Erich Kessler erinnerte und der mich für den »Dienst in des Kaisers Rock« begeistern wollte. Selber war er noch nicht an der Front gewesen. Er hatte immer nur in der Kaserne junge Soldaten ausgebildet und er redete immer noch so, wie fast alle am Anfang des Krieges geredet hatten. Ich wich ihm aus, und auch auf Kellers Aufforderung, dem großen Bruder nachzueifern, dem »Freiwilligen der ersten Stunde«, sagte ich nichts. Was wusste der von Max. Und jeden Mittwochabend, wenn Louise zu uns kam, richtete es der Leutnant ein, wie zufällig in der Küche zu erscheinen, damit er Louise schöne Augen machen konnte. Auch deshalb mochte ich den Leutnant nicht.

»Hast du es schon gelesen?«, fragte Frau Linde, als ich sie wieder einmal am Sonntagnachmittag besuchte. Wir saßen am kleinen runden Tisch in ihrem Wohnzimmer.

»Was?«, fragte ich.

»Die *Buddenbrooks.*«

Ich schüttelte den Kopf.

»Und warum?«

»Keine Lust«, sagte ich.

»War es dir zu dick?«, fragte sie. »Oder waren dir die Lübecker Kaufleute zu fremd?«

Wieder schüttelte ich den Kopf. »Es hat mir nicht gefallen, was da vorn draufsteht.«

»Was denn?«

»Verfall einer Familie.«

»Oh«, sagte Frau Linde. »Aber da geht es doch um eine … Also, das ist eine große Kaufmannsfamilie …«

»Wir auch«, sagte ich.

»Hm, ja.«

Sie war auf einmal rot geworden. »Daran habe ich gar nicht gedacht … Du hast recht. Es ist nicht die richtige Zeit für dich und dieses Buch. Leg es zur Seite. Später einmal, das versichere ich dir, wirst du es bestimmt mit Gewinn lesen.«

»Vielleicht müssen wir wieder zurück aufs Dorf«, sagte ich. »Der Mann von der Bank will immer mehr Geld. Mutter sagt, er wartet nur darauf, uns aus unserem Haus zu ekeln.«

Frau Linde sah mich nachdenklich an und schwieg lange. Dann sagte sie: »Wir sind doch jetzt Freunde, Paul, ja?«

Ich nickte.

»Versprichst du mir eins? Komm zu mir, wann immer ich euch helfen kann. Ich bin nur eine alte, einsame Frau und viel habe ich nicht. Aber ich freue mich, wenn ich euch helfen kann. Das musst du mir glauben.«

»Danke«, sagte ich. »Mutter wird sich auch freuen, wenn ich ihr das sage.«

»Und noch was, Paul«, sagte sie. »Sag nicht mehr ›Frau Linde‹ zu mir. Sag ›Helene‹ und Du. Wie sich das unter Freunden gehört.«

»Oh. Geht denn das …? Ich bin doch nur …«

»Und wie das geht. Wir müssen es nur wollen, du und ich. Und was andere dazu sagen, das ist uns ganz gleich.«

»Hm«, sagte ich und probierte es aus: »Helene … Eigentlich ist das ein ganz schöner Name.«

»Ich habe ihn lange nicht gemocht«, sagte Helene Linde. »Weil mein Vater ihn ausgesucht hatte. Nach Wilhelm Busch. Die fromme Helene. Fromm bin ich nicht geworden. Und wir waren leider auch keine so gute Familie wie ihr.«

»Wenn Vater nur wieder da wäre«, sagte ich. »Und Max. Und wenn der Krieg endlich zu Ende wäre. Aber unser Leutnant sagt, es kann noch ein Jahr dauern.«

»Diese Großsprecher«, schimpfte Helene. »Diese Säbelrassler. Wenn die wüssten, was sie anrichten!«

17

Das Frühjahr ging dahin, ohne dass sich unsere Hoffnungen auf Frieden erfüllten. Dass Mutter und Gertrud im Juni an meinen Geburtstag dachten, war für mich schon eine Überraschung. Gertrud hatte mir einen kleinen Strauß Wiesenblumen gepflückt, und Mutter schenkte mir eine Tafel Schokolade aus dem kaum mehr vorhandenen Lagerbestand.

Die monatlichen Raten für die Hypothek waren pünktlich bezahlt worden und von der Bank hatten wir nichts mehr gehört und gesehen. Von Vater kamen einmal zwei Feldpostbriefe gleichzeitig, dann hörten wir wieder wochenlang nichts. Max legte inzwischen die Postkarten an uns nur noch den Briefen an Louise bei. Zweimal kündigte er einen Heimaturlaub an, zweimal wurde nichts daraus. Onkel Karl, wenn er uns alle vierzehn Tage eine Gemüsekiste aus ihrem großen Garten brachte, erzählte fast ein halbes Jahr lang, dass Idas Mutter im Sterben liege. Ich wusste, es war gemein, zu wünschen, dass Idas Mutter starb. Aber wenn, dann würde der Schmied vielleicht nach ihrem Tod sein Liebchen ins Haus holen, und dann könnte Ida vielleicht … Wenn einem Gemeines zugefügt wird, kann es passieren, dass man selber gemein wird. Max hatte das so gesagt, und ich fing an, es zu verstehen.

Einmal hatte ich diesen Traum: Ich saß ganz allein in der Kleinbahn, fuhr in den einzigen Tunnel ein, den es auf der Strecke ins Dorf gab, aber der Tunnel in meinem Traum wurde immer länger, alles um mich herum war dunkel, grau und kalt, aber ich wunderte mich nicht darüber, dass die Fahrt kein Ende nahm, wollte gar nicht wissen, wohin es ging, ließ mich vom Rattern und Klappern einlullen. Manchmal tauchte jemand neben mir auf, Helene Linde wahrscheinlich, und wie zum Trotz sagte ich meiner neuen Freundin ins Gesicht: »Keine Lust, keine Lust!« Woraufhin sie augenblicklich verschwand. Erst als ich aufwachte, erschrak ich über mich. Tief in mir spürte ich ein graues Loch, etwas Bodenloses. Ich hatte Angst, darin zu versinken.

Immer weniger konnte ich daran glauben, dass es irgendwann wieder bessere Zeiten geben würde, aber das durfte ich mir nicht anmerken lassen, Mutter hätte es nicht gutgetan. Auch Gertrud spürte, wie es abwärtsging, aber in ihrer Unbefangenheit schaffte sie es noch am ehesten, Mutter aufzuheitern, für ein paar Minuten jedenfalls.

Es geschah dann – alles auf einmal – am Mittwoch, dem 2. August 1916. Am Dienstag vorher hatte der Krieg Geburtstag gehabt, zwei Jahre war er alt geworden, und der Kaiser hatte dem deutschen Volk in der Zeitung gedankt: *Zwei Jahre beispielloses Heldentum in Taten und Leiden … die unerschütterliche Festigkeit unserer Feldgrauen … der nie ermüdende Opfermut, die treue Kameradschaft … der Geist der Pflichttreue gegen das Vaterland … der Wille zum Sieg … die tapferen Frauen, dem Gebot der Stunde gehorchend. Noch liegt Schweres vor uns. Auf unsere Feinde allein fällt die Schuld des weiteren Blutvergießens …*

Der Postbote, Herr Schmalstieg, war ein freundlicher alter Mann mit hagerem Gesicht und buschigen Augenbrauen, der Mutter schon gekannt hatte, als sie noch die kleine Anna war, die, wie heute Gertrud, hier in diesem Haus den Ernst der Erwachsenenwelt durcheinandergebracht hatte. Wenn Mutter Zeit hatte, und das war inzwischen immer öfter, redete sie mit Herrn Schmalstieg, ihrem väterlichen Freund, gern und lange über die alten Zeiten. Dann tranken sie ein Glas Likör zusammen, manchmal auch zwei.

Am 2. August also kam Herr Schmalstieg mit der Post später als gewöhnlich, und schon als er zur Ladentür hereinkam, wusste Mutter Bescheid. Das sonst so verschmitzt lächelnde Gesicht des Postboten war erstarrt, es fiel ihm schwer, Worte zu finden.

»Anna«, sagte Herr Schmalstieg. »Du musst jetzt sehr stark sein. Ich habe hier einen Brief für dich. Ich fürchte, nichts Gutes.«

Mit zitternder Hand reichte er Mutter einen dicken Briefumschlag, einen Feldpostbrief, aber statt der Handschrift des Vaters oder der von Max war die Anschrift maschinengeschrieben, und der Absender war ein amtlicher Stempel.

Hastig riss Mutter den Umschlag auf. Aus dem großen fiel ein zweiter, kleinerer Brief auf den Ladentisch, der die Handschrift des Vaters trug.

Während Mutter las, rückte der Postbote dicht an mich heran und legte mir die Hand auf die Schulter. Wie gebannt sahen wir beide Mutter ins Gesicht. Die Sekunden wurden mir zur Ewigkeit. Endlich senkte Mutter die Hand mit dem Brief und lehnte sich gegen das Regal, schloss die Augen und sagte leise: »Der Vater ist gefallen.«

Am Nachmittag kamen Tante Lina und Onkel Karl. Herr Schmalstieg hatte sie vom Postamt aus telefonisch benachrichtigt. Wir saßen in der Küche zusammen, Mutter, Gertrud, Tante Lina, Onkel Karl und ich, hielten uns an den Händen und weinten, und Onkel Karl sagte immer wieder: »Ihr könnt jederzeit zu uns kommen, Anna. Das habe ich meinem Bruder versprochen.«

Und Tante Lina sagte: »Wir werden zusammenrücken. Es wird schon gehen.«

Mutter nickte, sagte aber zu allem weder Ja noch Nein. Ich fand, dass sie die schlimme Nachricht beinahe gefasst aufgenommen hatte. Auch über mich selber wunderte ich mich. Es tat weh und ließ sich noch gar nicht richtig begreifen, dass Vater tot war. Aber weil wir nun schon so lange zwischen Hoffnung und Befürchtung lebten, hatte der Schreck fast etwas Erlösendes – die Ungewissheit hatte ein Ende. Und Vater selbst hatte in einem Abschiedsbrief an seine Familie, den der Kompanieführer der Benachrichtigung beigelegt hatte, geschrieben: *Trauert um mich, aber seid ruhig und gefasst ... Quält Euch nicht mit nutzlosen Vorstellungen von meinem Tod. Ich gebe mein Leben fürs Vaterland. Einmal sind wir alle an der Reihe ...*

Vater hatte den Abschiedsbrief schon vor drei Monaten geschrieben und in seiner Brusttasche mit sich getragen, wie der Kompanieführer geschrieben hatte. An der linken oberen Ecke des zerknitterten Umschlages war ein dunkler Fleck.

Vater sei ein vorbildlicher und beliebter Kamerad gewesen, hatte Kompanieführer Schulz geschrieben. Durch eine Verkettung unglücklicher Umstände sei Vater beim Sturmangriff auf die russischen Linien in eine vom Feind hinterhältig gestellte Falle geraten. Aufrecht und unerschrocken bis zuletzt sei der Landsturmmann Walter Hoffmann den Heldentod für Kaiser, König und Vaterland gestorben. Nach einer würdigen Andacht hätten die Kameraden seine Leiche zusammen mit anderen im Feindesland zur letzten Ruhe gebettet. Man verneige sich vor dem Dahingegangenen und halte sein Andenken für immer in Ehren. Der Kompanieführer teile den tiefen Schmerz der Familie ...

Mehr als all diese Worte hatte mich der dunkle Fleck auf dem

Briefumschlag getroffen. Heimlich hatte ich den Umschlag an mich genommen und zwischen meinen Büchern versteckt.

Am späten Nachmittag, Tante Lina und Onkel Karl waren wieder gegangen, um den letzten Zug ins Dorf zu erwischen, kam Leutnant Keller und kondolierte. Er stand vor der Mutter stramm, schlug die Hacken zusammen, riss die Hand an den Mützenschirm und sagte: »Aufrichtige Anteilnahme, gnädige Frau!«

Mutter nickte und sah vor sich hin auf den Tisch.

»Ihr Mann«, sagte Leutnant Keller mit feierlich erhobener Stimme. »Unser treuer Kamerad …«

»Bitte«, sagte Mutter mit matter Stimme. »Ersparen Sie uns das.«

Der Leutnant blinzelte unsicher und brach seine Rede ab, bevor er sie begonnen hatte.

In diesem Moment kam Louise herein. Sie blieb wie angewurzelt stehen und sah ratlos von einem zum anderen.

»Der Vater«, sagte ich schnell. »Der Vater ist gefallen.«

Louise schloss die Augen und holte tief Luft. Dann ging sie um den Tisch herum. Mutter erhob sich von ihrem Platz, und die beiden Frauen fielen einander schluchzend in die Arme. Lange standen sie so, wortlos, eng umschlungen.

Louise umarmte auch Gertrud und mich. Dann setzten wir uns an den Küchentisch, drückten einander die Hände und suchten stockend nach Worten.

Endlich verstand Leutnant Keller und flüchtete die Treppe hinauf in sein Zimmer.

Gertrud hatte sich zwischen die Mutter und Louise auf die Eckbank geschoben und lehnte sich mal an die eine, dann an die andere. Mutter sagte immer wieder dasselbe. Dass sie es habe kommen sehen. Dass sie Vater nicht habe abhalten können. Dass sie es sich nie verzeihen werde, gegen seinen Willen in die Stadt gegangen zu sein.

Louise hörte zu und versuchte, Mutter zu beruhigen. »Es ist der Krieg«, sagte sie, »der alles zerstört.«

Mutter redete nun immer mehr. Hätte ich nur …, könnte ich noch einmal … Aber die Zeit ließ sich nicht zurückdrehen.

Irgendwann hörte ich ein Geräusch vor der Ladentür. Ein Poltern, dann ein Schniefen. Der Laden war doch für heute geschlossen. Ich hatte auf ein Pappschild geschrieben *Wegen Trauerfall geschlossen* und es von außen an der Tür angebracht. Ob jemand trotzdem etwas kaufen wollte?

Ich ging in den Laden, drehte den Schlüssel im Schloss, öffnete – und erschrak.

Draußen stand Ida mit ihrem Pappkoffer und sah mich aus verheulten Augen genauso erschrocken an.

»Ida?«

»Paule …«

Fast ein Jahr hatten wir uns nicht gesehen. Nur aneinander gedacht. Jetzt fielen wir uns in die Arme, schüchtern erst, als seien wir einander fremd, dann aber so heftig, dass es uns fast den Atem nahm.

Schließlich zeigte Ida auf das Schild an der Ladentür und sagte: »Wer?«

»Vater ist gefallen«, sagte ich. »Heute haben wir die Nachricht bekommen.«

»Oh Paul!«

»Und deine Mutter?«, flüsterte ich.

»Gestorben«, sagte Ida. »Vor vier Wochen.«

»Das … das tut mir leid«, stotterte ich.

»Schon gut«, sagte Ida. »Es war eine Erlösung für sie.«

»Dass alles auf einmal kommt.« Ich bückte mich und nahm Idas Pappkoffer.

Ida schloss die Augen und holte tief Luft. Dann gingen wir Hand in Hand durch den Laden und über den Gang in die Küche.

»Frau Hoffmann, Frau Hoffmann«, brachte Ida heraus. Tränen stürzten ihr aus den Augen. »Was für ein Unglück!«

»Ida!«, rief die Mutter. Sie stand von der Eckbank auf und umarmte Ida, wie sie Louise umarmt hatte.

Ein Unglück schob sich über das andere. Ida sollte nun von ihrem erzählen.

»War es schlimm?«, fragte Mutter.

Ida nickte. »Meine Mutter hat kein schönes Leben gehabt«, sagte sie. »Immer nur Sorgen und Schmerzen und Dreckarbeit für den Alten. Und sterben konnte sie so lange nicht.«

»Und der … also, dein Vater?«

»Hat schon wieder eine neue Frau. Die Hertha. Schon lange hat er die. Aber Hertha ist gut zu meinen Schwestern.«

»Hat er dich gehen lassen?«

»Gehen lassen? Rausgeschmissen hat er mich. Seit gestern ist Hertha im Haus. Jetzt braucht er mich nicht mehr. Er will mich nicht mehr sehen, hat er gebrüllt. Ich wäre nur ein Esser zu viel.«

»Mein Gott«, sagte Louise. »Was für ein Tyrann.« Sie legte Ida die Hand auf den Arm und nickte ihr zu. »Das hast du gut gemacht, Ida, dass du gekommen bist.«

»Aber gerade heute«, sagte Ida. »Wo ihr selber genug Sorgen habt.«

»Wir schaffen das schon«, sagte Mutter. Idas Rückkehr hatte sie aufgerichtet, das spürte ich.

»Wir halten zusammen«, sagte Gertrud. »Jetzt erst recht.«

Alle nickten wir Gertrud vorsichtig lächelnd zu.

Es war schon nach Mitternacht, Louise war vor einer Stunde gegangen, als Mutter und Gertrud aufstanden, um schlafen zu gehen. Ida und ich saßen nun noch allein am Tisch.

»Ida, du schläfst am besten auf dem Sofa in Großvaters Zimmer«, sagte Mutter. »Das Bett ist schon abgebaut, aber auf dem Sofa, das wird schon gehen erst mal. Eine Wolldecke ist im Schrank. Kalt ist es ja nicht.«

Ida nickte. »Danke, Frau Hoffmann. Danke für alles.«

»Schon gut, Ida«, sagte Mutter. »Schön, dass du wieder da bist.«

Mutter fasste Gertrud an der Hand. In der Küchentür drehte sie sich noch einmal um. »Ihr beiden«, sagte sie. »Ihr macht uns keine Schande, hört ihr? Vater ist tot und deine Mutter, Ida. Das ist nicht die Zeit für … ach, ihr wisst schon!«

»Ja, Frau Hoffmann«, sagte Ida.

Wir hörten, wie Mutter und Gertrud die Treppe hinauf und in das Elternschlafzimmer gingen, das ab heute nicht mehr das Elternschlafzimmer war.

»So eine gute Frau«, sagte Ida. »Und tapfer wie nur was.«

»Gut, dass du da bist«, sagte ich. »Sie mag dich. Und du bist ihr eine große Hilfe.«

Wir redeten über die großen und kleinen Ereignisse im zurückliegenden Jahr. Staunend sahen wir uns an, als müssten wir uns immer wieder von Neuem vergewissern, dass wir tatsächlich zusammen an unserem Küchentisch saßen. Allmählich spürten wir die Müdigkeit, scheuten aber immer wieder vor dem Augenblick zurück, aufzustehen und die Treppe hinaufzusteigen.

Dann ließ es sich nicht länger aufschieben. Wir schlichen die Treppe hinauf und über den oberen Flur, vorbei an Mutters Schlafzimmertür, und wagten nicht zu flüstern.

Durch das Fenster im ehemaligen Großvater-Zimmer schien das Mondlicht. Zwischen Gardinenstange und Schrank spannten sich Spinnweben. Die drei Schlachtengemälde und das Bismarck-Bild waren abgehängt und lehnten gegen den Schrank. Über dem Sofa, auf dem Ida schlafen sollte, lagen die Holzbalken des Bettes und die schweren Seitenteile aus Eichenholz. Das Zimmer war zu einer Art Abstell- und Rumpelkammer geworden.

»Hier kannst du nicht schlafen«, sagte ich leise.

»Doch, doch, das geht schon«, flüsterte Ida.

»Ich weiß was Besseres«, sagte ich.

»Nee, Paul, das dürfen wir nicht. Das können wir deiner Mutter nicht antun.«

»Tun wir doch gar nicht«, flüsterte ich.

»Paul ... ich weiß nicht ...«

»Max' Bett ist leer. Und dann können wir noch ein bisschen reden.«

»Reden?«

»Ja.«

»Aber du versprichst ... Also, ich meine, dann sind wir wie Bruder und Schwester, ja? Nicht mehr.«

»Ja gut.«

Wir schlichen über den Flur zurück, ich drückte vorsichtig und leise die Klinke herunter, und dann standen wir, Ida und ich, in meinem Zimmer mit den beiden gegenüberliegenden Betten. Licht knipste ich nicht an. Das Halbdunkel von Mond und Sternen genügte.

»Paule, Paule, ich weiß nicht ...«, flüsterte Ida.

»Keine Angst«, sagte ich. »Mutter schläft bestimmt. Nach all dem. Und Gertrud auch.«

»Aber das ist gemein, Paul. Wir haben versprochen ...«

»Wir machen doch nichts Böses.«

»Wirklich nicht?«

»Wirklich nicht.«

Ida seufzte und sah sich im dunklen Zimmer um.

Ich schlug die Decke von Max' Bett zurück. »Du schläfst hier«, sagte ich. »Und ich schlafe da.«

»Also gut«, sagte Ida. »Aber du musst dich jetzt umdrehen.«

Ich drehte ihr den Rücken zu und hörte Ida in ihrem Pappkoffer kramen. So weit entfernt voneinander wie nur möglich zogen wir uns aus, streiften unsere Nachthemden über. Dann flüchteten wir voreinander in die Betten, ich in meins, Ida in das von Max. Ich hörte sie erleichtert seufzen, als sie sich zurücklegte.

Nach einer Weile sagte Ida: »Paule, weißt du, warum es … ich meine, warum gibt es Menschen, in denen steckt so viel Gutes, und andere, in denen steckt so viel Böses?«

»Weiß nicht«, sagte ich. »Vielleicht steckt ja in jedem irgendwas Gutes. Vielleicht hat nur nicht jeder Gelegenheit …«

»In meinem Vater steckt nichts Gutes«, sagte Ida. »Und Gelegenheit hätte er genug gehabt. Meine Mutter war so gut zu ihm. Aber er hat sie nur ausgenutzt, das Schwein. Ihr ganzes Leben lang.«

»Weißt du, was der alte Bode sagt? Es gibt die Ausnutzer und es gibt die Lückenbüßer«, sagte ich.

»Die was?«

»Lückenbüßer und Ausnutzer. Ohne solche wie deine Mutter, die alles auf sich nehmen, sagte der alte Bode, würde nichts funktionieren in der Welt. Das sind die Lückenbüßer …«

»Das sind die Dummen«, sagte Ida. »Ich wollte, sie hätte ihm den ganzen Krempel hingeschmissen, statt sich immer alles gefallen zu lassen.«

»Dann hätte eure Familie nicht funktioniert.«

»Hat sie doch sowieso nicht. Funktionieren tut nur was, weil alle Angst vor ihm haben. Weil er gleich losschlägt, wenn ihm was nicht passt. Aber das ist doch kein Leben. Nee, wäre besser gewesen, sie hätte sich scheiden lassen. Besser für sie und besser für uns.«

Ida hatte recht. Irgendetwas stimmte mit den Lückenbüßern nicht, das hatte ich schon vermutet. Je mehr Lückenbüßer es gab, desto mehr Ausnutzer und Gewaltmenschen.

»Der alte Bode hat gesagt, dass auch die Soldaten Lückenbüßer sind«, sagte ich. »Sie nehmen die ganzen Gefahren nur für uns auf sich. Für das Vaterland. Aber Max sagt, im Krieg wird man ein anderer Mensch. Man muss böse werden, auch wenn man was Gutes will. Im Krieg, sagt Max, hat man keine Wahl. Entweder man erschießt andere, oder man wird von anderen erschossen.«

»Dein Vater hat bestimmt nur was Gutes gewollt«, sagte Ida.

»Max auch«, sagte ich. »Aber er schreibt, er hat Angst, dass er wie ein Tier wird.«

»Max hat doch Louise«, sagte Ida.

»Ja«, sagte ich. »Und das hat ihm bis jetzt das Leben gerettet.«

Wir schwiegen, und beide hingen wir unseren Gedanken nach. Obwohl wir müde waren, konnten wir nicht schlafen.

Zeit verging, Minuten oder eine halbe Stunde.

»Ida?«, sagte ich.

»Ja?«

»Schon gut …«

Wieder Schweigen.

Ich blinzelte zu ihr hinüber.

Unsere Blicke trafen sich.

»Paul?«, sagte Ida.

»Ja?«

»Kommst du?«

Langsam schlug ich meine Decke zurück, schwenkte die Beine auf den Boden und schlüpfte zu ihr ins Bett. Wir umarmten uns, küssten uns wild, wir spürten unsere Nähe überall, berührten uns, waren schon bald außer Atem und viel zu aufgeregt, viel zu ängstlich, um uns einander ganz hinzugeben.

Als wir wieder zu Atem kamen, legte sie ihren Kopf auf meine Brust und ich streichelte ihre roten Haare.

»Paule«, sagte Ida. »Sind wir jetzt ein Paar?«

»Das sind wir doch schon lange«, sagte ich.

Ich spürte ihr Nicken, spürte, wie ihr Atem immer ruhiger wurde.

»In Ordnung«, sagte Ida.

Teil 2

Auf dem Dorf

18

Vater hatte im Tod mehr Macht über unsere Familie, als er im Leben gehabt hatte. »Er hätte es so gewollt«, war der Satz, mit dem Mutter nun alles begründete.

Im September 1916 hatten wir die wenigen noch vorhandenen Waren unseres Kolonialwarenladens für wenig Geld an den Konkurrenten August Klaproth verkauft, und im Oktober hatte Onkel Karl die beiden Ochsen Laban und Engelbert vor den großen Leiterwagen gespannt und uns im strömenden Regen mit Möbeln, Sack und Pack aus der Stadt ins Dorf befördert. Mutter hatte nicht einmal zurückgeschaut, als ihr Elternhaus hinter uns verschwand. Weil wir die Hypothekenschulden nicht mehr würden bezahlen können, hatte die Bank das Haus versteigert. Wir hatten nur noch wenig dafür bekommen. »Schlechte Zeiten«, hatte Herr Wolter, der Bankmensch, gesagt und bedauernd die Schultern hochgezogen.

Die Rückkehr in unser Dorf, die ich mir lange Zeit gewünscht hatte, war nun ganz anders, als ich es mir oft ausgemalt hatte. Nichts war so wie vorher. Zwar wurden wir von vielen bedauert, viele jedenfalls ließen uns wissen, dass sie Vater sehr geschätzt hätten und dass er ein guter Mensch gewesen sei, aber alle hatten ihre eigenen Sorgen, und wir Hoffmanns aus der Stadt bekamen sehr bald zu spüren, dass hinter unserm Rücken ganz anders über uns geredet wurde.

Nach dem verregneten Spätsommer und Herbst kam es zu der großen Kartoffelfäule. Nur die Hälfte aller geernteten Kartoffeln konnte verwertet werden. Das war nicht nur ein Unglück für Onkel Karl und die andern Bauern, sondern für das ganze Land. Die Kartoffel war zum Hauptnahrungsmittel geworden, wurde als Ersatz für Getreide und Fleisch in Brot und Wurst gemischt. Nun wurde empfohlen, statt Kartoffeln Steckrüben zu verwenden. Es gab Steckrübenschnitzel, Steckrübenfrikadellen, Steckrübenbrotaufstrich, Steckrübengebäck, Steckrübenmarmelade. Der Krieg nistete sich mit dem ekelerregenden Geruch von Steckrüben und Kriegsseife tief in unseren Alltag ein. Oft ging ich lieber hungrig und ungewaschen ins Bett, als den Steckrübenbrei herunterzuwürgen oder die widerlich riechende Seife zu berühren.

Zum Hunger kam die Kälte. Der Winter 1916/17 war so kalt, wie ich es noch nie erlebt hatte. Rehe, Füchse und Wildschweine kamen in den Nächten bis dicht an die Häuser und Scheunen heran und suchten nach Futter. Hinter der Scheune fand ich den steif gefrorenen Kadaver unserer alten Katze. Sie war nur noch Haut und Knochen gewesen. Die Küchenabfälle wurden nun dringend als Schweinefutter gebraucht. Für die Katzen blieben da nur noch die Mäuse.

Dabei ging es den Menschen hier im Dorf besser als den Menschen in der Stadt. Bei Tante Lina und Onkel Karl im Gewölbekeller standen noch Reihen von Gläsern mit Eingemachtem in den Regalen. Erbsen, Möhren, Bohnen, Lauch, Kohlrabi und Äpfel und Birnen aus dem großen Garten, Tante Linas ganzer Stolz. Und in der Wurstkammer hingen noch mehrere Mett- und Rotwürste und geräucherte Schinken. »Aber auch wir müssen sparen«, sagte Tante Lina öfter. »Es sind nun vier Esser mehr im Haus.«

Manchmal kamen Leute aus der Stadt, an Wochenenden meist,

und boten ihre Taschenuhren an oder Schmuck und Porzellangeschirr, um dafür etwas Essbares zu ergattern. Tante Lina fiel es schwer, den flehenden Worten und Blicken zu widerstehen, aber nur selten ließ sie sich auf einen Handel ein.

Auch wenn weder Tante Lina noch Onkel Karl es aussprachen, merkten wir doch, dass wir eine Last für sie bedeuteten. Zwar war es hochwillkommen, dass wir von morgens bis abends arbeiteten und die beiden zu den Soldaten einberufenen Knechte und den vor einem Jahr gestorbenen alten Rudolf ersetzten. Auch Gertrud machte sich nützlich als Kindermädchen für den dreijährigen Heinrich und den sechsjährigen Gustav. Doch wenn Onkel Karl am Abend sorgenvoll den Kopf wiegte und murmelte: »Jetzt müssen wir uns alle nach der Decke strecken«, oder wenn Tante Lina den kleinen Heinrich ermahnte, nicht so viel zu essen, weil doch alle etwas haben wollten, dann hörte ich auch das Ungesagte hinter ihren Worten.

Die Zeitungsfrau Frieda Möllenkamp sprach es aus, wenn auch nur im Flüsterton. Ich hörte es durch die offene Küchentür, wie sie im Flur Tante Lina brühwarm erzählte, was im Dorf über uns geredet wurde. Dass der Walter gefallen sei, nun ja, das sei traurig, aber seine Frau, die Anna, die sei ja aus der Stadt, die habe es ja schon immer besser gewusst, und jetzt, in der Notzeit und nachdem sie ihren Laden in der Stadt in den Sand gesetzt habe, da sei ihr nichts Besseres eingefallen, als reumütig an die Fleischtöpfe zurückzukehren, und alle Leute würden sich über die Mildtätigkeit von Tante Lina und Onkel Karl wundern. Und dann noch das mit der Ida, der Ida vom Schmied, die gehöre ja nun ganz und gar nicht hierher, und egal, was der Gellert für einer sei, die Ida gehöre nach Hause – oder wäre da etwas mit dem Kleinen, dem Paul? Die Leute würden so was reden …

Tante Lina ging nicht auf die Anspielungen von Frau Möllenkamp ein, sagte nicht Ja und nicht Nein und ließ die Zeitungsfrau schließlich kopfschüttelnd stehen. Als sie wieder in die Küche kam, erschrak sie fast, als sie mich sah. Den ganzen Vormittag über, so schien es mir, lief sie mit nachdenklichem Gesicht herum. Was die Leute redeten, war Tante Lina nicht egal.

Wir waren Fremde geworden in unserem Dorf. Und alles Fremde war vielen hier verdächtig. Wir hatten kein eigenes Haus mehr. Wir waren geduldet. Wir mussten dankbar sein.

Als es endlich etwas milder wurde, Ende März 1917, kamen Louise und ihre Freundin Charlotte an einem Sonntag mit Fahrrädern aus der Stadt. Louise hatte ihre Stelle in der Buchhandlung Großkopf aufgegeben und arbeitete seit einem Vierteljahr für den Frauenverein als Helferin – nicht nur auf dem Bahnhof, auch in der Volksküche, in der Suppe für Bedürftige ausgegeben wurde. Sie hatte Kochkurse besucht und hielt inzwischen selber Vorträge über das Kochen mit Ersatzstoffen, vor allem aber arbeitete sie tage- und nächtelang auf der Kinderstation des Krankenhauses. Sie war schmaler geworden, stiller, ihre Augen trüb von all dem, was sie gesehen und erlebt hatte. Zwei- oder dreimal in der Woche schrieb sie an Max, und jedes Mal, sagte sie, habe sie Angst, dass es der letzte Brief gewesen sein könnte. Max antwortete neuerdings auch ihr immer kürzer, oft in schwer verständlichen Sätzen. »Wenn man nur mit ihm reden könnte«, sagte Louise zu mir. Mit Mutter sprach sie ganz anders über Max: »Er ist stark. Wir dürfen die Hoffnung nicht verlieren. Einmal wird der Krieg doch zu Ende sein.«

Ich fragte sie nach Helene und wie es denn in der Buchhandlung ginge. »Die Zeit ist nicht zum Bücherlesen«, sagte Louise. Sie erzählte, dass es Unruhen gegeben habe in der Stadt. Die Arbeiter der Munitionsfabrik hätten gestreikt. »Der Hunger treibt sie auf die Straße. Sie demonstrieren für höhere Löhne. Aber auch dafür, dass man endlich Frieden schließen soll.«

Was Louise von ihrer Arbeit im Krankenhaus berichtete, ließ mir den Atem stocken. »Sie sterben, bevor sie gelebt haben«, erzählte sie. »Säuglinge, kleine Kinder mit aufgeschwemmten Bäuchen und starren Gesichtern wie Greise. Sie liegen in ihren Bettchen und sehen dich an, und du kannst ihnen nicht helfen. Niemand kann ihnen helfen. Du kannst ihnen nur in ihren letzten Tagen und Stunden noch ein bisschen Zuwendung geben, mehr nicht. Aber die kranken Kinder brauchen richtige Milch und richtige Nahrung und Mütter, die nicht selber krank sind und dahinvegetieren. Und Väter, die nicht weit weg sind und andere Väter erschießen müssen. Wo sind wir nur hingekommen?«

Auch Louises Freundin Charlotte war schmaler geworden und ernster. Dieses Lied fiel mir ein, das Charlotte auf der Verlobung gesungen hatte. *Die Gedanken sind frei.* Wie lange war das her. Als sich die beiden verabschiedeten, holte Tante Lina eine Mettwurst vom Boden, schnitt sie in der Mitte durch und gab jeder eine Hälfte, und aus dem Keller holte sie zwei Gläser eingemachte Bohnen.

Ich sah den Mädchen nach, wie sie den Hügel hinter dem Hof hinauffuhren. Auf der Kuppe drehten sich beide noch einmal um und winkten. Ich winkte zurück. Da war, für einen kurzen Moment, wieder dieses Gefühl von Leichtigkeit, das ich bei der Verlobungsfeier von Max und Louise gespürt hatte. Das Stadtgefühl. Die Ahnung von etwas. Jetzt war es eine Erinnerung, die wehtat.

Ein paar Tage nachdem die Zeitungsfrau Frieda Möllenkamp die neuesten Dorfgerüchte bei Tante Lina ausgeschüttet hatte, nahm Onkel Karl mich zu einem »ernsten Gespräch unter Männern«

beiseite. Um allein zu sein, gingen wir in die gute Stube, die eigentlich nur an Sonn- und Feiertagen im Sommer benutzt wurde.

»Hör zu, Paul«, sagte Onkel Karl. »Ich bin dein Patenonkel. Und nachdem nun dein Vater nicht mehr unter uns ist, bin ich an seiner Stelle für dich verantwortlich.«

Ich nickte und fühlte Beklemmung in mir aufsteigen.

»Wir müssen einmal über Ida reden«, sagte Onkel Karl. »Es lässt sich ja nun schlecht verheimlichen, dass ihr beide ... wie soll ich sagen ...«

»Wir sind befreundet«, sagte ich.

»Befreundet, ja, schön und gut«, sagte Onkel Karl. »Aber du weißt ja, wie das ist auf dem Dorf. Es wird geredet. Und es ist ja nicht nur das. Wie soll ich sagen ... Also, Ida, Junge, ist keine Frau für dich. Denk doch mal, du und deine Bücher, und Ida ... Also, kurz und gut, wir finden es besser, wenn Ida wieder dahin geht, wohin sie gehört, zu ihrem Vater.«

Mir stieg das Blut in den Kopf. »Nein!«, rief ich. »Das dürft ihr nicht tun. Schmied Gellert ist ein Tyrann. Der schlägt sie tot!«

»Nun, nun«, versuchte Onkel Karl zu beruhigen. »Wollen wir mal nicht übertreiben. So schlimm wird es schon nicht sein. Er ist ein bisschen jähzornig, ja, das weiß jeder im Dorf. Aber er macht gute Arbeit. Unsere beiden Pferde hat er beschlagen, obwohl sie so empfindlich sind. Dafür hat er ein Händchen. Und den alten Pflug hat er wieder hergerichtet, obwohl er fast hinüber war. Und mit seiner neuen Frau, das scheint ...«

»Wenn ihr Ida wegschickt, dann gehe ich auch«, sagte ich.

Onkel Karl sah mir prüfend in die Augen. »Junge«, sagte er. »Das kannst du deiner Mutter doch nicht antun. Und wo willst du denn hin?«

»Mutter will auch nicht, dass Ida weggeht. Ida gehört zur Familie. Das hat sie gesagt.«

»Und wo willst du hin?«

»In die Stadt«, sagte ich kurz entschlossen und trotzig. »Ich weiß schon, wohin.« Helene Linde, fuhr es mir durch den Kopf. Sie hatte doch angeboten, uns zu helfen.

Onkel Karl seufzte und schüttelte den Kopf. »Junge, Junge«, sagte er. »Da hast du dich auf was eingelassen. Hast du auch mal daran gedacht, wie das weitergehen soll mit euch?«

Ich zog die Schultern hoch und schwieg.

Auch Onkel Karl wusste nicht weiter. Schließlich stand er auf und sagte: »Dann werden wir jetzt mal deine Mutter fragen.«

Mutter kam, setzte sich neben mich, und als Onkel Karl ihr alles erklärt hatte, sagte sie: »Das kannst du nicht machen, Karl. Ida gehört zu unserer Familie, so oder so. Und was die beiden angeht, so wird die Zeit es zeigen. Zu diesem Wüterich von Vater kann man sie nicht zurückschicken. Außer uns hat sie doch keinen Menschen. Und Ida ist fleißig und zuverlässig. Keiner Arbeit geht sie aus dem Weg. Und sie ist doch auch euch eine Hilfe, Karl, das könnt ihr nicht anders sagen.«

Onkel Karl nickte.

»Und was die Leute reden«, sagte die Mutter. »Was geht uns das an?«

»Hm, hm«, brummte Onkel Karl. »Das könnt ihr leicht sagen, ihr Stadtmenschen.«

»Ich bitte dich, Karl«, sagte die Mutter. »Lass die Ida hierbleiben. Walter hätte es auch so gewollt.«

Das war der entscheidende Trumpf. »Nun gut«, sagte Onkel Karl. »Wir sind ja keine Unmenschen. Aber ein ernstes Wort muss doch geredet werden, auch mit der Ida. Hol sie mal her, Paul.«

Als ich die Tür zur Küche öffnete, stand Tante Lina dahinter und wich schnell ein paar Schritte zurück. Ida saß über den Küchentisch gebeugt, den Kopf zwischen den Händen. Natürlich hatte sie längst mitbekommen, was da in der guten Stube verhandelt wurde.

»Ida, kommst du mal?«

Ida stand auf und kam mit unsicheren Schritten auf mich zu.

»Keine Angst«, flüsterte ich. »Mutter ist auf unserer Seite.«

Zusammen mit Ida und mir schlüpfte auch Tante Lina ins Wohnzimmer, und Onkel Karl setzte zu seinen ernsten Worten an.

»Ida Gellert«, sagte er im feierlichen Ton. »Du weißt, was im Dorf geredet wird. Und dass unsere Familie dadurch leicht in einen schiefen Ruf kommen könnte. Das Beste wäre es deshalb, wenn alles wieder seine Ordnung bekäme und du zurück in dein Elternhaus gingest, wohin du gehörst. Aber du hast hier zwei Fürsprecher, die sich energisch für dich einsetzen.« Wie entschuldigend sah er seine Frau an, und Tante Lina zog die Augenbrauen hoch. »Nun gut«, redete Onkel Karl weiter. »Wir wollen uns dem nicht verschließen, und deshalb soll vorläufig erst einmal alles beim Alten bleiben. Aber über eines müsst ihr euch klar sein – Paul und Ida – wenn ihr auch nur den kleinsten Anlass dafür gebt, dass das Gerede neue Nahrung findet, dann werde ich meine Entscheidung wieder ändern. Macht uns keine Schande, hört ihr? Die Zeiten sind schon schlecht genug. Arbeitet fleißig und haltet euch zurück. Was später wird, das wird sich zeigen.«

Ida knickste. »Danke, Herr Hoffmann«, sagte sie. Aber die Angst stand ihr noch ins Gesicht geschrieben.

Onkel Karl nickte gnädig. »Nun wollen wir nicht mehr darüber reden«, sagte er. »Geht wieder an eure Arbeit.«

Um Holz und Kohle zu sparen, saßen wir auch nach dem gemeinsamen Abendessen alle zusammen in der großen Küche. Onkel Karl hatte seinen Platz an der Stirnseite des Tisches. Hin und wieder las er etwas aus der Zeitung vor und schüttelte meist den Kopf dazu. »Wir siegen jeden Tag ein bisschen mehr«, sagte er. »Es müsste doch längst genug sein.«

Tante Lina neben ihm ließ ihre Stricknadeln klappern und nickte zustimmend. Die Mutter, in schwarzer Witwenkleidung, Ida und ich saßen auf der Bank vor dem warmen Kachelofen, Oma Charlotte in ihrem Lehnstuhl. Manchmal durfte auch Gertrud, nachdem sie den kleinen Heinrich in den Schlaf gesungen hatte, noch für eine halbe Stunde in der Küche sitzen.

Wenn ich nicht zu müde war, versuchte ich an den Abenden auf der Ofenbank zu lesen. Louise hatte recht. Die Zeit war nicht zum Lesen. Aber Helene Linde hatte mir ein neues Buch geschickt, und obwohl ich hier so gut wie nie allein sein konnte, hatte ich schon ein gutes Stück gelesen. Die Geschichte handelte von Robinson Crusoe, der als Einziger einen Schiffbruch überlebt und den es auf eine unbewohnte Insel gespült hatte. Seitdem stellte ich mir oft vor, ich würde auf einer solchen Insel leben. Aber nicht allein. Auch Ida, stellte ich mir vor, hätte mit mir überlebt. Manchmal, wenn wir auf der Ofenbank saßen, trafen sich unsere Blicke und dann wusste ich, dass auch Ida sich etwas ganz Ähnliches wünschte, auch wenn sie von Robinson Crusoe und seiner Insel nichts wusste.

Meistens war es still in der Küche, und jeder hing seinen Gedanken nach. Einmal, an einem Abend im Frühjahr, sagte Oma Charlotte aus ihrem Lehnstuhl in die Stille hinein: »Kommt Walter heute Abend?«

Onkel Karl blickte auf, seufzte und sagte: »Mutter, du weißt doch: Walter ist tot.«

»Wer sagt das?«, fragte Oma Charlotte.

»Walter ist im Krieg gefallen«, sagte Onkel Karl.

»Aber Anna ist doch da«, beharrte Oma Charlotte.

»Anna wohnt jetzt bei uns«, erklärte Onkel Karl geduldig.

»So«, sagte Oma Charlotte. »Dann will ich jetzt mal das Bett machen für Walter.«

Onkel Karl sagte nichts weiter, schüttelte nur den Kopf und sah betreten zu Mutter hinüber, die mit gesenktem Blick dem Wortwechsel zugehört hatte.

Oma Charlotte war freundlich und gutmütig wie früher, aber ihr Geist hatte sich verwirrt. In Gedanken lebte sie in einer anderen Welt, einer längst vergangenen Zeit. Was heute war, konnte sie nicht verstehen. Aber wer konnte das schon? Wie es auf ihrer Insel wohl aussah?

»Siehst du, nun wirst du doch noch Bauer!«, lachte Onkel Karl, als wir zusammen den Kuhstall ausmisteten.

Ich war mir ganz und gar nicht sicher, was ich werden wollte und was nicht. Die Arbeit auf dem Hof und auf den Feldern machte mir Spaß, so anstrengend sie auch war. Aber die Bücher gingen mir nicht aus dem Kopf. Hier auf dem Dorf schien mir der Gedanke, ich könnte Buchhändler werden, wie eine Anmaßung. War das nicht doch etwas für ganz andere Menschen? Und wie alles einmal werden würde, wer konnte das schon sagen? Onkel Karl hatte der Mutter versprochen, sich um einen Rückstellungsantrag zu bemühen, damit man mich im nächsten Jahr nicht zu den Soldaten einziehen würde. »Den Paul will ich nicht auch noch verlieren«, hatte Mutter gesagt.

»Paul ist unentbehrlich auf dem Hof«, hatte Onkel Karl die Mutter beruhigt. »Den brauchen wir hinten und vorn.«

Die Mutter, Gertrud und ich schliefen in einem Zimmer. Bevor wir an diesem Abend ins Bett gingen, sagte ich: »Onkel Karl meint, ich soll doch Bauer werde.«

Nachdenklich sah Mutter mich an. »Den Hof erbt Gustav«,

sagte sie schließlich. »Für dich wäre es dann ganz genauso, wie es für den Vater war. Du wärst dann immer nur der Knecht. Einen eigenen Hof haben wir nun mal nicht.«

»Meinst du, dass Vater das gewollt hätte?«

Statt einer Antwort kramte Mutter aus ihrer Nachttischschublade den Brief vom Vater hervor, der zusammen mit der Todesnachricht gekommen war. Zwei Seiten waren nur für die Mutter bestimmt gewesen. Die hatte sie mir bisher nicht gezeigt.

»Da. Lies«, sagte Mutter. »Dann weißt du, was der Vater gewollt hätte.«

Es war ein seltsames Gefühl, auf der Bettkante zu sitzen und im Schein der kleinen Nachttischlampe zu lesen, was Vater irgendwo in Ostpreußen oder Russland geschrieben hatte.

Der Brief begann mit einer Liebeserklärung, und ich war unsicher, ob ich das lesen sollte. Aber Mutter stand neben mir und nickte mir aufmunternd zu.

Anna, hatte Vater geschrieben. *Du bist die Liebe meines Lebens. Ich habe mir so sehr gewünscht, dass wir zusammen durch ein langes, glückliches Leben gehen könnten und dass wir, wenn es dann Abend wird, zufrieden darauf zurückblicken. Es soll nun nicht sein. Ich danke Dir für alles. Für die guten Stunden und dafür, dass Du auch in den schlechten zu mir gestanden bist. Es war nicht leicht mit mir, das weiß ich wohl, und ich habe mir oft gewünscht, ich könnte Dir ein schöneres Leben bieten. Sei tapfer. Verzage nicht. Ich habe den Tod hier täglich vor Augen, und wenn es mich trifft, dann wirst Du, Anna, mein letzter Gedanke sein.*

In den langen Nächten habe ich hier viel Zeit zum Nachdenken. Dann denke ich oft an unsere Kinder und wie denn alles weitergehen soll. Der Max, Anna, Du weißt es so gut wie ich, ist nicht für den Krämerladen geboren. Seine Louise ist ein wunderbares Mädchen, aber beim besten Willen kann ich mir nicht vorstellen, dass sie hinter dem Tresen steht und Mehl und Butter verkauft. Wenn Max aus diesem Krieg zurückkommen sollte, und wenn er dann immer noch wie früher zur See fahren will, dann lass ihn Anna, lass ihn das mit seiner Louise ausmachen.

Und unser Paul hat es mit den Büchern. Ich sehe, dass er glücklich dabei ist. Auch wenn es vielleicht ein holpriger Weg wird, soll er sich die Hörner abstoßen und Buchhändler werden, wenn er es denn unbedingt will. Vielleicht kommt nach diesem Krieg doch einmal eine Zeit, in der die Menschen wirklich frei sein werden, so frei, wie es uns versagt geblieben ist, Anna. Ich wünsche mir, dass unsere Kinder dann aufrecht und wahrhaftig durchs Leben gehen und dass sie lernen, nicht nur für sich, sondern auch für andere zu denken.

Und unsere Gertrud …

Weiterlesen konnte ich nicht. Ich stand auf, umarmte meine Mutter und drückte sie fest an mich. Eine Weile standen wir reglos.

»Warum weint ihr?«, fragte Gertrud. Sie war schon im Bett, hatte sich aufgerichtet und sah zu uns herüber.

»Gertrud, komm her«, sagte Mutter.

Gertrud stand auf und stakste quer durch das Bett und stellte sich zu uns. Mutter und ich legten ihr die Hände auf die Schulter.

»Wir haben an Vater gedacht«, sagte Mutter. »Und dass wir ihn niemals vergessen wollen.«

19

Verheult kam Gertrud aus der Schule und war außer sich. Sie warf ihr Bündel mit den Schulbüchern auf den Steinfußboden neben dem Küchenschrank und rief: »Ich geh da nicht wieder hin! Nie, nie wieder!«

Mutter und Onkel Karl waren auf dem Feld, Ida mit den beiden Kleinen im Garten, nur Tante Lina und ich waren in der Küche.

»Du bist ungezogen, Gertrud«, sagte Tante Lina. Sie stand am Herd, rührte in der Kohlsuppe und drehte sich nicht einmal um. Gertruds Groll gegen die Dorfschule war nichts Neues.

»Der Lehrer Knoche ist ein Vieh!«, rief Gertrud. »Blutig geschlagen hat er mich. Mit dem Lineal!« Sie streckte ihre zehn Finger aus, die von roten Striemen gezeichnet waren, und hielt sie erst mir, dann Tante Lina hin.

»Vieh sagt man nicht zu seinem Lehrer«, sagte Tante Lina. »Und die Schläge, das wird schon seinen Grund haben. Herr Knoche ist streng, aber gerecht.«

»Ein Vieh ist er, ein dämliches Vieh!«, schimpfte Gertrud. »Und wir lernen nicht halb so viel wie bei uns in der Stadt! Immer nur auswendig, auswendig. Nie mal was Interessantes! Ich geh da nicht mehr hin!«

»Du bist hoffärtig, Gertrud«, sagte Tante Lina. »Willst was Besseres sein. Damit machst du es dir nur schwer. Höflich und bescheiden, so kommt man durch die Welt. Sieh dir deine Mitschüler an, die kleine Elisabeth von Hoppes zum Beispiel …«

»Die blöde Elisabeth!«, sagte Gertrud. »Weißt du, was die gesagt hat, Tante Lina? Die hat gesagt, wir hätten hier das reinste Tollhaus!«

Jetzt drehte sich Tante Lina doch um, musterte Gertrud und runzelte die Stirn. »So? Das hat sie gesagt? So weit sind wir also schon.«

»Ich geh da nicht mehr hin!«, sagte Gertrud und stampfte mit dem Fuß auf.

»Das kann man sich nicht aussuchen«, sagte Tante Lina. »Man muss sich gewöhnen, meine Dame! Das Leben ist nun mal kein Zuckerschlecken. Wenn unser Gustav nächstes Jahr in die Schule kommt, dann musst du ihm ein Vorbild sein. In der Schule muss man lernen, das zu tun, was alle machen, auch wenn es einem nicht gefällt. So ist das eben. Wie bei den Soldaten. Denk an Max. Meinst du, dem gefällt das, jeden Tag im Schlamm und Dreck im Schützengraben? Aber er tut es für uns, für unser deutsches Volk. Wo kämen wir hin, wenn niemand mehr seine Pflicht täte? Das wirst du auch lernen müssen, Gertrud, kleine verwöhnte Prinzessin.«

»Ich bin keine Prinzessin«, gab Gertrud trotzig zurück. »Und der Lehrer Knoche ist ein Vieh und Elisabeth Hoppe eine Blindschleiche, eine blöde!« Sie hob ihre Bücher auf und stolzierte aus der Küche.

Tante Lina sah ihr kopfschüttelnd nach. »Man sollte nicht denken«, sagte sie vor sich hin, »wie schnell aus einem Landkind ein Stadtkind werden kann.«

Stadtkind. Landkind. Ich schwieg. Wir mussten froh sein, dass wir ein Dach über dem Kopf hatten.

Die Ernte war besser ausgefallen als im vorigen Jahr. Mitte September konnten die beiden Ochsen Laban und Engelbert den letzten Wagen mit der Erntekrone vom Feld ziehen.

Onkel Karl dankte uns für unsere Hilfe und erwies sich als großzügig. Mit Tante Lina und Mutter fuhr er in die Stadt, kaufte für Mutter ein neues Kleid, nicht mehr schwarz, sondern braun und grau gemustert. Für Gertrud brachten sie ein paar neue Schuhe mit. Ich bekam fünf und Ida zwei Mark, mit der Aufforderung natürlich, es gut einzuteilen.

Ida und ich beschlossen, mit dem unerwarteten Reichtum unseren schon lange geplanten Ausflug in die Stadt Wirklichkeit werden zu lassen.

»Seid vorsichtig«, sagte Mutter. »Man hört so Verschiedenes aus der Stadt.«

Auch Tante Lina zeigte sich freigebig und stellte einen kleinen Beutel mit frischem Gemüse, Erbsen, Bohnen, Kohlrabi, aus dem Garten zusammen. »Für deine Bücherfrau«, sagte sie. »Klugheit allein macht ja auch nicht satt.«

Um keinen Anlass zu Gerede zu geben, gingen wir am Sonntagmorgen auf verschiedenen Wegen zum Kleinbahnhof, ich auf dem Schotterweg an den Gärten hinter dem Dorf entlang und Ida auf der Hauptstraße durch das Dorf. Auch auf dem Bahnhof hielten wir Abstand zueinander, stiegen in verschiedene Waggons der Kleinbahn ein, und erst auf dem Stadtbahnhof, als wir sicher waren, dass kein bekanntes Gesicht mehr auftauchen würde, trafen wir uns.

»Oh, Herr Hoffmann«, rief Ida. »Ist das denn die Möglichkeit? Wollen Sie zufällig auch in die Stadt?«

»Oh ja, Fräulein Ida«, sagte ich. »Stadtluft macht frei. Darf ich Ihnen meinen Arm anbieten?«

»Mit dem größten Vergnügen.«

Wir alberten herum, gingen Hand in Hand die Bahnhofsstraße hinunter zum Stadtpark, fühlten uns leicht und frei wie seit Monaten nicht mehr und übermütig ließ ich den Gemüsebeutel in meiner freien Hand pendeln.

Der Park hatte sich verändert. Einen Teil der großen Rasenfläche hatte man zum Kartoffelacker umgepflügt. Anstelle von grünem Gras und Blumen wuchs Kartoffelkraut in langen Reihen.

Die Stadt, so schien es uns, war noch trister als vor einem Jahr. Die Auslagen der Geschäfte waren noch dürftiger geworden, in zwei Schaufenstern hingen Pappschilder mit der Aufschrift *Geschäftsaufgabe* und an vielen Wänden und Litfaßsäulen klebten Plakate mit Anordnungen zum Verbrauch von Mehl, Milch und Zucker, Listen mit Höchstpreisen für Fleisch, Gemüse und Obst.

Eine Weile blieben wir vor dem Haus stehen, in dem wir gelebt hatten. Die in Stein gemeißelte Inschrift *Kolonialwaren Wilhelm Steinhoff* war noch zu lesen, aber das Haus stand leer.

»Großvater Wilhelm würde sich im Grabe umdrehen, wenn er das mitgekriegt hätte«, sagte ich.

»Wem gehört es denn jetzt?«, fragte Ida.

»Soweit ich weiß, hat es einer gekauft, der schon mehrere Häuser besitzt. Er wartet ab, bis er es günstig vermieten kann.«

»Und will gar nicht selber drin wohnen?«

»So machen das die reichen Leute.«

»Das ist mir zu hoch«, sagte Ida. »Wo jeder doch froh sein muss, wenn er irgendwo unterkommt.«

Auch die Viktoria-Lichtspiele waren in meiner Erinnerung bunter und verlockender gewesen. Jetzt wirkte das graue Gebäude auf mich, als hätte es die besten Zeiten hinter sich. Es gab immer noch neue Filme, aber in den Schaukästen an der Außenwand waren die Plakate lange nicht ausgewechselt worden, waren vergilbt und wellten sich. Ein Plakat von der *armen Jenny* war natürlich nicht mehr dabei. Vorbei und beinahe vergessen. Aber Ida neben mir war allemal besser als eine Jenny, die sich andere Leute ausgedacht hatten.

»Gehen wir ins Kino?«, fragte Ida.

Ich nickte. »Aber es ist noch viel zu früh.«

»Gucken wir mal, was es gibt«, sagte sie. »Au ja, hier, das will ich sehen: *Wer küsst mich? Ein entzückendes Lustspiel in vier Akten.* Oder hier: *Irrfahrten der Liebe. Das Drama einer jungen Ehe.* Ach, Drama, das ist vielleicht doch nichts. Das hier vielleicht: *Das Beste vom Besten: Die Lieblingsfrau des Maharadscha.* Aber dazu gibt es Krieg: *Unsere Helden an der Somme.* Ach nee, willst du das sehen?«

»Das sind doch die alten Filme. Die sind schon gelaufen«, sagte ich. »Die neuen stehen hier: *Zimmer No. 7. Ein spannender Detektiv-Schlager in 4 Akten.* Und: *Peter mit der Posaune* und *Quälendes Dasein.*«

»Quälendes Dasein will ich nicht«, sagte Ida.

»Jetzt gehen wir erst mal zu Helene«, sagte ich.

Seit einem halben Jahr hatte ich Helene Linde nicht mehr gesehen. Wir hatten uns Briefe geschrieben und zweimal hatte sie mir ein Bücherpäckchen geschickt.

Ida wurde immer stiller, als wir durch das Viertel der vornehmen Leute gingen, und auf dem weißen Kiesweg vor dem großen Haus, Beethovenstraße Nr. 46, verstummte sie endgültig. Im Vorbau mit den Korbsesseln zögerte sie einen Moment, aber dann gab sie sich doch einen Ruck und ging neben mir die Treppe hinauf.

Helene freute sich über unser Kommen wie ein kleines Kind. Erst umarmte sie mich, dann Ida. »Kinder, Kinder«, sagte sie immer wieder. »Was für eine Überraschung! Und frisches Gemüse! Das ist ja wie Weihnachten und Ostern zusammen! Da machen wir uns gleich ein schönes Mittagessen!«

Auf dem Herd stand ein Topf mit Wassersuppe, eine dünne Brühe aus Ersatz-Bouillon mit Spuren von verrührtem Ei. Helene packte den Gemüse-Beutel aus und legte Lauch, Erbsen, Bohnen, Möhren und Kohlrabi wie erbeutete Schätze auf dem kleinen Tisch nebeneinander. »Gerade wollte ich mir eine Wassersuppe kochen«, sagte sie. »Da werden wir gleich einen Teil von euren schönen Sachen dazuschnippeln, dann gibt es eine richtige Gemüsesuppe.«

»Ich mach das schon«, sagte Ida.

Helene schüttelte den Kopf. »Wisst ihr was?«, sagte sie. »Das machen wir zusammen. Drei Messer habe ich gerade noch.«

Sie wusch das Gemüse, dann standen wir nebeneinander vor der Anrichte, putzten und schnippelten gemeinsam.

Nachdem wir das Kleingeschnittene in die Wassersuppe gegeben und den Herd mit einem nachgelegten Scheit Holz neu befeuert hatten, setzten wir uns an den Küchentisch und Helene erzählte das Neueste aus der Buchhandlung. Louise fehle hinten und vorn. Sie seien nun nur noch zu dritt. Sogar der Packer Klawutke sei wegen zu geringer Einnahmen vorläufig entlassen worden. Der Chef müsse die Pakete nun selber ein- und auspacken, und die Bücher zum Austragen blieben manchmal tagelang liegen. Sie könnten einen wie mich dringend gebrauchen, aber das Geld, das leidige Geld …

Zur Feier des Tages aßen wir am kleinen runden Tisch im Wohnzimmer. »Herrlich!«, schwärmte Helene Linde. »Frisches Gemüse, wie lange habe ich das nicht mehr gehabt.«

Wir löffelten die Suppe, und ich sah, dass Ida immer wieder ehrfurchtsvolle Blicke auf das Regal gegenüber warf, in dem, Rücken an Rücken, Helenes Bücher standen.

»Die Märchen von Andersen waren schön«, sagte Ida auf einmal.

»Das freut mich, dass du das sagst – ich darf doch du sagen?« Helenes Augen leuchteten.

Ida nickte. »Aber so viele Bücher lesen, das könnte ich nie.«

»Das musst du auch nicht, Ida«, sagte Helene. »Dafür kannst du vieles, wovon ich alte unpraktische Schleiereule keine Ahnung habe.«

»Aber wenn man Bücher liest ...«, sagte Ida und suchte nach Wörtern, »wenn man Bücher liest, ist man dann nicht doch ein besserer Mensch?«

Helene lächelte. »Schön wär's. Aber so ist es nicht, Ida. Selbst Leute, die Bücher schreiben, sind keine besseren Menschen ...«

»Sie kennen richtige Bücherschreiber?«

»Ein paar«, nickte Helene. »Und das sind Menschen aus Fleisch und Blut ...«

»Auch Andersen?«, fragte Ida.

»Der ist nun leider schon tot«, sagte Helene. »Aber auch Hans Christian Andersen war ein Mensch mit vielen Schwächen, voll Zweifel, Ehrgeiz und Eifersucht. Und hat doch so schöne Märchen geschrieben. Wichtig ist nur, was wir, wenn wir es lesen, für uns daraus machen.«

Wir gingen in die Küche zurück, Helene goss für jeden eine Tasse Malzkaffee auf und wie immer, wenn sie einmal von Schriftstellern und Büchern angefangen hatte, konnte sie schlecht aufhören und erzählte noch eine Weile über die Brüder Heinrich und Thomas Mann. »Beides vorzügliche Schriftsteller, wenn ihr mich fragt, jeder auf seine Art. Aber jetzt haben sie sich gestritten. Wegen des Krieges. Ach, dieser Krieg! Alles zerstört er, geht mitten durch die besten Familien. Viele reden ja jetzt von Frieden. Aber keiner will Verlierer sein.«

»Max schreibt, dass die Soldaten lieber heute als morgen nach Hause gehen würden. Auch die Franzosen«, sagte ich.

»Das glaube ich«, sagte Helene. »Ach Kinder, lasst uns von was anderem reden. Was Erfreulichem. Von euch zum Beispiel. Wie ihr getanzt habt, wisst ihr noch?«

»Aber tanzen können wir doch gar nicht«, sagte Ida.

»Und wie ihr tanzen könnt! Eine wahre Freude, euch zuzusehen. Und der alte Reinecke hat Augen gemacht, ha, wunderbar!«

Wir saßen am Küchentisch und lachten, aber unvermittelt wurde Helene wieder ernst. »Hört mal, Kinder«, sagte sie und fasste mit der Linken Idas, mit der Rechten meine Hand. »Wenn dieser unselige Krieg endlich vorbei ist und alles hoffentlich wieder seine Ordnung bekommt, dann müsst ihr etwas lernen. Du, Paul, wirst Buchhändler, das haben wir ja schon besprochen, nicht wahr? Und du, Ida, auch du solltest einen richtigen Beruf lernen, überleg es dir. Redet mal darüber. Und wenn ihr einen Unterschlupf braucht, dann kommt zu mir. Ich habe noch eine kleine Kammer, nichts Nobles, aber wenn man ein paar Sachen aus- und umräumt, könnten zwei Menschen ganz gut darin schlafen. Und mir altem Uhu wird es ganz guttun, wenn ein bisschen Leben in die Wohnung kommt.«

Ida und ich sahen uns an. So weit hatte noch keiner von uns zu denken gewagt. Es war plötzlich, als hätte die alte Frau unsere geheimsten Wünsche berührt. Vor mir tauchte auf einmal etwas auf, das ich immer für ein unerreichbares Fantasiegebilde gehalten hatte. Eine Art Robinson-Insel mitten im Meer.

Ida nickte, ich nickte. Puterrot waren wir beide.

Helene bemerkte unsere Verlegenheit und redete wieder von unverfänglichen Dingen, von der mühsamen Jagd auf Lebensmittel, vom Schwarzmarkt und vom Kochen mit all diesen elenden Ersatzstoffen.

Nach einer Stunde verabschiedeten wir uns, rannten in den Nieselregen hinaus, rannten über den langen Gartenweg, dass der

Kies unter unseren Füßen knirschte und kleine Steine zur Seite flogen. Unter dem großen Kastanienbaum am Straßenrand küssten wir uns, liefen übermütig mit den Armen schlenkernd weiter, neckten uns und waren albern. Nur über die von Helene vor uns ausgebreiteten Zukunftspläne sprachen wir nicht. Zu neu war das noch, zu ernst und zu kostbar, um schnell zerredet zu werden.

Als wir in die lange Bismarckstraße Richtung Marktplatz einbogen, hörten wir Marschmusik. Auf den Bürgersteigen links und rechts säumten Menschen die Straße. Polizisten gingen vor den wartenden Menschen auf und ab und warfen misstrauische Blicke in die Menge.

Vom südlichen Stadttor her näherte sich in Dreierreihe – eine Musikkapelle vorweg – eine Abteilung junger Soldaten in blauen Uniformen und glänzenden Stahlhelmen auf den Köpfen. Alle Blicke flogen den Soldaten entgegen.

Zwei Mädchen drängten sich an uns vorbei. »Ich werd verrückt«, sagte die eine, blieb stehen und sah uns wie entgeistert an. »Die rote Ida. Und der Hoffmann. Was macht ihr denn hier? Ich denke, ihr seid wieder in eurem Dorf?«

»Maria«, sagte Ida. »Lange nicht gesehen. Was ist denn hier los, sag mal?«

Ungläubig musterte Maria sie von oben bis unten. »Ihr kommt wohl vom Mond, was? Na ja, von eurem Kaff. Großer Aufmarsch. In zwei Tagen hat Generalfeldmarschall Hindenburg siebzigsten Geburtstag. Gottfried und Erich sind auch dabei. Als Freiwillige. Zwei Monate Ausbildung haben sie schon hinter sich. In einem Vierteljahr geht's an die Front. Das ist Elfriede, Erichs Freundin.«

Elfriede, groß und breitschultrig, im langen grauen Mantel, nickte ihnen zu, die lange Feder an ihrem Hut wippte. Sie zog Maria am Arm.

»Komm weiter«, sagte sie ungeduldig. »Mehr nach vorn. Hier sieht man ja nichts.«

Bevor die beiden in der Menschenmenge verschwanden, musterte mich Maria von oben bis unten und sagte: »Könntest du nicht auch schon lange Uniform tragen?«

Ich antwortete nicht.

Die Musik wurde lauter, die Soldaten kamen näher. Mit feierlichem Ernst zogen sie an uns vorbei, und tatsächlich entdeckten wir gleich in der ersten Reihe Erich Kessler, der wie die anderen starr und angespannt geradeaus blickte. Hinter ihm Gottfried. Der Eifer, alles richtig zu machen, war ihnen anzusehen, und ich musste an Max denken, der vor drei Jahren mit demselben Eifer und derselben Zuversicht in den Krieg gezogen war. Was war daraus geworden? Was würde aus Erich und Gottfried werden, wenn sie vor der Wahl ständen: schießen oder erschossen werden? Für das Vaterland zu sterben sei der schönste Tod, war überall zu lesen und zu hören. Dann sei man ein Held. Und wenn, dachte ich. Vielleicht ist es viel schwerer, kein Held zu sein.

Auf der Straßenseite, auf der wir standen, schwenkten die Leute Fähnchen, winkten, Männer rissen sich die Hüte von den Köpfen, »Heil-Hindenburg«-Rufe wurden laut. Auf der anderen Straßenseite war die Stimmung ganz anders. Wir bemerkten es erst, als drüben ein kleiner Tumult entstand und drei Polizisten sich in drohender Haltung vor einer Gruppe von Männern und Frauen aufgepflanzt hatten, die Pappschilder hochhielten. *Wir haben Hunger* stand auf einem. *Macht endlich Frieden* auf einem anderen.

Die Polizisten drohten mit Schlagstöcken. Die Schilder wurden gesenkt und Fäuste erhoben sich aus der Menge.

»Kriegstreiber!«, schallte es aus der aufgebrachten Menge.

»Vaterlandsverräter!«, riefen einige Leute auf unserer Straßenseite.

Die Soldaten marschierten im Gleichschritt weiter Richtung Marktplatz. Kinder liefen neben ihnen her. Auch Maria und Elfriede schlängelten sich, immer auf Höhe der Blauröcke, durch die sich zerstreuende Menge. Manche Mädchen warfen den Soldaten Kusshände zu.

Ida fasste meine Hand und zog mich weg. »Komm. Die hauen sich am Ende noch die Köppe ein.«

Wir gingen weiter. Unsere Zeit war kostbar. Morgen mussten wir wieder so tun, als wäre nichts zwischen uns.

Der Regen hatte aufgehört. Ziellos schlenderten wir durch die Stadt, die uns an diesem trüben Herbstnachmittag so anders erschien als zu der Zeit, in der wir hier gelebt hatten. Es war schön, fern von allem Gerede, einfach nur zusammen zu sein, ohne Angst und ohne dass irgendjemand über uns und unsere Zeit verfügen konnte.

Auf einmal standen wir vor dem Schaufenster der Buchhandlung Großkopf. Ich versuchte, einen Blick ins Innere zu erhaschen, doch im Halbdunkel des Ladens waren die Bücherreihen, Auslagetische und Leseecken nur zu erahnen.

»Wenn du erst mal wieder da drin bist …«, sagte Ida. Sie brachte den Satz nicht zu Ende.

»Wenn erst mal wieder Frieden ist …«, sagte ich. Weiter wusste ich auch nicht.

»Paule«, sagte Ida plötzlich sehr ernst. »Was deine Helene gesagt hat … glaubst du, sie meint das ehrlich?«

»Helene hat mich noch nie angelogen«, sagte ich.

Idas Augen leuchteten. »Und du meinst, das können wir machen?«

Ich nickte. »Wenn wir erst mal wieder für uns sind«, sagte ich.

Die Zeit verging schneller als erwartet. Ins Kino zu gehen, hatten wir inzwischen ganz vergessen. Um sechs Uhr saßen wir wieder in der Kleinbahn, es war der letzte Zug, der sonntags zurückfuhr. Weder Ida noch ich dachten an die Vorsichtsmaßnahmen der Hinfahrt, und als wir uns unbeobachtet fühlten, küssten wir uns.

Eingehüllt in die Dampfschwaden der Lokomotive sprang Ida als Erste aus dem Eisenbahnwagen – und stand plötzlich vor der breiten Brust ihres Vaters. Sie erschrak und wich zurück.

Ich sprang aus dem Wagen und stellte mich schützend vor Ida.

Der überraschte Schmied sah uns mit offenem Mund an, als wären wir Erscheinungen aus einer anderen Welt. Dann brachen die Flüche aus ihm hervor.

»Du Luder!«, schrie er. »Du Rumtreiberin! Du Hexenkind! Lass dich nicht mehr blicken! Machst dem Rotzlöffel schöne Augen, dass das ganze Dorf redet! Nichts als Schande bringst du einem!«

Ein Pfiff ertönte. »Alles einsteigen!«, rief der Schaffner und schwenkte die rote Kelle.

»An die Seite!«, schrie der Schmied, stieß mit der Hand nach uns, wir wichen aus, der Schmied stolperte, fing sich gerade noch, rappelte sich auf und schwang sich mit unerwarteter Behändigkeit über das Trittbrett und durch die offene Tür in den Zug hinein.

Ida klammerte sich an meine Schulter. Der Schreck saß uns beiden in den Gliedern, und wir kümmerten uns nicht um die Blicke der Leute auf dem kleinen Bahnhof.

»Komm«, sagte ich endlich. Hand in Hand gingen wir den Schotterweg zur Dorfstraße hinunter, und erst als wir unten waren, blieb Ida stehen, zog erschrocken ihre Hand aus meiner und sagte: »Das geht nicht! Alle sehen uns!«

»Sollen sie doch«, sagte ich. »Sollen sie reden. Wir sind doch ein Paar. Wir gehören zusammen. Komm, alle sollen das jetzt sehen!«

»Aber dein Onkel Karl«, sagte Ida. »Der schickt mich weg.«

»Dann gehe ich auch«, sagte ich. »Dann gehen wir gleich zu Helene.«

»Paule …« Ida schniefte. Ida lächelte. Zögernd gab sie mir ihre Hand.

Es war Abendbrotzeit. In den Höfen und Vorgärten an der Dorfstraße waren nur Katzen, Hunde und Hühner zu sehen. Aber ich wusste, dass hinter den Gardinen die Blicke lauerten und dass unser unerhörtes Benehmen morgen im ganzen Dorf die Runde machen würde.

Aber am nächsten Morgen, noch bevor die Zeitungsfrau da war und der Dorftratsch Tante Lina und Onkel Karl zugetragen werden konnte, hörte ich von draußen auf dem Hof den Aufschrei meiner Mutter in der Küche. Schlimmes ahnend rannte ich ins Haus. Im Flur kam mir der Postbote entgegen, sah mich erschrocken-mitleidig an, murmelte etwas Unverständliches und drückte sich an mir vorbei.

Ich stieß die Küchentür auf. Mutter saß am Tisch und starrte auf den Brief, der vor ihr auf der Holzplatte lag. Tante Lina saß neben ihr und hatte Mutter den Arm um die Schulter gelegt. Onkel Karl stand am Fenster und starrte auf die beiden Frauen, als müsse er ihnen gleich zur Hilfe springen.

»Was ist los?«, rief ich.

Niemand antwortete mir.

»Max? Ist Max gefallen?«

Mutter sah zu mir auf und schüttelte kaum merklich den Kopf.

»Ist Max gefallen?«, rief ich noch einmal.

»Nicht gefallen«, sagte Onkel Karl endlich. »Schlimmer.«

20

Drei Wochen später erhielten wir Nachricht, dass Max aus Frankreich in das katholische Lazarettkrankenhaus Am Wolfsgrund verlegt worden war, in eine Stadt also, die keine fünfzig Kilometer von unserem Dorf entfernt lag. Sein Zustand sei unverändert, aber man könne ihn dort besuchen.

Der Tierarzt Küster, ein alter Freund des Vaters, erbot sich, Mutter, Louise und mich in seinem Automobil zu befördern. Unpassend zu unseren düsteren Erwartungen schien an diesem Tag die Sonne hell vom Himmel, die Luft war klar und die bunte Färbung des Herbstwaldes gaukelte stille Heiterkeit vor.

Noch vor acht Uhr morgens rollte der von Kopf bis Fuß in Leder gekleidete Tierarzt mit seinem Opel auf den Hof. Tante Lina steckte uns eine Blechdose mit Wurstbroten zu, und Onkel Karl sagte ein paar Mal: »Sei tapfer, Anna. Das Leben geht weiter.« Und zum Tierarzt: »Fahr vorsichtig, Dietrich. Du hast wertvolle Fracht.« Selbst Oma Charlotte erschien über ihren Stock gebeugt in der Haustür. Gustav und der kleine Heinrich kamen auf den Hof gelaufen, um das Wunderding Automobil zu betrachten. Gustav wagte sogar, mit seinen Fingerkuppen den glänzenden Lack der Autotür zu berühren. Ida und Gertrud winkten. Es war ein Abschied, als würden wir auf eine lange und gefährliche Reise gehen. Doch es war nicht die Reise, es war das Ziel, wovor wir Angst hatten.

Es war meine erste längere Fahrt in einem Auto. Von neugierigen Blicken verfolgt rollten wir durch das Dorf. Hühner sprangen gackernd zur Seite, Frieda Möllenkamp, die Zeitungsfrau, blieb stehen und sah staunend hinter uns her. Noch vor Mittag würde das ganze Dorf über unsere Autofahrt reden.

Auf der graden Strecke hinter dem Ort trat der Tierarzt das Gaspedal durch und ich sah, dass die rote Nadel des Tachometers über fünfzig kletterte. Dem Tierarzt flatterten die losen Bänder seiner Ledermütze um das Kinn.

Eine Zeit lang hatte Max jeden Abend im Bett von Autos geschwärmt, und jede Woche war es eine andere Marke, die er bevorzugen würde, wenn er endlich den Führerschein hätte. Ach Max, Max ...

Wir holperten über das Kopfsteinpflaster, und schon bald spürten Mutter und ich, dass die Rückbank nur dünn gepolstert war. Auf dem Weg zur Reinecke-Villa steuerte der Tierarzt geschickt um die städtischen Schlaglöcher herum, aber alle zu vermeiden, gelang ihm nicht. Einmal holperte es derart, dass ich schon befürchtete, die Achse sei gebrochen.

Im Ostviertel, Beethovenstraße 42 hielten wir an und ich stieg aus. Ich ging über den weißen Kiesweg, und noch bevor ich die Eingangstür erreichte, hörte ich eine laute, erregte Stimme aus dem Haus.

»Ich mag das nicht länger mit ansehen! Du stürzt dich ins Unglück, Louise! Besinne dich! Dein Bruder ist tot. Das ist genug. Wir wollen dich nicht auch noch verlieren!«

Louises Stimme war leise, und ich konnte nicht verstehen, was sie sagte. Sie redete auf ihre Mutter ein, und nach einer Weile schluchzte Frau Reinecke laut auf. »Nein!«, rief sie verzweifelt. »Louise!«

Die Haustür ging auf, Louise im grauen Mantel kam heraus,

nickte mir zu. Schweigend gingen wir nebeneinander über den Gartenweg.

»Dein Vater wird es nicht zugeben!«, rief Frau Reinecke hinter uns her.

Louise sah über die Schulter zurück. Ihre Mutter stand in der Tür, die Hände über dem Kopf.

»Es ist mein Leben, Mutter!«, rief Louise und ging schnell weiter. Sie sah nicht mehr zurück.

Mutter war ausgestiegen und kam uns entgegen. Die beiden Frauen umarmten sich. Der Tierarzt küsste Louise ganz unpassend die Hand.

Vorn im Automobil war nur Platz für den Fahrer. Wir mussten zu dritt auf der Rückbank sitzen.

Nachdem die Stadt hinter uns lag, fuhren wir lange durch einen herbstbunten Laubwald, dann am Fluss entlang durch Felder und Wiesen, über denen hier und da noch Nebelfetzen hingen. Eine Landschaft voll Zauber, Schönheit und Frieden, gestört nur vom knatternden Motorengeräusch, das ein Gespräch unmöglich machte. Wir schwiegen und jeder hing seinen Gedanken nach.

Die Mutter links und Louise rechts neben mir hatten die Augen geschlossen. Aber sie schliefen nicht, das spürte ich. Sie dachten wie ich an Max, stellten sich vor, wie es nun werden würde, wenn sie ihm gegenüberstünden. Die Mutter hatte es nicht fertiggebracht, es Gertrud und mir zu sagen. Onkel Karl hatte es für sie übernommen: »Das Schlimmste«, hatte er gesagt, »ist nicht der amputierte Arm. Das Schlimmste ist, dass er wahrscheinlich für immer den Verstand verloren hat.«

Später hatte ich den Brief, den Max' Leutnant Jung geschrieben hatte, selber gelesen. Darin stand es schwarz auf weiß: Sie hätten Max vom Schlachtfeld aufgesammelt und auf einen Ambulanzkarren zu den Toten gelegt. Zufällig hätte einer doch noch ein schwaches Lebenszeichen an Max entdeckt, und sie hätten ihn zum Verbandsplatz und schließlich ins Lazarett geschafft, wo sie ihm den zerschossenen rechten Arm amputiert hätten. Max habe die Sprache verloren und – alle Anzeichen deuteten darauf hin – auch den Verstand. Immerhin sei er am Leben.

Leben?

Unerbittlich strahlte die Sonne vom Himmel, unerbittlich schnurrte das Auto durch die friedvolle Herbstwelt unserem Ziel entgegen.

Das Leben geht weiter, hatte Onkel Karl getröstet. Wie sollte das gehen? Ohne Sprache? Ohne Verstand?

Die Sonne hatte sie herausgelockt. Die Sandwege und Bänke im Park vor dem Eingang des Krankenhauses waren bevölkert von verwundeten Soldaten mit weißen Verbänden, Gipsbeinen, Gipsarmen, Männern auf Krücken, in Rollstühlen, begleitet von Nonnen und Rotkreuzschwestern. Von Weitem war es beinahe ein fröhliches Bild. Wir hörten Rufen und Lachen, und ich hatte schon die Hoffnung, wir würden Max hier draußen antreffen. Aber ich konnte ihn nirgends entdecken.

Tierarzt Küster verabschiedete sich. Er wollte einen Kollegen besuchen und uns in vier Stunden wieder abholen.

Um zum Eingang zu kommen, mussten wir durch den Park und das Gewusel der Soldaten. Blicke trafen uns, stumpfe und neugierige, manche Männer pfiffen hinter Louise her, manche riefen ihr Anzüglichkeiten nach. Louise verzog keine Miene. Mutter hatte sich bei ihr eingehakt, und mit der freien Hand griff sie nach mir. Ich schob meinen Arm unter ihren.

Es war halb elf, und die Sonne wärmte. Neben einer voll besetzten Bank standen zwei Rollstühle. In dem einen saß, zurückgelehnt, ein Mann ohne Beine. Die roten Beinstümpfe waren freigelegt. In dem anderen Rollstuhl saß – ich mochte kaum hinsehen – ein Mann mit nur einem halben Gesicht. An der Stelle der linken Hälfte waren nur Knochensplitter, wie ein Loch in einem Totenschädel.

Ich musste schlucken. Die Nonne neben dem Rollstuhl hatte meinen Blick bemerkt und stellte sich so, dass sie den Mann im Rollstuhl verdeckte. »Kommt weiter«, sagte Louise.

Das Krankenhaus, ein großzügiger Bau aus der Gründerzeit, war etwas mehr als dreißig Jahre alt, bestand aus einem Hauptgebäude und zwei Nebenflügeln und war zum Verlaufen groß. Zwanzig Minuten dauerte es, bis wir endlich einen Arzt gefunden hatten, der von der Existenz eines Max Hoffmann in diesem Krankenhaus etwas wusste.

»Hoffmann, Max, ja«, sagte er, »das ist der Sprachverlust. Linker Flügel, Station sieben, Zimmer drei. Am besten Sie sprechen mit Professor Heinzler auf der Station. Wenn er da ist. Wenn er nicht gerade operiert. Hier geradeaus, dann links und eine Treppe hinauf. Auf Wiedersehen. Und alles Gute.«

Professor Heinzler war nicht zu sprechen, aber eine Nonne, Schwester Elisabeth, eine hoch aufgeschossene Person mit langem, faltenreichem Gesicht, führte uns zum Zimmer drei. Bevor sie die Tür öffnete, blieb sie stehen und sah Mutter, Louise und mich ernst an. »Erschrecken Sie nicht«, sagte sie. »Er ist nicht mehr der, den Sie gekannt haben. Er ist ein anderer und lebt in einer anderen Welt.«

Als sie die Tür öffnete, schlug uns ein unangenehmer Geruch entgegen, eine Mischung aus Desinfektionsmitteln, Arzneien und Urin. Fünf Betten standen im Zimmer, verblichene Heiligenbilder und ein Kruzifix hingen an den Wänden.

»Meine Herren!«, rief die Nonne mit resoluter Stimme in den Raum. »Wir haben Besuch! Bitte benehmen Sie sich!«

»Grundgütige Elisabeth!«, krächzte eine Männerstimme. »Führe uns nicht in Versuchung!« Ein lang gezogener Pfiff war zu hören, und aus einem anderen Bett rief einer: »Welch ein Glanz in unserer Hütte!«

Die Schwester achtete nicht darauf, ging voraus und blieb schließlich vor dem Bett in der hinteren Ecke stehen.

Da lag Max. Ausgestreckt unter einer grauen Decke. Ein weißer Kopfverband wie ein Turban verdeckte Stirn und Haare. Mit offenen Augen und leerem Blick starrte er zur Decke hinauf und schien nicht wahrzunehmen, was um ihn herum vor sich ging.

»Herr Hoffmann«, sagte Schwester Elisabeth. »Sie haben Besuch. Schauen Sie mal, wer hier ist!«

Statt uns anzuschauen, suchte Max mit noch mehr Anstrengung irgendetwas oben an der Decke. Seine Augen flackerten.

»Max, mein Junge«, flüsterte Mutter, beugte sich über ihn, streichelte seine Stirn, seine Schulter.

Max fuhr hoch. Ein qualvoll gepresstes Gurgeln kam aus seiner Kehle. Panik stand in seinen Augen. Die Bettdecke glitt herunter. Oberkörper und rechte Schulter waren verbunden, und der Verband verdeckte die Stelle, an der einmal Max' Arm gewesen war. Dort schimmerte es rot unter dem Verband hervor. Max warf sich auf den Rücken und zitterte am ganzen Körper.

»Mein Gott, mein Gott!«, rief Mutter und wich zurück.

»Herr Hoffmann, Herr Hoffmann!« Schwester Elisabeth beugte sich über das Bett. »Niemand will Ihnen etwas tun. Besinnen Sie sich. Schauen Sie nur, wer hier ist!« Sie zog die Decke wieder über ihn.

Max schien nichts zu hören und nichts zu sehen.

Louise setzte sich auf die Bettkante und suchte seinen Blick.

»Max«, flüsterte sie. »Mein lieber Max. Komm zurück. Komm zu mir. Der Krieg ist aus für dich. Wir ...« Ihre Stimme versagte.

Sie schloss die Augen, beugte sich hinunter und legte ihren Kopf auf seine Brust.

»Nicht!«, sagte Schwester Elisabeth erschrocken. »Nicht berühren!«

Louise hörte nicht auf sie. Eine Weile ließ sie den Kopf auf der grauen Decke liegen und blinzelte zu Max hinauf. Schließlich brachte sie ihr Gesicht noch näher an seines heran und flüsterte ihm ins Ohr.

Max starrte weiter zur Decke hinauf. Aber er atmete plötzlich schneller, seine Brust hob und senkte sich. Er versuchte, etwas zu sagen, aber es gelang ihm nicht. Wieder kamen nur gurgelnde Laute aus seiner Kehle.

»Gut«, flüsterte Louise. »Es ist gut. Wir werden das schaffen. Der Krieg soll nicht gewinnen, Max. Schau, deine Mutter ist da. Deine liebe Mutter. Und Paul, dein Bruder. Wir sind bei dir. Wir denken immer an dich und wir wollen, dass du wieder zu uns kommst. Es ist doch unser Leben, Max. Niemand soll es uns wegnehmen.«

Sie küsste ihn auf die Stirn, auf die Wange und flüsterte ihm wieder etwas nur für ihn Bestimmtes ins Ohr.

Das Zuhören kostete Max offenbar große Anstrengung, und ob er irgendetwas verstanden hatte, war ungewiss. Trotzdem redete Louise weiter mit sanfter Stimme auf ihn ein. Dann stand sie auf, trat vom Bett zurück und wandte sich an die Nonne. »Schwester, kann ich Sie kurz sprechen? Unter vier Augen?«

Die Nonne nickte. Louise folgte ihr durch das Krankenzimmer und die Blicke der Männer folgten ihr. »Kamerad Hoffmann ist ein Glückspilz«, sagte einer. »Wäre gern an seiner Stelle.«

»Halten Sie an sich, Kowalewski«, sagte Schwester Elisabeth. »Leider kann ich im Moment nicht anders«, antwortete Kowalewski und erntete dünnes Gelächter aus den anderen Betten.

Als Louise fort war, zog Max den linken Arm unter der Bettdecke hervor und ruderte mit der Hand durch die Luft, als suche er etwas. Ein schlimmer Verdacht stieg in mir auf. War Max auch blind geworden?

Die Mutter war in Tränen aufgelöst, es fiel ihr schwer zu sprechen. »Junge«, schluchzte sie. »Mein guter Junge.«

Ich griff nach der in der Luft herumirrenden Hand meines Bruders und drückte sie vorsichtig. »Max«, flüsterte ich. »Alter Max. Kannst du mich sehen? Hörst du mich? «

Max machte eine Kopfbewegung, die ich als Nicken deutete. Auch war mir, als hätten sich unsere Blicke für den Bruchteil einer Sekunde getroffen.

»Du kommst wieder auf die Beine, Max«, sagte ich. »Ganz bestimmt. Aber du musst daran glauben. Wir brauchen dich doch.« Ich versuchte, meiner Stimme einen zuversichtlichen Ton zu geben, aber ich spürte ein schales Gefühl auf der Zunge. Durfte man lügen, wenn die Lüge vielleicht Mut machen würde?

»Grrrrschlabrirrixabrrr ...« Max quälte sich einen Laut aus der Kehle. Aber zweifellos hatte er mich angesehen, und erst, als seine Kehllaute kein Wort ergeben wollten, starrte er wieder zur Decke.

»Du schaffst es, Max«, log ich weiter. »Du lernst wieder sprechen. Das braucht seine Zeit, aber du schaffst es.«

»Frrriselaiiiise ...«, sagte Max. Er zog seine Hand aus meiner, irrte eine Weile mit dem Arm in der Luft herum, dann ließ er ihn erschöpft auf die Decke sinken.

»Wenn du zu Hause bist«, sagte ich, »dann schaffen wir uns ein Automobil an. Wie der Tierarzt Küster. Opel oder Benz. Dann fahren wir überallhin. Und dann ...«

»Nicht aufregen. Aufregung ist Gift für ihn.« Plötzlich stand Schwester Elisabeth hinter uns. »Der Professor wäre jetzt bereit, Sie zu empfangen«, sagte sie.

»Wir kommen gleich wieder, Max«, sagte ich. Aber er reagierte nicht.

Als Erstes fragte Professor Heinzler mich nach meinem Regiment, und als ich mich als ganz und gar ungedient und dazu als nicht kriegsbegeistert entpuppte, hatte er keine Augen mehr für mich und richtete seine Rede ausschließlich an Mutter. Dem Ton seiner Stimme war deutlich anzuhören, dass er durch Fragen, welcher Art auch immer, nicht unterbrochen zu werden wünschte. Die grauen, in die Stirn hängenden Haare und der üppige Vollbart bewaldeten das Gesicht des Professors fast vollständig, nur die Nase ragte spitz daraus hervor. Mit offenem weißen Kittel saß er in einem mächtigen Lehnstuhl, während die Mutter, Louise und ich auf niedrigen Besucherstühlen vor der Barrikade des mächtigen Eichenholzschreibtisches Platz nahmen.

»Gute Frau«, sagte der Professor, »Sie machen sich keine Vorstellung, mit was wir es hier zu tun haben. Verletzungen aller Art, Hysteriker, Neurotiker, Simulanten ersten und zweiten Grades. Und es fehlt an allem. An Ärzten, an Pflegepersonal, an Medikamenten. Aber denken Sie an unsere Helden im Feld. Zweifellos haben sie unter weit größeren Entbehrungen zu leiden, und ich versichere Ihnen, wir tun alles in unserer Macht stehende, um zusammenzuflicken, was zusammenzuflicken geht, um die Front zu stärken und das Vaterland einem siegreichen Frieden näherzubringen.«

Ausführlich verbreitete sich der Professor über die Kriegslage, die Hartnäckigkeit der Engländer, die Perfidie der Blockade, über den Eintritt der Amerikaner in den Krieg, die Russische Revolution und die Notwendigkeit, alle revolutionären Bestrebungen vom deutschen Vaterland fernzuhalten. Ja, der Krieg verlange Opfer, das sehe man nirgendwo so gut wie hier an diesem Ort, und er, der Professor, zolle jeder tapferen Kriegerwitwe seinen höchsten Respekt.

»Was nun Ihren Sohn angeht«, kam Professor Heinzler endlich auf Max zu sprechen, »so muss man leider sagen, dass er wegen seiner Armamputation und mehr noch wegen seiner Verwirrung und Sprachlosigkeit nicht mehr kriegsverwendungsfähig ist.« Selbstverständlich werde aber alles getan, was man unter diesen Umständen noch tun könne. Das Vaterland lasse seine Kämpfer nicht im Stich. Glücklicherweise erfreue sich dieses Krankenhaus der Mitarbeit des hervorragenden Professors Kahlmeier, eines hoch geschätzten Kollegen, eines Spezialisten auf dem weiten Feld der psychiatrischen Erkrankungen, der sich bereits ein Bild vom Zustand des Patienten Hoffmann verschafft und eine Erfolg versprechende Therapie anvisiert habe, die neue, erst seit einem Jahr bekannte »Kaufmanns Kur«.

»Sie können also ganz beruhigt sein, gute Frau«, sagte der Professor. »Ihr Sohn ist bei uns in besten Händen. Was getan werden kann, das wird getan.«

Louise wagte nun doch zu fragen, was man denn unter »Kaufmanns Kur« zu verstehen habe?

Der Professor überging es, sagte nur, dass der sehr verehrte Kollege Kahlmeier heute nicht im Haus sei, dass er ihm aber ganz und gar vertraue und ihm keinesfalls ins Handwerk pfuschen wolle. Als Laie mache man sich ohnehin nur falsche Vorstellungen. Zunächst werde man prüfen, wie weit der Verstand des Patienten Hoffmann zerrüttet sei, und daraufhin die notwendigen Maßnahmen einleiten, um zu retten, was zu retten sei. Seine Zeit sei leider knapp bemessen, sie sähen ja, was hier los sei, Stationsoberschwester Elisabeth erteile ihnen sicher gern alle weiteren notwendigen Auskünfte. Er wünsche ihnen alles Gute und zum Trost könne er ihnen nur sagen, dass sie wahrlich nicht die Einzigen seien, denen das Vaterland schmerzliche Opfer abfordere. »Tragen Sie es mit erhobenem Haupt«, sagte der Professor, stand auf, gab zuerst der Mutter, dann Louise und mir die Hand, wobei er sich vor jedem knapp verbeugte. Mit wehendem weißen Kittel entschwand er im Laufschritt durch die geöffnete Tür, und seine Schritte hallten durch den langen Korridor.

Die Rückfahrt, immer noch bei strahlendem Herbstwetter, verlief noch schweigsamer als die Hinfahrt. Der Tierarzt Küster hatte sich nach Max erkundigt, aber nicht weiter gefragt, als er merkte, wie schwer es uns fiel, darüber zu reden.

Über zwei Stunden hatten wir nach dem Gespräch mit dem Professor noch einmal vor Max' Bett gesessen. Wie vorher schien er mit der linken Hand manchmal nach etwas greifen zu wollen. Wie vorher starrte er die meiste Zeit zur Decke hinauf. Wie vorher irrlichterte sein Blick durch den Raum, traf auf Louises, Mutters oder meinen, rutschte aber gleich wieder weg. Wie vorher kamen gurgelnde Laute aus seiner Kehle, als wolle er mit Macht ein Wort hervorwürgen. Sein Gesicht lief dabei jedes Mal rot an, und wie beschämt, schien mir, ließ er es dann jedes Mal auf das Kissen zurücksinken.

Mit diesem Bild im Kopf fuhren wir nun nach Hause. Es würde sich einbrennen, für immer. Rat- und hilflos hatten wir vor Max' Bett gestanden. Was sollte nun werden? Eine innere Lähmung hatte uns alle drei erfasst, und den strahlenden Herbst und die Fahrt mit dem Automobil nahmen wir kaum wahr.

Besonders Louise war in sich versunken. Die meiste Zeit über hatte sie die Augen geschlossen und den Kopf zurückgelehnt. Dann sah sie wieder minutenlang angestrengt zum Fenster hinaus, als wolle sie die vorbeifliegende Landschaft mit ihren Augen festhalten. Einmal flüsterte sie etwas, als führe sie ein aufregendes

Selbstgespräch. Dann nickte sie heftig, als habe sie gerade einen wichtigen Entschluss gefasst.

Die heiseren Schreie der Kraniche ließen uns aufblicken. Eine Gruppe von dreißig bis vierzig Vögeln durchstieß in keilförmiger Formation die weißen Wolkenfetzen und tauchte in andere ein. Staunend sahen wir dem Kranichzug hinterher. Als die Tiere verschwunden waren, hörten wir immer noch ihre Schreie.

»Wo die wohl hinfliegen?«, fragte Ida.

»Afrika«, sagte ich.

Es war Sonntagmorgen. Nach dem Kirchgang hatten wir uns, wie nun schon oft, auf der Bank hinter den Himbeersträuchern im Garten getroffen. Mutter und auch Tante Lina und Onkel Karl hatten seit den Sorgen um Max anderes im Kopf, als sich um Ida und mich und um den guten Ruf im Dorf zu kümmern.

Das Gerede. Am meisten hatte mich geschmerzt, was mein Freund Kurt im ganzen Dorf verbreitete: Ida habe den armen Paul verführt und die günstige Gelegenheit genutzt, um sich in bessere Verhältnisse einzuschleichen.

»Afrika«, sagte Ida nachdenklich. »Das klingt wie ein Märchen. So weit weg.«

»Wenn der Krieg zu Ende ist«, sagte ich, »dann fahren wir da mal hin.«

»Du spinnst«, sagte Ida.

Sie lehnte ihren Kopf an meine Schulter. »Aber du spinnst schön«, sagte sie.

»Wenn der Krieg zu Ende ist, wird alles besser«, sagte ich.

»Wenn der Krieg zu Ende ist«, sagte Ida, »gehen wir wieder in die Stadt. Du machst das mit deinen Büchern. Und ich helfe deiner Mutter und Gertrud. Auf Dauer bleiben die bestimmt nicht hier.«

»Wer weiß«, sagte ich.

»Egal was kommt«, sagte Ida. »Hauptsache ist, wir halten zusammen.«

Ich nickte.

Hasso bellte. Auf dem Hof war eine fremde Stimme zu hören.

Ida stand auf, ging um die Himbeersträucher herum und reckte den Hals.

»Grüne Neune!«, rief sie. »Weißt du, wer da ist? Der Oberstudienrat! Louises Vater!«

Ich sprang auf, und wir liefen den Gartenweg hinauf. Erst auf dem Hof wurden wir langsamer.

Der Oberstudienrat, im langen schwarzen Mantel und mit Zylinder auf dem Kopf, stand da und fuchtelte mit den Armen, um sich den aufgeregt tänzelnden und bellenden Hasso vom Leib zu halten.

Onkel Karl kam aus der Haustür und rief Hasso zurück.

»Danke verbindlichst!«, rief der Oberstudienrat. »Bin ich hier richtig bei Hoffmann? Frau Anna Hoffmann?«

»Ganz richtig«, sagte Onkel Karl. »Anna Hoffmann ist meine Schwägerin. Entschuldigen Sie ...«

»Dr. Reinecke«, sagte Louises Vater. »Sie werden wissen, wer ich bin.«

Onkel Karl nickte.

»Ich würde gern mit Frau Anna Hoffmann sprechen«, sagte der Oberstudienrat.

»Dann kommen Sie rein.« Onkel Karl wies auf die offen stehende Haustür.

Ida und ich schoben uns hinter den beiden Männern her in den Flur. Ich ging auf den Oberstudienrat zu und wollte ihm die Hand reichen. Aber Dr. Reinecke hatte nur Augen für Onkel Karl.

»Anna!«, rief Onkel Karl. »Du hast Besuch!«

Mutter erschien, und als sie den Oberstudienrat erblickte, band sie sich hastig die fleckige Schürze auf, streifte sie ab und drückte sie der erstaunten Tante Lina in die Hand. Gustav und Heinrich versteckten sich hinter dem Rock ihrer Mutter.

»Herr Dr. Reinecke, welche Überraschung«, sagte Mutter. »Was verschafft uns die Ehre?«

Der Oberstudienrat verbeugte sich knapp vor Mutter und nahm den Zylinder ab. »Gute Frau Hoffmann«, sagte er. »Ich muss Sie dringend sprechen. Unter vier Augen, wenn ich bitten darf.«

Ratlos sah Mutter erst auf den Lehrer, dann blickte sie in die Runde der neugierig Wartenden.

»Geht in die Stube«, sagte Onkel Karl. »Es ist zwar nicht geheizt, aber da ist man ungestört.«

Der Oberstudienrat verbeugte sich dankend gegen Onkel Karl und folgte Mutter in die Stube.

Kaum war die Stubentür geschlossen, huschten wir alle vom Flur in die Küche. Tante Lina legte den Zeigefinger auf die Lippen und bedeutete den beiden Kleinen, still zu sein. Alle sechs setzten wir uns im Halbkreis auf Schemel und Stühle um die Durchreiche zur Stube, die einen Spalt offen stand, sodass jedes Wort aus der Stube gut zu verstehen war. Zum Glück setzte sich der Oberstudienrat mit dem Rücken zur Durchreiche an den ovalen Tisch, Mutter nahm ihm gegenüber Platz.

»Liebe, gute Frau Hoffmann«, begann der Lehrer. »Ich komme mit einer unangenehmen Botschaft zu Ihnen, und Sie dürfen mir glauben, dass mir dieser Gang schwerfällt wie selten etwas. Sie haben dem Vaterland große Opfer gebracht. Erst der Verlust Ihres lieben Gatten, nun das Unglück mit Ihrem Sohn. Ich versichere Ihnen mein tiefstes Mitgefühl auch im Namen meiner Gemahlin, von der ich Sie übrigens herzlich grüßen darf.«

»Ich danke Ihnen, Herr Dr. Reinecke«, sagte Mutter.

»Nun werden Sie als treusorgende Mutter sicher am allerbesten verstehen«, fuhr der Oberstudienrat fort, »dass alle Eltern auf der Welt zuerst um das Schicksal der eigenen Kinder besorgt sind.«

Mutter nickte, sah ich, sagte aber nichts dazu.

»Sie wissen nun wie ich«, sagte Dr. Reinecke, »dass unsere Kinder, Ihr Sohn und unser nun einziges Kind, unsere Tochter Louise, in unbeschwerten Vorkriegszeiten, trotz aller Standesunterschiede in jugendlichem Überschwang, zueinandergefunden und sich sogar versprochen haben. Diese Verbindung haben wir, wenn auch mit Bedenken, bislang toleriert. Nun aber haben sich die Zeiten drastisch geändert. Louise hat sich geirrt. Und wir können nicht länger zusehen, wie sich unsere Tochter ins Unglück stürzt. Viel zu sehr hat sie sich für die Heimatfront aufgeopfert. Sie ist nur noch ein Schatten ihrer selbst. Die Verbindung zu einem Kriegskrüppel ohne Verstand würde sie nun gänzlich niederdrücken. Louise ist jung. Sie hat das Leben vor sich. Sie ist intelligent und hat so viele Möglichkeiten. Ich bitte Sie, gute Frau, verzeihen Sie unserer Tochter ihren Irrtum. Betrachten Sie die Verlobung als gelöst.«

Eine Weile herrschte Schweigen. Dann sagte Mutter: »Sie werden verstehen, Herr Dr. Reinecke, dass ich das alles von Louise selber hören möchte.«

»Bitte, bitte«, sagte der Oberstudienrat, »ersparen Sie unserer Tochter diese Schmach. Louise hat ein weiches Herz. In diesen Zeiten aber ist anderes gefordert, wenn man nicht untergehen will. Louise ist keine Heilige. Sie ist ein Mensch aus Fleisch und Blut. Sie darf sich nicht durch einen unbedachten Schritt ihr ganzes Leben verbauen, das werden Sie doch verstehen. Ich weiß, dass unsere Tochter Ihrer Familie immer wohlgesonnen war und dass auch umgekehrt … Es ist ihr nun einfach unangenehm … und ihr doch auch nicht zuzumuten, dieser Gang nach Canossa …«

»Herr Dr. Reinecke«, sagte Mutter mit energischer Stimme. »Sagen Sie frei heraus: Hat Louise Sie geschickt? Hat Louise Sie beauftragt, uns das alles zu sagen?«

Der Oberstudienrat zögerte. Aber dann sagte er laut und deutlich: »Ja.«

Mutter sah ihm in die Augen und schüttelte den Kopf. »Das kann ich nicht glauben.«

»Junge Menschen sind oft unstet«, sagte Dr. Reinecke »Nirgendwo macht man diese Erfahrung häufiger als in den Lehranstalten. Sturm und Drang ist das Vorrecht der Jugend. Man neigt in dieser Lebensphase dazu, unbedacht zu sein. Wir sollten den jungen Menschen verzeihen. Ich kann Sie ja verstehen. Louise hat in Ihrer Familie falsche Erwartungen geweckt – das habe ich ihr immer wieder gesagt –, und nun stehen wir alle vor dem großen Scherbenhaufen. Bitte, gute Frau Hoffmann, verzeihen Sie ihr, wie auch unser Herrgott verzeiht …«

Die Mutter stand abrupt auf. »Den Herrgott lassen Sie besser aus dem Spiel!«, rief sie. »Und wir können wohl erwarten, dass all das, was Sie hier vorgetragen haben, von Louise selber gesagt wird. Vorher sind wir nicht willens, die Verlobung Ihrer Tochter mit meinem Sohn Max für gelöst zu betrachten.«

»Aber ich habe Ihnen doch gesagt …«

»Ich möchte es von Louise selber hören!«

Ich nickte und war stolz auf meine Mutter, die den Mut hatte, dem gelehrten Mann zu widersprechen.

21

Mutter gab sich nach außen hin stärker, als sie in Wirklichkeit war. Nach dem Besuch des Oberstudienrats war sie still und in sich gekehrt und saß schon tagsüber oft stundenlang auf der Ofenbank und starrte gedankenverloren zum Fenster hinaus.

»Anna, wer kommt?«, fragte Oma Charlotte einmal.

»Ich weiß nicht«, sagte Mutter.

»Du weißt aber auch gar nichts«, sagte Oma Charlotte.

»Ja«, sagte Mutter.

Oma Charlotte schüttelte den Kopf. Nach einer Weile sagte sie: »Wenn Walter kommt, sagst du Bescheid, hörst du?«

Mutter seufzte tief.

»Walter hat nämlich eine Freundin in der Stadt«, sagte Oma Charlotte. »Die Tochter von einem Kolonialwarenhändler. Vornehme Leute. Passen nicht zu uns einfachen Leuten. Aber na ja, unser Walter, der kennt sich aus in der Welt …«

»Mutter«, sagte Tante Lina, die am Herd stand. »Es ist gut.«

»Walter ist nämlich Soldat«, erzählte Oma Charlotte vor sich hin. »Soldat mit Leib und Seele und allem Tschingderassabum.« Dann fing sie mit ihrer dünnen Altfrauenstimme leise zu singen an: »Wenn die Soldaten durch die Stadt marschieren, öffnen die Mädchen Fenster und Türen …«

Mutter sprang auf und rannte aus der Küche.

Ich folgte ihr. Eine dunkle Angst stieg in mir hoch. Die Nacht damals in unserem Haus. Die zerbrochene Schnapsflasche. Es war einfach zu viel für Mutter.

In unserem Zimmer saßen wir dicht nebeneinander auf der Bettkante. Ich legte Mutter den Arm um die Schulter, sie weinte.

»Oma Charlotte meint es nicht böse«, sagte ich. »Sie kann nichts dafür, wenn sie dir wehtut.«

»Ich weiß«, sagte Mutter. »Niemand kann etwas dafür. Niemand. Was haben wir uns nur für eine böse Zeit ausgesucht, Paul.«

Allmählich beruhigte sich Mutter und hörte zu weinen auf. Aber als ich dachte, es sei alles wieder in Ordnung, sagte sie: »Und nun auch noch Louise. Wer hätte das gedacht.«

»Von Louise wissen wir doch gar nichts«, sagte ich. »Und was der Oberstudienrat sagt …«

»Ach Paul«, unterbrach Mutter mich. »Du glaubst immer noch an das Gute im Menschen. Aber ich sage dir: Wenn es hart auf hart kommt, denkt jeder nur an sich.«

Mutter sagte auch in den nächsten Tagen nur das Nötigste. Sie blieb schweigsam und in sich versunken, schaute zum Fenster hinaus, und nur wenn der Postbote kam, wurde sie lebhaft und war als Erste an der Tür. Aber es kam kein Brief von Louise, und auch sie selber ließ sich nicht blicken.

Zum ersten Mal passierte es, dass Mutter am Morgen nicht aufstand. Sie fühle sich nicht, sagte sie, und der Tag würde auch ohne sie vorbeigehen. Es war Mittwoch, und wie jede Woche kam an diesem Tag der alte Doktor Braxler, um nach Oma Charlotte zu sehen. Tante Lina bat ihn, diesmal auch Mutter zu untersuchen.

Schnaufend schleppte sich der Doktor die Treppe hinauf, ging zu Mutter ins Zimmer. Als er wieder in die Küche zurückkam, sagte er: »Ich kann nichts finden. Keine Grippe, keine Lungenentzündung, kein Armbruch. Nichts, was man sehen könnte.

Verletzt ist die Seele. Was sie bräuchte, das wären ein paar gute Nachrichten.« Er zupfte an seinem weißen Backenbart und sah von einem zum anderen, als läge es an uns, gute Nachrichten zu besorgen.

Am Nachmittag ging ich zu Bürgermeister Hampe, suchte im dicken Telefonbuch die Nummer von Reineckes heraus und drehte die schwarze Wählscheibe.

Es tutete vier-, fünfmal am anderen Ende der Leitung, dann wurde der Hörer abgenommen.

»Reinecke«, hörte ich die ungeduldige, schnarrende Stimme des Oberstudienrats und wusste sofort, dass mein Anruf vergeblich sein würde.

»Hier spricht Paul Hoffmann«, sagte ich in den Hörer. »Ich möchte gern Louise sprechen.«

»Was? Wer? Wie bitte?« Der Oberstudienrat schien völlig aus der Fassung.

»Hier ist Paul Hoffmann«, sagte ich noch einmal. »Ist Louise da? Ich möchte sie gern sprechen.«

Eine Weile hörte ich nur Schnaufen und Pusten. Dann: »Ja. Können Sie denn wieder reden?«

»Ich bin der Bruder«, sagte ich. »Paul. Ich möchte gern Louise sprechen.«

»Der was …? Der Bruder …?« Ein heftiges Schnaufen, dann wurde der Hörer aufgelegt. Es tutete in schneller Folge. Dr. Reinecke wollte nicht mit mir reden. Was hatte das zu bedeuten?

»Na, Paul? Kein Glück gehabt?« Bürgermeister Hampe stand neben mir und hatte alles mitgehört.

Ich schüttelte den Kopf, bedankte mich, legte zwanzig Pfennig Telefongeld auf den Schreibtisch und wollte gehen.

»Halt!«, rief der Bürgermeister hinter mir her. »Zwanzig Pfennig sind zu viel, Paul.« Er gab mir zehn Pfennig zurück. »Es war ja nur kurz«, sagte er. »Und du kannst es bestimmt gebrauchen.«

Ich nahm das Geldstück, überschlug im Kopf mein Vermögen und stellte fest, dass es gerade für eine Fahrkarte in die Stadt reichen würde.

Der Neun-Uhr-Zug am nächsten Vormittag war nur spärlich besetzt. Wer wollte schon in die Stadt, wo die Not größer war als auf dem Dorf. Wenn der Oberstudienrat in der Schule war, stellte ich mir vor, war es vielleicht leichter, zu Louise vorzudringen. Vielleicht würde ich auch von Helene etwas erfahren, das zu einer guten Nachricht für Mutter ausreichen könnte.

Ohne Ida schien mir die Stadt noch trostloser zu sein. Zwischen den grauen Häusern, vor manchen Läden standen Schlangen geduldig wartender Menschen, und in der Städtischen Speisehalle, die jetzt in der kalten Jahreszeit auch zum Aufwärmen diente, verschwanden gebeugte Gestalten mit hochgeschlagenen Kragen.

Im ruhigen, vornehmen Ostviertel sah man von Not und Elend wenig. Die parkähnlichen Gärten lagen verlassen da, kunstvoll beschnittene Eiben oder immergrüner Buchsbaum säumten die Kieswege und hinter den Fenstern mancher Häuser brannte selbst am Vormittag elektrisches Licht.

Beethovenstraße 42. Von außen sah die Villa aus wie sonst. Ich hatte mir eingebildet, wenn Louise da wäre, müsste man das irgendwie von draußen sehen oder hören können.

Ich zog an der Klingelschnur und wartete. Nichts rührte sich. Ich zog noch einmal und schließlich ein drittes Mal. Endlich wurde die Haustür einen Spaltbreit geöffnet und ein blasses Gesicht erschein im Dunkel des Flurs.

»Guten Tag, Frau Reinecke!«, sagte ich schnell.

»Was willst du?« Ihre Stimme klang abwehrend, wie gehetzt.

»Bitte«, sagte ich. »Ich möchte mit Louise sprechen. Bitte. Sagen Sie mir, wo sie ist.«

Statt einer Antwort rief sie, als habe sie Angst vor mir: »Geh weg! Geh weg! Lasst uns endlich in Ruhe!«

Mit einem Ruck schob sie die Haustür zu.

»Frau Reinecke, bitte!«, rief ich. »Sagen Sie mir wenigstens, ob Louise da ist oder nicht!«

Ich hörte, wie sich das Geräusch ihrer Schritte entfernte und im Inneren des Hauses verlor. Wohin ging sie? Zu Louise, die in irgendeinem Zimmer saß und nichts von sich hören und sehen lassen wollte?

So schnell wollte ich nicht aufgeben. Langsam ging ich um das Haus herum und schaute in alle Fenster. Hinter dem Haus, auf einer Art Terrasse, nahm ich all meinen Mut zusammen und rief so laut ich konnte: »Louise! Wenn du da bist, melde dich, bitte! Wir müssen von dir wissen, wie du dich entschieden hast! Es ist wichtig! Meine Mutter ist krank. Bitte, Louise …«

Im ersten Stock wurde ein Fenster geöffnet. Zornbebend erschien das Gesicht von Frau Reinecke. »Scher dich davon!«, schrie sie. »Sonst hole ich die Polizei! Scher dich weg und lass dich hier nie wieder blicken!«

Sie schlug das Fenster zu und zog die Gardine vor.

Langsam ging ich zurück, stapfte über den Kiesweg, blickte mich immer wieder um. Aber in der Villa rührte sich nichts.

Natürlich traf ich Helene nicht zu Hause an. Ich klingelte dreimal, aber sie öffnete nicht.

Die Buchhandlung zu betreten, war für mich immer noch so, als würde ich mit schmutzigen Schuhen aus der gewöhnlichen in die vornehme Welt tappen, die für mich eigentlich nicht vorgesehen war. Aber Helenes jetzt einzige Kollegin erkannte mich und kam freundlich lächelnd auf mich zu. Ich erfuhr, dass Helene heute ihren freien Tag hatte. Sie sei schon früh morgens mit der Bahn weggefahren, um eine Freundin zu besuchen.

»Und Louise«, sagte die Kollegin, »nein, das tut mir leid. Louise haben wir schon seit Wochen nicht mehr gesehen.«

Unverrichteter Dinge fuhr ich also ins Dorf zurück. Was ich herausgefunden hatte, taugte weder zu einer guten noch zu einer schlechten Nachricht.

22

Mehr als vier Wochen waren vergangen seit unserem Besuch bei Max. Mutter fühlte sich immer noch nicht stark genug für einen zweiten Besuch. Das Auto von Tierarzt Küster war mal wieder in Reparatur. Also beschlossen Ida und ich, es mit der Bahn zu versuchen. Großzügig schenkte uns Onkel Karl das Fahrgeld, und Tante Lina schmierte uns Brote für unterwegs.

Bis in die Stadt kamen wir mit der Kleinbahn reibungslos. Auf dem Bahnhof in der Stadt stellte sich aber heraus, dass der Fahrplan für den Fernverkehr wegen kriegswichtiger Transporte außer Kraft gesetzt war. Wir waren nicht kriegswichtig, und wann der nächste Zug für zivilen Personenverkehr einlaufen würde, konnte uns niemand sagen.

»Kann sein in einer halben Stunde, kann sein erst morgen«, sagte der Bahnhofsbeamte. »Es ist ungewiss wie alles. Was soll man machen? Am besten, ihr wartet auf bessere Zeiten.« Er lachte über seinen Witz und ließ uns stehen.

Wir setzten uns auf eine Bank auf dem zugigen Bahnsteig und warteten. Außer einem durchfahrenden Zug tat sich nichts. Ungefähr nach einer Stunde verkrochen wir uns in den Warteraum dritter Klasse, bestellten eine Tasse dünne Fleischbrühe und aßen eins von Tante Linas Wurstbroten.

»Kann er wirklich gar nicht sprechen?«, fragte Ida.

Ich schüttelte den Kopf. »Nur unverständliche Laute.«

»Wie so was kommt?«

»Man kann sich nicht vorstellen, was er erlebt hat«, sagte ich. »Nichts als Blut und Dreck und Tod um sich herum. Das Leben keinen Pfifferling wert. Jeden Moment kannst du erschossen werden. Und jeden Moment musst du bereit sein, andere zu erschießen. Der Krieg, hat Max gesagt, ist ein Menschenschlachthaus.«

Ida nickte. »Da kann man das eigentlich doch verstehen«, sagte sie.

»Was?«

»Dass er nichts mehr sagt.«

Am Nachmittag hielt ein Lazarettzug. Auf jedem Waggon ein rotes Kreuz in einem weißen Kreis. Helferinnen kamen auf den Bahnsteig, teilten Suppe und Schmalzbrote an die Soldaten aus, balancierten einen stöhnenden Mann auf einer Trage aus der Waggontür. Trotz des nasskalten Wetters glich der Bahnsteig bald einem Krankenlager. Männer mit Krücken, Gipsbeinen und weißen Verbänden waren zum Luftschnappen und Reden auf den Bahnsteig gekommen.

»Und wenn wir uns einfach da reinschmuggeln?«, sagte Ida.

»Hm. Wer weiß, wohin die fahren?«

»Fragen wir mal, komm.«

Der erste Soldat, den wir fragten, wusste nicht, wo der Zug das nächste Mal halten würde. Wir erfuhren es schließlich von einer Rotkreuzschwester: Der nächste Halt war die Stadt, in die wir wollten.

Natürlich war es verboten, in einen Lazarettzug einzusteigen. Aber es herrschte ein so heilloses Durcheinander, dass wir unbeobachtet durch die offene Tür in den letzten Waggon springen konnten.

Dicke Wolken eines ekelerregenden Gemischs von Medizin und Urin empfingen uns. Links und rechts an den Seitenwänden des Waggons standen Betten, dazwischen eilten Rotkreuzschwestern hin und her. Geistesgegenwärtig fasste Ida meinen Arm und zog mich hinter einen Vorhang rechts von uns. Dahinter war es dunkel. Auch das Fenster nach außen war verhängt.

»Hier sind wir sicher«, sagte Ida.

»Hoffentlich«, sagte ich.

Wir standen dicht voreinander, umarmten uns und wagten nicht, uns zu rühren.

»Na, Kamerad, geht's an die Front?«

Die Stimme war dicht neben uns. Wir fuhren auseinander.

Ein hartes Lachen ließ sich hören. »Kannst dich nicht von deinem Mädchen trennen. Keine Angst, recht hat sie. Hier seid ihr sicher.«

»Ent... Entschuldigung«, stotterte ich. »Wir haben nicht gewusst ...« Inzwischen hatten sich unsere Augen an das Halbdunkel gewöhnt und ich konnte erkennen, dass neben uns, ungefähr in Kniehöhe, eine Gestalt unter einer Decke lag. Der Kopfverband ließ nur Augen, Nase und Mund frei.

»Entschuldige dich nicht«, sagte der Mann. »Nutz jede Minute, die du noch hast. Mach deinem Mädchen ein Kind, dann hat sie eine Erinnerung an dich.« Ein schnarrendes Lachen folgte.

»Wir haben nicht gedacht ...«, versuchte ich noch einmal zu erklären.

»Denken sollst du überhaupt nicht, Kamerad«, sagte die Stimme. »Das ist das Erste, was du dir abgewöhnen musst an der Front. Denken ist tödlich.«

Eigentlich hätte ich ihm erklären müssen, dass ich gar nicht an die Front fuhr. Aber das schien den Mann nicht zu interessieren.

»Von wo kommen Sie denn?«, fragte ich stattdessen.

»Frankreich«, sagte er. »Aus dem schönen Frankreich.«

»Und wohin fahren Sie?«

Wieder ließ er sein unheimliches Lachen hören. »Wohin ich fahre? Ach, Kamerad. In den Himmel … Nee, nee wohl eher in die Hölle. Lungendurchschuss. Ohr ab. Und noch so'n paar hübsche Kleinigkeiten. Da kannst du's dir ausrechnen. Sie haben mich abgedunkelt. Sie haben mich abgeschrieben. Aber es kommt ja schon Frischfleisch. Die Front ist unersättlich …«

Vor dem Vorhang hörten wir Schritte. Offenbar stand die Abfahrt des Zuges bevor.

»Hoffentlich …« flüsterte Ida.

»Keine Angst«, lachte der Vermummte. »Hier seid ihr sicher. Hier kommt keiner rein. Den Schwestern bin ich zu böse. Ich pfeif auf ihr Mitleid. Hab ihnen gesagt, sie sollen mich in Frieden sterben lassen. Das wenigstens haben sie nun begriffen.«

Unser unheimlicher Reisegefährte behielt recht. Der Zug setzte sich in Bewegung, rollte aus dem Bahnhof und niemand kam. Eine gute Stunde lang waren wir im Abteil mit dem schwer verletzten Soldaten allein. Er erzählte uns sein halbes Leben. Seine Liebschaften, seine Enttäuschungen, seine gemeinen Triumphe. Ein wildes Durcheinander von Kaltschnäuzigkeit und Zoten. Sollte Mutter recht haben? Wenn es hart auf hart kam im Leben, zeigte sich da nur noch das Böse im Menschen? Und einer, der immer noch an das Gute glaubte, war der nichts als ein jämmerlicher Idiot?

Endlich hielt der Zug und wir waren froh, uns davonschleichen zu können.

Es fing an, dunkel zu werden, als wir das Krankenhaus Am Wolfsgrund erreichten. Der große Park davor lag nun öde und verlassen. Mit beklemmenden Gefühlen betraten wir das Krankenhaus. Ida drückte meine Hand fester.

Nach dem Weg fragen wollte ich nicht. Vielleicht war jetzt

keine Besuchszeit und sie hätten uns wieder weggeschickt. Ärzte und Schwestern hasteten auf den langen Gängen an uns vorbei. Niemand hielt uns auf. Einmal verliefen wir uns, aber irgendwann hatten wir die Station sieben doch gefunden. Vor dem Zimmer Nummer drei atmete ich tief durch und öffnete die Tür.

»Sei tapfer, Paule«, flüsterte Ida.

Ich sah es auf den ersten Blick: In dem Bett ganz hinten lag ein anderer. Panisch irrte mein Blick durch das Zimmer. Max lag auch in keinem der anderen Betten. Eine wilde Angst schlich sich in mir hoch.

»Junge«, hörte ich die heisere Stimme des älteren Soldaten im Bett neben der Tür. »Du suchst deinen Bruder?«

Wir drehten uns zu ihm um und ich nickte.

Der Mann richtete sich auf. Er hatte ein breites, faltenreiches Gesicht und einen offenen, mitfühlenden Blick.

»Sie haben ihn weggebracht«, sagte er leise.

»Weggebracht?«, fragte ich. »Wohin?«

Er sah mich lange an und schien zu überlegen, wie er es mir sagen sollte, dann brachte er es endlich über die Lippen: »Ins Sterbezimmer.«

Fassungslos starrte ich ihn an. Der Boden unter meinen Füßen schwankte. Vor mir tat sich der Abgrund auf.

Das Gesicht des alten Mannes wurde auf einmal zornrot. »Aber ich sage dir, Junge«, stieß er hervor, »sie haben ihn umgebracht. Diese Schweine haben ihn umgebracht!«

»Wer?«, rief ich. »Wer hat ihn umgebracht?«

»Kahlmeier. Dieser Professor Kahlmeier. Für den sind wir hier doch alle nur Versuchstiere für seine elektrischen Experimente! Ich sage dir, Junge, glaub nicht, was sie dir erzählen. Kein Wort! Glaub dem alten Leo Kowalewski. Ich belüge dich nicht. Ich sage dir, Junge, sie hätte ihn wieder hingekriegt. Es ging ihm schon besser. Die Schwester hätte ihn wieder hingekriegt. Er konnte schon ihren Namen sagen …«

»Schwester Elisabeth?«, fragte ich.

»Elisabeth? Ach wo«, sagte Leo Kowalewski. »Schwester Louise. Die damals mit euch da gewesen ist. Sie war jeden Tag bei ihm. Hat mit ihm geredet. Hat ihm Mut gemacht. Die hätte ihn wieder ganz zurückgeholt, da bin ich sicher. Aber kaum ging es ihm besser, haben sie gedacht, sie können das mit dem Strom machen, diese Verbrecher …«

»Herr Kowalewski!« In ihrer schwarzen Nonnentracht stand Schwester Elisabeth hinter uns in der Tür. Ihre Stimme bebte vor Empörung. »Was erlauben Sie sich, hier solche Lügen zu verbreiten!«

»Lügen?!«, rief Leo Kowalewski kampfbereit zurück. »Von wegen Lügen! Was wahr ist, muss wahr bleiben!«

»Wo ist mein Bruder?«, rief ich dazwischen. »Ich will sofort meinen Bruder sehen! Und Louise. Ich will mit Louise reden!«

»Jawoll, Junge!«, sagte Leo Kowalewski. »So ist das richtig. So muss man mit denen reden. Lass dir bloß nichts erzählen!«

Schwester Elisabeth beachtete den alten Soldaten nicht weiter, sondern musterte nun Ida und mich von oben bis unten. Ihr Gesicht war ganz Beherrschung und in einem beinahe milden Tonfall sagte sie: »Was machen Sie denn hier? Besuchszeit ist doch nicht mehr.«

»Ich will zu Max!«, sagte ich mit Nachdruck. »Was ist mit meinem Bruder?«

Leo Kowalewski nickte.

»Und die junge Dame?«, sagte Schwester Elisabeth. »In welchem Verwandtschaftsverhältnis steht sie zu Herrn Hoffmann?«

»Sie ist meine Verlobte«, sagte ich, ohne nachzudenken.

»So«, sagte Schwester Elisabeth. »Nun, dann will ich sehen, ob der Professor Zeit für Sie hat. Ausnahmsweise. Außerhalb der Besuchszeit.«

»Und Louise«, sagte ich. »Ich möchte mit Louise sprechen.«

»Tut mir leid«, sagte Schwester Elisabeth. »Schwester Louise hat uns heute Morgen verlassen.«

»Verlassen? Wohin?«

»Darüber vermag ich keine Auskunft zu geben«, sagte die Nonne. »Schwester Louise hat sich hier unter Zurückhaltung ihrer wahren Absichten eingeschlichen und sich in egoistischer Weise ausschließlich um ihren Verlobten gekümmert. Wir haben das großzügig geduldet. Nun hält sie offensichtlich ihre Mission für beendet.«

»Sie hat aufgegeben?«, sagte ich. »Und Max? Was ist mit Max?«

Schwester Elisabeth ging nicht darauf ein. »Ich werde jetzt nach dem Professor sehen. Bitte warten Sie auf dem Flur.«

Bevor wir gingen, drehte ich mich noch einmal um, ging zu Leo Kowalewskis Bett und reichte ihm die Hand.

»Danke«, sagte ich.

Der alte Mann drückte meine Hand. »Junge«, sagte er. »Halt die Ohren steif und lasst euch nicht unterkriegen. Alles Gute.«

»Ihnen auch«, sagte ich. Dann ging ich auf den Gang hinaus.

»Glauben Sie diesem Querulanten kein Wort«, zischte Schwester Elisabeth. »Der stiftet nur Unfrieden. Dafür ist er bekannt.«

Ich antwortete nicht darauf. Wir setzten uns auf eine Bank vor dem Büro von Professor Heinzler und warteten eine halbe Stunde lang. Ida lehnte ihren Kopf an meine Schulter und flüsterte: »Noch weiß man's nicht genau. Noch ist alles möglich.«

Endlich kam eine Rotkreuzschwester und rief uns hinein. Der kleine Professor kam hinter seinem großen Schreibtisch hervor, reichte erst Ida, dann mir die Hand und sagte mit leichter Verbeugung: »Mein Beileid.«

Ich starrte ihn an. »Er ist … Max ist tot?«

»Hat Ihnen Schwester Elisabeth das nicht gesagt?« Der Professor tat überrascht und kratzte sich den Bart. »Das Herz«, sagte er. »Das Herz war zu schwach.«

»Paule!«, rief Ida und fiel mir um den Hals.

Wir hielten uns eng umschlungen, und der fürchterliche Professor mit seinem grausamen Wissen musste wenigstens für einen Moment lang schweigen. Aber nun wollte ich, nun musste ich alles hören.

»Wann?«, fragte ich.

»Heute Morgen, acht Uhr dreißig«, sagte der Professor. »Es war ein leichter Tod, wenn Sie das tröstet.«

Blinde Wut stieg in mir auf. Ich presste die Augen zusammen. »Sie! Sie haben ihn umgebracht!«, schrie ich ihn an.

Der Professor reagierte gelassen. »Guter Herr Hoffmann«, sagte er kühl. »Sie werden sich doch nicht hinreißen lassen von üblen Gerüchten.«

»Kahlmeier!«, rief ich. »Professor Kahlmeier, er hat ihn auf dem Gewissen! Ich will ihn sprechen! Ich will sofort Professor Kahlmeier sprechen!«

»Bedaure sehr«, sagte Professor Heinzler. »Der Kollege ist nicht mehr im Haus. Und im Übrigen, die Behandlung durch den Kollegen Kahlmeier fand vor drei Tagen statt. Sie verlief äußerst fachgerecht und steht in keinem ursächlichen Zusammenhang mit dem bedauernswerten Ableben Ihres Herrn Bruder.«

Mir wurde schwarz vor Augen. Wie schön er reden konnte, dieser Doktor. Wie mächtig er war. Am liebsten hätte ich mich auf ihn gestürzt.

»Komm Paul«, sagte Ida. »Er lügt. Er wird dir niemals die Wahrheit erzählen.«

»Was erlauben Sie sich!«, sagte der Professor, nun in beinahe erregtem Ton. »Bei aller Pietät! Ich muss doch sehr bitten!«

»Ich werde mit Louise sprechen«, sagte ich.

»Das steht Ihnen natürlich frei«, sagte der Professor. »Aber Sie sollten bedenken, Fräulein Louise ist Partei. Sie hat ganz aus persönlichem Interesse die Organisation unseres Krankenhauses missbraucht, um ihren Verlobten zu pflegen. Das ist einerseits löblich, andererseits doch auch von einer gewissen Rücksichtslosigkeit. Nun, wir sind aus menschlichen Gründen bereit, auf rechtliche Schritte gegen Fräulein Louise zu verzichten, wenn sie ihre ungeheuerlichen Anschuldigungen gegen unser Krankenhaus einstellt. Fräulein Louise hat ihre Pflichten verletzt, indem sie sie mit persönlichen Ambitionen verwoben hat. Von einer solchen Person können Sie natürlich keine Objektivität erwarten.«

»Komm Paul«, sagte Ida wieder. »Er ist uns über. Er redet uns in Grund und Boden. Mir ist schon ganz schlecht.«

Max war tot. Louise hatte bis zum letzten Moment um ihn gekämpft. Wie klein, wie unbedeutend war alles, was der Professor in aufgeblasenen Worten zu seiner Rechtfertigung sagte.

Ich angelte Idas Hand und ohne ein weiteres Wort gingen wir aus dem Büro.

Wir liefen durch die fremde, dunkle Stadt. Max war tot. Mein Bruder, der mir immer Orientierung war, der alles vor mir erlebt und erlitten hatte, alles Schöne, alles Schreckliche. Nie wieder würde ich sein Lachen hören. Nie wieder würden mir sein Übermut, seine Zuversicht Mut machen. Alles hatte der Krieg zunichte gemacht. Erst jetzt fiel mir ein, dass ich darauf hätte dringen sollen, Max noch einmal zu sehen. Nun war es zu spät.

Ziellos rannten wir durch enge Gassen, über weite Plätze,

durch einen Park, sahen nicht nach links und nicht nach rechts. Manchmal blieben wir stehen, pressten unsere Körper aneinander, weinten, rannten weiter. Irgendwann standen wir plötzlich im Bahnhof und das Chaos des Fahrplans war uns diesmal gnädig: Abfahrbereit stand ein ganz normaler Personenzug auf dem Bahnsteig und fuhr in unsere Stadt.

Es war die dunkelste Nacht meines bisherigen Lebens, und wie ich sie ohne Ida überstanden hätte, weiß ich nicht.

Zwanzig Minuten nach Mitternacht hielt der Zug und natürlich gab es um diese Zeit keine Möglichkeit mehr, in unser Dorf zu fahren.

»Komm«, sagte Ida. »Wir gehen zu Fuß.«

Sie hatte Erfahrung. Sie war diesen Weg nicht nur einmal gegangen, und es war gut, nebeneinander zu gehen, die Unruhe, das Aufgewühltsein und die Trauer zu zerlaufen, zu spüren, wie alles allmählich in Müdigkeit überging.

Um halb fünf am Morgen, es war immer noch dunkel, standen wir vor der Haustür. Hasso bellte, aber als er uns erkannt hatte, sprang er schwanzwedelnd an uns hoch.

Tante Lina, die einen leichten Schlaf hatte, öffnete uns. Als sie hörte, was passiert war, holte sie Onkel Karl aus dem Bett. Und dann kamen sie die Treppe herunter, Mutter im Morgenmantel und in Schlappen, Gertrud barfuß und im Nachthemd.

Mutter wusste es, ohne dass ich ein Wort gesagt hatte.

»Tot?«, fragte sie.

Ich nickte. Wir fielen uns in die Arme und weinten.

Gertrud drängte sich schluchzend zwischen uns, und Mutter zog auch Ida mit in unseren Kreis. So standen wir lange dicht beieinander und ließen unseren Tränen freien Lauf.

Dann saßen wir um den Küchentisch, Tante Lina kochte Kaffee für uns, und ich erzählte, was wir im Krankenhaus erlebt hatten. Schließlich zog Mutter zwei Briefumschläge aus der Tasche ihres Morgenmantels und legte sie vor mich auf den Tisch.

»Die sind gestern gekommen«, sagte sie.

Louises Handschrift. Ich zog den ersten Brief aus dem Kuvert. Am Datum sah ich: Er war vor mehr als vier Wochen geschrieben.

Liebe Mutter Anna,

seit zwei Tagen bin ich im Krankenhaus Am Wolfsgrund und arbeite hier als Rotkreuzschwester. So kann ich immer in der Nähe von Max sein und mich um ihn kümmern.

Wir müssen viel Geduld haben. Aber ich bin ganz sicher: Was Max jetzt braucht, ist eine vertraute Stimme und jemand, der immer für ihn da ist. Nur das ist wichtig. Ich habe es schon einmal erlebt, dass ein Soldat durch all die fürchterlichen Kriegserlebnisse die Sprache verloren hatte und dass es mit viel Liebe und Geduld möglich war, ihn wieder zurückzuholen und zum Sprechen zu bringen. Wir werden es auch schaffen. Ich verspreche Dir, dass ich alles dafür tun werde. Ich liebe Max und ich will mein Leben mit ihm teilen.

Meine Eltern wollen mich nicht verstehen. Das tut mir weh, aber ich habe mich entschieden. Max braucht mich jetzt ganz.

Ich wohne hier umsonst bei einer Wandervogelfreundin. Wie gut, dass es überall Menschen gibt, die bereit sind zu helfen, wenn es nottut. Sobald es Neuigkeiten von Max gibt, werde ich es Euch schreiben. Herzliche Grüße auch an Paul, Gertrud und Ida und die übrige Hoffmann-Familie. Ich umarme Euch alle.

Deine Dich liebende Schwiegertochter Louise.

Ich zog auch den zweiten Brief aus dem Umschlag. Er war drei Wochen später geschrieben:

Liebe Mutter Anna,

ich bin so glücklich. Er sieht mich an, er hört mir zu, er lächelt sogar ein bisschen und gestern hat er fast schon verständlich meinen Namen gesagt. Wir üben jeden Tag. Auch wenn es mit dem Sprechen natürlich langsam geht, er ist wieder bei mir, und ich freue mich so!

Wenn Max erst wieder sprechen kann, dann wird er auch lernen, mit der linken Hand zu schreiben. Es gibt viele Menschen, die auch mit einer Hand viel leisten können.

So viel in Kürze. Ich würde mich freuen, wenn Ihr bald zu Besuch kommt. Ihr werdet sehen, Max ist jetzt schon ein ganz anderer als bei unserem ersten Besuch.

Ich grüße Euch alle sehr herzlich.

Deine Dich liebende Schwiegertochter Louise.

Da waren die guten Nachrichten.

Sie kamen zu spät.

23

Pastor Drechsler, eine Soldaten-Abordnung aus der Stadt, zu der auch mein Freund Kurt gehörte, die Männer vom Kriegerverein des Dorfes und auch Bürgermeister Hampe sorgten dafür, dass die großen Worte noch einmal wie eine giftige Wolke über Max' Sarg hingen.

Heldentum, Opfergang, Ruhm und Ehre, gestorben für Kaiser, Volk und Vaterland – all die hohlen Wörter, an die Max nicht mehr geglaubt hatte, wurden auf seiner Beerdigung noch einmal mit zitternd bewegten Stimmen und trotziger Gläubigkeit beschworen. Nur gut, dachte ich, dass er das nicht mehr hören muss.

In einem Meer von Blumen, Kränzen und Schleifen stand der Sarg auf der Scheunentenne, schwarz gekleidete Menschen drängten sich darum, sie standen auf dem Hof und bis auf die Straße hinaus. Eine Beerdigung auf dem Dorf war immer ein Ereignis für alle, ein Soldatenbegräbnis erst recht, weil die meisten Gefallenen, wie Vater, nicht in Deutschland zu Tode gekommen und begraben waren.

Mutter, Gertrud, Ida und ich – der Rest unserer Familie – standen in der ersten Reihe dicht vor dem Sarg. Neben mir stand Louise. Wir fünf hatten uns an den Händen gefasst und überstanden fast ohne Tränen alle Reden, Gesänge und mitleidigen Blicke.

Sechs Träger mit hohen Zylindern hoben den Sarg auf den Wagen, und die zwei letzten, noch nicht rekrutierten Pferde, für das Begräbnis mit schwarzen Decken behängt, zogen Max vom Hof und die Dorfstraße entlang zum Friedhof. Mutter, Louise, Gertrud, Ida und ich gingen als Erste hinter dem Sarg her. Hinter uns Tante Lina und Onkel Karl.

Vor dem offenen Grab wurden noch einmal Reden geschwungen und der Männergesangverein Liederkranz sang:

Morgenrot, Morgenrot, leuchtest mir zum frühen Tod …

Pastor Drechsler sprach seine Formeln und Gebete, und wir warfen Blumen und Erdbrocken auf den Sargdeckel. Es polterte von unten, als wollte Max noch einmal antworten. Länger als vorgesehen stand ich vor dem Grab, schloss die Augen und hörte seine Stimme:

Das ist der Krieg, Paul, dieser eine Moment: Du oder ich. Erschießen oder erschossen werden. Alles andere sind große Worte, verlogenes Zeug … Ich will, dass du das weißt …

In langer Reihe standen die Leute an, drückten uns die Hände, murmelten Beileid und Mitgefühl. Mittendrin Helene Linde. Sie umarmte uns stumm. Dann war sie verschwunden, bevor wir sie zum Leichenschmaus einladen konnten.

Dass Onkel Karl zu einem solchen Kompliment fähig war, hatte ich nicht erwartet. Als gegen Abend die Beerdigungsgäste gegangen waren, saßen wir um den ovalen Tisch im Wohnzimmer.

»Fräulein Louise«, sagte Onkel Karl und die Stimme kam tief aus seinem Inneren, »das muss nun einmal gesagt werden: Sie sind ein ganz besonderer Mensch!«

Louise schüttelte den Kopf, sah ihn lächelnd an und sagte: »Ach Herr Hoffmann. Wo kommen wir hin, wenn das Selbstverständliche nun schon als etwas Besonderes gilt?«

»Seien Sie nicht zu bescheiden«, sagte Onkel Karl. »Was Sie geleistet haben, ist aller Ehren wert. Manchmal will es mir scheinen, als seien Sie und Ihresgleichen die eigentlichen Helden dieses Krieges.«

Ein wenig rot im Gesicht wurde Louise schon. Natürlich freute sie sich über das Kompliment. Aber sie sagte: »Ich weiß nicht, Herr Hoffmann, die Ehre, das Heldentum, das muss für so vieles herhalten. Tun wir nicht alles zuerst für uns selbst? Am meisten das, was wir für andere tun?«

Onkel Karl nickte nachdenklich vor sich hin und sagte nichts weiter.

»Eine Schande, was sie mit Max gemacht haben«, sagte Tante Lina. »Er könnte noch leben. Sie, Fräulein Louise, Sie hätten ihn wieder hinbekommen, wenn nicht …«

Wenn – wenn nicht – hätte – könnte – tausend Mal waren unsere Gedanken immer wieder um all das gekreist, was hätte sein können, aber nicht war. Der Vater einer Wandervogelfreundin war Rechtsanwalt. Louise hatte ihn beauftragt, gegen das Krankenhaus Am Wolfsgrund zu klagen. Aber sie hatte wenig Hoffnung.

»Wir können es ihnen nicht beweisen«, sagte Louise, »dass die Behandlung mit Elektrizität zum Herzstillstand geführt hat. Und eine Krähe hackt der anderen kein Auge aus. Auch nicht, wenn die Krähen Professoren sind.«

»Was wahr ist, muss wahr bleiben«, sagte ich. »Wir haben doch einen Zeugen.«

»Ja, der Herr Kowalewski, der Gute«, sagte Louise. »Er hat mir an dem Morgen gesagt, dass sie Max zur Elektrobehandlung weggeholt haben. Ich wollte es erst gar nicht glauben. Aber da war es schon zu spät. Und als Max wiederkam, hinterher … war alles schlimmer, als es vorher war. Aber beweisen können wir nichts.

Sie streiten einfach alles ab. Ach Paul, was nutzt es uns jetzt noch, recht zu behalten?«

Es fiel mir schwer, zu akzeptieren, dass Max nie mehr zurückkommen würde. Ein Leben ohne Max – das war, als sei ein Teil von mir abgetrennt. Mutter, Gertrud, Ida und ich gingen oft zum Friedhof, standen vor seinem Grab, und ich versuchte, in Gedanken mit ihm zu reden. Aber Max antwortete nicht.

Weihnachten und Neujahr kamen und vergingen in einem nasskalten Nebel von Trübsal, und dass der Krieg fast noch das ganze Jahr 1918 dauerte, nahmen wir kaum noch wahr, so sehr hatten wir uns daran gewöhnt.

Louise wohnte jetzt bei ihrer Freundin Charlotte und arbeitete wieder am Bahnhof, im Städtischen Speisesaal und im Krankenhaus. Viel Zeit, um uns zu besuchen, blieb da nicht. Inzwischen fuhr auch die Kleinbahn nicht mehr regelmäßig, und allein mit dem Fahrrad die lange Fahrt ins Dorf zu wagen, war in dieser Zeit für ein Mädchen gefährlich. So sahen und hörten wir von Louise lange Zeit nichts.

Im Frühjahr redete alle Welt mal wieder vom Frieden. Ein Friedensabkommen war geschlossen worden und der Krieg im Osten offenbar vorbei. Aber mit Frankreich, England und Amerika ging der Krieg weiter, und fast täglich stand in der Zeitung: *Gestorben für Kaiser, Volk und Vaterland ... In unsagbarem Schmerz ...*

Wo man hinhörte, alle sehnten sich nach einem allgemeinen Frieden, nach ausreichend zu essen und einem Leben, in dem man wieder eigene Pläne machen konnte.

Aber in der Zeitung stand, dass ein *Verzichtfrieden* nicht ehrenvoll sei, dass es unbedingt ein *Siegfrieden* sein müsse. Und der alte, von den meisten Menschen hochverehrte Feldmarschall Hindenburg hatte gesagt: *Diesen Krieg wird nur jenes Volk gewinnen, das am längsten seine Nerven behält.* In vielen Städten, auch in unserer, gab es immer öfter Streiks und Demonstrationen. Die Arbeiter wollten nicht länger hungern, sie wollten nicht länger Krieg führen.

»Zustände wie in Russland«, sagte Onkel Karl dazu. Er fürchtete, wie offenbar auch die Zeitungsleute, dass die große Revolution, die jetzt in Russland im Gang war, auch auf Deutschland übergreifen könnte. »Dann bleibt kein Stein auf dem anderen«, prophezeite Onkel Karl.

Im Juni, zwei Tage nach meinem achtzehnten Geburtstag, verlobten Ida und ich uns auf der Bank hinter den Himbeeren. Von meinem Geburtstagsgeld hatte ich Ringe gekauft. Wir steckten sie uns gegenseitig auf die Finger. Nur Spatzen, Schwalben, Amseln und die Hauskatze Bertha waren unsere Gäste. Ein summender Schwarm Bienen sorgte für die Musik. Wir versprachen uns, einer für den anderen da zu sein, komme was wolle.

»Eine Feier machen wir nicht«, hatte Ida gesagt. »Das bringt nur Unglück.«

Ich teilte ihren Aberglauben nicht, aber nach allem, was hinter uns lag, war uns nach Feiern nicht zumute. Und eigentlich ging unsere Verlobung ja auch nur Ida und mich etwas an.

»Junge, du musst es wissen«, hatte mein Patenonkel Karl gesagt. »Aber stell dir vor, du wirst nun tatsächlich einmal ein Büchermensch. Ida bestimmt nicht.«

Daran hatte ich auch schon gedacht, und Ida und ich hatten darüber gesprochen. Seit sie Helene kannte, hatte sie ihre Angst vor den »besseren Leuten« verloren. »Weißte, was ich kapiert habe, Paule?«, sagte Ida. »Kluge Leute kochen auch nur mit Wasser. Und Helene, die kann zwar eine Menge Gedichte auswendig, aber kochen, du, kochen kann ich besser.«

Nein, ein Büchermensch würde Ida wahrscheinlich nie werden. Aber dümmer war sie deshalb nicht. Ich mochte ihre ganz eigene Art, nach der Wahrheit zu suchen. Davon stand nichts in irgendeinem Buch. Was Ida sagte und tat, das war immer nur Ida. Sie konnte gar nicht anders. Nach dem Mund redete sie keinem. Auch mir nicht. Manchmal war das auch anstrengend. Aber ich wusste, dass sie mich niemals belügen würde.

Als Gertrud unsere Ringe sah, sagte sie: »Seid ihr jetzt eine neue Familie?«

»Ja«, sagte ich. »Wir sind eine neue Familie. Du, Mutter, Ida und ich.«

Nichts im Dorf blieb lange geheim, auch unsere Verlobung nicht. Tante Lina und Onkel Karl zeigten weiterhin Geduld mit uns und überhörten mit hochgezogenen Augenbrauen das Gerede, das nun noch einmal neue Blüten trieb. Es gab größere Sorgen. An manchen Tagen wurde das Dorf regelrecht überflutet von Menschen aus der Stadt, die etwas Essbares eintauschen oder erbetteln wollten. Tante Lina empörte sich über die immer dreister werdenden Methoden, mit denen manche Hamsterfahrer vorgingen. Und als Hasso eines Tages im Morgengrauen zwei Männer vom Hof jagte, die im Begriff waren, in den Keller einzubrechen, stand Tante Linas Urteil fest: Alle Städter sind Lumpen, Verbrecher, Gesindel.

»Ach Kinder«, sagte Mutter, die Städterin, am Abend in unserem Zimmer, »wenn wir doch nur wieder unseren eigenen Herd hätten.«

Am kommenden Sonntag fuhren Ida und ich in die Stadt und hatten ein langes Gespräch mit Helene Linde. Nicht über Bücher.

Die kleine Frau war noch schmaler im Gesicht geworden. Ihr Ungeschick in allen praktischen Dingen ärgerte sie nun selber und machte ihr zu schaffen. Vergeblich hatte sie, nach der Anleitung im *Kriegskochbuch*, versucht, sich eine Kochkiste zu bauen, um Holz und Kohle zu sparen. Aber es war ihr nicht gelungen, die fest auf den Boden und um die Seitenwände gestopfte Holzwolle- und Papierfüllung im Inneren der Kiste mit Stoff zu überziehen. Mit Nadel und Faden umzugehen war nicht ihre Sache.

»Louise wird mich schimpfen«, sagte sie. »Sie macht so etwas im Handumdrehen.«

Ida nahm den Stoff, ließ sich Nadel und Faden geben und während ich mit Helene über unser aller Zukunft sprach, nähte Ida den Stoff zusammen und spannte ihn um die Innenwände von Helenes Kochkiste.

Gleichzeitig waren wir fertig, Ida mit der Kochkiste, Helene und ich mit unseren Zukunftsplänen.

»Kinder«, sagte Helene zum Abschied, »was würde ich mich freuen.«

Es kam ein Brief mit amtlichem Stempel, adressiert an Paul Hoffmann. Kaiser, Volk und Vaterland wollten mich doch noch als Soldaten haben. In vierzehn Tagen hatte ich mich in der Freiherr-vom-Stein-Kaserne zur Musterung zu melden.

»Das halte ich nicht aus«, sagte Mutter und zog sich wieder ganz in sich zurück.

»Es muss ein Irrtum sein«, sagte Onkel Karl. »Ich habe doch einen Rückstellungsantrag gestellt.«

Am nächsten Tag fuhr ich mit Onkel Karl in die Stadt. Nach gut einer Stunde hatten wir endlich den zuständigen Beamten im Rekrutierungsamt gefunden, der meinen Einberufungsbefehl unterschrieben hatte.

»Junger Mann«, sagte der Beamte, ein wohlbeleibter, in sich

ruhender Mensch, »Sie sind nicht der Einzige, der Vater und Bruder im Feld verloren hat. Aber diese ernste Zeit erfordert nun den Einsatz aller Reserven. Ihr schwerer Verlust tut uns aufrichtig leid, aber Sie werden dem Vaterland Hilfe in der Not doch nicht verweigern. Der Kaiser erwartet Ihren Einsatz. Und gesund sind Sie, das sieht man.« Er musterte mich von oben bis unten.

»Hören Sie bitte«, sagte Onkel Karl. »Ich brauche meinen Neffen dringend an der Heimatfront. Wie soll ich die Ernte einbringen? Er ist meine einzige männliche Hilfskraft, nachdem mir meine beiden Knechte abgezogen wurden, die schon seit vier Jahren im Feld stehen. Hier, bitte schön, ich habe vor Zeiten schon einen Rückstellungsantrag für meinen Neffen gestellt, der, hier bitte schön, auch genehmigt worden ist.« Er schob dem Beamten die Papiere hin, der sie mit beiden Händen aufnahm, ins Licht hielt und seinen misstrauischen Blick darüberwandern ließ. Jeden einzelnen Buchstaben schien er zu inspizieren und im Verdacht zu haben, gefälscht zu sein. Nachdem er endlich zu Ende gelesen hatte, runzelte er die Stirn und räusperte sich.

»Warten Sie draußen auf dem Flur«, sagte er. »Diesen Fall muss ich mit meinem Vorgesetzten besprechen.« Er legte die Papiere in eine Mappe, stand auf und ging aus dem Büro.

Gut eine halbe Stunde saßen Onkel Karl und ich auf einer Holzbank auf dem langen Flur, bis schließlich eine Sekretärin den Kopf zur Bürotür herausstreckte und sehr förmlich rief: »Hoffmann und Hoffmann bitte!«

Neben dem dicken Beamten stand nun ein hagerer dünner und sah uns durch sein Monokel an. »Wir haben Ihre Angelegenheit überprüft«, sagte der Vorgesetzte. »Sie, Herr Hoffmann Senior, hätten Ihr Rückstellungsgesuch nach einem Jahr erneuern müssen. Das haben Sie versäumt. Aber, nun gut, angesichts der bedauernswerten Verluste in Ihrer Familie geben wir trotz Ihres

Versäumnisses Ihrem neuerlichen Rückstellungsgesuch großzügig statt. Wenn Sie hier bitte unterschreiben wollen ...«

Als wir endlich wieder aus dem Amtsgebäude draußen an der frischen Luft waren, sagte ich zu Onkel Karl: »Wenn ich ganz ehrlich gewesen wäre, hätte ich ihnen sagen müssen, dass ich nicht in den Krieg gehe, auf gar keinen Fall. Max hätte es so gewollt. Das hat er mir geschrieben. Und das habe ich ihm versprochen.«

»Junge«, sagte Onkel Karl. »So was darfst du nicht laut sagen. So was sagen nur Sozialdemokraten, Revoluzzer und Anarchisten. Für so was wirst du eingesperrt.«

»Wenn Max den Krieg überlebt hätte«, sagte ich, »dann wäre er jetzt so einer. Und nach allem, was sie mit Max gemacht haben, bin ich es auch. Weiß nur nicht, ob ich den Mut dazu habe.«

»Junge«, sagte Onkel Karl. »Sei vorsichtig. Max können sie jetzt nichts mehr. Aber du hast dein Leben noch vor dir.«

Onkel Karl meinte es gut mit mir. Aber nach meiner ersten und einzigen Begegnung mit der kaiserlichen Obrigkeit kam ich mir feige und klein vor. Ich hatte mich hinter meinem Onkel versteckt. Das war einfacher, als die ganze Wahrheit zu sagen. Aber was soll man tun, wenn man für Ehrlichkeit eingesperrt wird?

Eine Feigheit ganz anderer Art war es, die mir eine Woche später mein Freund Kurt vorwarf. In schmucker Uniform traf ich ihn auf der Dorfstraße. Er hatte seine Ausbildungszeit hinter sich, noch drei Tage Heimaturlaub, dann ging es für ihn an die Front. Mehr als vorher redete er davon, dort den Tod seines Bruders zu rächen. Als er hörte, dass ich mich hatte freistellen lassen, spuckte er vor mir aus und erklärte unsere Freundschaft für beendet.

»Du feige Sau!«, schrie er mich an. »Du Vaterlandsverräter! Wenn wir den Krieg verlieren, dann sind solche wie du schuld daran! Da sieht man's, wo du hingekommen bist, Paul Hoffmann! Geh zu deiner roten Ida, geh doch!«

Aber in seiner Stimme war nicht nur Hass und Verachtung. Etwas Verzweifeltes war darin. Bestimmt war ihm längst klar, was ihn an der Front erwartete. Mit irgendetwas musste er seine Angst und seinen Neid überschreien.

Der Krieg hatte es auch geschafft, unsere Freundschaft zu zerstören.

Dann kam Mutters Geburtstag, ihr fünfundvierzigster, am 10. November 1918, und mit ihm endlich das ersehnte Ende des Krieges. Louise und Helene kamen und brachten Neuigkeiten aus der Stadt mit, die wir erst einmal kaum glauben konnten. »Stellt euch vor«, sagte Louise. »Das Rathaus ist von meuternden Soldaten besetzt. Vom Rathausturm weht die rote Fahne der Revolution. Ein Soldaten- und Volksrat hat nun die Macht in der Stadt. Der Kaiser ist zurückgetreten. Überall in Deutschland gibt es Umschwung. Waffenstillstand. Der Krieg ist endlich zu Ende!«

»Wenn das nur gut geht«, unkte Onkel Karl. »Die Sozis, die Kommunisten, die Kaisertreuen – die hauen sich noch die Köppe ein!« Gestern schon war in der Zeitung die Rede gewesen von einem *republikanischen Umschwung in München.* Aber da hatte auch gestanden: *Feindliche Angriffe überall abgewehrt.* Als wäre noch gar kein Gedanke an Frieden. Und zwei Todesanzeigen waren mir ins Auge gefallen: Ein Fahnenjunker, ein Musketier, achtzehn Jahre, so alt wie ich.

»Ach Kinder«, sagte Mutter. »Der Krieg ist zu Ende. Was für ein gutes Geschenk zum Geburtstag. Leider aber wieder zu spät. Vier Jahre zu spät.«

Vor dem Kaffeetrinken gingen wir zum Friedhof, Mutter, Louise, Helene, Gertrud, Ida und ich. Wir standen vor Max' Grab, hielten uns fest an den Händen und schwiegen. Jeder war tief in seinen eigenen Gedanken und doch war ich sicher, alle wünschten dasselbe: Dass Max diesen Tag erlebt hätte.

»Denkt auch an Vater«, sagte Mutter nach einer Weile. »Auch wenn er kein Grab hat.«

»Und an Hermann«, flüsterte Louise. »Und die vielen tausend, die alle noch leben könnten.«

Eine Stunde später saßen wir am Kaffeetisch und feierten Mutters Geburtstag. Nein, nicht übermütig und laut. Wir freuten uns, dass wir am Leben waren. Wir freuten uns, dass der Krieg zu Ende war. In einer Woche, das war nun beschlossen, würden wir wieder in die Stadt ziehen. Was vor uns lag – wer konnte das wissen? Besser als der Krieg würde es doch wohl sein.

»Wenn sie uns man lassen«, sagte Ida. »Dann machen wir das schon.«

Der Krieg ist aus. Gut ein halbes Jahr schon ist inzwischen vergangen. Die Befreiung, von der am Anfang so viele geredet haben, hat er nicht gebracht, nur Tote, Not und Elend. An vielen Orten in Deutschland hat es Revolution gegeben. Die beiden Kommunistenführer Rosa Luxemburg und Karl Liebknecht sind ermordet worden. In der Hauptstadt Berlin gibt es heftige Kämpfe zwischen Rechten und Linken. Die Wahlen im Januar haben zwar eine große Mehrheit für die Sozialdemokraten gebracht, aber sicher, sagt Helene, kann sich keine Regierung sein. Und jetzt, kurz nach meinem neunzehnten Geburtstag, ist die Regierung zurückgetreten, weil der Reichskanzler Scheidemann die Bedingungen der Siegermächte im Friedensvertrag von Versailles nicht akzeptieren will. Wie alles weitergeht, ist ungewiss.

Louise arbeitet wieder in der Buchhandlung. Gestern hat sie uns besucht. Johannes war bei ihr, ein Freund aus ihrer Wandervogelzeit. Zuerst war ich eifersüchtig und es tat weh, einen anderen an Max' Stelle zu sehen. Aber ob ich will oder nicht, Johannes ist mir sympathisch. Ich wünsche ihnen, dass sie ihr Glück finden. Niemand hätte es mehr verdient als Louise.

Zugegeben, zu fünft ist es ziemlich eng in Helenes kleiner Wohnung, in der wir seit November vorigen Jahres leben. Wie lange wir hier bleiben, wer weiß. Helene sagt zwar, sie freue sich über das wuselige Leben, das wir in ihre vier Wände gebracht haben, aber ich kann mir vorstellen, dass sie ihre ausgedehnten, stillen Lesestunden vermisst.

Mutter und Helene – die Geschäftsfrau und die Bücherfrau – verstehen sich zum Glück besser, als ich gedacht hatte. Sie schlafen beide in Helenes Schlafzimmer, und manchmal höre ich sie noch lange miteinander reden. Mutter hätte als dritte Kraft nach dem Besitzerehepaar Klaproth in der Kolonialwarenhandlung anfangen können, aber sie hat sich dann doch dafür entschieden, als Verkäuferin in dem großen Kaufhaus Gans und Söhne zu arbeiten. Sie kann dort mehr verdienen, es tut ihr gut, etwas Neues anzufangen, sagt sie, und solange ich noch nichts zum Unterhalt beitragen kann, brauchen wir das Geld.

Gertrud ist froh, dem tyrannischen Lehrer Knoche entkommen zu sein, und hat in ihrer neuen Schule sogar ein paar Freundinnen von früher wiedergetroffen. Sie fühlt sich hier in der Stadt in ihrem Element.

Ida schläft in der kleinen Kammer mit Gertrud. Sie sind wie Schwestern zueinander, zanken sich manchmal und vertragen sich wieder. Ida macht den Haushalt, kocht und weiß – zu Helenes Freude – in allen praktischen Dingen meistens weiter. Trotzdem ist Helene unermüdlich dabei, ihr eine Schneiderlehre schmackhaft zu machen. »Vielleicht«, sagt Ida. »Aber erst müssen wir hier auf die Beine kommen.«

Mein Nachtlager ist auf dem Sofa im Wohnzimmer zwischen Helenes Bücherschätzen. Auf ihrem kleinen Schreibtisch habe ich oft bis weit in die Nacht geschrieben. Seit Ostern arbeite ich nun tatsächlich als Lehrling in der Buchhandlung Großkopf. Auch dafür hat Helene gesorgt. Manchmal kommt mir das alles noch ganz unwirklich vor. Als müsste ich eine neue Sprache lernen.

Die Zeit der großen Worte ist vorbei, hat Helene gesagt. Jetzt bist du an der Reihe, Paul. Du und deinesgleichen. An euch ist es, bessere Worte zu finden.

Sie mutet mir viel zu. Ich weiß nicht, woher es kommt, aber oft spüre ich eine große Lust, es zu versuchen. Allein bin ich ja nicht.

Ida wird schon dafür sorgen, dass ich nicht im Wolkenkuckucksheim lande.

ANHANG

Grosse Worte und schlimme Folgen

Ein paar Gedanken und Fakten zum Ersten Weltkrieg

Der Weltkrieg von 1914 bis 1918 war die erste große Kriegskatastrophe im Zeitalter der Moderne. Trotz rasantem Fortschritt in Wissenschaft und Technik, trotz boomender Wirtschaftskraft und zunehmend aufgeklärtem Bewusstsein versagte mitten im hochzivilisierten Europa die Fähigkeit zum friedlichen Zusammenleben. Mit Hurra und blindem Patriotismus zogen im August 1914 Soldaten in den Krieg – in der Vorstellung, nach Erfüllung ihrer vaterländischen Pflicht siegreich und ordengeschmückt spätestens zu Weihnachten von der jubelnden Volksmenge wieder empfangen zu werden. In Wirklichkeit erwartete sie ein mehr als vierjähriger Krieg, in dem die Grausamkeiten ein nie vorher gekanntes Ausmaß annahmen. Weltweit fanden neun Millionen Soldaten den Tod, sechs Millionen Zivilisten kamen durch Kriegseinwirkungen ums Leben. Viele Soldaten verloren den Verstand. Der Anblick verletzter und verstümmelter Soldaten gehörte nach dem Krieg zum Straßenbild. Zum ersten Mal im zwanzigsten Jahrhundert zeigte sich hinter der Fassade von Wohlstand und Kultur ein dunkler Abgrund.

Wie konnte es dazu kommen? Wie konnte eine Zeit, die viele später die »gute alte« nannten, sich so zum Schlimmen wenden?

Nach der langen Phase einer militärisch dominierten Zeit von Glanz und Gloria in Deutschland spürten viele Menschen die Hohlheit hinter dem aufgeblasenen Äußeren. Revolutionäre Erkenntnisse der Wissenschaft rüttelten an bis dahin unumstößlichen Gewissheiten. In Literatur und Malerei zeigten sich Aufbegehren und Ratlosigkeit. Soziale Bewegungen im In- und Ausland bedrohten zunehmend die satte Selbstzufriedenheit der etablierten Mächtigen. Das Gefühl »Es muss sich etwas ändern« war weit verbreitet. Nur was und wie – darüber bestand Ungewissheit. Kaiser und Reichsführung fielen dazu nichts weiter ein als: Je größer der Zweifel, desto lauter die Marschmusik.

Anders als beim Zweiten Weltkrieg, der von Hitler und den Nationalsozialisten von langer Hand geplant und jahrelang vorbereitet wurde, war der Ausbruch des Ersten Weltkriegs von den Militärs in Deutschland zwar eingeplant und als Möglichkeit leichtfertig aufs Spiel gesetzt, politisch aber in dieser Form nicht gewollt; ein Zweifronten-Krieg hatte vermieden werden sollen. Schuldlos am Krieg war das Deutsche Reich also nicht. Der großsprecherische Kaiser Wilhelm II. hatte mit Säbelgerassel und tollpatschiger Außen- und Bündnispolitik sein Land in die Isolation manövriert.

Als am 28. Juni 1914 der Thronfolger der k.-u.-k.-Monarchie Österreich-Ungarn, Erzherzog Franz Ferdinand, und seine Frau von fanatischen serbischen Nationalisten ermordet wurden, setzte sich eine verhängnisvolle Folge von Bündnisverpflichtungen in Gang. Das Deutsche Reich als Verbündeter der »Donaumonarchie« stand den Mächten der »Entente cordiale«, Frankreich, Großbritannien und Russland, gegenüber und musste sich auf den gefürchteten Krieg an zwei Fronten, im Osten und im Westen, einlassen. Die Bedrohlichkeit der Lage wurde mit umso größerem Kriegslärm übertönt. Kaiser Wilhelm II., der gestern noch die Sozialdemokraten als »vaterlandslose Gesellen« verächtlich gemacht hatte, sagte nun: »Ich kenne keine Parteien mehr, ich kenne nur noch Deutsche!« Und in der »Stunde der Not« gaben sich die Sozialdemokraten staatstragend und stimmten im Reichstag für die Bewilligung der Kriegskredite.

Warum nun Soldaten des Deutschen Reichs als erste Kriegshandlung – unter Bruch des Völkerrechts – das kleine neutrale Belgien überrannten, um, gemäß dem sogenannten »Schlieffen-Plan«, von Norden her in Frankreich einzufallen, kann wohl nur aus der langen Geschichte der deutsch-französischen »Erbfeindschaft« erklärt werden. Seit der Französischen Revolution 1789 fürchtete man sowohl in den früheren, autoritär regierten deutschen Kleinstaaten als auch im autoritär regierten deutschen Kaiserreich die Ausbreitung des Virus von Freiheit und Demokratie. *Aus dem Lande des Erbfeindes wälzt sich immer wieder die Schlammflut der Demokratie her, und nur deutsche Mannhaftigkeit und deutscher Idealismus sind der Damm, der sich ihr entgegenstellt,* lässt Heinrich Mann seinen Diederich Heßling, die Hauptperson in seinem Roman *Der Untertan,* bezeichnenderweise sagen. Freiheit und Demokratie waren in den Augen der damals Mächtigen in Deutschland gleichzusetzen mit Zuchtlosigkeit und Unordnung.

Einer, der die Fäden der Macht straff in den Händen gehalten und sie auch rücksichtslos zum Vorteil seines Landes zu nutzen gewusst hatte, war der deutsche Reichskanzler Otto von Bismarck gewesen. 1871, nach dem für Deutschland gewonnenen Deutsch-Französischen Krieg, ließ er die Ausrufung des Deutschen Reiches und die Krönung des preußischen Königs Wilhelm I. zum deutschen Kaiser ausgerechnet im Spiegelsaal von Versailles stattfinden. Eine größere Demütigung des »Erbfeindes« hätte er nicht ersinnen können: Versailles, die prunkvolle Palastanlage vor den Toren von Paris, war der ehemalige Hauptregierungssitz der Könige des 18. Jahrhunderts – der Inbegriff von Glanz und Größe des französischen Absolutismus. Die Annexion von Elsass-Lothringen und die französischen Reparationszahlungen trugen in den kommenden Jahren nicht unwesentlich zum wirtschaftlichen Aufschwung in Deutschland bei. Dass sich die Franzosen nach dem Ersten Weltkrieg mit den Forderungen des Versailler Vertrages rächten, lag ganz in der Logik der alten Wie-du-mir-so-ich-dir-Erbfeindschaft und diente den Nazis als Begründung zur Einleitung der nächsten, noch größeren Kriegskatastrophe. Auf die großen Worte folgten die vergifteten von Rassenwahn und Antisemitismus.

Im Jahr 1890 entließ Kaiser Wilhelm II. seinen starken Mann, den Reichskanzler Bismarck, und sorgte fortan selber mit martialischem Gehabe dafür, dem Deutschen Reich den Anschein von Stärke zu geben. Sein Lieblingsprojekt, die Schaffung einer großen deutschen Flotte, rief das Misstrauen vor allem der Seemacht England hervor. Stärke zu zeigen war Wilhelm II. wichtiger als Umsicht und Verständigung und viele seiner Untertanen taten es ihm gleich. In der Zeit der großen Worte galt Demokratie als Schwäche, und wenn der Kaiser sein Parlament verächtlich eine »Quasselbude« nannte, konnte er auf den Beifall vieler zählen. Diese Einstellung war in Deutschland lange populär und hat schließlich zum Zerfall der Weimarer Republik und zur Machtergreifung der Nationalsozialisten unter Adolf Hitler geführt.

Wörter verändern im Laufe der Zeit oft ihre Bedeutung, manchmal verkehren sie sich ins Gegenteil. Als 1848 in der Frankfurter Paulskirche zum ersten Mal ein deutsches Parlament zusammenfand, war der Gedanke der nationalen Einheit noch untrennbar mit dem Gedanken der Freiheit verbunden. Ein einiges Deutschland – das war der Inbegriff der Befreiung von der Willkür vieler kleiner, absolut regierender Obrigkeiten. Aber eine demokratische Staatsgründung aus dem Geist der Freiheit scheiterte an vielen einander widerstrebenden Einzelinteressen und am preußischen Großmachtanspruch. Das Deutsche Reich wurde schließlich 1871 nach drei gewonnenen Kriegen militärisch erzwungen. Der nationale Gedanke verengte sich im Laufe der Jahre immer mehr zum Nationalismus, der sich gegen andere Völker und Staaten wendete und am Ende im aggressiven Nationalsozialismus zu Anmaßung und Verbrechen führte.

Wer kann aus der Sicht von heute sagen, er hätte sich dem Ungeist dieser oder jener Zeit entzogen, hätte er damals gelebt? Aber damals wie heute gilt: Was die GROSSEN WORTE bedeuten und welche Wirkung sie haben, hängt am Ende davon ab, mit welcher Bedeutung wir sie füllen. FREIHEIT? DEMOKRATIE? MENSCHENWÜRDE? EHRE? PFLICHT? OPFERBEREITSCHAFT? HASS? LIEBE? VERANTWORTUNG?

Jeder muss in jeder Zeit alles neu, alles ganz von vorn, seine eigene Sprache erlernen.

Woher und wohin

Unvollständige Zeittafel zum Ersten Weltkrieg

1848 Nach revolutionären Unruhen tritt in der Frankfurter Paulskirche die erste Deutsche Nationalversammlung (rund 600 bürgerliche Abgeordnete) zusammen. Der Versuch einer Reichsgründung auf demokratisch-parlamentarischer Grundlage scheitert.

Marx und Engels veröffentlichen in London das *Kommunistische Manifest*.

1871 Nach drei gewonnenen Kriegen (Preußisch-Österreichischer Krieg gegen Dänemark 1864; Krieg Preußens gegen den Deutschen Bund 1866; Deutsch-Französischer Krieg 1870/71) lässt der starke Mann in Preußen, Fürst Otto von Bismarck, den preußischen König Wilhelm I. im Schloss von Versailles zum deutschen Kaiser ausrufen. Die nun militärisch erzwungene Einigung des Deutschen Reiches führt zu einer langen Phase der Verherrlichung preußisch-militärischer Tugenden.

Charles Darwins *Die Abstammung des Menschen* erscheint. Die Erkenntnis, dass der Mensch vom Affen abstammt, wird von vielen Menschen als beleidigend zurückgewiesen.

1888 Dreikaiserjahr. Kaiser Wilhelm I. stirbt. Sein schwer kranker Sohn Friedrich III. besteigt den Thron und stirbt nach drei Monaten Regierungszeit. Wilhelm II., der 29-jährige Sohn von Friedrich III., wird deutscher Kaiser.

1889 Die Künstlerkolonie Worpswede wird gegründet. Bedeutende Künstler des Jugendstils, Impressionismus und Expressionismus finden sich im ländlichen Worpswede zu einer Lebens- und Arbeitsgemeinschaft zusammen, u. a. Fritz Mackensen, Otto Modersohn, Paula Modersohn-Becker, Fritz Overbeck, Heinrich Vogeler, Clara Westhoff (die spätere Frau des Schriftstellers Rainer Maria Rilke) u. v. m.

Bertha von Suttners Antikriegsbuch *Die Waffen nieder!* erscheint. 1905 erhält die Autorin als erste Frau den Friedensnobelpreis.

1890 Kaiser Wilhelm II. entlässt seinen Reichskanzler Otto von Bismarck, der durch rücksichtsloses Durchsetzen seiner Machtansprüche in Innen- und Außenpolitik die Position des Deutschen Reiches nach innen wie außen zu stärken wusste.

1893 Rudolf Diesel erfindet den Dieselmotor.

1895 Wilhelm Conrad Röntgen entdeckt die Röntgenstrahlen.

Sigmund Freud entdeckt das Unbewusste.

1897 Kaiser Wilhelm II. kündigt den Bau einer Schlachtflotte an.

1898 Marie Curie entdeckt die Radioaktivität.

1900 Neben den großen Kolonialmächten England und Frankreich ist nun auch das Deutsche Reich um Weltmachtstellung bemüht und meldet lautstark Anspruch auf kolonialen Besitz an. Mit der zunehmenden weltpolitischen Bedeutung von Amerika und Japan scheint die bisherige Vormachtstellung der Europäer in der Welt gefährdet.

1901 Thomas Manns Roman *Buddenbrooks* erscheint. 1929 wird der Autor dafür mit dem Literaturnobelpreis ausgezeichnet.

1905 »Schlieffen-Plan« (Militärischer Plan für den Fall, dass das Deutsche Reich einen Zweifrontenkrieg führen muss.)

Albert Einstein veröffentlicht seine »Spezielle Relativitätstheorie«.

Die Künstlervereinigung »Die Brücke« wird in Dresden gegründet.

1906 Der Deutsche Reichstag beschließt gegen eine starke Opposition eine Verstärkung der Kriegsflotte.

1908 Die Veröffentlichung eines unbeherrschten Interviews des Kaisers Wilhelm II. für den *Daily Telegraph* führt zu einer Staatskrise.

Wilhelm Busch stirbt.

1909 Das Deutsche Reich zwingt Russland zur Anerkennung der österreichischen Annexion Bosniens.

Der Kaiser entlässt den Reichskanzler von Bülow. Nachfolger wird Theobald von Bethmann-Hollweg.

1911 Das Deutsche Reich entsendet das Kanonenboot *Panther* nach Agadir (neue Marokko-Krise).

1912 Bei den Reichstagswahlen verdoppeln sich die sozialdemokratischen Mandate.

Erster Balkankrieg: Bulgarien, Serbien, Griechenland und Montenegro erklären der Türkei den Krieg. Durch die vielfältigen Bündnisse entsteht ein äußerst brisantes internationales Beziehungsgeflecht, in das auch Österreich-Ungarn, Russland, Italien, das Deutsche Reich und England eingebunden sind.

14. April Untergang der *Titanic*. Das weltgrößte Passagierschiff kollidiert mit einem Eisberg. Von 1308 Passagieren und 898 Mann Besatzung können nur 703 Menschen gerettet werden. Das Unglück gilt seither als das Menetekel des Fortschrittsglaubens in der Moderne.

Erfolglose deutsch-englische Verhandlungen über Rüstungsbeschränkungen.

Als Jugendbuch erscheint: *Das Menschenschlachthaus – Bilder vom kommenden Krieg* des Hamburger Reformpädagogen und Schriftstellers Wilhelm Lamszus. Die Antikriegsutopie nimmt die Schrecken des Ersten Weltkriegs vorweg. Der Autor beschreibt die Hilflosigkeit des Soldaten in einem zunehmend von Technik bestimmten Krieg, in dem sich der Mensch immer mehr der Tötungsmechanik von Maschinen ausgesetzt sieht. In der von Erziehung zur Kriegsbegeisterung geprägten

Wilhelminischen Zeit wird das Buch offiziell verdammt, findet aber dennoch viele Leser.

Dreibund zwischen dem Deutschen Reich, Österreich und Italien erneuert.

Der Reichstag beschließt eine Verstärkung von Flotte und Heer.

Gerhart Hauptmann erhält den Nobelpreis für Literatur.

1913 **21. März** Der Theologe, Musiker und Arzt Albert Schweitzer bricht mit seiner Frau Helene aus der kleinen elsässischen Gemeinde Günsbach auf, um in Afrika die später legendär gewordene Krankenstation Lambaréné mitten im Urwald zu gründen.

Charlie Chaplin dreht seinen ersten Film.

Zwischen Serbien, Montenegro, Griechenland, Rumänien und der Türkei einerseits und Bulgarien andererseits kommt es zum äußerst grausam geführten zweiten Balkankrieg.

1914 **28. Juni** Der österreichisch-ungarische Thronfolger Franz Ferdinand und seine Frau werden in Sarajevo von serbischen Fanatikern ermordet.

28. Juli Österreich-Ungarn erklärt Serbien den Krieg.

29. Juli Das mit Serbien verbündete Russland beschließt die Gesamtmobilmachung gegen Österreich-Ungarn.

1. August Das mit Österreich-Ungarn verbündete Deutsche Reich macht mobil. Ebenso das mit Russland verbündete Frankreich. Das Deutsche Reich erklärt Russland den Krieg.

2. August Soldaten des Deutschen Reichs marschieren in Frankreich und Luxemburg ein.

3. August Das Deutsche Reich erklärt Frankreich den Krieg.

3./4. August Unter Bruch des Völkerrechts marschieren deutsche Soldaten im neutralen Belgien ein, um gemäß dem Schlieffen-Plan Frankreich von Norden her einzunehmen.

4. August Der Deutsche Reichstag bewilligt die Kriegskredite. Als Einziger stimmt der sozialdemokratische Reichstagsabgeordnete Karl Liebknecht dagegen.

England erklärt dem Deutschen Reich den Krieg. Beginn der Blockade Deutschlands durch England.

23. August Japan erklärt dem Deutschen Reich den Krieg.

26. August Die Schlacht bei Tannenberg beginnt. Die russische Invasion von Ostpreußen wird abgewehrt.

1. September Niederlage der österreichisch-ungarischen Truppen in der Schlacht bei Lemberg.

6. September Französische Gegenoffensive an der Marne. Der deutsche Marsch auf Paris wird aufgehalten.

23. September Heftige Kämpfe in Flandern.

29. Oktober Die Türkei tritt an der Seite des Deutschen Reichs in den Krieg ein.

7. November Japanische und britische Truppen erobern die deutsche Kolonie Tsingtao in China.

1915 Mahatma Gandhi kehrt aus dem Exil in Südafrika nach Indien zurück, um den gewaltlosen Widerstand gegen die Besatzungsmacht Großbritannien zu organisieren.

Russisch-österreichische Kämpfe in Galizien und den Karpaten.

Britische Truppen marschieren in Deutsch-Südwestafrika ein.

18. Februar Das Deutsche Reich eröffnet den U-Boot-Krieg gegen England.

Ab April In der Türkei kommt es zu Massakern an Armeniern.

April – Mai In der verlustreichen, aber entscheidungslosen Schlacht bei Ypern (in Flandern) setzen die Deutschen zum ersten Mal Giftgas ein.

Die Internationale Frauenliga für Frieden und Freiheit wird in Den Haag gegründet.

7. Mai Ein deutsches U-Boot versenkt das britische Passagierschiff *Lusitania*. Mehr als 1000 Passagiere, darunter viele Amerikaner, kommen ums Leben.

23. Mai Italien erklärt Österreich-Ungarn den Krieg.

9. Juli Deutsch-Südwestafrika kapituliert.

5.-8. September Eine internationale Sozialistenkonferenz in der Schweiz fordert zum Kampf gegen den Krieg auf.

18. September Die Deutschen stellen unter amerikanischem Druck den U-Boot-Krieg gegen England ein.

September/Oktober Die Mittelmächte (Österreich-Ungarn/Deutsches Reich) schließen ein Bündnis mit Bulgarien.

Kriegserklärung Bulgariens an Serbien.

Deutsch-österreichische Invasion von Serbien.

1916 **Februar–Dezember** Kämpfe bei Verdun.

Franz Marc, expressionistischer Maler, fällt als Soldat im Krieg.

Materialschlacht an der Somme. Große Verluste auf beiden Seiten.

Kaiser Wilhelm II. erklärt gegen den Rat seiner Generäle, den U-Boot-Krieg wieder aufzunehmen.

31. Mai Britisch–deutsche Seeschlacht im Skagerrak.

Der Dadaismus, eine neue Kunstrichtung, entsteht. Alle großsprecherischen Worte und fragwürdigen Werte, die sich vor und im Ersten Weltkrieg aufgestaut haben, sollten im Dadaismus auf spielerische Weise ad absurdum geführt werden (dada = frz. »Holzpferdchen«).

Einführung der Lebensmittelrationierung in Deutschland infolge der alliierten Blockade.

27. August Rumänien erklärt Österreich-Ungarn den Krieg.

29. August Hindenburg wird zum Chef des Generalstabes und Ludendorff zum Ersten Generalquartiermeister ernannt.

5. November Polen wird von den Mittelmächten zum selbstständigen Königreich erklärt – mit dem Zweck der Rekrutierung einer polnischen Armee zum Kampf gegen Russland.

12. Dezember Eine deutsche Friedensinitiative wird von den Alliierten abgelehnt.

Winter 1916/17 »Steckrübenwinter« in Deutschland. Hunger und Krankheiten durch Nahrungsmittelmangel.

1917 **1. Februar** Das Deutsche Reich erklärt den uneingeschränkten U-Boot-Krieg.

Februar Deutscher Rückzug in Frankreich bis zur sogenannten Siegfriedlinie.

März Hungerkrawalle in St. Petersburg.

Die Russische Revolution bricht aus.

6. April Die USA erklären dem Deutschen Reich den Krieg.

April–Juni Meutereien in der französischen Armee.

Juli Russische Offensive im Osten bricht zusammen.

Juli–November Britische Offensive bei Ypern.

7. November Die Bolschewiken übernehmen die Macht in St. Petersburg.

2. Dezember Beginn der Beginn der Waffenstillstands- bzw. Friedensverhandlungen zwischen den Mittelmächten und der neuen Sowjetregierung.

1918 **8. Januar** US-Präsident Wilson verkündet ein 14-Punkte-Programm für eine künftige Friedensordnung.

3. März Friedensschluss zwischen den Mittelmächten und der Sowjetunion in Brest-Litowsk.

März–Juli Deutsche Offensive im Westen unter Aufbietung der letzten Reserven.

Ermordung der russischen Zarenfamilie durch die Bolschewiken.

Juli–September Französische, englische und amerikanische Soldaten beginnen mit der Gegenoffensive im Westen. Durchbruch britischer Panzer.

29. September Bulgarien kapituliert.

30. Oktober Die türkische Armee in Mesopotamien kapituliert.

Max Planck erhält den Nobelpreis für Physik.

Oktober Revolution in Wien. Das Habsburgerreich bricht auseinander. Gründung der Tschechoslowakei und Jugoslawiens. Österreich und Ungarn werden selbstständig.

1. November Die serbische Armee befreit Belgrad.

3. November Waffenstillstand zwischen den Alliierten und Österreich-Ungarn.

9. November Nach dem Matrosenaufstand in Kiel im Oktober und der Revolution in München gibt es nun Demonstrationen in Berlin. Es kommt zur »Novemberrevolution« mit heftigen Kämpfen zwischen Spartakisten und Regierungstreuen. Führende Offiziere erklären, dass die vom Kaiser geforderte Niederschlagung des Aufstandes in Deutschland durch die Armee unmöglich sei. Nach vergeblichen Anfragen verkündet der Reichskanzler Prinz Max von Baden eigenmächtig die Abdankung Wilhelm II. als Kaiser und König. Philipp Scheidemann proklamiert vom Reichstag aus die demokratische Republik, nachdem Karl Liebknecht vom Schloss aus die sozialistische Republik ausgerufen hatte.

10. November Kaiser Wilhelm II. setzt sich nach Holland ab.

Bildung von Arbeiter- und Soldatenräten.

11. November Waffenstillstand von Compiègne. Alle Kriegshandlungen werden um 11 Uhr vormittags eingestellt.

Gründung des Frontkämpferbundes »Der Stahlhelm« durch Franz Seldte.

Der Spartakusbund trennt sich endgültig von der SPD und der USPD. Gründung der KPD durch Karl Liebknecht.

1919 **Januar** Spartakusaufstand und Generalstreik in Berlin. Die von Kommunisten gelenkten Unruhen werden durch Truppen und Einwohnerwehr unter Leitung des Volksbeauftragten Gustav Noske (SPD) niedergeschlagen.

15. Januar Rosa Luxemburg und Karl Liebknecht werden von Rechtsradikalen ermordet.

18. Januar Die Friedenskonferenz im Spiegelsaal von Versailles beginnt.

Februar Die Nationalversammlung in Weimar wählt Friedrich Ebert zum ersten Reichspräsidenten.

Ebert ernennt Philipp Scheidemann (SPD) zum Reichskanzler.

April In Bayern wird die Räterepublik ausgerufen.

Die Räterepublik wird durch Freikorps gewaltsam beseitigt.

Gründung des »Bauhauses« in Weimar.

12. Mai Reichskanzler Scheidemann lehnt den Entwurf des Friedensvertrages von Versailles ab.

20. Juni Die Regierung Scheidemann tritt zurück.

22. Juni Die neue Reichsregierung unter Gustav Bauer (SPD) erklärt sich zur Unterzeichnung des Versailler Vertrages bereit.

28. Juni Der Friedensvertrag von Versailles wird unterzeichnet. Deutschland wird zu territorialen Abtretungen (Elsass-Lothringen u. a.), Zahlung von Kriegskosten und Anerkennung der Kriegsschuld verpflichtet.

16. September Adolf Hitler tritt in die NSDAP ein.

1920 **10. Januar** Der »Völkerbund« (Vorläufer der Vereinten Nationen) wird in Genf gegründet.

24. Februar Erste Massenversammlung der NSDAP im Münchner Hofbräuhaus.

Gründung der NS-Parteizeitung *Völkischer Beobachter* als *Kampfblatt der nationalsozialistischen Bewegung Großdeutschlands*; Herausgeber: Adolf Hitler.

Im Ruhrgebiet entwickelt sich der Generalstreik zum kommunistischen Aufstand.

1921 **5. Mai** In einem »Londoner Ultimatum« fordern die Siegermächte von Deutschland die Annahme ihrer Reparationsansprüche.

10. Mai Eine zur Annahme der Reparationsforderungen bereite Regierung wird unter Josef Wirth, Politiker der Zentrumspartei, gebildet.

26. August Der ehemalige Finanzminister Matthias Erzberger (Zentrum), der sich für die Annahme des Versailler Vertrages eingesetzt hatte, wird von Mitgliedern der rechtsgerichteten »Organisation Consul« ermordet.

1922 **31. Januar** Der jüdische Schriftsteller und Industrielle Walther Rathenau, Vorstandsvorsitzender der AEG, wird zum deutschen Außenminister ernannt. Nationalistische und antisemitische Propaganda bekämpft sein Wirken als »Erfüllungspolitik«.

24. Juni Außenminister Walther Rathenau wird von zwei Offizieren der »Organisation Consul« ermordet.

Oktober/November Benito Mussolini führt seine in Neapel versammelten Faschisten nach Rom, erzwingt den Rücktritt der Regierung und erhält diktatorische Regierungsvollmacht.

1923 **11. Januar** Die französische Armee besetzt zur Erlangung der Reparationen das Ruhrgebiet. Die Reichsregierung ruft zum passiven Widerstand gegen die Besatzer auf.

13. August Gustav Stresemann wird zum Reichskanzler ernannt und steht (bis zum 23. November) einer Großen Koalition vor.

September – November Inflation und in Folge Geldentwertung. (10 Millionen Mark auf den Wert von 1 Dollar gesunken.)

Sigmund Freud verfasst sein Werk über Tiefenpsychologie *Das Ich und das Es.*

8.–9. November Hitlerputsch. Adolf Hitler ruft in München die nationale Revolution aus. Der Putsch scheitert. Hitler wird in Festungshaft genommen.

23. November NSDAP und KPD werden in ganz Deutschland verboten.

Das Kabinett Stresemann wird gestürzt.

1925 Reichspräsident Friedrich Ebert stirbt.

Generalfeldmarschall Paul von Hindenburg wird 77-jährig im zweiten Wahlgang zum neuen Reichspräsidenten gewählt.

Häufiger Wechsel der Regierungen der Weimarer Republik in den Jahren 1925–27.

1926 Für seine Verständigungspolitik mit Frankreich erhält der deutsche Außenminister Gustav Stresemann zusammen mit seinem französischen Kollegen Aristide Briand den Friedensnobelpreis. Stresemann hatte mit seiner Politik erreicht, dass Deutschland in die internationale Gemeinschaft des Völkerbundes aufgenommen wurde. In Deutschland blieb Stresemann die Anerkennung weitgehend versagt und er wurde als »Erfüllungspolitiker« beschimpft.

1927 Premiere des ersten abendfüllenden Tonfilms *The Jazz Singer* (Filmstudio Warner Brothers) in Amerika.

Hermann Hesse schreibt *Der Steppenwolf.*

Charles A. Lindbergh überquert als Erster im Nonstopflug den Atlantik.

1928 Alexander Fleming entdeckt das Penicillin.

Olymische Spiele in Amsterdam.

1929 Die Arbeitslosenzahl in Deutschland steigt auf 2,9 Millionen.

3. Oktober Gustav Stresemann stirbt im Alter von 51 Jahren.

25. Oktober Ein Börsenkrach in New York (»Schwarzer Freitag«) löst die Weltwirtschaftskrise aus.

1930 Die Arbeitslosenzahl steigt auf 3,2 Millionen.

14. September Bei den Reichstagswahlen wachsen die Stimmen der NSDAP von 2,5 % auf 18,3 % und damit von 12 auf 107 Mandate.

Hitler wird durch das deutsche Großkapital (Bankier Schröder und die Industriellen Thyssen und Kirdorf) unterstützt.

1931 Die Arbeitslosenzahl steigt auf 4,9 Millionen.

11. Oktober Deutschnationale, der Bund der Frontsoldaten (»Stahlhelm«), Nationalsozialisten und Rechtsradikale schließen sich zur »Harzburger Front« zusammen.

1932 Die Arbeitslosenzahl steigt auf 6,2 Millionen.

Ergebnis der Reichstagsneuwahlen vom 6. November:
NSDAP 11 737 000 Stimmen, 196 Sitze (33,1%)
SPD 7 248 000 Stimmen, 121 Sitze (20,4%)
KPD 5 980 200 Stimmen, 100 Sitze (16,9%)

Zentrum 4 230 000 Stimmen, 70 Sitze (11,9%)
DNVP 2 959 000 Stimmen, 52 Sitze (8,3%)
BVP 1 094 600 Stimmen, 20 Sitze (3,1%)
DVP 661 800 Stimmen, 11 Sitze (1,9%)

1933 6 Millionen Arbeitslose.

30. **Januar** Adolf Hitler wird vom inzwischen 86-jährigen Reichspräsidenten Hindenburg zum Reichskanzler ernannt.

Ergebnis der Reichstagswahlen vom 5. März:
NSDAP 17,2 Mill. Stimmen, 288 Sitze (43,9 %)
SPD 7,1 Mill. Stimmen, 120 Sitze (18,3 %)
KPD 4,8 Mill. Stimmen, 81 Sitze (12,3 %)
Zentrum 4,4 Mill. Stimmen, 74 Sitze (11,3 %)
DNVP 3,1 Mill. Stimmen, 52 Sitze (8 %)
BVP 1,0 Mill. Stimmen, 18 Sitze (2,3 %)

GLOSSAR

Schlacht bei Allenstein
In der Schlacht bei Allenstein Ende 1914 besiegte das deutsche Heer unter der Führung von General Paul von Hindenburg und Generalmajor Erich Ludendorff die in das südliche Ostpreußen eingedrungenen russischen Soldaten. Auf Wunsch Hindenburgs wurde die Schlacht zu Propagandazwecken in **Schlacht bei Tannenberg** umgetauft, um die Schmach der Niederlage der Ritter des Deutschen Ordens gegen die Litauisch-Polnische Union im Jahre 1410 wettzumachen.

Arbeiterbildungsverein
In den 30er- und 40er-Jahren des 19. Jahrhunderts von Arbeitern und Handwerkern – z.T. unter Mitwirkung des liberalen Bürgertums – entstandene Vereine zur Vermittlung von Wissen und Bildung. Arbeitervereine verschiedenster Art waren gegen Ende der Kaiserzeit und während der Weimarer Republik ein wichtiger Bestandteil innerhalb der Sozialdemokratie.

Austraghaus
Ein neben dem Bauernhof errichtetes, kleineres Haus, das der Bauer und seine Frau bezogen, nachdem er den Hof an seinen Erben übergeben hatte.

Buddenbrooks
1901 erschienener Roman von Thomas Mann (1875–1955), der die Geschichte einer Lübecker Kaufmannsfamilie über vier Generationen hinweg erzählt. Ein Stück »Seelengeschichte des europäischen Bürgertums« (Thomas Mann), für die der Autor 1929 mit dem Literaturnobelpreis ausgezeichnet wurde.

Enrico Caruso (1873–1921)
Italienischer Sänger. Galt als der beste Operntenor seiner Zeit. *La donna mobile* – Arie aus dem dritten Akt von Giuseppe Verdis Oper *Rigoletto* (*O wie so trügerisch sind Weiberherzen* …).

Die Dicke Bertha
Spitzname für die 42 cm Mörser-Kanone des Rüstungskonzerns Krupp, die zum ersten Mal im Ersten Weltkrieg vor allem zur Bekämpfung von Festungsanlagen (z. B. in Lüttich) eingesetzt wurde.

Otto von Bismarck (1815–1898)
Deutscher Reichskanzler (von 1871 bis 1890) mit dem Beinamen »der Eiserne«. Seine geschickte Machtpolitik imponierte vielen Menschen in Deutschland und nährte den Wunsch nach nationaler Größe. Nach dem gewonnenen Krieg 1870/71 gründete er das Deutsche Reich ausgerechnet im Spiegelsaal von Versailles, um den »Erbfeind« Frankreich zu demütigen, und ließ dort den preußischen König Wilhelm I. zum deutschen Kaiser ausrufen. Mit harter Hand hielt er die ihm verhassten Sozialdemokraten, deren Anhängerschaft stetig größer wurde, auf Distanz und vermied durch Zugeständnisse, die seine Macht nicht gefährdeten, den Ausbruch revolutionärer Verhältnisse. Der wachsende materielle Wohlstand der »Gründerjahre« und die im Geiste Preußens zunehmende Verherrlichung des Militärischen im wilhelminischen Deutschen Reich untermauerten den Ruf nach Stärke und die Forderung nach einem führenden Platz Deutschlands in der Welt. Für viele Deutsche blieb Otto von Bismarck auch nach seiner Entlassung durch Kaiser Wilhelm II. eine verehrte Leitfigur.

Dragoner-Regiment »Prinz Albrecht von Preußen«
Legendäres Regiment, das 1807 in der Schlacht bei Preußisch Eylau gegen Napoleon und die Franzosen gekämpft hatte und das in der Zeit vor dem Ersten Weltkrieg im Deutschen Reich als vorbildhaft galt. Mit der Erinnerung an solche Schlachten wurde die Stimmung gegen den »Erbfeind« aufgeheizt und das Militärische verherrlicht.

Friedrich Ebert (1871–1925)
Auf Ausgleich bedachter sozialdemokratischer Politiker. Wurde am 11. Februar 1919 von der Weimarer Nationalversammlung als erster Reichspräsident nach der Kaiserzeit gewählt.

Einquartierung

Durch Reichsgesetze war befohlen, dass Soldaten bei Bürgern untergebracht werden mussten. Sie hatten Anspruch auf Wohnung, Feuer, Licht, zuweilen auch auf Kost gegen Vergütung.

Eisernes Kreuz

Ursprünglich preußischer Orden für besondere Tapferkeit, der 1813 in den sogenannten Befreiungskriegen gegen die Vorherrschaft des napoleonischen Frankreichs vom preußischen König gestiftet worden war. Diese Auszeichnung wurde im Deutschen Reich als deutscher Kriegsorden in vier Abstufungen übernommen und später auch von den Nationalsozialisten benutzt. Nach 1945 wurde das Eiserne Kreuz nicht mehr verliehen. Es findet sich aber bildlich in verschiedenen Signets der Bundeswehr.

General Otto von Emmich (1848–1915)

Leitete im August 1914 zusammen mit Erich Ludendorff den Sturm auf die Festung Lüttich. Starb im Dezember 1915 an einer Krankheit, die er sich im Felde zugezogenen hatte, und wurde unter großem militärischem Pomp in Hannover beigesetzt.

»Feldgraue«

»Feldgrau« war die Farbbezeichnung der Uniformen der deutschen Armee im Ersten und im Zweiten Weltkrieg. In den Zeiten davor waren die Uniformfarben oft auffallend bunt.

»Flintenweiber nach englischem Vorbild«

Gemeint sind die Suffragetten (engl. suffrage = Wahlrecht). Die Suffragetten-Bewegung entsprang aus der 1903 von Emmeline Pankhurst und ihren Töchtern gegründeten »Women's Social and Political Union«, einer bürgerlichen Frauenbewegung, die mit öffentlichen Protesten, Demonstrationen und Hungerstreiks für die Rechte der Frauen kämpfte. Das selbstbewusste Auftreten der Frauen verunsicherte die von Männern geprägten Gesellschaften in Europa und wurde von vielen damals Mächtigen als Bedrohung empfunden. Die Suffragetten-Bewegung fand Nachahmung vor allem in Amerika und Deutschland.

Frauenverein

Vaterländischer Frauenverein. Gegründet 1866 von der preußischen Königin und späteren deutschen Kaiserin Augusta. Gliederte sich in Kreisverbände, die sich für die Pflege und Hilfe für Verwundete im Krieg einsetzten.

Frauenwahlrecht

Das Frauenwahlrecht in den europäischen Ländern wurde erst nach langem, oft erbittertem Kampf zuerst in Skandinavien, zuletzt in den südlichen Ländern Europas Wirklichkeit. Die erste landesweite Wahl in Deutschland, an der Frauen das aktive und passive Wahlrecht besaßen, fand nach dem Ersten Weltkrieg, am 19. Januar 1919 statt (Wahl zur Deutschen Nationalversammlung).

Gas

Der Einsatz von Kampfgas war eine der fürchterlichsten Erfahrungen für Soldaten im Ersten Weltkrieg. Zum ersten Mal wurde von französischen Truppen im August 1914 ein nicht tödliches Tränengas eingesetzt. Zum Einsatz von tödlichem Chlorgas kam es im April 1915 durch deutsche Truppen. Chlorgas führte zu schweren Verätzungen und qualvollem Tod. Es wurde danach auf beiden Seiten eingesetzt. Aus einem deutschen Merkblatt für den Gaskampf:

... Wenn du Gaswolken siehst, riechst oder Gasalarm hörst, und wenn du Granaten mit schwachem Knall oder Entwicklung eines weißen, länger am Boden haltenden Rauches in deiner Nähe beobachtest, so lege sofort deine Maske an und benachrichtige deine Kameraden rasch, denn das Gas ist schnell da. Rufe »G-a-a-s«, lege deine Maske an, rühre das Läutewerk, mache dich feuerbereit.

Gau

Das Wort stammt noch von den alten Germanen, die damit eine landschaftlich geschlossene und von natürlichen Grenzen bestimmte Verwaltungseinheit bezeichneten. Durch die Benutzung in der Zeit des Nationalsozialismus ist das Wort heute diskreditiert.

Die Gedanken sind frei

Deutsches Volkslied. Der Text wurde zum ersten Mal um 1780 auf Flugblättern veröffentlicht. Das Motiv findet sich schon in der Antike und im Mittelalter. 1842 veröffentlichten es Hoffmann von Fallersleben und Ernst Richter in *Schlesische Volkslieder.* Es ist auch enthalten in *Der Zupfgeigen-*

hansl – Das Liederbuch der Wandervögel von 1908. Sophie Scholl sang es vor dem Gefängnis, in dem ihr Vater inhaftiert war.

Karl Gerok (1815–1890)
Theologe und Lyriker aus Württemberg. Das im Buch zitierte Gedicht von Karl Gerok ist ein Beispiel für die Vermischung von Religiösem mit Nationalem, wie sie im Deutschen Reich gang und gäbe war. Auch Wilhelm II. bezeichnete sich als Kaiser »von Gottes Gnaden«.

Handelsblockade
Zu Beginn des Ersten Weltkriegs verhängte Großbritannien ein Handelsverbot gegen Deutschland und errichtete zwischen den Shetland-Inseln und Südnorwegen sowie im Kanal bei Dover eine durch Minen und Patrouillenschiffe gesicherte Seeblockade, die die importabhängige Wirtschaft der Mittelmächte (Deutschland und Österreich-Ungarn) empfindlich traf. Rohstoffmangel und Lebensmittelknappheit führten mit zunehmender Kriegsdauer in Deutschland zu Hunger und sozialen Unruhen.

Paul von Hindenburg (1847–1934)
Nahm an den Kriegen 1866 (Preußen gegen Österreich) und 1870/71 (Deutsch-Französischer Krieg) teil. Schon pensioniert, ließ er sich nach Beginn des Ersten Weltkriegs als General reaktivieren und wurde nach großen militärischen Erfolgen (Schlacht bei Allenstein/Tannenberg u. a.) zum Generalfeldmarschall ernannt. Als volkstümlich erscheinender Heerführer wurde er zu einer Art Vaterfigur der Deutschen, die zunehmend das Bild des immer weniger beeindruckenden Kaiser Wilhelm II. überlagerte. Nachdem 1925 der Sozialdemokrat Friedrich Ebert gestorben war, wählte man den inzwischen 77-jährigen Hindenburg zum Reichspräsidenten. Acht Jahre später ernannte er Adolf Hitler zum Reichskanzler und unterschrieb das sogenannte Ermächtigungsgesetz, womit er den Weg frei machte für die nationalsozialistische Diktatur in Deutschland.

Höchstpreise
Um wirtschaftliche Schädigungen abzuwenden, verfügte der Deutsche Reichstag schon Anfang August 1914, dass »für die Dauer des gegenwärtigen Krieges für Gegenstände des täglichen Bedarfs, insbesondere für Nahrungs- und Futtermittel aller Art … Höchstpreise festgesetzt werden.« Die verordneten Preise lagen weit unter Vorkriegsniveau, was für kleine Lebens-

mittelhändler wie die Hoffmanns eine erhebliche Gewinnschmälerung bedeutete.

Irrungen, Wirrungen
Roman von Theodor Fontane (1819–1898), in dem die Liebesgeschichte zweier Menschen verschiedener sozialer Herkunft erzählt wird.

Jugendwehr
Von den Kriegervereinen und von militärisch gesinnten Erwachsenen geförderte Jugendorganisation zur vormilitärischen Ausbildung. Die erste Jugendwehr wurde 1896 in Berlin gegründet. Kaiser Wilhelm II. wollte die nationale Jugendorganisation vor allem als Widerpart zu den immer mehr erstarkenden Jugendgruppen der Sozialdemokratie verstanden wissen.

Jungdeutschlandbund
Im Dezember 1911 auf Initiative des Kriegsministeriums als Dachverband rechtsgerichteter Jugendverbände unter dem Vorsitz von Generalfeldmarschall Colmar Freiherr von der Goltz (1843–1916) gegründete Jugendorganisation mit dem Ziel, die deutsche Jugend durch Wehrsportübungen und nationale Indoktrination körperlich und geistig auf einen möglichen Krieg vorzubereiten. Jungdeutschlandbund und Jugendwehr gingen Hand in Hand. Von der Goltz empfahl den deutschen Eltern: *Erzieht eure Kinder im kriegerischen Geist und impfet ihnen vom frühesten Alter an Liebe zum Vaterland ein, für das sie sich vielleicht einmal opfern müssen.*

Kaufmanns Kur
Eine schmerzhafte Elektrotherapie, bei der dem Patienten starke elektrische Ströme zugefügt wurden. Man ging davon aus, dass z. B. bei einem Sprachverlust (Aphasie) ein noch größerer Schmerz als der durch Kriegsgräuel und Verletzungen erlittene den traumatischen Zustand des Patienten durchbrechen und seine Heilbereitschaft erhöhen würde. Bei diesem Verfahren traten auch Todesfälle auf. Der deutsche Psychiater Fritz Kaufmann galt als Erfinder dieser Behandlungsart. Angewandt wurde sie aber bereits Ende des 19. Jahrhunderts, in einer Zeit wachsender Fortschrittsgläubigkeit.

Klampfe
Einfache Gitarre (auch »Zupfgeige«), bevorzugtes Musikinstrument der Wandervögel.

Alexander von Kluck (1846–1934)
Preußischer General und Armeeoberbefehlshaber im Ersten Weltkrieg. Leitete im September 1914 den gescheiterten deutschen Angriff auf Paris und wurde später für den Misserfolg der deutschen Westoffensive mitverantwortlich gemacht.

Kochkiste
Ein wärmedämmend ausgekleidetes Behältnis, in das Töpfe mit erhitzten Speisen eingestellt wurden, damit sie ohne weitere Energiezufuhr über Stunden fertig garen konnten. Wurde zumeist selbst gebaut und noch nach dem Zweiten Weltkrieg, z. B. während der Berlinblockade, benutzt.

Kolonialwaren
Lebens- und Genussmittel aus den Kolonien wie Kaffee, Kakao, Tee, Gewürze, Reis, Tabak. Ein kleiner Kolonialwarenladen wie der der Familie Hoffmann hatte natürlich nicht nur Waren aus Übersee im Angebot, sondern war eher ein Gemischtwarenladen. Die bedenkenlose Benutzung des Wortes »Kolonialwaren« sagt viel über das selbstherrliche Verständnis aus, mit dem die Europäer die ihrer Meinung nach unzivilisierten Völker in Übersee ausbeuteten und oft blutig unterjochten. Bis zum Ersten Weltkrieg hatten vor allem die europäischen Großmächte England und Frankreich, aber auch Belgien, Spanien und Portugal zahlreiche Kolonien. Deutschland besaß weniger Kolonien, was dem Machtbedürfnis Kaiser Wilhelm II. ein Dorn im Auge war. Um mitzuhalten, einen »Platz an der Sonne« zu ergattern, wurde das Lieblingsprojekt des Kaisers vorangetrieben: die Stärkung der Flotte. Der Kolonialismus verhinderte durch Ausbeutung die Entwicklung vieler Länder aus sich selbst heraus. Die verheerenden Folgen der Kolonialpolitik geben bis in unsere Zeit hinein Anlass zu immer neuen Konflikten.

Schlacht bei Königsgrätz
3. Juli 1866. Es ging um die Vorherrschaft im Deutschen Bund, einem losen Staatenbund, der auf dem Wiener Kongress (1814/15) zustande gekommen war. Der militärische Sieg Preußens über Österreich und Sachsen war Wegbereiter für die deutsche Reichsgründung 1871 unter der Vorherrschaft Preußens.

Korsett

Ein im 16. Jahrhundert aus versteiften Miedern hervorgegangenes, vor allem Brust und Taille einschnürendes Unterkleidungsstück für Mädchen (ab 12–14 Jahren) und Frauen. Es wurde mit Stäben aus Fischbein, mit Federstahlband, Stahlspiralen und Horn verstärkt. Trotz ärztlicher Warnung vor der »Schnürbrust« hielt sich dieser Modezwang lange. Erst unter dem Einfluss von Frauenbewegung, Reformbewegung und der zunehmenden Berufstätigkeit von Frauen im Ersten Weltkrieg kam das Tragen von Korsetts allmählich aus der Mode.

Kriegerverein

Schon vor der Reichsgründung 1871 kam es nach dem Muster der sogenannten »Militär-Begräbnisvereine« in Preußen zur Gründung von Kriegervereinen, in denen sich ehemalige Soldaten und Kriegsteilnehmer zur »Förderung des Brauchtums«, zur »Bewahrung des Andenkens gefallener Soldaten« und zur Geselligkeit zusammenfanden. Kriegervereine gaben sich nach außen neutral und parteipolitisch unabhängig, dienten im Kaiserreich aber oft als Keimzellen zur Bekämpfung der Sozialdemokratie. 1900 wurden alle Landesverbände im Kyffhäuserbund vereinigt. Heute noch gibt es zahlreiche z.T. mitgliederstarke »Kriegervereine«. Als Vereinsziele werden »Versöhnung der Völker und Bewahrung des Friedens« angegeben.

k.-u.-k.-Monarchie

Kaiserliche und königliche Doppelmonarchie Österreich-Ungarn, auch »Donaumonarchie« genannt. Bestand bis 1918.

Lebensmittelkarten

Um die durch die Handelsblockade der Engländer immer geringer werdenden Lebensmittel, gerecht zu verteilen, wurden in Deutschland ab 25. Januar 1915 Lebensmittelkarten eingeführt, zunächst auf Brot, später auch auf Milch, Fett, Eier und andere Konsumgüter. Das bedeutete, dass nur die auf den Karten jeweils vorgegebene Menge gekauft werden durfte.

Erich Ludendorff (1865–1937)

Preußischer General. Durch seine militärischen Erfolge im Ersten Weltkrieg (Eroberung Lüttichs und Sieg in der Schlacht bei Allenstein/Tannenberg an der Seite Hindenburgs) legendärer, hochdekorierter Soldat. Er gehörte zur Obersten Heeresleitung, die im Verlauf des Krieges – als die Schwäche Kaiser Wilhelm II. mehr und mehr offensichtlich wurde – auch nach der politischen Macht griff. Wesentlich auf Ludendorffs Betreiben hin wurde u. a. der Reichskanzler Bethmann-Hollweg gestürzt. Seine Nachfolger Georg Michaelis und Georg von Hertling bezeichneten sich als »Ludendorffs Gehilfen an der Heimatfront«. Nach dem Ersten Weltkrieg war Ludendorff in der nationalistisch-antisemitischen »deutschvölkischen Bewegung« aktiv und beteiligte sich 1923 an der Seite Adolf Hitlers am Putschversuch gegen die Weimarer Republik.

Lückenbüßer

Die Lückenbüßer-Geschichte verdanke ich meinem ehemaligen Religionslehrer, dem Schriftsteller und Puppenspieler Rudolf Otto Wiemer (1905–1998), der 1979 einen Roman unter dem Titel *Mahnke. Die Geschichte eines Lückenbüßers* veröffentlicht hat.

Marineverein

Die Begeisterung Kaiser Wilhelm II. für die Marine übertrug sich auch auf sein Volk. An vielen Orten wurden Marinevereine gegründet, die schwärmerisch Stimmung machten für das Militärische und für die Großmachtansprüche des Kaisers und seines Flottenadmirals, des Demokratiegegners Alfred von Tirpitz (1849–1930) warben. Auch heute noch gibt es ca. 300 örtliche Marinevereine, die im Dachverband »Deutscher Marinebund« zusammengefasst sind. Ziel und Zweck des Verbandes sei es, »das maritime Bewusstsein in Deutschland zu fördern«. Man erklärt sich als »politisch und weltanschaulich unabhängig«.

Matrosenanzüge, Matrosenkleider

Der Matrosenanzug als Kleidungsstück für Jungen war in der zweiten Hälfte des 19. Jahrhunderts in England, Frankreich und Deutschland populär. Die Begeisterung für die Marine in Deutschland förderte die Verbreitung von Matrosenanzügen, die wiederum die Bereitschaft förderte, Uniformen chic zu finden. Später gab es auch Matrosenkleider für Mädchen. In manchen Ländern, z.B. in Japan, wurden Matrosenanzüge zur Schuluniform.

Menschenschlachthaus
siehe Zeittafel »Woher und wohin« (Seite 287).

Militär-Vorbereitungsanstalt
Schon seit 1900 wurde im Deutschen Reich auf die körperliche Ausbildung Jugendlicher im Hinblick auf ihren militärischen Einsatz besonderer Wert gelegt. Zu Anfang des Krieges 1914 ordnete ein Erlass des Kriegsministeriums eine »militärische Vorbereitung der Jugend« als »unmittelbare Vorschule für den Dienst im Heere und in der Marine« an. Der Jungdeutschlandbund warb dafür, dass sich junge Männer ab 16 Jahren in Ortsgruppen sammeln und sich unter der Anleitung von Offizieren und Unteroffizieren zu militärischen Übungen zusammenfinden sollten.

Mobilmachung
Vorbereitung der Streitkräfte eines Staates für den Krieg.

Helmuth Karl Bernhard von Moltke (1800–1891)
Legendärer preußischer Generalfeldmarschall aus altem mecklenburgischem Adelsgeschlecht, der wesentlichen Anteil an den Siegen in den drei der Reichsgründung vorausgehenden Kriegen hatte.

»... den Napoleon machen ...«
Napoleon Bonaparte ist auf vielen Abbildungen zu sehen, auf denen er die Hand in seine Weste schiebt, als hätte er den Arm in einer Schlinge.

Neurasthenie
Nervenschwäche. Zu Beginn des 20. Jahrhunderts eine häufig diagnostizierte Modekrankheit gehobener Gesellschaftsschichten.

Asta Nielsen (1881–1972)
Berühmte dänische Schauspielerin. Spielte oft Rollen konfliktbeladener Frauen, deren Verhalten nicht den gesellschaftlichen Konventionen entsprach. Asta Nielsen war ein Star der Stummfilmzeit, überhaupt der erste weibliche Filmstar der Kinogeschichte.

Pickelhaube
1843 vom preußischen Militär eingeführter Helm mit Spitze. Die Spitze sollte die Hiebe von oben seitlich ablenken. Im Ausland galt die Pickel-

haube schon bald als Sinnbild des preußischen Militarismus. Heinrich Heine (1797–1856) dichtete im französischen Exil die folgenden ironischen Verse auf die Pickelhaube:

Nicht übel gefiel mir das neue Kostüm
Der Reuter, das muss ich loben.
Besonders die Pickelhaube, den Helm
Mit der stählernen Spitze nach oben.

(...)

Ja, ja, der Helm gefällt mir, er zeugt
Von allerhöchstem Witze!
Ein königlicher Einfall war's!
Es fehlt nicht die Pointe, die Spitze!

Nur fürcht ich, wenn ein Gewitter entsteht,
Zieht leicht so eine Spitze
Herab auf euer romantisches Haupt
Des Himmels modernste Blitze!

Aus *Deutschland. Ein Wintermärchen*

Wegen der schwierigen Tarnung im Schützengraben ordnete die Oberste Heeresleitung 1915 an, die Pickelhaube im Fronteinsatz nicht mehr zu tragen. 1916 wurde dann an ihrer Stelle der Stahlhelm eingeführt.

Reclam-Hefte
Reclams Universal-Bibliothek. Preisgünstige Sammlung niveauvoller Literatur. 1867 erschienen als erste Reclam-Hefte Goethes *Faust I* und *Faust II* zum Preis von zwei Silbergroschen.

Reformkleid
Aus kritischer Haltung gegenüber der Industrialisierung, dem Materialismus und der Verstädterung wuchs Mitte des 19. Jahrhunderts in Deutschland die Sehnsucht nach einem Zurück-zur-Natur. Diese Sehnsucht fand vielfältigen Ausdruck in dem Bestreben der Lebensreformer. Beeinflusst von der Frauenbewegung und als Alternative zum einschnürenden Korsett gab es nun auch bequeme Kleider für Frauen.

Russische Revolution
Die schon seit 1905 immer wieder aufflackernden sozialen Proteste gegen die Regierung des Zaren Nikolaus II. führten im Februar/März 1917 zur Abdankung des Zaren. Die Duma, das russische Parlament, setzte eine provisorische Regierung von bürgerlichen Politikern ein, die sich aber gegen die Arbeiter- und Soldatenräte, die Sozialrevolutionäre und Kommunisten nicht halten konnte. Im Oktober 1917, nach der Rückkehr Wladimir Iljitsch Lenin (1870–1924) aus dem Schweizer Exil, eroberten die Bolschewiki unter seiner Führung die Macht in Russland. Die revolutionären Zustände führten zum Russischen Bürgerkrieg (1917–1921) und schließlich zur Gründung der Sowjetunion 1922. Der Russische Bürgerkrieg kostete acht Millionen Menschen das Leben.

Philipp Scheidemann (1865–1939)
Führender sozialdemokratischer Politiker und Publizist. Er verkündete am 9. November 1918 vom Balkon des Reichstagsgebäudes den Zusammenbruch des Deutschen Kaiserreichs und proklamierte die Deutsche Republik. Nach der Machtergreifung der Nationalsozialisten floh er ins Ausland und starb 1939 in Kopenhagen.

Schrapnell
Ein Schrapnell ist eine Granate, die mit Metallkugeln gefüllt ist, die sich kurz vor dem Ziel aus der Umhüllung lösen und breit gestreut auf den Gegner zufliegen.

Sedantag
Zum Gedenken an die Kapitulation Napoleon III. am 2. September 1871 in der Schlacht bei Sedan wurde alljährlich in deutschen Schulen, Universitäten, in öffentlichen Gebäuden und auf Plätzen mit lauten patriotischen Bekundungen in Liedern, Gedichten, Festreden, Musik und Aufmärschen der Sedantag gefeiert. Neben dem Kaisergeburtstag diente der Sedantag besonders der Mobilisierung von Nationalismus und Militarismus.

Steckrübenwinter
Im Winter 1916/17 herrschte im Deutschen Reich Hungersnot. Zum Mangel an Lebensmitteln, bewirkt durch die Handelsblockade, kam eine große Kartoffelfäule, die dazu zwang, Ersatzlebensmittel zu nutzen. Weit

verbreitet war die Steckrübe, die in vielen Variationen die Kartoffel ersetzen sollte.

Triple Entente
(triple = frz. u. engl. dreifach, entente = frz. Einvernehmen, engl. Bündnis) Durch den Vertrag von Sankt Petersburg 1907 geschlossenes Bündnis zwischen England, Frankreich und Russland.

Vatermörder
Ein steifer, vorn offener, hoher Stehkragen, der separat auf das kragenlose Herrenoberhemd geknöpft wurde.

Die Wacht am Rhein
National-pathetisches Lied, das 1840 unter dem Eindruck der Gefahr eines neuen Krieges gegen den »Erbfeind« Frankreich von Max Schneckenburger gedichtet und in der Vertonung von Karl Wilhelm populär geworden ist. Es wurde im Kaiserreich neben *Heil dir im Siegerkranz* zu öffentlichen Anlässen oft gesungen und hatte fast den Status einer Nationalhymne der Deutschen.

Wandervogelbewegung
1896 in Steglitz bei Berlin entstandene Jugendbewegung von Schülern und Studenten hauptsächlich bürgerlicher Herkunft. In der Wandervogelbewegung sammelten sich junge Menschen, die sich durch die fortschreitende Industrialisierung in ihren Lebensvorstellungen beieinträchtigt sahen. Sie lösten sich aus den engen Vorgaben von Elternhaus und Schule und wandten sich der Natur zu. Man ging auf lange Wanderfahrten, ließ sich anregen von den Idealen der Romantik, suchte eine eigene Lebensart zu entwickeln. 1913, ein Jahr vor Ausbruch des Ersten Weltkriegs, trafen sich viele Jugendbünde zum Ersten Freideutschen Jugendtag auf dem Hohen Meißner bei Kassel. Manche naturschwärmerische Haltung glitt auch ins Nationalpathetische ab und viele Wanderführer wurden sowohl im Ersten wie im Zweiten Weltkrieg begeisterte Soldaten. Die mehr als hundert weltanschaulich unterschiedlichen Bünde wurden von den Nationalsozialisten entweder verboten oder ihre Mitglieder in der Hitlerjugend zu einheitlichem Denken und Empfinden genötigt. Nur wenige junge Menschen aus der Wandervogelbewegung, wie z. B. die Geschwister Scholl und die Stu-

denten der Weißen Rose, fanden die Kraft und den Willen zum Widerstand gegen die Diktatur der Nazis.

Wilhelm II., Kaiser »von Gottes Gnaden«

1888, im sogenannten »Dreikaiserjahr« – nachdem sein Großvater Wilhelm I. gestorben und sein schon bei der Thronbesteigung todkranker Vater, Friedrich III., nur 99 Tage als Kaiser amtierte –, wurde Wilhelm II. zum deutschen Kaiser gekrönt. Zar Nikolaus II. von Russland war sein Cousin, Königin Viktoria von England seine Großmutter mütterlicherseits. 1890 entließ der großsprecherische, sprunghafte Kaiser Wilhelm II. den Mann, der seit der Reichsgründung die Politik nach außen und nach innen bestimmt hatte, den Machtjongleur Reichskanzler Otto von Bismarck. Vor allem die unbedachte Aufrüstung der deutschen Flotte, ein Steckenpferd des Kaisers, und die Nichtverlängerung des von Bismarck abgeschlossenen geheimen »Rückversicherungsvertrags« mit Russland hatten zur Folge, dass sich England, Frankreich und Russland zum Dreierbund, der Triple Entente, zusammenfanden. Nach der Katastrophe des Ersten Weltkriegs setzte sich Wilhelm II. ins Exil nach Holland ab, wo er einen paranoiden Rassenwahn und Judenhass entwickelte, der sich, so der britische Historiker John C. G. Röhl, mit der Agitation der Nationalsozialisten messen kann. Als deutsche Truppen im Zweiten Weltkrieg Paris besetzten, schickte Wilhelm II. ein Glückwunschtelegramm an Hitler.

Zeppelin

Große, mit Gas betriebene Luftschiffe, nach ihrem Erbauer Ferdinand Graf von Zeppelin (1838–1917) benannt. Der erste Zeppelin flog 1900. Zeppeline galten im Deutschen Reich als Zeichen für den technischen Vorsprung vor anderen Nationen. Im Ersten Weltkrieg flogen bombenbeladene Zeppeline Angriffe auf Ziele in Frankreich und England.

Zichorien-Kaffeemehl

Ersatzkaffee, gewonnen aus der häufig an Wegrändern vorkommenden Gemeinen Wegwarte, auch Kaffeezichorie genannt.

Zum Weiterlesen empfohlen

Eine beeindruckende, gut lesbare Darstellung des Ersten Weltkriegs aus der Perspektive der Menschen der Zeit ist:
Peter Englund
Schönheit und Schrecken
Eine Geschichte des Ersten Weltkriegs, erzählt in neunzehn Schicksalen
Berlin 2011
Der schwedische Historiker, Kriegsreporter und Professor Peter Englund hat aus Tagebüchern und Briefen von Menschen verschiedener Nationen und Berufe (Soldaten, Krankenschwestern, Schulmädchen u. a.), verbunden durch informative Zwischentexte, ein lebendiges Kaleidoskop zusammengestellt, das es uns Lesern von heute möglich macht, in die uns fremde Zeit einzutauchen und ein differenziertes Bild davon zu gewinnen.

Wer sich fragt, warum es zum Ersten Weltkrieg gekommen ist, kann den Antworten darauf näherkommen mit Hilfe dieses Buchs:
Florian Illies
1913
Der Sommer des Jahrhunderts
Frankfurt am Main 2012
Der Feuilletonredakteur der *Frankfurter Allgemeinen Zeitung* Florian Illies hat für das Jahr vor dem Ausbruch des Ersten Weltkriegs markante Äußerungen und Ereignisse aus Literatur, Kunst, Musik und Politik nach Monaten geordnet zusammengestellt. Sie zeigen, wie sich im Jahr vor dem Krieg Unzufriedenheit und Ratlosigkeit im Denken und Empfinden kreativer Menschen ausdrückte. Unausgesprochen stand hinter vielen Äußerungen der Wunsch: Es muss etwas passieren.

Ein Klassiker der Literatur über den Ersten Weltkrieg, gut lesbar und durch Authentizität beeindruckend, ist:
Erich Maria Remarque
Im Westen nichts Neues
Berlin 1929
Erich Maria Remarque erzählt – gestützt auf eigene Kriegserfahrungen – aus der Sicht des einfachen Soldaten Paul Bäumer vom Widersinn des Krieges. Im Unterschied zu Ernst Jüngers Buch *In Stahlgewittern*, das mit kalter Beobachtungsgabe von den Gräueln des Krieges erzählt und den Krieg als männliches Abenteuer erscheinen lässt, begegnet Erich Maria Remarques Roman dem Krieg mit entschieden ablehnender Haltung.

Wer den Geist der Kaiserzeit verstehen will, sollte sich an diesen großen satirischen Gesellschafts- und Zeitroman wagen:
Heinrich Mann
Der Untertan
Berlin 1918
Am Beispiel des Diederich Heßling, Korpsstudent, Erbe einer kleinen Papierfabrik, erzählt Heinrich Mann die Geschichte eines typisch deutschen Spießbürgers, der – ganz dem kaiserlichen Vorbild verbunden – durch Buckeln nach oben und Treten nach unten Karriere macht.
Die Brüder Heinrich und Thomas Mann hatten sich über ihre unterschiedliche Beurteilung der Politik vor und während des Ersten Weltkriegs über Jahre hinweg zerstritten. In seinem fast 600-seitigen Essay *Betrachtungen eines Unpolitischen* hatte Thomas Mann sich scharf – ohne ihn namentlich zu nennen – gegen seinen Bruder Heinrich gewandt, der sich der französischen Kultur eng verbunden fühlte. Für Thomas war Heinrich ein »Zivilisationsliterat«, der sich dem Deutschtum entfremdet habe, dem sich Thomas Mann in dieser Zeit verpflichtet fühlte. Auch die demokratischen Tendenzen behagten Thomas Mann wenig, wie man in den *Betrachtungen* nachlesen kann. Diese Haltung hat er später relativiert, und eine erneute gründliche Auseinandersetzung mit der Zeit vor dem Ersten Weltkrieg führte zu dem 1924 erschienenen großen Roman *Der Zauberberg*.

Österreich, damals die »Donaumonarchie«, bzw. das habsburgische Kaiserreich Österreich-Ungarn, gab den Anlass zum Ausbruch des Ersten Weltkriegs. Wie es in der sich dem Ende zuneigenden Monarchie ausgesehen

hat, wie man dort in der von militärischen Traditionen geprägten Oberschicht gedacht und gefühlt hat, erfährt man eindrücklich in der großen Familiensaga:
Joseph Roth
Radetzkymarsch
Berlin 1932
Anschaulich und intensiv wird von Aufstieg und Niedergang der Familie Trotta erzählt, deren Schicksal eng mit dem Kaiserreich verknüpft war.

Lebendig wird die versunkene Welt der Donaumonarchie auch in den Lebenserinnerungen des österreichischen Weltbürgers Stefan Zweig:
Die Welt von Gestern
Stockholm 1942
Der 1881 in Wien geborene Stefan Zweig hat die Katastrophen sowohl des Ersten wie des Zweiten Weltkriegs erlebt. Im Exil in Südamerika schrieb er 1940 sein bewegtes Leben auf, das reich an interessanten Begegnungen war. Ein einzigartiges Zeitbild, ein liebevoll-melancholischer Blick auf ein Stück europäische Kultur, die der Gewalt weichen musste. 1942 schied Stefan Zweig im brasilianischen Exil freiwillig aus dem Leben.

Eine Lebenserinnerung aus Deutschland, ebenfalls ein interessanter Einblick in die Kulturwelt von damals ist:
Carl Zuckmayer
Als wär's ein Stück von mir
Frankfurt am Main 1966
Die Autobiografie des Schriftstellers Carl Zuckmayer (1896–1977) liest sich fast wie eine Literaturgeschichte des 20. Jahrhunderts. In seinem bekanntesten, auch verfilmten Stück *Der Hauptmann von Köpenick* setzt sich Zuckmayer kritisch mit dem preußischen Militarismus auseinander, der vor und im Ersten Weltkrieg eine so verheerende Rolle gespielt hat.

Dass es auch vor dem Ersten Weltkrieg schon entschiedene und mutige Stimmen gegen den Krieg gegeben hat, kann man nachlesen in:
Bertha von Suttner
Die Waffen nieder!
Eine Lebensgeschichte
Dresden 1889

In einer fiktiven Geschichte, angelehnt an eigene Lebenserfahrungen, beschrieb die österreichische Adelige Bertha von Suttner (1843–1914) die tragischen Erfahrungen ihrer Romanfigur, Komtess Martha Althaus, in drei Kriegen. Ihre Geschichte verdeutlicht eindrücklich die Sinnlosigkeit und Tragik jedes Krieges und zeigt auf, welch nichtige Gründe für den Ausbruch von Kriegen herhalten müssen. Zwar wurde Bertha von Suttner 1905 als erste Frau mit dem Friedensnobelpreis geehrt, ihre warnende Stimme fand aber 1914 in der Hysterie der zum Krieg treibenden Stimmen kein Gehör.

Zwei Sachbücher seien darüber hinaus empfohlen:
Wen die Verflechtungen zwischen den europäischen Herrscherhäusern interessieren, die Fehleinschätzungen und Verblendungen der Politik, die zum Ausbruch des Ersten Weltkriegs führten, der sei hingewiesen auf das sehr ausführliche Buch einer amerikanischen Historikerin:
Barbara Tuchman
August 1914
Bern und München 1982

Einen informativen Überblick über Politik, Gesellschaft, Kunst, Wissenschaft und Kultur vor dem Ersten Weltkrieg bietet:
Philipp Blom
Der taumelnde Kontinent. Europa 1900–1914
München 2009
Erstaunlich und verblüffend an dieser detailreichen Darstellung der Epoche der Industrialisierung und der rasanten Entwicklung der Technik ist, wie viele Parallelen sich zum Hier und Heute erkennen lassen.

Wie die Zeit nach dem Ersten Weltkrieg weitergegangen ist, wird anschaulich und spannend in der *Trilogie der Wendepunkte*, drei Jugendbüchern von Klaus Kordon, geschildert:
Die roten Matrosen oder ein vergessener Winter
Weinheim 1995
Mit dem Rücken zur Wand
Weinheim 1995
Der erste Frühling
Weinheim 1994

VIELEN DANK der Niedersächsischen Staats- und Universitätsbibliothek in Göttingen für die Möglichkeit des Scannens der Jahrgänge 1914–1919 des *Göttinger Tageblatts*. Lokalzeitungen wie diese waren vor hundert Jahren für die meisten Menschen die einzige Informationsquelle. Dank auch dem Georg-Eckart-Institut für internationale Schulbuchforschung in Braunschweig für die Einsicht in viele Schulbücher der »Kaiserzeit«. Prof. Dr. Michael Behnen danke ich für vielfältige Literaturhinweise und die Klärung historischer Zusammenhänge. Der Historikerin Marie Reinhardt vielen Dank für die Durchsicht des Manuskripts. Meiner Lektorin Birgit Göckritz danke ich für ihren sorgfältigen und einfühlsamen Umgang mit meiner Geschichte. Nicht zuletzt gilt ein herzliches Dankeschön meiner Frau für ihre Geduld, für viele anregende Gespräche und ihren klugen Rat.

Gavriel Savit

Anna und der Schwalbenmann

ca. 272 Seiten, ISBN 978-3-570-31167-7

Krakau, 1939. Anna ist noch ein Kind, als die Deutschen ihren Vater mitnehmen, einen jüdischen Intellektuellen. Sie bleibt mutterseelenallein zurück, in einer Welt voller Feindseligkeit. Dann trifft Anna den Schwalbenmann, der geheimnisvoll ist, charismatisch und klug. Er kann faszinierend viele Sprachen sprechen, lockt mit Vogellauten eine Schwalbe für sie an – und er ist Annas einzige Hoffnung. Sie schließt sich ihm an, lernt von ihm, wie man sich verbirgt. Wie man dem Tod entkommt. Aber in einer Welt, die am Abgrund steht, kann alles gefährlich werden. Auch der Schwalbenmann.

30318

www.cbt-buecher.de

Markus Zusak

Die Bücherdiebin

592 Seiten, ISBN 978-3-570-40323-5

Am Grab ihres kleinen Bruders stiehlt Liesel ihr erstes Buch. Mit dem »Handbuch für Totengräber« lernt sie lesen und stiehlt fortan Bücher, überall, wo sie zu finden sind: aus dem Schnee, den Flammen der Nazis und der Bibliothek des Bürgermeisters. Eine tiefe Liebe zu Büchern und Worten ist geweckt, die sie auch nicht verlässt, als die Welt um sie herum in Schutt und Asche versinkt. Liesel sieht die Juden nach Dachau ziehen, sie erlebt die Bombennächte über München – und sie überlebt, weil der Tod sie in sein Herz geschlossen hat.

Matteo Corradini

Im Ghetto gibt es keine Schmetterlinge

ca. 320 Seiten, ISBN 978-3-570-40355-6

Theresienstadt 1942: Die Nazis haben ein Lager für Juden errichtet, das zeitweise als Vorzeigelager dient. Doch es ist nur eine Station auf dem Weg in die Vernichtungslager. Inmitten dieser Hoffnungslosigkeit gründen Kinder eine Zeitschrift, um gegen das Grauen anzuschreiben. Sie treffen sich heimlich und verfassen Berichte über das Lager. Aber sie zeichnen auch Bilder, führen Interviews oder schreiben Gedichte. Matteo Corradini bringt dem Leser auf berührende Weise das Schicksal dieser Kinder nahe.

40340

cbj

www.cbj-verlag.de

Jürgen Seidel

Blumen für den Führer

ca. 432 Seiten, ISBN 978-3-570-40113-2

Sommer 1936. Die 15-jährige Reni wird auserwählt, Reichskanzler Hitler bei der Eröffnung der Olympischen Sommerspiele pressewirksam einen Blumenstrauß zu überreichen. Reni ist überwältigt – verehrt sie Hitler doch glühend. Der Führer scheint ihr der Inbegriff alles Guten und Gerechten, und nun soll sie – das Waisenkind – ihm von Angesicht zu Angesicht gegenübertreten.
Doch das große Glück kommt nicht von ungefähr. Reni ist nämlich gar kein Waisenkind, sondern die Tochter eines Grafen. Ihr Vater gehört zu den einflussreichsten Kreisen des aufstrebenden Nazi-Regimes und ist fest entschlossen, seine hübsche blonde und blauäugige Tochter künftig vorteilhaft einzusetzen ...

cbj

www.cbj-verlag.de

40086

Jürgen Seidel

Der Krieg und das Mädchen

ca. 480 Seiten, ISBN 978-3-570-40288-7

August 1914. Endlich hat der große Krieg, den alle kommen spürten, wirklich begonnen. Das junge Paar Fritz und Mila wird gemeinsam mit so vielen anderen in den Taumel aus Kriegsbegeisterung und Feindseligkeit hineingerissen. Doch auch zwischen den beiden scheinen sich unkontrollierbare Gefühle zu erheben: Fritz erhofft sich vom Krieg eine Art Reinigung von verbotenen Gefühlen, die er nicht mal Mila anvertrauen kann, und meldet sich freiwillig an die Front. Und Mila bekommt plötzlich heftige Anfeindungen zu spüren, weil ihr Vater Franzose war und Frankreich jetzt als „Erbfeind“ gilt. Als ein als Franzosenhasser bekannter Lehrer stirbt, kommt Mila in Untersuchungshaft. Hochverrat – schnell steht die Anklage im Raum ...

cbj

40259

www.cbj-verlag.de